Romy Hart

WHAT KEEPS US APART

IMPRESS

© privat

Romy Hart, Millennial mit Leib und Seele, liebt Geschichten – egal in welchem Medium sie erzählt werden. Wenn sie nicht gerade Bücher schreibt, schlüpft sie bei Pen&Paper-Rollenspielrunden leidenschaftlich gern in andere Charaktere, trinkt literweise Kaffee und genießt dabei das Aroma ihrer heißgeliebten Duftkerzen.

Playlist

Supernova (Tigers blud) – Kat Cunning
Used to be (L.O.V.E.) – Chelsea Collins
Why Do You Love Me – Charlotte Lawrence
Do it for me – Rosenfeld
Fallin'(Adrenalin) – Why Don't We
We Belong – Dove Cameron
Remember Me (feat. BIA) – Dove Cameron
Painful Truth – Em Beihold
Out of Touch – Dove Cameron
Till Forever Falls Apart – Ashe, FINNEAS
Break Your Heart Worse – Crimson Apple
traitor – Olivia Rodrigo
07 Britney – Chelsea Collins

Kapitel 1

Als ich das schicke Loft betrat, hätte ich nie vermutet, dass dieser Abend für mich im Gefängnis enden würde. Oder dass Grant Fitzgerald schuld daran sein würde.

Ich hatte mich auf eine dieser langweiligen Dinnerpartys eingestellt, bei denen es nur darum ging zu sehen und gesehen zu werden und dabei die neue Birkin Bag vorzuzeigen oder das teure Diamantarmband, das am Handgelenk baumelte. Es ging um all die ach so wertvollen Dinge, die letztlich auch nicht dafür sorgten, dass die Menschen, die sie trugen, mehr wert waren.

»Sloan Whitaker! Wie reizend, dass Sie da sind!«, begrüßte mich Mrs Henderson überschwänglich und ich machte mich bereit für diesen Abend, die lästigen Regeln der Höflichkeit und ihr viel zu aufdringliches Parfüm.

Ich ging ihr entgegen, während sie ein Lächeln aufsetzte, das ihre gebleichten Zähne im Licht unnatürlich hell strahlen ließ.

»Und es ist ja so schön, hier zu sein.« Meine Stimme klang ein bisschen zu schrill, als ich der Gastgeberin mittleren Alters rechts und links von ihren Wangen einen Kuss in die Luft hauchte. Ich hasste dieses Getue, aber es gehörte sich nun einmal so in diesen Kreisen.

»Sind Sie denn heute ganz allein hier?«, fragte Mrs Henderson und ich warf einen Blick über meine Schulter.

Rhett trat neben mich und nahm wie selbstverständlich ihre knochige Hand in seine, dann küsste er in der Luft ihren Handrücken.

»Unsere Eltern lassen sich entschuldigen. Sie können heute leider nicht dabei sein.« Als mein Bruder sich wieder aufrichtete, war seine Miene freundlich zurückhaltend. Aber scheinbar trotzdem beeindruckend genug, denn Mrs Hendersons Wangen hatten sichtbar mehr Farbe bekommen.

Ich verkniff mir ein Lachen. Rhett spielte diese Rolle deutlich besser als ich. Wahrscheinlich, weil unsere Eltern von ihm immer mehr erwartet hatten als von mir. Und das war verdammt gut so. Wäre ich der erste Nachkömmling der Whitakers, hätte Mom mich sicher nicht Modedesign studieren lassen. Und auch das durfte ich nur, weil sie es als schick empfand und keine Angst haben musste, dass das dem Ruf der Familie schadete. Davor fürchtete sie sich eher wegen meines Instagram-Accounts.

Während die Gastgeberin versuchte Rhett in ein Gespräch zu verwickeln, gab ich mir größte Mühe, freundlich zu lächeln, dann und wann zu nicken und den Wunsch, ihr meine Clutch in den Rachen zu schieben, zu ignorieren.

Als ich es nicht mehr aushielt, hakte ich mich an Rhetts rechtem Arm ein. »Ohhh«, rief ich aufgeregt. »Ich glaube, ich habe dahinten Mr McAllister gesehen. Bei ihm müssen wir unbedingt vorbeischauen.« Ich lächelte Mrs Henderson zu und klimperte mit meinen falschen Wimpern. »Sie entschuldigen uns.«

Dann zog ich Rhett mit mir, bevor er sich aus reiner Höflichkeit bei der Verabschiedung in das nächste Gespräch verwickeln ließ. Im Gehen drehte er den Kopf in meine Richtung und musterte mich stoisch. Wäre ich nicht so an ihn gewöhnt, würde mir sein Gesichtsausdruck in diesem Moment einen Schauer über den Rücken jagen. Rhetts linkes Auge war milchig weiß und ließ seinen Blick noch stechender wirken.

Ich zuckte mit der freien Schulter. »Was denn?« Im Vorbeigehen lächelte ich den anderen Gästen der New Yorker High Society zu.

»So schlimm ist es nicht.«

»Doch, ist es«, sagte ich und nickte Mrs Rutherford zu, die sich gerade eins der Canapés in den Mund schob. Sie scheiterte kläglich daran, dabei eine gute Figur zu machen. Die Dinger waren verdammt unhandlich und manchmal echt widerlich, nur weil irgendwelche Sterneköche innovativ sein wollten.

»Du beschwerst dich auch nicht, wenn du das Geld unserer Eltern ausgeben kannst.« Mein Bruder tätschelte unbeeindruckt meine Hand auf seinem Arm.

»Mag sein, dass Mom und Dad den Fond bei meiner Geburt angelegt habe.

Aber er gehört seit meinem einundzwanzigsten Geburtstag mir und ich kann damit machen, was ich will.« Ich hob belehrend den Zeigefinger. »Und vergiss nicht, Geld stinkt nicht.«

»Nur die Leute, die es haben«, beendete mein Bruder den Satz und zog lächelnd einen Mundwinkel hoch. Wir hatten uns schon früher gerne über die reichen Schnösel und ihre Attitüden lustig gemacht. Bevor wir selbst in die New Yorker Upperclass debütiert waren. Es schien mir eine Ewigkeit her zu sein. Als Kinder hatten wir uns nur selten Gedanken gemacht, was wohl die Leute von uns dachten.

Ein Kellner ging vorbei und hielt uns ein Tablett mit Champagner hin. Ich nahm ein Glas, während Rhett sich einen Scotch bestellte. Aber anstatt zu gehen, blieb die Bedienung bei uns stehen. Irritiert sah ich ihn an. Kam er mir bekannt vor? Vielleicht. Ein Student von der Columbia?

»Das war dann alles«, sagte ich und deutete ihm mit meinem vollen Glas den Weg, ohne einen Tropfen zu verschütten. Er musterte mich eine weitere Sekunde mit einem unergründlichen Gesichtsausdruck. Wenn ich es mir recht überlegte, könnte er auch einer meiner über fünfhunderttausend Instagram-Follower sein.

Ich lächelte versöhnlich und schob einen Dank nach. Dass ich diese Party zum Kotzen fand, war ja nicht seine Schuld. Auch wenn ich meinen Frust gern an anderen ausließ, zumindest wenn sich zu betrinken keine Option war.

Rhett und ich drehten weiter unsere Runde. Je länger sie dauerte, umso stärker wurde der Wunsch, den Champagner herunterzustürzen und es ganz bestimmt nicht bei einem Glas zu belassen. Aber ich hielt mich zurück, solange Rhett an meiner Seite war.

Es war ja nicht so, dass ich mich nicht gern in schicken Lofts oder auf teuren Yachten aufhielt. Und ich liebte Luxusmode wegen der exquisiten Stoffe und Namen wirklich sehr. Aber Geld verdarb nun einmal bei den meisten Menschen den Charakter und ich tat mich verdammt schwer mir lächelnd und nickend ihr belangloses Gerede anzuhören, das mich einfach nicht interessierte.

Mom wäre stolz auf uns. Wir hatten endlich dafür gesorgt, dass jede wichtige Person mitbekommen hatte, dass die Whitakers zumindest ihren Nachwuchs hergeschickt hatten. Mein Blick fiel im Vorbeigehen auf einen gut aussehenden Kerl. Er stand bei einem älteren Herrn, dessen Namen ich vergessen hatte, und gab sich Mühe, interessiert zu wirken. Was ihm nicht unbedingt gut gelang. Ich schmunzelte bei seinem leicht gequälten Gesichtsausdruck. Als er auch noch gegen ein Gähnen ankämpfte, war die Sache klar.

Ich lehnte mich näher zu meinem Bruder. »Wie wär's, wenn wir zu Will gehen und ihm dabei helfen, das Gespräch zu überstehen? Er sieht nicht gerade glücklich aus.«

Rhett protestierte nicht und für mich war das Antwort genug. Zielstrebig navigierte ich uns zu ihnen.

»Hallo William«, unterbrach ich die Unterhaltung und löste mich von Rhetts Arm. Dann wandte ich mich dem älteren Herrn zu. »Sie haben doch nichts dagegen, wenn wir Ihnen Mr Rutherford kurz entführen?«

Kaum hatte er den Kopf geschüttelt, hakte ich mich bei Will ein und lenkte ihn zu einer ruhigeren Nische. Vielleicht waren wir hier wenigstens für ein paar Minuten vor den langweiligen Gästen sicher.

»William?«, fragte der gut aussehende Mr Charming und ich ließ seinen Arm los. »Du nennst mich nie William.«

Ich schob mir die blondgefärbte Haarsträhne, die sich aus meiner Frisur gelöst hatte, hinter das Ohr zurück. Dabei nahm ich einen Schluck von dem Champagner, der prickelnd meine Kehle herunterlief. »Ich hätte ja schlecht Eierkopf sagen können. Sei lieber froh, dass wir dich gerettet haben.«

Will reagierte wie erwartet mit einem säuerlichen Gesichtsausdruck, was seinen Charme sofort verpuffen ließ. So wirkte er eher wie ein beleidigter Schuljunge und nicht wie ein Masterstudent. Und ohne Eden war er bei solchen Events sowieso immer völlig aufgeschmissen.

»Wo hast du meine beste Freundin gelassen? Kommt sie nach?« Ich hoffte wirklich, dass ich sie bisher nur übersehen hatte. Diese Party wäre ohne sie noch viel unerträglicher.

»Du meinst die Eden, die seit der Highschool meine feste Freundin ist?«, korrigierte er mich.

»Ja, Will. Meine beste Freundin seit der Vorschule.« Ich konnte es nicht lassen, noch einen obendrauf zu setzen.

Aus dem Augenwinkel sah ich den Mundwinkel meines Bruders und damit auch seinen Oberlippenbart verräterisch zucken. Rhett war auf der teuren Privatschule mit William in einem Jahrgang gewesen und konnte genauso wenig wie ich verstehen, was Eden an ihm fand. Sicher, er war der Erbe des Rutherford-Imperiums. Aber die McAllisters hatten selbst genug Geld. Sie waren nicht darauf angewiesen, dass ein Rutherford ihre Tochter heiratete.

»Eden fühlt sich heute nicht gut«, erklärte Will unbeeindruckt und nippte an seinem Whiskey.

Ich runzelte die Stirn. »Aber sie hat mir versprochen, dass sie kommt!«

Sie wusste, dass ich diese Partys der gealterten Upperclass für Zeitverschwendung hielt, wenn wir nicht wenigstens in einer schicken Location ein paar Fotos für Instagram schießen konnten. Wenn Eden jetzt zu Hause blieb, musste ich den Abend ganz allein durchstehen. Camila hatte mich von Anfang an hängen lassen. Sie meinte, sie müsse für die Unikurse lernen. Pff, tolle Freundinnen hatte ich.

Ich stürzte jetzt doch den Rest Champagner herunter. Das würde ich den beiden nicht einfach so durchgehen lassen.

»Ihr kommt auch ohne mich klar, oder?« Ich lächelte süßlich, schnappte mir von einem vorbeilaufenden Tablett ein frisches Glas und sah Rhett mit einem entschuldigenden Schulterzucken an. Seine Miene wirkte ausdruckslos, aber ich erkannte das widerwillige Blitzen in seinem Blick trotzdem. Ich würde später zu Hause wieder gutmachen müssen, dass ich ihn mit Will stehen ließ.

Während ich mein Smartphone aus der Clutch holte, suchte ich eine ruhige Ecke – was gar nicht so einfach war. Überall standen Menschen, die mich oder meine Eltern kannten, oder mir liefen die Kellner über den Weg. Mrs Henderson hatte wirklich eine Menge Leute eingeladen. Es dauerte eine Runde und drei halbe Gespräche, bis ich bei einem alten, schweren

Ledersessel vor einem dunklen Bücherregal stehen blieb. Nach einem letzten Kontrollblick durch den Raum suchte ich den Kontakt unserer Gruppe heraus und startete einen Videoanruf an meine beiden besten Freundinnen. Zuerst ging Camila ran.

»*Hola chica*«, begrüßte sie mich, bevor ihr das Handy aus der Hand fiel. »Ach, *shit*!« Es raschelte wild und die Kamera machte eine rasante Achterbahnfahrt von der Decke über unförmige Farbgebilde bis hin zu etwas, das aussah wie Teppich.

»Cami?«, fragte ich lachend und gab beinahe die Hoffnung auf. Wieder rauschte es, während ich meine Freundin im Hintergrund fluchen hörte. Als ihre Handfläche auftauchte und das Bild endlich zur Ruhe kam, bemühte ich mich ziemlich vergeblich um einen neutralen Gesichtsausdruck. Camila war manchmal einfach zu tollpatschig. Oder zu temperamentvoll. Oder beides.

»Hi«, sagte sie nochmal und ich erkannte auf dem Bildschirm meines Telefons ihren Schreibtisch im Studentenwohnheim. Sie hatte ihr Handy scheinbar irgendwo gegen gelehnt und das ziemlich schlecht. Ich sah mehr von ihren Notizen und der Laptop-Tastatur als von ihr. Ihr Gesicht war gar nicht mit drauf. Aber immerhin waren ihre Fingernägel frisch in einem Apricot-Ton lackiert, der ihre gebräunte Haut noch goldener aussehen ließ.

»Was macht du da?«, fragte ich und hielt mir das Telefon von schräg oben vor mein Gesicht. Die beste Perspektive für so was.

»Ich lerne.« Sie wedelte leicht genervt mit ihren Unterlagen herum und stieß dabei wieder das Smartphone um. Während sie auf Spanisch fluchte und scheinbar danach suchte, nahm endlich auch Eden den Anruf an.

Sie lag mit dem Telefon im Bett und hatte sich auf die Seite gedreht. Die Decke hatte sie bis an ihr Kinn hochgezogen und unter ihren Augen waren dunkle Schatten. Inmitten der dunkelgrünen Bettwäsche wirkte ihr Gesicht noch bleicher als sonst. Vielleicht war sie wirklich krank? Oder es war die Beleuchtung in ihrem Zimmer schuld.

Ich funkelte übertrieben böse in die Kamera. »Ihr seid beide miese Verräterinnen! Wie könnt ihr mich hier einfach allein lassen?«

»Es tut mir so leid! Ich wollte dich nicht auch noch hängen lassen.« Eden fühlte sich sichtlich schlecht. Sie rutschte tiefer in die Kissen und es fiel mir verdammt schwer, wütend auf sie zu sein.

»Hey!«, rief Camila dazwischen. »Ich lasse dich nicht hängen, ich lerne. Wie soll ich sonst Präsidentin der Vereinigten Staaten von Amerika werden?« Sie beugte sich schräg nach unten über die Tastatur und ich konnte in dem Chaos aus langen schwarzen Haaren sogar tatsächlich für ein paar Sekunden ihr Gesicht sehen. Ihre dunklen Augen funkelten mich drohend an.

Ich schnaubte halbherzig. »Und du meinst, Bestnoten in Politikwissenschaften helfen dir dabei?«, zog ich sie auf.

Cami lehnte sich wieder zurück und winkte mit den Händen über der Tastatur herum. Beinahe hätte sie ihr Telefon zum dritten Mal umgeworfen.

Eden kam ihr zu Hilfe. »Schaden wird es ja nicht. Cami wird in ein paar Jahren die erste weibliche Präsidentin. Ich bin sicher, dass sie das hinbekommt.«

Sie sagte es so voller Überzeugung, dass ihre Ausstrahlung selbst im Schlafanzug und mit Augenringen beeindruckend war. So sehr, dass ich Eden ein wenig darum beneidete.

»Und du glaubst auch daran, Sloan. Ich sehe dir das an der Nasenspitze an«, fuhr sie fort und gegen meinen Willen musste ich lächeln. Endlich atmete ich das letzte bisschen Ärger in meiner Brust aus und Cami gab ein triumphierendes »Ha!« von sich.

Irgendwie schafften beide es, meine säuerliche Art von sich abprallen zu lassen. Vielleicht waren wir deshalb Freundinnen. Wir brachten immer das Beste in der jeweils anderen hervor. Es klang wie ein kitschiger Postkartenspruch und ich würde so etwas nie laut sagen. Aber es war dadurch nicht weniger wahr.

»Ich hab gerade Will getroffen. Er steckte ziemlich in einem Gespräch fest und als Dank für meine Rettung sagt er mir knallhart, dass du nicht kommst.« Ich stellte mein Glas auf einem Kaffeetischchen ab und richtete mithilfe der Kamera meine Frisur. »Er meinte aber auch, dass du krank bist. Was ist denn los?«

»Ich hab meine Tage. Ziemlich heftig dieses Mal mit Kopfweh, Übelkeit und Krämpfen.« Sie schnitt eine Grimasse.

»Was? Wir sind doch noch gar nicht dran«, meldete sich Cami aus dem Off, untermalt von ihrem Tippen auf der Laptop-Tastatur.

»Scheinbar hat sich mein Körper entschieden mich heute vor dieser Party zu retten.« Eden zog eine Schulter hoch, so gut das im Liegen ging. »Ich liebe Will, wirklich. Aber wenn ich mir noch ein Gespräch von ihm und Mr Hastings über die Architektur der Art-déco-Ära anhören muss, werde ich wahnsinnig.«

»Ja, okay …«, gab ich zu. »Das ist eine gute Entschuldigung. Zumindest besser als Camis.«

»Hey!«, machte sie wieder aus dem Off, schien sich aber nicht an meinem Kommentar zu stören.

»Es tut mir echt leid«, meinte Eden zerknirscht und ich winkte mit der anderen Hand ab, während ich das Gewicht auf das rechte Bein verlagerte.

»Schon okay. Ich kann euch doch eh nicht wirklich böse sein.« Ich seufzte. »Dabei würde sich die Location echt gut zum Fotos machen eignen!«

Ich hielt das Handy noch ein wenig höher und weiter von mir weg. Dann fing ich an mich im Kreis zu drehen, damit die beiden ein bisschen von dem Flair sehen konnten. Gerade das Lesezimmer war eine Mischung aus Harry Potter und Chesterfield-Charme. Mit meinem modernen azurblauen Cocktailkleid und den blonden Haaren wäre das der perfekte Kontrast.

Ich schob schmollend die Unterlippe vor. »Seht ihr, wie nett das ist?«

Im Grunde war ich ihnen nicht mehr böse. Heute fiel es mir nur noch schwerer als sonst, auf dieser Party zu sein. Meine Zeit zu verschwenden mit Menschen, die sich eigentlich nicht für mich interessierten, und dass nicht einmal Bilder für die Leute dabei herauskamen, die mir auf eine seltsame Art näherstanden als die meisten in diesem Loft, frustrierte mich. Stärker, als ich gedacht hätte.

Hinter mir tauchte ein schwarzer Anzug im Bild auf und ich zuckte zusammen.

»Störe ich?«, hörte ich eine männliche Stimme.

Und leider hatten meine Freundinnen ihn auch gehört.

»Wer ist da bei dir?«, fragte Eden und richtete sich auf. Selbst Cami lehnte sich zum Telefon herunter.

Mit klopfendem Herzen warf ich einen schnellen Blick über die Schulter und drehte mich wieder zum Smartphone.

»Ich muss Schluss machen.«

»Was?«, schallte Edens Stimme mir entgegen.

»Wer ist der Kerl?«

Mittlerweile hatte Cami das Telefon sogar in der Hand, aber ich drückte schnell den roten Button. Dann steckte ich das Smartphone zurück in meine Tasche. Mein Puls pochte unangenehm in meinem Hals. Ich fühlte mich ertappt, obwohl ich gar keinen Grund dazu hatte.

»Na, na. Du hättest doch nicht wegen mir das Telefonat beenden müssen«, säuselte er gönnerhaft.

Ich atmete die Anspannung weg und nahm in einer eleganten Drehung das Champagnerglas vom Beistelltisch, dann trank ich demonstrativ einen Schluck. Das konnte ich vor diesem Gespräch gut gebrauchen. Dieser Kerl hatte mir noch gefehlt, um diesen Abend noch beschissener zu machen.

»Grant Fitzgerald.« Ich musterte ihn abschätzig von oben bis unten.

Er war gut gekleidet, wie immer. Seine dunkelbraunen Haare trug er recht kurz und hatte sie in einer leichten Welle zurückgelegt. Sein spitzes Kinn war glatt rasiert und sein Anzug saß perfekt. Es war kein Geheimnis, dass er genau wusste, wie er sich in Szene setzen musste. Das Einzige, was heute fehlte, war die billige Tussi, die normalerweise an seinem Arm hing.

»Sloan Whitaker.«

Es wunderte mich nicht, dass er mich beim Namen nannte. In diesen Kreisen kannte jeder jeden. Aber die Art, wie er ihn aussprach, richtete die Härchen in meinem Nacken auf.

Grant ließ den Blick über meinen Körper wandern. Dann zog er einen Mundwinkel hoch. »Schickes Kleid.«

»Danke.« Meine Stimme klang süßlich und falsch.

Unbeeindruckt kam Grant zwei Schritte auf mich zu. »Wenn du willst, mache ich ein paar Fotos von dir.« Wieder musterte er mich. Durchdringend genug, dass ich von einem Bein auf das andere trat.

»Ich glaube nicht, dass du eine Ahnung hast, wie das funktioniert.«

»Was gibt es da schon groß zu wissen?« Er holte sein Smartphone aus der Tasche und richtete es auf mich.

»So weit ist es mit dir gekommen? Dass du auf einer Dinnerparty fremde Frauen fotografierst wie ein Spanner?«

Ich hörte, wie er den Auslöser betätigte, und kurz darauf hielt er mir das Display vor die Augen. Zugegeben, das Foto war nicht schlecht. Obwohl ich ziemlich säuerlich und ablehnend aussah, hatte er die Lichtstimmung schön eingefangen. Und ich war augenblicklich noch frustrierter, dass ich die Location nicht ausnutzen konnte. Mein ganzer Gute-Laune-Puffer von dem Telefonat war schon wieder aufgebraucht. Und es war absolut keine Option, mich von Grant fotografieren zu lassen. Allein bei der Vorstellung konnte ich das Gerede der Leute hören – und den Tadel, den ich mir von meiner Mutter anhören müsste.

Für Mr reicher Anwaltssohn schien keine Kritik Lob genug zu sein und er zog einen Mundwinkel hoch. »Bei einem Motiv wie dir kann man kaum etwas falsch machen.«

Wie konnte man nur so schmierig und gleichzeitig so von sich überzeugt sein?

Ich verschränkte die Arme vor dem Bauch. So gut das mit einem Glas in der Hand ging.

»Du bist heute tatsächlich ganz allein hier?« Ich reckte mich an ihm vorbei, dann sah ich ihn mitleidig an. »Haben die Frauen es endlich geschafft, dich zu durchschauen?«

Schon seit der Schulzeit war Grant als der größte Aufreißer bekannt, den die Schule je gesehen hatte. Er war zwei Jahrgänge über mir gewesen und ich hatte eigentlich überhaupt nichts mit ihm zu tun gehabt. Aber sein Ruf eilte ihm immer noch voraus. Umso mehr wunderte mich, wie er es so oft schaffte, sich eine neue Begleitung zu angeln.

Grant lachte leise. »Glaub mir, die Frauen, mit denen ich ausgehe, schätzen mich richtig ein.« Er steckte das Smartphone lässig in seine Hosentasche. »Deshalb wollen sie mich ja.«

Ich machte ein würgendes Geräusch. Ein paar Köpfe ruckten in meine

Richtung, aber was die anderen Gäste dachten, war mir in dem Moment ausnahmsweise egal.

»Ich wüsste nicht, was du einer Frau bieten könntest. Außer Chlamydien vielleicht.«

Mit einem abfälligen Blick ging ich an ihm vorbei. Ich hatte genug von diesem Gespräch und seiner Arroganz, aber Grant offensichtlich nicht. Gerade, als ich auf seiner Höhe war, lehnte er sich zu mir. Sein scharfes Aftershave drang in meine Nase und mein Herz klopfte schneller, als es sollte. Wärme breitete sich von seinem Körper auf meinen nackten Arm aus, während seine Lippen knapp unterhalb meines Ohrläppchens über meiner Haut schwebten, ohne mich zu berühren.

»Ich weiß, wie sehr du dich langweilst, Darling. Es ist nicht das erste Mal, dass ich dir auf einer dieser Veranstaltungen begegne.«

Beinahe hätte ich die Augen geschlossen, so angenehm stark spannte die Luft auf einmal zwischen uns.

»Du willst ein Abenteuer, Sloan. Das sehe ich dir an. Und ich kann dir eins geben.« Seine Stimme hallte in mir nach, genau wie seine Worte. Sie forderten mich heraus.

»Das ist also deine Masche?« Ich drehte angewidert den Kopf in seine Richtung und kam ihm dadurch nur noch näher. »Mir tun die Frauen leid, die darauf reinfallen.« Und ich würde ganz sicher keine davon werden.

Grant trat zurück und hob beschwichtigend die Hände. »Wie du meinst. Wenn du deine Meinung änderst, weißt du, wo du mich findest.« Mit einem Schmunzeln drehte er sich um und verließ das Lesezimmer.

Fassungslos und gleichzeitig genervt sah ich ihm nach. Was war da eben passiert? Die Haut an meinem Hals juckte und ein Kribbeln flatterte in meinem Bauch. Und in anderen Körperteilen, die gerade gar nicht beteiligt sein sollten.

Nein. Grant Fitzgerald war wirklich das Letzte, was ich gebrauchen konnte – oder wollen sollte.

Kapitel 2

Ich atmete tief durch und verließ den Raum durch die zweite Tür am anderen Ende. Mir blieb keine Zeit, mich zu sammeln, auch wenn ich sie dringend gebraucht hätte.

Kaum war ich draußen, wurde ich in Beschlag genommen. Ich unterhielt mich mit Edens Eltern und mit Familie Alvarez. Sogar mit Wills Eltern sprach ich kurz. Und immer wieder lief ich Grant über den Weg. Dabei war dieses verdammte Appartement nicht gerade klein. Er schien die ganze Zeit nur ein paar Schritte von mir entfernt. Manchmal spürte ich sogar seinen Blick in meinem Rücken. Er juckte auf meiner Haut, so, wie sein Atem es getan hatte. Aber eigentlich konnte ich ihm sein Starren nicht übel nehmen. Immerhin war der tiefe Rückenausschnitt das Beste an dem Kleid.

»Dieser Kerl ist so arrogant«, rutschte es mir nach meinem dritten Glas Champagner heraus. Ich beobachtete gerade Grant dabei, wie er mit Mr Henderson sprach.

Mein Bruder sah mich von der Seite an und reckte den Kopf. »Er ist ein Fitzgerald«, sagte er, als wäre das Begründung genug.

»Und das gibt ihm das Recht, sich alles rauszunehmen?«

Rhett verneinte. »Aber er nimmt es sich trotzdem.«

Frustriert nippte ich an meinem Getränk und kramte wieder das Smartphone aus der Tasche. Ich hatte einige ungelesene Nachrichten in unserem Gruppenchat von Eden und Cami. Sie hatten eine Wette abgeschlossen, welcher Unbekannte sich von hinten an mich angeschlichen hatte.

Pah, wenn sie wüssten.

Sloan: Ihr liegt beide falsch. Es war weder Will noch Rhett noch dein Vater, Cami. Und ich wette, ihr kommt nicht drauf.

Eden: Hmmm. Dann vielleicht der Sohn der Hendersons. Wie hieß der nochmal?

Camila: Elliot. Und nein, der war's bestimmt nicht.

Camila: Jetzt sag schon, Sloan. Ihr lenkt mich vom Lernen ab!

Sloan: … Grant Fitzgerald!

Für einen Augenblick herrschte Stille im Chat. Sie hatten die Nachricht beide gelesen und fingen gleichzeitig an zu tippen. Ich grinste. Dass das für Aufregung sorgen würde, hatte ich geahnt.

Camila: Was wollte er von dir? War er allein da? Hat er dich angemacht?

Eden: Halt dich am besten von ihm fern. Wenn du dich mit dem einlässt, ist dein Ruf hinüber. Ich hab noch nicht eine gute Geschichte über ihn gehört.

Das hatte ich auch nicht. Aber irgendwie ging mir das, was er gesagt hatte, nicht mehr aus dem Sinn.

Wieder spürte ich ein Kribbeln in meinem Nacken und ich hob den Kopf. Instinktiv suchte ich nach ihm und seinem maßgeschneiderten Anzug. Grant stand tatsächlich nur ein paar Schritte von mir entfernt an einer Kommode. Erst sah es aus, als würde er sich anlehnen, aber ich irrte mich. Er nahm eine der kleinen Figuren, die darauf dekoriert waren, und ließ sie in seiner Hosentasche verschwinden.

Hitze kroch meinen Hals hoch. Fitzgerald hin oder her, das ging eindeutig zu weit. Und wenn sich niemand sonst traute ihm zu sagen, was für ein Arsch er war, würde ich das übernehmen müssen. Auf eine höfliche Art.

Ich steckte mein Telefon weg und stiefelte möglichst unauffällig zu ihm.

Was nicht so leicht war bei dem lauten Klacken, das meine Absätze auf dem teuren Parkett hinterließen.

»Stell sie zurück.« Ich lächelte, aber meine Stimme klang nachdrücklich. Dann ließ ich den Blick durch den Raum schweifen. Das hier sollte nach einem ganz normalen Gespräch aussehen. Zumindest für die anderen Gäste.

Grants Grinsen wurde breiter. »Das werde ich. Aber nicht hier.«

»Was meinst du damit?«

Er setzte sich in Bewegung. Eine Antwort bekam ich nicht. Grant hatte ernsthaft vor mich schon wieder stehen zu lassen. Noch dazu mit einer gestohlenen Figur in der Hosentasche!

»Hey!«, zischte ich ein wenig zu laut. Ein paar Köpfe drehten sich zu uns um und ich warf ein unverbindliches Lächeln in die Runde. Dann huschte ich Grant hinterher. Als ich wieder an seiner Seite war, zog er eine Augenbraue hoch.

»Du hast so was noch nie gemacht?«

»Etwas gestohlen? Nein!« Mein Herz schlug mir bis zum Hals und schien dort festzustecken.

Nach ein paar Schritten blieben wir stehen. Mrs Henderson war nur einen, höchstens anderthalb Meter entfernt und unterhielt sich gerade mit Mrs Rutherford. Als sie mich entdeckte, lächelte ich. Hoffentlich spielte ich meine Rolle dieses Mal so gut wie mein Bruder seine.

»Komm her.« Grant griff mit einer Hand nach meiner Taille, aber ich wich ihm aus.

»Ganz sicher nicht.«

»Du wolltest wissen, was ich mit der Figur vorhabe. Ich zeige es dir, wenn du näher kommst.« Grants Stimme hatte den süffisanten Unterton verloren, der sonst in ihr mitschwang. Und irgendwie brachte mich das dazu, auf seine Bitte einzugehen. Dass meine Hände dank seiner Nähe schwitzig wurden, hatte damit ganz bestimmt nichts zu tun.

Argwöhnisch trat ich zu ihm, dann legte er seine Hand um meine Hüfte. Wir standen voreinander, zwischen uns nur wenige Zentimeter Platz. Es musste von außen betrachtet vertraut aussehen, wie er mich zu sich zog und ich die Hand auf seinen Arm legte. Mein Mund wurde trocken, als Grant sich so nah zu mir lehnte, dass ich seinen Atem auf meiner Wange spüren konnte.

»Schau einfach weiter geradeaus. Als würde ich dir etwas Besonderes ins Ohr flüstern.« Er lachte leise und das Geräusch schoss heiß in die Körperteile von mir, die heute schon einmal so auf ihn reagiert hatten. Kleine Verräter.

»Aber wozu das Ganze?«, fragte ich. Unbeholfen ließ ich den Blick schweifen. Das würde uns niemand abkaufen. Jeden Moment würde einer der Gäste zu uns rüberkommen. Allein dass Grant hier mit mir stand, würde für genug Gerede sorgen.

Ich schluckte, als mein Blick auf den meines Bruders traf. Er würde mir diese Show erst recht nicht abnehmen. Für alle anderen mochte es so aussehen, als würden Grant und ich uns nett unterhalten. Ein junger Mann, der eine junge Frau auf einer Dinnerparty umgarnte. Aber als Rhett den Kopf kaum merklich zur Seite legte, konnte ich mir vorstellen, was er dachte.

Ich spürte, wie Grant sich bewegte, und schaute automatisch zu seiner Hand, die wieder in seiner Hosentasche steckte. Nicht zu wissen, was er vorhatte und worin er mich verwickelte, machte mich wahnsinnig. Mein Herz schlug unkontrolliert in meiner Brust und dass meine Knie nicht zitterten, grenzte an ein Wunder.

»Na, na, Darling. Nicht nach unten sehen. Du willst mich doch nicht verraten, oder?« Er schlang seinen Arm enger um mich, dabei streifte er mit den Fingerspitzen meinen nackten Rücken. Wie ein glühender Funke jagte Hitze von der Stelle durch meinen Körper und ich hob ruckartig den Kopf. Jetzt noch unbeteiligt auszusehen war deutlich schwieriger als die Erstsemesterklausur in Modegeschichte, bei der ich beinahe durchgefallen wäre.

Aus dem Augenwinkel erkannte ich die kleine Statue, die nun in Grants Handfläche lag. Wie nebenbei lachte er und drehte sich ein Stück mit mir, bis wir das Bücherregal hinter uns vollständig verdeckten. Dann tauschte er die Figur mit einem kleinen Kasten, der auf einem der Regalbretter stand. Da fiel der Groschen bei mir.

»Ernsthaft? Das ganze Getue für ein bisschen Nippes?« Entsetzt starrte ich ihn an und eine Welle an Adrenalin rauschte durch mich. Ob von der Aufregung oder Erleichterung konnte ich nicht sagen.

»Darling, es geht nicht um die Sachen.« Grant strich wieder mit seinen Fingerspitzen über meine nackte Haut und ich wandte den Blick ab. Ich traute mich nicht ihn jetzt anzusehen. Ich starrte ins Leere, während alle meine anderen Sinne auf ihn konzentriert waren. »Worum geht es dann?«

»Um das Gefühl. Den Nervenkitzel und die Angst, erwischt zu werden.« Er lächelte. »Dass die Hendersons sich spätestens morgen wundern werden, warum alle ihre Sachen nicht mehr dort stehen, wo sie hingehören, ist nur ein netter Nebeneffekt.«

»Es braucht schon ein bisschen mehr, um mir Angst zu machen«, widersprach ich. Aber das Flattern tief in meinem Bauch entlarvte mich als Lügnerin.

»Ich kann fast hören, wie laut dein Herz klopft. Du atmest flach und deine Muskeln sind angespannt. Adrenalin rauscht durch deine Adern. Ich kann es beinahe riechen.« Grant strich weiter mit dem Daumen meinen Rücken hoch und ich schloss doch die Augen. Verdammt!

Grant war der beste Beweis dafür, dass man zu jemandem eine unkontrollierbare Anziehung haben konnte, obwohl man ihn absolut verabscheute. Zu Schulzeiten hatte allein der Gedanke an seinen Ruf und sein widerliches Getue gereicht, um jede Versuchung, ihn anziehend zu finden, im Keim zu ersticken. Aber heute half das nicht. Ich war in diesem Moment viel zu gern wehrlos gegen den Wunsch nach seiner Nähe. Und gegen seine lockende Stimme, die tiefer in mein Bewusstsein drang.

»Du fühlst dich gut und berauscht. Ist es nicht so? Eine willkommene Abwechslung von diesem eintönigen Leben.«

Er hatte recht. Dieses Gefühl gefiel mir zu gut. Und deshalb musste ich mich von ihm fernhalten. Ich schlug die Augen auf und straffte die Schultern. Dabei streckte ich den Rücken durch und löste seine Hand von meiner Haut.

»Ich falle nicht auf deine Masche rein, Grant. Such dir jemanden, der dir das abkauft.«

»Es ist keine Masche. Ich habe dir ehrlich gesagt, womit ich mir langweilige Abende wie diesen hier vertreibe. Es gibt kein Kleingedrucktes.«

»Aber es gehört sich nicht. Weißt du, was hier los ist, wenn das jemand rauskriegt?«, zischte ich.

Ich sollte gehen und ihn stehen lassen. Eden hatte Recht. Wir hatten noch nicht eine gute Geschichte über Grant Fitzgerald gehört.

»Schon gut, Sloan.« Er hob entschuldigend die Hände. »Ich hätte ahnen müssen, dass das nichts für dich ist. Dabei hatte ich wirklich gedacht, dass du für ein kleines Abenteuer zu haben bist. Aber du bist wohl zu sittsam.«

Ich ging nicht. Stattdessen drehte ich kopfschüttelnd das Champagnerglas zwischen meinen Fingern. Es störte mich nicht so sehr, dass er auf diese Art versuchte mich zu provozieren. Aber es störte mich, dass ich bei seinem Spiel mitmachen *wollte*. Unschlüssig sah ich mich im Raum um. Die immer gleichen Leute, die ich beinahe wöchentlich auf Events wie diesem traf. Die über die immer gleichen Themen sprachen. Langweiliges Zeug. Angeberei. Nichts von Wert.

Entschlossen leerte ich das Glas und mein Herz stolperte hektisch. Allein bei dem Gedanken, heimlich aus den Regeln der High Society auszubrechen, fühlte ich mich lebendig.

»Na schön. Du hast gewonnen. Lass uns ein paar Dinge umräumen.«

Grants Augen verdunkelten sich und ein süffisantes Lächeln breitete sich auf seinen Lippen aus. »Dann sollten wir einen neuen Platz finden für dieses«, er nahm den hölzernen Kasten in die Hand und betrachtete ihn skeptisch, »was auch immer es Unnützes ist.«

Er ließ den kleinen Gegenstand wieder in seiner Tasche verschwinden und hielt mir seinen Arm hin. Ich zögerte nur eine Sekunde, bevor ich die Einladung annahm.

Gemeinsam schlenderten wir durch das Loft. Während wir uns nach einem geeigneten Stellplatz umsahen, flüsterte Grant mir kleine Gemeinheiten über die Gäste ins Ohr. Dinge, die ich zwar dachte, aber nie laut ausgesprochen hätte.

»Siehst du, wie Mrs Hastings den anderen ständig ihr neues Armband vor die Nase hält? Ihr Ehemann hat es ihr geschenkt, nachdem er sie mit einer Zwanzigjährigen betrogen hat. Aber wer kann es ihm verdenken? Sie altert nicht gerade gut.«

Ich versteckte mein Lachen hinter einem neuen Glas Champagner. Fast tat mir leid, was er über die Leute sagte, aber es war schön, jemanden zu treffen, der genauso dachte wie ich. Mittlerweile fühlten sich meine Wangen vom Alkohol warm an und ich merkte deutlich, dass ich es bisher vermieden hatte, mein Glück mit den Canapés zu versuchen. Bei der nächsten Party sollte ich vorher etwas essen.

»Und dahinten steht Mr Jennings.« Grant schüttelte den Kopf. »Du solltest ihm nicht zu nahe kommen, wenn er getrunken hat. Er wird dann ein bisschen zu aufdringlich.«

»Danke für den Tipp, das hab ich selbst schon gemerkt«, gab ich zurück.

»Kluges Mädchen.« Grant warf mir einen anerkennenden Blick zu und normalerweise wäre es mir mehr als sauer aufgestoßen, so genannt zu werden. Normalerweise war aber wohl nicht heute. Seit ich mich entschlossen hatte bei diesem Spiel mitzumachen, hatte ich scheinbar auch entschieden Grant Fitzgerald für einen Abend nicht zu verurteilen. Damit konnte und würde ich morgen weitermachen.

Drei umgeräumte Gegenstände später war ich in Hochstimmung. Seit ich mit Grant unterwegs war, wurden wir kaum angesprochen. Auch wenn jeder der Gäste etwas über uns zu tuscheln hatte, wie ich mit einem großen Spritzer Aufregung bemerkte. Ständig ernteten wir Blicke. Die Reichen und Schönen waren nicht halb so diskret bei ihren Gesprächen, wie sie dachten.

Ich entschied mich die Situation zu nehmen wie mein Bruder damals, als man hinter vorgehaltener Hand über sein blindes Auge gesprochen hatte, und ließ das Getuschel mit einem Lächeln an mir abprallen. Sollten sie doch reden. Was meine Eltern dazu sagen würden, darüber machte ich mir erst morgen Gedanken, um mir die Stimmung nicht zu vermiesen. Ich hätte es nie für möglich gehalten, aber ich hatte gerade den besten Abend seit Langem. In Grants Gegenwart flirrte die Luft um mich.

»Was hältst du davon, wenn wir unser kleines Spiel auf ein neues Level heben?«, fragte er, nachdem wir einen alten Kompass zwischen die Kissen des großen Ledersofas gesteckt hatten. Seine braunen Augen wirkten dunkler auf mich, verführerischer, auch wenn das völliger Unsinn war.

»Willst du jetzt ganze Möbelstücke verrücken?« Ich zog skeptisch die Augenbrauen zusammen.

»Besser. Ich weiß, wo Elliot den Schlüssel zu seinem Porsche hat.«

Er musste gar nicht weitersprechen, ich wusste auch so, was er vorhatte. Ein heißer Schauer jagte durch meinen Körper. »Das können wir nicht machen, Grant.«

»Wir leihen ihn uns nur aus, fahren eine Runde und bringen ihn sofort zurück. Niemand wird etwas von seinem oder unserem Verschwinden merken.«

In seinen Augen blitzte es auf und seine Hand auf meinem unteren Rücken schickte einen weiteren Funken durch meinen Körper. Ich war innerlich zerrissen. Es wäre falsch, den Wagen zu nehmen. Selbst wenn wir ihn nur ausliehen. Es war eine andere Sache, einen Porsche aus der Garage des Wohnhauses zu entwenden, als innerhalb des Lofts ein paar Gegenstände zu vertauschen. Was wir bisher gemacht hatten, war nur ein Spaß gewesen. Aber was Grant vorhatte, war ein anderes Kaliber. Bei dem Gedanken rauschte das Blut in meinen Ohren.

Grant hob eine Hand und ich wich nicht zurück. Ich wollte, dass er mich berührte. Ich wollte seine Hände auf mir spüren. Und an Stellen, die sich durch seine Nähe mit jeder Sekunde heißer anfühlten. Federleicht fuhr er mit den Fingerspitzen mein Schlüsselbein bis zum Hals entlang und ich schloss wieder die Augen, in der Hoffnung, mich dann ein wenig besser zusammenreißen zu können. Aber ich wurde beinahe schon vom Klang seiner Stimme schwach.

»Ich weiß, dass du es willst. Nur diese versnobte Gesellschaft hält dich davon ab. Lass dich nicht von ihnen in Ketten legen, Darling.«

Der Puls unter meiner Haut pochte nur Millimeter von seiner Hand entfernt. Ich wollte nicht, dass Grant aufhörte. Weder damit, mich zu berühren, noch damit, mich herauszufordern. Fühlte man sich so bei einem Gespräch mit dem Teufel? Zerrissen zwischen dem, was richtig war, und dem, was man wollte?

»Ich kann das nicht tun«, fing ich an und geriet ins Stocken. Dann machte ich den Fehler, Grant in die Augen zu sehen. Unsere Blicke verfingen sich ineinander, verschmolzen für einen Atemzug untrennbar. Ich konnte förmlich spüren, wie er meinen Widerstand sinken ließ. Seine Hand umfasste jetzt mein Kinn und eine Welle aus Hitze rollte durch meinen Körper.

Würde er mich küssen?

Ich hoffte, er würde es tun. Wenn nicht, würde ich selbst Grant Fitzgerald, den Aufreißer schlechthin, küssen. Ich hatte mir schon in der Schule vorgenommen mich nie auf ihn einzulassen, gerade weil ich ihn doch irgendwie attraktiv gefunden hatte. Aber das war mir nun egal. Und auch, dass er ein Arsch mit schlechtem Ruf war, der meinen mit in die Tiefe ziehen könnte. Heute Abend wollte ich endlich Spaß haben und das bedeutete alle Vorzüge, die Grant trotz seiner Arroganz bieten konnte, zu genießen.

Aus dem Augenwinkel bemerkte ich eine Bewegung. Mein Bruder, dem ich nach unserem letzten Blickkontakt erfolgreich aus dem Weg gegangen war, kam auf uns zu.

Ich zuckte vor Grant zurück und sah Verwunderung in seinem Gesicht, dann folgte er meinem Blick. Auch Rhett erfasste die Situation in Sekunden und beschleunigte seine Schritte gerade nur so stark, dass er den anderen Gästen nicht negativ auffiel.

Ich konnte mir denken, was Rhett sagen würde. Er würde mich wieder zur Vernunft bringen. Mir einbläuen, wie wir uns im Namen unserer Eltern zeigen mussten. Und das wollte ich nicht. Ich wollte unvernünftig sein. Meinem Bruder würde ich mein Leben anvertrauen und er mir seins. Über Grant wollte ich jetzt trotzdem nicht mit ihm reden. Ich wusste ja selbst nicht, was gerade zwischen uns passierte. Aber was es auch war, es riss mich mit sich.

Ich musste mich entscheiden. Jetzt.

Ich nahm Grants Hand, drehte mich um und setzte mich in Bewegung. Weg von meinem Bruder und der Verantwortung.

»Du versprichst, dass wir den Wagen nur ausleihen?«

Das strahlende Lächeln, das sich auf Grants hübschem Gesicht ausbreitete, verschlug mir fast den Atem.

»Ich verspreche es. Wir bringen ihn zurück, bevor irgendjemand etwas davon merkt.« Er zog mich an der Hand zu ihm und drückte einen Kuss auf meinen Handrücken. Anders als Rhett es bei Mrs Henderson getan hatte, streiften Grants Lippen dabei meine Haut. Von der Berührung breitete sich ein Prickeln in meinem ganzen Körper aus. Es kitzelte so stark, dass ich lachen musste.

»Das heißt aber nicht, dass ich dich jetzt leiden kann, verstanden?«

»Natürlich nicht. Und wenn ich der letzte Mensch auf der Welt wäre, du würdest mich trotzdem nicht mögen.«

Grant übernahm die Führung. Wir eilten Hand in Hand zwischen den Gästen durch. Nein, wir rannten fast. Er zog mich mit sich durch das Loft, durch eine Tür, dann durch noch eine. Als wir in die Küche polterten, riss ich beinahe dem Kellner von vorhin das Tablett aus der Hand.

»Ups, sorry!«, rief ich ihm lachend zu, doch er schaute nur verwirrt. Grant achtete gar nicht erst auf ihn. Er steuerte zielstrebig auf einen kleinen Schrank an der Hintertür des Lofts zu. Ohne sich auch nur einmal um die Angestellten zu kümmern, griff er den Schlüssel. Dabei hielt er die ganze Zeit meine Hand.

Als die Tür zur Küche hinter uns ins Schloss fiel, rauschte das Blut so laut in meinen Ohren, dass es betäubend in der plötzlichen Stille des Hausflures dröhnte.

»Und jetzt?«, fragte ich außer Atem.

»Wir müssen runter in die Garage.« Grant ließ den Blick fordernd über mich gleiten. »Willst du den leichten Weg oder den, der mehr Spaß macht?«

Ich stieß ihn mit der Schulter an, ermutigt von der Energie in meinem Bauch. »Na, welchen wohl! Für wen hältst du mich eigentlich?«

Er sparte sich die Antwort und lief zügig den Gang hinunter. Meine Schuhe hallten laut im Korridor nach, während ich ihm folgte. Ich bekam fast das Gefühl, als wären wir auf der Flucht. Als würden wir alles hinter uns lassen und verschwinden. Wie Bonnie und Clyde gegen das System rebellieren und nur unserem Instinkt folgen. Es war das beste Gefühl seit Wochen.

Wir rannten zwei Treppen hoch, dann durch eine Tür und ich schnappte nach Luft. Warmer Spätsommerwind schlug mir entgegen. Tief unter uns hörte ich den Verkehr der 96th Street. Und über uns war nur der dunkle Nachthimmel.

»Bist du völlig verrückt geworden?« Ich lachte verzweifelt.

Grant drehte mich zu sich. »Ich habe dir ein Abenteuer versprochen. Und das hier ist es, Darling.« Er nickte wie selbstverständlich zur Feuertreppe.

Es war Wahnsinn und deshalb so unaufhaltsam.

Als hätte Grant Fitzgerald es an nur einem Abend geschafft, mich in Brand zu stecken. Und in diesem Moment, über den Dächern der Stadt, hatte ich das Gefühl, dass dieses Feuer lodern würde, bis es ausgebrannt war.

Ich sah Grant entschlossen an. »Tun wir's.« Ich fasste selbst nicht, was ich da eben gesagt hatte.

Wieder glommen seine Augen dunkel. Verdammt! Wenn er mich weiterhin so ansah, musste ich ihn hier oben an mich ziehen und ihn küssen. Oder Schlimmeres.

Gemeinsam stiegen wir die Feuertreppe nach unten. Zuerst zitterten mir ordentlich die Knie, aber letztlich gewann das Hochgefühl. Grant ging voran und obwohl es auf der schmalen Treppe unbequem für ihn sein musste, hielt er die ganze Zeit meine Hand fest. Erst als wir in der Tiefgarage endlich den Porsche gefunden und uns hineingesetzt hatten, ließ er mich los. Er startete den Motor und sah mich eindringlich an.

»Bereit? Noch kannst du einen Rückzieher machen.«

Sein Gesichtsausdruck forderte mich heraus und gleichzeitig war ich mir unerklärlicherweise sicher, dass er es ernst meinte. Wenn ich nein sagen würde, gingen wir wieder nach oben. Er würde meinen Wunsch respektieren. Und das machte Grant noch so viel attraktiver.

Ich beugte mich vor und drückte ihm als Antwort einen flüchtigen Kuss auf die Lippen. Gerade lang genug, um zu wissen, dass ich das noch einmal tun wollte. Dann musterte ich ihn einen Moment. Ich sah seine dunkelbraunen Augen, die dichten Brauen und sogar das kleine Muttermal an seiner Schläfe. Fast, als sähe ich ihn jetzt zum ersten Mal. Als säße nicht der

Aufreißer mit mir in diesem Wagen, den wir im Begriff waren *auszuleihen,* sondern der Mann hinter diesem Ruf.

Vor Aufregung biss ich mir auf die Unterlippe.

»Ich bin bereit.«

Kapitel 3

Es war berauschend, mit Grant durch die Stadt zu fahren. Der Wind zerstörte meine Frisur, aber ich hatte kurzerhand die Haarnadeln herausgenommen und trug sie jetzt offen. Das war der Vorteil von nur knapp schulterlangen Haaren. Sie verknoteten sich nicht so sehr, wenn man mit offenem Verdeck fuhr.

Grant ließ den Motor aufheulen und ich reckte die Arme in die Luft. »Wohoooo!«, rief ich, während aus dem Radio laute Musik dröhnte. Der Fahrtwind strich angenehm kühl und prickelnd über meine Haut und mein Herz hüpfte.

»Du tust fast so, als wärst du noch nie in so einem Wagen gefahren.« Grant zog belustigt einen Mundwinkel hoch.

»Eigentlich bin ich das schon ziemlich oft«, kommentierte ich seine Vermutung und nahm die Arme wieder herunter.

»Aber in einem geborgten Porsche fährt es sich eben aufregender die Upper East Side entlang«, sprach Grant meine Gedanken aus. »Der Nervenkitzel und die Angst, doch erwischt zu werden, machen den Reiz aus.« Dann fuhr er sich durch die zurückgelegten Haare und wirkte dabei wie aus einer Modezeitschrift. Oder besser noch: einer Parfümwerbung. *Boss Bottled*. Im wahrsten Sinne.

Ich musterte meinen Partner in Crime. »Für dich gelten wohl nicht die gleichen Regeln wie für Normalsterbliche, hm?«

Die Hand oben auf dem Lenkrad sah er zwischen mir und der Straße hin und her. »Doch, das tun sie. Aber ich weiß, wie man sie umgeht. Oder ein wenig dehnt.« Ich lachte und er fügte an: »Ich studiere ja nicht umsonst Jura.«

Dann nahm er sein Smartphone aus der Ablage, tippte kurz darauf herum und hielt es mir hin. Grant hatte unbemerkt ein Foto von mir gemacht. Ich reckte darauf die Hände in die Luft, meine Haare flatterten im Fahrtwind und ich lachte aus vollem Herzen.

Das war sicher kein Bild für eine Image-Mappe und schon allein wegen des Autos würde ich es niemandem zeigen, aber es wirkte echt.

»Schickes Foto«, gab ich zu und lehnte mich wieder zurück.

»Schickes Model«, meinte Grant zwinkernd und steckte sein Telefon weg. »Mit solchen Fotos auf deinem Instagram-Profil würdest du aber sicher einige Follower verlieren. Das passt nicht ganz zu deinem auf Hochglanz polierten Ich-bin-das-perfekte-High-Society-Girl-Feed.«

Ich schnaubte. »Auch wenn du absolut schleimig genug für die Karriere als Anwalt bist, bleibt dir nach der Aussage ja noch der arrogante Fotograf als Lebensweg. Zumindest, wenn du keine Lust mehr hast, arme, mittellose Leute mit horrenden Anwaltskosten auszunehmen«, stichelte ich.

»Aha«, machte Grant schmunzelnd.

»Was?« Ich sah ihn argwöhnisch an.

»Erst küsst du mich und jetzt das.« Er hielt an einer roten Ampel an und drehte sich im Ledersitz zu mir. »Pass auf, sonst komme ich noch auf die Idee, dass sich deine Meinung über mich geändert hat, Darling.«

Ich verdrehte die Augen, schmunzelte aber. In meinem Bauch wirbelte ein Hochgefühl alles durcheinander und auch das Hochhalten meiner Haare half nicht gegen die Hitze in meinem Körper. Dass Grant mir vielleicht doch ein wenig sympathisch war, würde ich ihm sicher nicht sagen. Stattdessen betrachtete ich New York, das nun wieder an mir vorbeizog. Langsam beruhigte sich auch das Glühen in meinem Bauch.

Die Frauen, mit denen er sonst ausging, überhäuften ihn bestimmt mit Komplimenten und klugen Sprüchen. Aber ich hatte kein Interesse daran, ihn zu beeindrucken. Ich wollte nur die Zeit genießen und ihm sicher nicht sagen, dass er recht gehabt und ich einen Abend wie diesen gebraucht hatte. Es war völlig lächerlich, aber das hier war Freiheit für mich. Ein Abenteuer, wie Grant gesagt hatte. Eine Abwechslung von meinem High-Society-Leben und den Regeln meiner Eltern.

Dabei wusste ich, dass ich es viel schlechter hätte treffen können. Immerhin hatte ich seit meiner Geburt alles haben können, was ich gewollt hatte. Wir waren immer schon reich gewesen. Ich war auf die besten Privatschulen gegangen und meine Studiengebühren waren Peanuts für meine Eltern. Ich war nicht einmal darauf angewiesen, mit meinem Instagram-Account Geld zu verdienen. Stattdessen konnte ich mir die neusten Designerstücke sichern und meine Followerzahlen damit steigern. Nein, ich hatte es gut. Das war mir durchaus bewusst und ich war dankbar dafür. Aber manchmal war ein Käfig aus Gold eben doch nichts anderes als ein Gefängnis.

Grant schaltete den Motor aus und holte mich damit aus meinen Gedanken. Ich hatte gar nicht gemerkt, dass ich die Augen geschlossen hatte. Der Wagen parkte nun in einer Nebenstraße, die von der Hauptstraße nicht direkt einsehbar war. Stirnrunzelnd wandte ich mich zu Fitzgerald.

»Wieso halten wir hier?«

Grant lächelte und schob mir eine Strähne aus dem Gesicht. »Ich hatte das Gefühl, dass du ein bisschen runterkommen musst, bevor wir zur Party zurückfahren.«

Ich atmete die frische Nachtluft tief in meine Lungen. Meine Wangen hatten sich beruhigt und ich fühlte mich klar.

»Ich bin nicht betrunken, falls du das meinst. Höchstens ein wenig angeheitert.«

Wieder lachte Grant und fuhr wie schon im Loft mit seinem Daumen mein Kinn entlang.

»Gib's zu, Sloan«, forderte er mich auf und zog verführerisch einen Mundwinkel hoch.

»Okay, okay.« Ich sah ihn gespielt ertappt an und sagte das Erste, das mir einfiel. »In der dritten Klasse habe ich meine Milchverpackung nicht in die Recyclingtonne geworfen. Ich schäme mich bis heute dafür.«

Er lachte hell. Ein Geräusch, das in jede Faser meines Körpers drang. Es breitete sich in mir aus und kribbelte in meiner Brust.

Grant ließ mein Kinn los. »Das meinte ich nicht. Und das weißt du, Darling.«

»Ich werde sicher nicht weiter irgendwelche Geständnisse machen, wenn du nicht auch welche machst.« Ich setzte mich seitlich auf den hochwertigen Ledersitz, damit ich ihn besser ansehen konnte. »Bieten Sie mir einen Deal an, Herr Anwalt.«

»Am Anfang dieses Abends habe ich dir gesagt, dass Frauen mit mir ausgehen, weil sie von mir bekommen, was sie wollen. Und du musst zugeben, dass ich diese Aussage ziemlich gut mit Fakten untermauert habe.«

Die Selbstsicherheit, die er ausstrahlte, war hart an der Grenze zur Arroganz – und verdammt sexy. Seine ganze Ausstrahlung wirkte im schummerigen Licht der Straßenlaterne dunkler. Verführerisch.

Vielleicht verstand ich doch, was die Frauen an ihm fanden. Dass er gut aussehend und charmant war, hatte ich nie bestritten. Ich hatte eher seine Absichten in Frage gestellt. Aber er hatte mir genau das geboten, was er angekündigt hatte. Und ich wollte mehr davon.

»Und wenn ich zugebe, dass es so ist? Welches Geständnis bekomme ich im Gegenzug von dir?«

Der Blick, mit dem er mich jetzt betrachtete, schickte ein heißes Ziehen durch meinen Unterleib.

»Ich hatte heute Abend viel Spaß mit dir, Sloan. Mehr als das.« Grant legte eine Hand an meine Wange.

Seine Worte krochen mir unter die Haut und wenn er mir so nah war, hatte ich sofort das Gefühl, wieder zu glühen. Mit jeder sanften Berührung am heutigen Abend hatte er das leidenschaftliche Knistern zwischen uns ein bisschen stärker angefacht. Und jetzt wollte ich endlich wissen, wie es war, Grant Fitzgerald zu küssen. Ein richtiger Kuss.

Ich griff seine schwarze Krawatte und sah noch, wie er grinste, bevor ich ihn an mich zog. Er prallte fast mit dem Oberkörper gegen meinen, seine Hand vergrub sich in meinen Haaren und ich roch wieder sein Aftershave. Unsere Lippen schwebten voreinander und ich wollte es. Gott, ich wollte es so sehr. Aber dann hielt ich inne, für einen Moment unsicher, ob es ihm genauso ging.

»Ein letztes Abenteuer für diesen Abend, Darling?«

Sein Daumen strich über meine Wange und ich handelte. Ich gab nach. Ich überbrückte die letzten Millimeter, bis unsere Lippen sich berührten: zuerst vorsichtig, fast zögernd. Grants Kuss fühlte sich weich und gleichzeitig unnachgiebig an. Er löste sofort ein lustvolles Pochen tief in meinem Bauch aus. Und je stärker es wurde, umso leidenschaftlicher wurde unser Kuss. Grant hatte eine fast unstillbare Sehnsucht in mir geweckt.

Seine Zunge drängte sich gegen meine Lippen und ich öffnete sie für ihn. Ich wollte mehr von Grant. Jetzt sofort. Getrieben von der Begierde in mir richtete ich mich auf und kletterte umständlich über die Mittelkonsole. Mein Mund lag immer noch auf Grants und als er verstand, was ich vorhatte, schlang er einen Arm um mich und hob mich hoch. Ich landete breitbeinig auf seinem Schoß und seufzte genüsslich, als ich zwischen meinen Beinen einen harten Widerstand in seiner Hose fühlte.

Das hier war nicht romantisch. Wir standen in einer schlecht beleuchteten Nebenstraße und saßen in einem Auto, das uns nicht gehörte. Das Lenkrad des Porsche drückte in meinen Rücken und mein Bein war an der Fahrertür eingequetscht. Nein, Romantik hatte hier keinen Platz, aber alles an dieser Situation war glühend heiß. Grant brachte mein Blut zum Kochen und Stellen meines Körpers schneller zum Pulsieren, als ich gedacht hatte. Das hier war aufregend, verboten und außer Kontrolle.

Grants Hände glitten unter mein enges Kleid und schoben es weiter hoch. Er strich dabei über meine nackte Haut und ich vergrub die Finger in seinen vollen Haaren. So nah, wie ich ihm jetzt war, roch ich seinen eigenen, männlichen Duft, der bisher vom Aftershave überdeckt worden war. Und er gefiel mir. So gut, dass ich ihm haltlos mein Becken entgegendrängte.

Schwer atmend löste ich mich von ihm und lehnte mich zurück. Dabei drückte ich versehentlich die Hupe des Porsche und wir zuckten beide zusammen, bevor wir mit heißen Wangen atemlos lachten.

»Ups«, machte ich und fuhr mir durch die Haare.

Grants Augen funkelten und er sah mich mit flammendem Blick an. Ich vergaß völlig, warum ich mich überhaupt von ihm gelöst hatte, und küsste ihn wieder. Wieder und wieder.

Seine Finger erreichten meinen Hintern und er sog scharf Luft ein. Anders, als er wohl erwartet hatte, traf er auch dort auf nackte Haut.

»Unter Kleidern wie dem kann man nur einen String tragen«, brachte ich hervor, während er meinen Hals küsste.

»Ich habe mich nicht beschwert, Darling. Ganz im Gegenteil.«

Ich verlagerte mein Gewicht auf ihm und Grant seufzte genüsslich. Dann zog er mich an meinem Hintern näher zu sich und ich fühlte seine harte Erektion deutlich durch die feine Anzughose. Zwischen meinen Beinen pochte es heißer und ich löste mich von ihm, lehnte mich zurück und hätte beinahe wieder die Hupe erwischt. Aber Grant legte die Hände an meinen nackten Rücken und stützte mich, während ich begann das Hemd aus seiner Hose zu ziehen. Ich war mir sicher, dass es noch nie so lange gedauert hatte, ein verdammtes Hemd auszuziehen, oder ich war nur deutlich ungeduldiger als sonst. Fester, als nötig gewesen wäre, zerrte ich an dem Stoff. Dass er dabei vielleicht kaputt ging, war mir völlig egal. Die Lust trieb mich an und auch Grants Finger bewegten sich gierig über meinen Körper, während ich unruhig auf seinem Schoß herumrutschte. Dabei öffnete ich seinen Gürtel, den Knopf und den Reißverschluss. Dann hielt ich kurz inne.

»Du willst das, oder?«, fragte ich. Meine Hand schwebte über seinen Boxershorts.

»Das müsste ich eher dich fragen.« Grant lachte und zog mich in einen Kuss, der mich schwindelig machte.

Gott, ja. Ich wollte das hier. Unbedingt.

Ich zog den Stoff zur Seite und stöhnte auf, als ich seine Erektion berührte. Auch in Grants Kehle grollte es dunkel. Seine Finger glitten zwischen uns über meine Haut. Gierig schob er den dünnen und mittlerweile feuchten String zwischen meinen Beinen zur Seite. Meine Muskeln zitterten vorfreudig, als er meine intimste Stelle ertastete.

Ich verstärkte meinen Druck auf seine Härte und bewegte dabei langsam meine Hand. Wieder küsste ich ihn und erstickte damit unser Stöhnen. Grants Finger kreisten sanft und leidenschaftlich zwischen meinen Beinen und innerhalb von Sekunden baute sich zerreißende Spannung in meinem Unterleib auf. Als ich es fast nicht mehr aushielt, richtete ich mich ein Stück auf und brachte mich über ihm in Position. Ich konnte es kaum erwarten, ihn in mir zu spüren.

»Halt, Polizei! Nehmen Sie die Hände hoch.«

Was?

»Polizei! Aufhören!«

Scheiße! Verfickte Scheiße!

In weniger als einer Sekunde geschahen tausend Dinge gleichzeitig. Grant und ich begriffen fast im gleichen Augenblick, was passierte, und sprangen auseinander. Was in dem Wagen eher schlecht ging. Ich rettete mich auf den Beifahrersitz und stieß mir dabei Arme und Beine an. Schmerz jagte durch meinen Körper, aber ich ignorierte ihn und zog mein Kleid zurecht, während Grant hektisch an seiner Hose herumnestelte und versuchte sich zu bedecken. Vergeblich. Der Cop hatte längst gesehen, was wir im Begriff gewesen waren zu tun.

O nein, o nein. Nein, nein, nein! Das passierte nicht wirklich, oder?

Der Polizist stand nur zwei Meter von uns entfernt, mit erhobener Waffe. Knapp hinter ihm wartete sein Kollege, ebenfalls in Alarmbereitschaft. An der Mündung zur Hauptstraße parkte der Streifenwagen.

Wir waren erwischt worden.

Grant fing sich, während ich erstarrte. Scham schoss heiß durch meinen Körper, wo eben noch Lust gewesen war.

»Officer, hören Sie«, begann Grant. »Ich kann das erklären.«

»Hände hoch. Dann steigen Sie langsam aus dem Auto.« Der Polizist ließ sich scheinbar nicht von Grants Ausstrahlung beeindrucken. Er legte eine Hand an das Funkgerät an seiner Brust. »Ja, wir haben sie. Der Wagen sieht okay aus. Wir nehmen sie mit.«

Das holte mich aus meinem Schock.

»Was?! Das können Sie doch nicht machen!«

Grant legte mir eine Hand auf mein Bein und noch nie war eine Berührung so beruhigend und abstoßend zugleich gewesen. Er hatte gesagt, niemand würde etwas bemerken. Er hatte gesagt, wir wären zurück, bevor es jemand merkte!

Er hatte gelogen.

Jetzt kam auch der zweite Officer näher und uns blieb nichts anderes übrig, als ihren Anweisungen zu folgen. Wir hoben die Hände, drehten uns herum und stellten uns gegen den Wagen. Schon in dem Moment wusste ich, dass ich das Geräusch der zuschnappenden Handschellen niemals vergessen würde.

»Sag einfach nichts, okay? Ich hole uns da raus. Keine Sorge.« Grant sah mich bestürzt an und ich nickte nur.

Während unsere Rechte verlesen wurden, schwieg ich. Der Schall meiner High Heels auf dem Asphalt brach sich hell an den Wänden der kleinen Straße. Dann saß ich in einem Streifenwagen. Die Tür wurde geschlossen.

O Gott.

Wie hatte ich das nur tun können? Wie hatte ich meine Zukunft und den Ruf unserer Familie nur so aufs Spiel setzen können?

Die Antwort war bedrückend einfach: wegen Grant Fitzgerald.

Kapitel 4

»Bitte erheben Sie sich zur Urteilsverkündung.«

Die Stimme des Gerichtsdieners hallte durch den Saal. Ich wusste, dass ich aufstehen musste, aber ich konnte mich nicht rühren. Meine Knie zitterten so stark, dass ich wahrscheinlich gleich umfallen würde, wenn ich es doch irgendwie schaffte, mich hinzustellen. Mein Hals war trocken, meine Hände schwitzig. Ich war ein Nervenbündel.

Kein Wunder nach den letzten Wochen. Ein wahrgewordener Alptraum hatte mich verfolgt, seit Grant und ich in dieser Nacht aufgegriffen worden waren. Ständig hatte ich an diese Anhörung gedacht und die Angst vor dem Urteil hatte mich täglich begleitet. Daran hatten auch die vielen unerträglichen Gespräche mit meinem Anwalt nichts geändert.

Mr Baldwin hatte mich vorbereitet, mir beigebracht, was ich sagen, wie ich mich verhalten und sogar wie ich mich kleiden sollte. Herrgott, seit ich zwölf gewesen war, hatte man mir nicht mehr vorgeschrieben, was ich anziehen durfte. Aber mein Anwalt hatte mir versichert, dass die Anhörung sicher mit einem Freispruch für mich enden würde, wenn ich seinen Anweisungen folgte.

Trotzdem klopfte mein Herz donnernd in meiner Brust, als ich es endlich schaffte aufzustehen. Ich streckte die Schultern und gab mir Mühe, nicht ganz so elend auszusehen. Auch wenn Mr Baldwin der Ansicht war, dass das nur helfen konnte. Reue war der beste Weg, einen Richter zu einem milden Urteil oder einem Freispruch zu bewegen. Hoffentlich hatte er recht.

Ich sah zögerlich zu dem Mann im Talar, der im Begriff war, über mein Schicksal zu entscheiden. Vor heute war ich noch nie in einem echten Gerichtssaal gewesen. Und es war ganz anders als in Serien und Filmen. Das hier war kein pompöser Saal mit dunklen Holzverkleidungen, voller gespannt auf das Urteil wartenden Zuschauern und bissigen Anwälten. Der Raum war kalt, hell und fast leer. Ich hatte keine Ahnung, wer es durchgesetzt hatte, aber die Anhörung hatte ohne die Öffentlichkeit stattgefunden. Ich war mehr als dankbar dafür. Es wäre eine Katastrophe, wenn die Presse davon erfuhr.

»Nach reiflicher Überlegung habe ich eine Entscheidung gefällt«, begann der Richter und holte mich in die Wirklichkeit zurück. »Doch vorher möchte ich Ihnen beiden ein paar Worte mit auf den Weg geben.«

Sein Blick ruhte zuerst auf mir und wanderte dann weiter nach links. Dorthin, wo ich absichtlich nicht hingesehen hatte. Den Teil des Raums, den ich gemieden hatte, als würde die Welt untergehen, wenn ich hinsah.

Grant saß dort.

Obwohl ich den zweiten Tisch neben mir völlig aus meiner Wahrnehmung gestrichen hatte, konnte ich seine Blicke auf mir spüren. Auch ganz ohne tiefen Rückenausschnitt. Die Hitze, die mir dadurch jedes Mal den Nacken hochkroch, machte mich nervös und wütend. Seit wir die Nacht unfreiwillig im Gefängnis verbracht hatten, hatten wir kein Wort mehr miteinander geredet, obwohl Grant es versucht hatte.

Na ja, eigentlich hatte nur ich in der Zelle übernachtet. Gut, auch nicht die ganze Nacht, sondern ein paar Stunden. Aber deutlich länger als Grant. Kaum waren die fürchterlichen Verbrecherfotos von uns gemacht worden, hatte sich schon sein Anwalt eingeschaltet. Grant hatte auch mich rausholen wollen. Wahrscheinlich, um sicherzugehen, dass ich der Polizei nicht zu genau erzählte, was wir gemacht hatten und dass alles seine Idee gewesen war. Aber ich hatte ihn zum Teufel geschickt. Eher wäre ich in der Zelle verrottet, als mir von ihm helfen zu lassen. Schließlich hatte er mich in diese Sache mit hineingerissen. Wäre er nicht gewesen, wäre das niemals passiert.

Zuerst hatte ich vom Revier aus Cami oder Eden anrufen wollen, aber die beiden hätten mir wahrscheinlich gar nicht helfen können. Und ich wollte sie nicht mit in diese Sache hineinziehen. Stattdessen hatte ich meinen viel zu gutmütigen großen Bruder angerufen. Der jetzt hinter mir saß und sich diese Katastrophe mitangesehen hatte.

Seit Rhett mich in der Nacht aus dem Gefängnis geholt hatte, hatten wir die

Sache vor unseren Eltern geheim gehalten. Wo er das Geld für die Kaution und den Anwalt herhatte, wusste ich nicht. Zwar konnte ich frei über meinen Fond verfügen und leistete mir davon die gemeinsame Wohnung mit Rhett, die Designer-Outfits und alles, was ich wollte, aber Mom und Dad bekamen eine Übersicht der Ein- und Ausgänge. Das war einer der Stäbe des goldenen Käfigs. Ich war erst vor ein paar Monaten einundzwanzig geworden und ich verstand sogar ein bisschen, warum sie wissen wollten, was ich mit dem Geld machte. Rhett hatte seinen Fond schon vor drei Jahren zum Großteil in seine Flüsterkneipe investiert. Und trotzdem hatte Dad ein Auge auf das *Glitter and Gold*. Rhett hasste diese Kontrolle, das wusste ich. Er gab es nicht zu, aber es verletzte ihn, dass unser Vater ihm nicht zutraute es allein zu schaffen. Umso schwerer musste es ihm gefallen sein, in dieser Sache zu schweigen. Alles, was unseren Eltern missfallen würde, war eine Qual für Rhett. Umso dankbarer war ich ihm, dass er zu mir gehalten hatte, und umso mehr hasste ich Grant Fitzgerald.

»Dass Sie beide in einem Wagen aufgegriffen wurden, der eindeutig keinem von Ihnen gehörte, ist zwar hier nicht Bestandteil der Anklage. Dennoch ist es auffällig, dass die Anzeige zum Autodiebstahl vom Besitzer des Fahrzeugs zurückgenommen wurde.«

Bitte was?

Jetzt sah ich doch zu Grant. Er trug einen perfekt sitzenden Anzug und seine Miene verriet nichts von seinen Gefühlen. Mein Hals wurde trocken. Ich hätte nicht sagen können, ob er sich schuldig fühlte, ob es ihm leidtat oder ob es ihm egal war. Unvermittelt schmeckte ich wieder seinen Kuss auf meinen Lippen, spürte seine Hände auf meiner Haut. Und diesen Funken in mir, den er an dem Abend entfacht hatte.

»Worüber aber heute hier verhandelt wurde, ist die Anklage über Erregung öffentlichen Ärgernisses. In der Beweisführung wurde ein Foto eines Anwohners angeführt, auf dem eindeutig Sie, Miss Whitaker, und Sie, Mr Fitzgerald, zu erkennen sind. Sie beide haben die Tat gestanden und sich dafür entschuldigt. Das lässt mich zu folgendem Urteil kommen.«

Das Blut in meinen Ohren rauschte und gleichzeitig klang jedes Geräusch um mich herum gedämpft. Als wäre mein Kopf unter Wasser oder in Watte gepackt. Die Erinnerungen an den Abend mit Grant drängte ich entschieden zurück. Sogar das heiße Jucken seines Blicks auf mir ignorierte ich. Gleich würde der Freispruch kommen. Es würde bei einer Verwarnung bleiben. Eine Geldstrafe. Das normale Prozedere bei nicht vorbestraften, jungen Studenten. Das sagte zumindest mein Anwalt.

»Ich befinde Sie beide für schuldig im Sinne der Anklage.«

Mein Herz setzte einen Schlag aus.

»Viel zu häufig kommen junge, privilegierte Menschen mit einer lapidaren Entschuldigung durch und erhalten keinerlei Konsequenzen. Aber nicht in meinem Gerichtssaal.«

Nein. Ich schnappte nach Luft. Nein, nein, nein!

»Ich verurteile Sie, Sloan Whitaker, und Sie, Grant Fitzgerald, zu jeweils zweihundert Sozialstunden. Die Sitzung ist beendet.«

O Gott.

Meine Knie sackten mir beinahe weg und ich hielt mich am Tisch fest. Das konnte nicht wirklich passiert sein.

»Es tut mir leid, Miss Whitaker.« Mein Anwalt beugte sich zu mir herunter. »Das ist nicht optimal, aber dennoch ein glimpflicher Ausgang.«

Ich wollte nicht hören, was er zu sagen hatte. Es zählte nicht mehr. Das Einzige, was jetzt noch von Bedeutung war, war Grant und wie er mich überhaupt erst in diese Lage gebracht hatte.

»Du!« Ich drehte mich zu ihm herum. »Das ist alles deine Schuld!« Es war mir vollkommen egal, dass er sich scheinbar gerade mit seinem Anwalt besprach. Mir war übel, so hoch brodelten die Gefühle in mir.

Seit dem Abend im Porsche hatte mich eine unbändige Wut auf Grant gepackt und dass er mich mit seinem Charme dazu gebracht hatte mitzumachen. Aber wenn ich ehrlich zu mir selbst war, entsprach das nur halb der Wahrheit. Er hatte mich an dem Abend gefragt, ob ich bereit sei. Ein Detail, das ich jetzt, in diesem Moment, lieber verdrängte. Es war um ein Vielfaches leichter, die Wut und die Scham, die sich brennend durch meinen Bauch fraß, gegen Grant zu richten als gegen mich selbst. Immerhin war er derjenige mit dem fragwürdigen Ruf, oder?

Grant sah von dem Gespräch auf, dann machte er einen Schritt auf mich zu. »Sloan, es tut mir leid.«

»Ach, komm mir nicht so! Das habe ich alles nur dir zu verdanken.«

»Miss Whitaker.«

Ich hörte die Stimme meines Anwalts. Und sicher würde er mir gleich sagen, dass ich mich hier nicht so aufführen sollte. Immerhin waren wir in einem Gerichtssaal. Und ich durfte mir nicht noch wegen Missachtung dessen eine zusätzliche Strafe einbrocken. Das wusste ich. Mr Baldwin hatte mich gut darauf vorbereitet, wie man sich vor Gericht verhielt – und wie nicht. Aber ich konnte nicht anders. All diese Nächte, in denen ich wütend und hilflos wegen der Verhaftung gewesen war, hatten mich gequält. Genau wie die brodelnde Wut in meinem Bauch. Ich fühlte mich wie ein Schnellkochtopf, der kurz vor der Explosion stand. Jetzt, wo sicher war, dass ich tatsächlich verurteilt worden war.

Ich war eine verurteilte Straftäterin!

»Wie konntest du nur!«

»Sloan, du weißt, dass es so nicht war«, fing Grant wieder an, aber sein Anwalt bedeutete ihm still zu sein. Er versuchte sogar seinen Klienten zum Gehen zu bewegen, doch der rührte sich nicht. Er hielt sich scheinbar genauso wenig an den Rat seines Anwalts wie an das Gesetz. Für Grant galten ja eh keine Regeln.

»Lass uns in Ruhe darüber reden. Irgendwo, wo wir allein sind.« Er sah mich mit dem besten Hundeblick an, den er zu bieten hatte. Aber er ließ mich völlig kalt. Nie wieder würde ich auch nur eine Sekunde mit diesem Aufschneider allein sein.

»Du hast es versprochen. Ist dir eigentlich klar, was passiert, wenn irgendjemand das rausbekommt? Dann kann ich meinen Ruf vergessen und meinen Instagram-Account auch! Du hast meine ganze Zukunft ruiniert.«

Grant wollte wieder mit seinen falschen Ausflüchten und Entschuldigungen anfangen, aber jemand sagte meinen Namen.

»Sloan.«

»Was?!« Ich wirbelte herum. Bereit, Mr Baldwin dafür anzuschreien, dass er nach diesem Desaster noch die Frechheit besaß, mich tatsächlich am Arm zu berühren. Aber ich sah in das Gesicht meines Bruders. Er war scheinbar aus der Reihe hinter uns nach vorne getreten.

»Es ist genug.«

Rhett sagte es, als wäre ich ein kleines Kind. Und ich benahm mich ja auch wie eins. Statt seinen Blick zu ertragen, wandte ich mich von ihm ab. Und wie, um ihn zu bestätigen, stiegen Tränen in meine Augen. Es waren Tränen der Wut, weil ich ihn auch mit da reingezogen hatte.

»Das ist alles deine Schuld!« Ich starrte Grant finster an. Den Mann, der mich mit seinen Versprechungen mitgerissen hatte. »Ich hätte glauben sollen, was man über dich erzählt hat. Und dann noch diese dämliche Show von Abenteuern und angelegten Ketten. Herzlichen Glückwunsch, Fitzgerald. Du hast es geschafft, eine Whitaker aufs Kreuz zu legen.« Ich spuckte ihm die Worte förmlich entgegen. Eine heiße Träne lief meine Wange herunter und tropfte in den Ausschnitt meiner Bluse.

»Red dir das ruhig ein. Aber du weißt genau, dass es nicht stimmt. Du hast dabei freiwillig mitgemacht, Darling.« Grants Augen verengten sich und von seiner eben noch entschuldigenden Miene war nichts mehr zu sehen.

Dass er arrogant genug war mich jetzt vor allen mit diesem Kosenamen anzusprechen, gab mir den Rest. Mir brannte eine Sicherung durch. Schluss mit Kontrolle.

In Sekundenschnelle stieß ich den Stuhl beiseite und stürmte auf ihn zu – bis ich Hände spürte, die mich zurückhielten. Mein Bruder packte meine Oberarme von hinten.

»Lass mich los! Rhett, nein!« Ich strampelte gegen seinen Griff und traf beinahe den Tisch.

»Sloan, krieg dich ein.« Mein Bruder hielt mich unerbittlich fest.

»Miss Whitaker, beruhigen Sie sich doch.« Mr Baldwin gab vergeblich sein Bestes.

»Komm wieder runter.« Er klang immer noch, als wäre ich ein Kind.

»Mr Baldwin, bringen Sie Ihre Mandantin zur Ruhe. Das ist kein angemessenes Verhalten in diesem Gericht.«

»Wir sollten jetzt gehen, Mr Fitzgerald.«

Ein letzter Blick von Grant, dann drehte er sich herum und ging. Er ließ mich stehen, während ich versuchte mich loszureißen oder zu beruhigen. Keins von beiden klappte. Die Gefühle in meinem Bauch zerrissen mich fast. Ich wusste nicht einmal, was schlimmer war, die Wut auf Grant, die Scham, erwischt worden zu sein, oder dass er mich überhaupt in diese Lage gebracht hatte.

Ein schweres, hölzernes Klopfen hallte durch den Raum und kämpfte sich durch meine Wut. Ich hörte auf zu strampeln.

»Miss Whitaker, Sie lassen mir keine andere Wahl. Für Ihre Missachtung des Gerichts erhöhe ich Ihre Strafe auf zweihundertfünfzig Sozialstunden. Vielleicht wird Sie das ein bisschen Respekt lehren.«

Erschöpft ließ ich die Arme sinken und machte den Mund zu. Ich hörte auf zu rebellieren. Es hatte keinen Zweck. Ich hatte es so was von verkackt.

Rhett löste seine Hände von meinen Oberarmen und schob mich mit sanftem Druck vor sich her aus dem Gerichtssaal. Die Tür fiel hinter uns ins Schloss und mein Bruder sagte etwas zu Mr Baldwin, aber ich hörte nicht zu. Alle Energie, die sich eben entladen hatte, war nun verschwunden. In meinen Ohren rauschte es dumpf und ich zitterte. Von der Wut und meiner Kampflust war nichts mehr geblieben.

Um etwas Halt zu finden, lehnte ich mich mit dem Rücken gegen die kalte Wand. Was war nur aus mir geworden? Hatte ich mich wirklich gerade eben wie eine Wahnsinnige aufgeführt? Mitten im Gericht?

Scheinbar hatte ich das. Ich erkannte mich selbst kaum wieder. So war ich nicht. Ich stahl doch keine Autos. Klar, meine Weste war nicht blütenweiß und sicher hatte ich schon das eine oder andere moralisch Verwerfliche getan. Ich redete schlecht über Menschen, die nicht zu unserer Welt gehörten, genauso wie über die, die mittendrin waren. Ich war egoistisch und selbstverliebt. Ich genoss unseren Reichtum und hatte gleichzeitig keine Lust auf die langweiligen Pflichten, die damit verbunden waren. Dass mich nicht jeder mochte, konnte ich gut verstehen. Und ich lebte damit. Aber ich war doch keine Kriminelle!

»Komm, wir machen uns auf den Weg.« Rhett hatte sich zu mir gelehnt. Von Mr Baldwin war keine Spur mehr.

»Ist er gegangen?« Ich fuhr mit den Fingerspitzen unter meinen Augen her, um den Rest meines Make-ups zu retten.

»Grant?«

Ich schüttelte den Kopf. »Nein, mein Anwalt.«

»Ja, ich habe mit Mr Baldwin alles für die Abwicklung der Zahlung besprochen.« Rhett nickte in Richtung Ausgang und setzte sich in Bewegung, aber ich zögerte.

»Was, wenn doch irgendwer mitbekommen hat, dass ich hier bin?« Ich verschränkte die Arme. »Gerade nach meinem grandiosen Auftritt eben.« Ich wollte mir gar nicht vorstellen, was passierte, wenn das auf Instagram oder in der Presse bekannt wurde. Ein kalter Schauer lief über meine Haut.

Rhett drehte sich zu mir und sein Blick wurde weicher. »Niemand weiß es.« Er klang jetzt fast sanft. »Ich habe mir große Mühe gegeben, das vor unseren Eltern zu verheimlichen.«

Ich nickte, während mein schlechtes Gewissen sich in meinem Hals festsetzte und mir das Schlucken schwer machte. Ich wusste, dass mein Bruder das nicht zu mir gesagt hatte, damit ich mich mies fühlte. Trotzdem befürchtete ich, dass ich das nie wieder gutmachen konnte.

»Danke, Rhett.« Ich hatte nicht das Gefühl, dass es reichte. Aber es war genau das, was ich fühlte.

»Schon gut.« Er sah sich um und nickte. »Wir können zum Hintereingang rausgehen, wenn du möchtest. Ich sage Andrew Bescheid, wo er uns abholen soll. Und keine Sorge«, fügte mein Bruder bei meinem Blick an, »er wird nichts verraten. Andrew steht loyal zu mir.«

Wir gingen schweigend. Selbst als unser Chauffeur uns eingesammelt hatte, die Autotüren und der Sichtschutz zur Fahrerkabine geschlossen waren, herrschte Stille zwischen uns. Meine Wangen fühlten sich heiß an und das Leder unter mir kalt. Statt Rhett anzusehen, schaute ich aus dem Fenster. Wie immer zog New York grau und trostlos an mir vorbei.

»Du weißt, ich mische mich nicht in deine Angelegenheiten ein.« Das Leder der Rückbank knarzte neben mir, aber ich sah meinen Bruder nicht an.

»Dann fang jetzt nicht damit an«, gab ich tonlos zurück. Wütend zu sein hatte mich Kraft gekostet. Am liebsten wollte ich mich in meinem Bett verkriechen und mit niemandem mehr reden. Am besten gar nicht wieder rauskommen. Wenn ich daran dachte, dass ich bald Müll am Straßenrand aufsammeln musste, wurde mir schlecht. Es war fast unmöglich, das weiterhin geheim zu halten.

»Was ist mit Grant an dem Abend passiert?«, fragte mein Bruder trotzdem.

»Du weißt, was. Du warst bei den Gesprächen mit Mr Baldwin dabei.«

»Aber das ist nicht die ganze Geschichte.«

Ich seufzte und sah ihn nun doch an. »Ich wollte nur einen Abend lang Spaß haben. Du hast uns ja auf der Party gesehen.« Ich zuckte mit den Achseln.

Rhett musterte mich und ich hatte keine Ahnung, was er dachte. Mein Bruder war mein Fels in der Brandung. Aber er war auch verschlossen und zurückhaltend. Ganz anders als ich.

»Hat er dich angefasst?«

Schnaubend zog ich die Augenbrauen zusammen. »Du warst doch gerade im Gericht, oder? Du hast das tolle Beweisfoto gesehen.«

»Und du hast das freiwillig getan?« Er schluckte hörbar und ich stutzte. Rhett machte sich wirklich Sorgen um mich. Er hielt tatsächlich für möglich, dass Grant ... ja, was? Mich vergewaltigen wollte?

Plötzlich musste ich lachen. Es fing in meiner Brust an und arbeitete sich nach oben, bis das Geräusch viel zu laut durch das Wageninnere hallte. Es hörte sich zu grell und unangebracht an. Und das war es auch. Bei solchen Themen gab es nichts zu lachen. Und es ehrte meinen Bruder, dass er mich danach fragte. Die Vermutung war nur so weit von der Wahrheit weg, dass sie nicht mit der Realität zusammenpasste – und ich nicht aufhören konnte zu lachen.

»Bist du jetzt fertig?« Rhett musterte mich stoisch. Es sah nicht einmal aus, als müsste er sich Mühe geben, weiterhin so neutral zu gucken.

»Okay«, sagte ich außer Atem, nachdem ich mich etwas beruhigt hatte. »Ich bin dir dankbar, dass du mich danach fragst. Aber ich wollte das mit Grant.«

So viel musste ich zugeben. Auch wenn ich mir nicht mehr sicher war, ob ich es nur gewollt hatte, weil Grant bei mir seine speziellen Flirttricks angewandt hatte. Und ob ich das überhaupt getan hätte, wenn ich vollkommen nüchtern und der ganze Abend nicht so aufregend gewesen wäre. Nachdem wir aufgegriffen worden waren, hatte ich sogar mit dem Gedanken gespielt zu behaupten, dass er mich gezwungen hatte. Bei seiner Vorgeschichte und seinem Ruf hätte ich damit vielleicht sogar durchkommen können. Aber ich hätte das nicht über mich gebracht. So viel Moral hatte ich dann doch. Von dem Medienrummel mal abgesehen.

Fakt war: Grant hatte mich nicht zum Sex genötigt. Und bei aller Wut, die ich auf ihn hatte, würde ich das weiterhin richtigstellen. Für meine Selbstachtung und alle Opfer der MeToo-Debatte, allen, die sexuelle Übergriffe erdulden mussten, und allen, deren Leben nach einer falschen Beschuldigung zerstört gewesen war. Ich war kein guter Mensch, aber ich hatte dennoch gewisse Überzeugungen.

Rhett nickte nur und den Rest der Fahrt nach Hause schwiegen wir. Sein Bedarf schien gedeckt und meiner war es auch. Nur ein Gespräch würde ich heute noch führen müssen. Aber zuerst wollte ich aus den altmodischen Klamotten raus, denen man nicht einmal ansah, dass sie von Gucci waren, und mir ein bequemes Outfit anziehen.

Eine halbe Stunde später lag ich in meinem Einhorn-Onesie im Bett. Rhett war zur Uni gefahren, um nicht noch mehr der Masterkurse zu verpassen, bevor er abends wieder ins *Glitter and Gold* fahren würde. Ich könnte also auch im Wohnzimmer auf dem Sofa lümmeln und auf dem großen Fernseher irgendeinen doofen Film gucken. Aber ich wollte lieber mit einer Tüte Marshmallows im Bett liegen. Dass es erst Mittag war, ignorierte ich. Heute würde ich eh kein einziges Foto für Instagram mehr schießen und zur Uni ging ich ganz sicher nicht. Ich seufzte und schnappte mir mein Smartphone. In unserem Gruppenchat warteten einige Nachrichten von Eden und Cami auf mich.

Cami: Hey Sloan, hast du alles überstanden?

Eden: Melde dich einfach bei uns, ja?

Eden: Wenn du was brauchst, komme ich vorbei. Chips, Süßigkeiten, Alkohol? Was du willst.

Eden: Okay, ich bin noch nicht 21, also muss Cami den Alkohol besorgen.

Cami: So langsam mache ich mir Sorgen. Haben sie dich gleich dabehalten und eingebuchtet? :P

Eden: Über so was macht man keine Scherze.

Eden: Aber sie haben dich doch nicht dabehalten, oder?

Ich setzte mich auf, um besser tippen zu können. Dann wischte ich mir die wirren Haare aus dem Gesicht und steckte sie wieder unter die Kapuze meines Onesies. Mit einem Marshmallow im Mund schoss ich ein Selfie und schickte es in die Gruppe.

Cami: Na, wenn der Knast so aussieht, kann man sich ja nicht beschweren. :D

Eden: Also ist alles gut ausgegangen?

Sloan: Nein, leider nicht. Ich wurde verurteilt. Schuldig.
250 Sozialstunden.

Es blieb kurz still im Chat. Und schneller, als mir lieb war, strömten Nachrichten ein: Mitleidsbekundungen, wüste Flüche gegen Grant und noch einige Äußerungen, die uns in Schwierigkeiten bringen könnten, sollte das FBI unseren Chat mitlesen.

Ich lächelte. Außer Rhett hatte ich nur meinen beiden besten Freundinnen davon erzählt. Ich konnte mich noch zu gut an ihre ersten Reaktionen erinnern. Eden war sprachlos gewesen, während Camila wie ein Wasserfall auf Spanisch geredet hatte. Ich hatte kaum ein Detail von dem Abend ausgelassen. Sie wussten von den kleinen Gegenständen, von der Flucht über das Dach und dem Porsche. Und auch, dass es heiß hergegangen war. Aber sie hatten mich nicht dafür verurteilt. Ihnen war genauso klar wie mir, dass es Grants Schuld gewesen war und nicht meine. Oder sie sagten es nicht, falls sie anders dachten.

Mittlerweile war ich froh, dass ich es den beiden gebeichtet hatte und jetzt mit ihnen reden konnte. Zwar war mir eher nach allein sein, aber dass sie sich so für mich aufregten und Grant die Pest an den Hals wünschten, half mir tatsächlich dabei, mich nicht ganz so mies zu fühlen. Und ich würde mich wohl in den nächsten Wochen noch häufiger über ihn auskotzen müssen. Besser, als im Selbstmitleid zu versinken, war das allemal.

Cami: Hat Grant wenigstens die gleiche Strafe bekommen?

Sloan: Er muss 200 Sozialstunden machen. Und bevor du dich aufregst, die 50 Extrastunden sind so ziemlich das Einzige, was ich mir selbst eingebrockt habe.

Eden: Aber was ist denn passiert?

Sloan: Ich bin vielleicht ein bisschen laut geworden bei Gericht. Und das hat dem Richter nicht gefallen.

Eden: Es ist ja auch unfair. Fitzgerald zieht dich in so was mit rein und du kannst nichts dagegen tun.

Cami: Mach dir nichts draus. Es gibt wichtige Politiker mit mehr Leichen im Keller. Wortwörtlich.

Sloan: Danke, Mädels. Ich verkrieche mich jetzt im Bett und schlafe den ganzen Tag. Wir sehen uns morgen in der Uni.

Ich schickte die Nachricht ab, schaltete das Handy auf stumm und legte es auf den Nachttisch. Heute wollte ich wirklich mit niemandem mehr ein einziges Wort reden.

Kapitel 5

Es hätte ein wunderbarer Tag sein können. Die Sonne schien, ich hatte mir Zeit gelassen mit meinem Make-up und trug heute eins meiner Lieblingsoutfits: eine hoch in der Taille sitzende Stoffhose von Chanel, eine weiße Bluse von Gucci und einen Blazer von Dior. Das Outfit kostete einen höheren vierstelligen Betrag. Von der Tasche an meinem Arm ganz zu schweigen. Und trotzdem fühlte ich mich mies. Da war es mir gestern in meinem Einhorn-Pyjama allein in meinem Bett deutlich besser gegangen. Aber ich konnte mich ja nicht ewig verstecken.

Ich lief gerade die Treppen vor der Uni hinunter, als Cami mir winkend entgegenkam. Meine Mädels und ich belegten zwar alle unterschiedliche Kurse, aber in den Pausen oder Freistunden trafen wir uns immer. Bei gutem Wetter saßen wir draußen an dem kleinen Brunnen, bei schlechtem in einem der Cafés in der Nähe.

»Hey.« Camila blieb vor mir stehen und als sie mein Gesicht sah, verblasste ihr Lächeln schneller, als ich gedacht hätte. »So mies, ja?«

»Frag nicht.« Ich schnaubte, während wir gemeinsam zum Brunnen liefen. Eden wartete schon, drei große Plastikbecher von unserem Lieblingscafé neben ihr auf dem bronzefarbenen Brunnenrand.

Anders als Camila schien meine Kindergartenfreundin sich bei meinem Anblick erst recht vorzunehmen gute Laune zu verbreiten. Mit einem warmen Lächeln reichte sie mir einen der Becher. Sie tat es fast schon feierlich, als wäre er ein Preis für mein Durchhaltevermögen, weil ich tatsächlich aufgestanden war, anstatt mich weiter zu drücken. O Mann.

»Hier! Das ist ein Soja-Mocha-Frappuccino mit extra Karamell.« Ihr Lächeln legte noch ein paar Watt zu und obwohl ich mir gerade grummelig und schlecht gelaunt besser gefiel, entspannten sich meine verhärteten Mundwinkel.

Eden zog zufrieden die Nase kraus und reichte auch Camila einen Becher. Keine der beiden fragte mich danach, aber ich wusste, dass sie wissen wollten, was im Gericht los gewesen war. Ich wartete gerade so lange, bis Cami sich auf den Rand des Brunnens gesetzt hatte, dann musterte ich sie ernst.

»Okay, das hier wird jetzt folgendermaßen laufen.« Ich schüttelte meinen blonden Bob zurecht und sah jede eindringlich an. »Ich erzähle euch, was passiert ist, und danach vergessen wir das Thema. Ihr werdet mich nicht die ganze Zeit wie ein rohes Ei behandeln.« Ich seufzte. »Das würde ich nicht aushalten.«

Für einen Wimpernschlag herrschte Stille. Ich meinte fast in Camilas Augen ein wenig Spott zu sehen, aber Eden rang sich durch und griff nach meiner Hand. »Natürlich, Sloan. Du bist unsere Freundin und wir lieben dich. Wir machen es so, wie du es für richtig hältst.«

Cami und ich verdrehten im gleichen Moment die Augen. Edens Worte wirkten wie dahergeredeter Hollywood-Mist. Aber sie meinte das ernst. Sie war absolut keine extrovertierte Person und in manchen Momenten täte es ihr gut, ein bisschen taffer zu sein. Aber wenn sie jemanden in ihr Herz geschlossen hatte, scheute sie sich nicht davor, es ihm offen zu sagen. Und zwar so häufig, wie sie meinte, dass er es hören sollte. Und das war in den meisten Situationen verdammt süß – und manchmal ein klein wenig zu pathetisch.

»Ja, ich weiß«, gab ich schmunzelnd zurück und drückte ihre Hand, bevor ich sie losließ. »Sonst würde ich euch die Story wahrscheinlich nicht erzählen, wenn ich ehrlich bin.«

»*¡Oh Dios mío!*« Cami fuhr sich durch ihre langen, fast schwarzen Haare. »So schlimm kann es doch nun auch nicht gewesen sein, oder?«

Ich atmete tief durch und erzählte beiden von meinem Gerichtstermin. Die langweiligen Details der Verhandlung ließ ich aus. Erst als ich bei dem Wutanfall ankam, zögerte ich. Es war mir einfach so verdammt peinlich, dass ich mich in meinem Zorn auf alles auch noch in einem Gerichtssaal lächerlich gemacht hatte. In meinem Bauch rumpelte es. Die Kombination aus Kaffee und Zucker war vielleicht nicht die beste Idee gewesen.

»Als das Urteil verkündet wurde, bin ich ein wenig ausgerastet«, gab ich dann doch zu.

»Aha? Und was genau heißt das?« Camila schmunzelte.

»Ich bin beinahe auf Grant losgegangen.« Ich strich mir die Haare zurück und straffte meine Schultern, bevor ich ihr direkt in die Augen sah. Ich konnte nicht mehr ändern, was geschehen war. Auch wenn bei der Erinnerung daran meine Wangen zu glühen schienen. Ich musste wohl einsehen, dass die leichte Übelkeit eher mit diesem Teil der Geschichte zusammenhing. Hinfallen, aufstehen, Krone richten, weitermachen. So ging der Spruch doch?

»Aber du hast ihn nicht wirklich geschlagen, oder?« Eden klappte der Mund auf, dann ruderte sie zurück. »Also, ich meine ... Manchmal brennt einem einfach eine Sicherung durch, obwohl man es gar nicht so gemeint hat. Das verstehe ich, auch wenn es natürlich nicht okay ist.« Sie sah zwischen Cami und mir hin und her und klappte dann den Mund zu. Ihre Wangen waren jetzt so rot, wie meine sich anfühlten.

Ich schüttelte den Kopf. »Dazu kam es nicht. Rhett hat mich festgehalten. Keine Ahnung, was passiert wäre, hätte er das nicht.«

»Wow, Chica! Du hättest ihm echt eine reingehauen?« Camila nickte anerkennend. »Und deshalb hast du fünfzig Extra-Stunden kassiert? Du hättest warten sollen, bis ihr draußen wart. Dann hätte der Richter das nicht mitbekommen. Oder, noch besser, du hättest dich auf die Toilette schleichen und sie ihm da verpassen sollen.«

Cami nahm unbeeindruckt einen Schluck von ihrem Kaffee. Sie schien gar nicht zu merken, wie wir sie anstarrten. Es dauerte eine gefühlte Ewigkeit, bis ich es nicht mehr aushielt.

»Ist das dein Ernst?«

»Ich bin gegen Gewalt und ich würde öffentlich niemals was anderes behaupten. Aber wenn es nicht anders geht, muss man eben dafür sorgen, dass es niemand mitbekommt. Ach, Mädels, jetzt seht mich nicht so an!« Cami warf den Papierstrohhalm aus ihrem Frappuccino nach mir, dem ich im letzten Moment auswich. Getroffen hätte sie mich so oder so nicht. Sie war fürchterlich in solchen Dingen.

»Du bist ganz sicher, dass du nicht doch heimlich zur Mafia gehörst?« Ich unterdrückte ein Kichern, während Eden sich mental aus dem Gespräch auszuklinken schien.

»Nicht jede Latina in diesem Land hat etwas mit irgendeiner Mafia zu tun. Was man von einigen unserer Politiker sicher nicht sagen kann.«

»Nimm's mir nicht übel, Sloan. Aber ich verstehe immer noch nicht, wie das mit Grant und dir überhaupt passiert ist. Wir wissen doch seit Jahren, dass er ein Schmierlappen ist.« Eden nestelte am Spitzensaum ihres Dolce & Gabbana-Kleides herum.

Anderen zu sagen, was sie für sie fühlte, war leicht für Eden. Anderen zu sagen, was sie dachte, war um Längen schwerer. Das wusste ich und ich nahm Rücksicht darauf. Sonst hätte ich sie jetzt für diese dämliche Frage und den Schmierlappen angefaucht.

»Ach, Eden. Warum wohl?« Ich gestikulierte nichtssagend in der Luft, auf der Suche nach einer Erklärung. »Er ist heiß. Das war er schon in der Schule. Ich meine, das weiß jeder. Das steht ja irgendwie außer Frage. Und an dem Abend hat er einfach im richtigen Moment die richtigen Worte gefunden.« Die Erinnerung drängte sich in meinen Kopf. Wie sein Aftershave gerochen und sein Atem auf meiner Haut geprickelt hatte. Wie frei ich mich für einen winzigen, atemberaubenden Augenblick gefühlt hatte. So frei, dass ich erst dadurch bemerkt hatte, wie gefangen ich mich die meiste Zeit fühlte.

»Das oder er hat mich verhext.«

»Hey«, Camila hob drohend einen Finger in meine Richtung, »damit scherzt man nicht.«

»Ja, ja. Schon gut.« Ich winkte ab. Beim Thema Spiritualität und Religion durfte man bei ihr keine Witze machen. Und meine Laune war durch dieses Gespräch wieder ordentlich in den Keller gestürzt.

»Ich hoffe, sein gutes Aussehen war die Sozialstunden wert«, schob Cami nach und richtete ihre Frisur, bevor sie ihren Kaffee austrank.

Zu Camila war ich nicht so gnädig wie zu Eden.

»Was denkst du denn? Dass ich gerne für über zweihundert Stunden Müll vom Straßenrand sammeln werde? Natürlich war es das nicht wert! Ich habe wegen diesem arroganten Arschloch jetzt einen Eintrag in meiner Akte. Ich wurde verurteilt. Weißt du, was das für mich bedeutet? Aber klar, mit ihm über die Dächer zu turnen, eine Feuerleiter runterzusteigen und in einem gestohlenen Wagen durch New York zu fahren war es wert. Ach und sein charmantes Lächeln wollen wir ja auch nicht vergessen.« Meine Stimme war lauter, als sie es hätte sein sollen. Aber irgendwie musste ich ja das Hämmern in meiner Brust und das Rauschen in meinen Ohren übertönen. »Nein, Cami. Er war meine Zukunft nicht wert.«

Außer Atem schnappte ich nach Luft. Mein Körper fühlte sich an wie nach einem Marathonlauf. Ich starrte Cami an, aber sie wirkte nicht beeindruckt. Eher genervt. Und als sie jetzt auch nicht zurückfeuerte, stutzte ich. Sie sah mich nicht einmal an, sondern an mir vorbei, hinter mich.

»Was denn?!«, fauchte ich.

»Dein Super-Fan ist wieder da«, meinte sie mit einem Nicken und ich stieß die aufgestaute Luft aus meinen Lungen.

»Das ist doch nicht ihr beschissener Ernst«, grummelte ich, bevor ich mich herumdrehte und ein passiv-aggressives Lächeln aufsetzte.

»Hi, Aubrey.« Ich wartete, bis meine Kommilitonin aus Modedesign näher herangekommen war. »Warum kommst du denn nicht einfach rüber, anstatt uns zu belauschen?« Weder mein säuselnder Tonfall noch der freundliche Gesichtsausdruck passten zu dem Vorwurf in meinen Worten.

»O nein, ich hab nicht ... ich würde doch nicht«, stammelte sie vor sich hin.

»Also, was willst du?«

»Du hast gesagt, du würdest vielleicht meine Kleider tragen und Fotos damit auf deinem Instagram-Account veröffentlichen.«

Erst jetzt fiel mir die Kleidertasche über ihrer Schulter auf. Genau wie das Outfit, das sie trug. Ich erkannte auf den ersten Blick, dass es definitiv nicht von einem Designer war und wahrscheinlich nicht einmal aus irgendeinem Geschäft. Es sah eher aus, als wäre es von ihr.

Ich musterte sie skeptisch. »Hast du das selbst gemacht?«

Sie strahlte und nickte. »Gefällt es dir? Ich kann das sicher in deiner Größe machen, wenn du es haben möchtest. Aber ich hab hier auch ein paar wirklich schöne Kleider.« Sie zog die Tasche nach vorne und öffnete den Reißverschluss.

Gott, wie sie mich in diesem Moment nervte. Seit Wochen versuchte sie fast täglich mich davon zu überzeugen, für ihre Mode Werbung zu machen. Dabei war sie eine Erstsemester und noch dazu nur ein winziger Account auf Instagram. Sie hatte mir im Gegenzug nichts zu bieten und sich heute wirklich den falschen Tag ausgesucht, um mich damit wieder zu bedrängen. Meine Geduld und vor allem Fähigkeit, die Wut in mir zu behalten und sie nicht an anderen auszulassen, war erschöpft. Überhaupt hatte ich das Gefühl, seit Grant und ich verhaftet worden waren, ständig kurz vor dem Ausflippen zu stehen, als wäre ich seit dieser einen Nacht ein anderer Mensch.

Aubrey brachte das Fass endgültig zum Überlaufen.

Ich trat an die Tasche heran und zog ein wenig Stoff heraus, um das Kleid betrachten zu können. Dann rümpfte ich die Nase und sah Aubrey abfällig an. Schon bevor ich anfing zu sprechen, spürte ich die Flut, die aus mir herausbrechen würde. Später würde ich es sicher bereuen, aber ich konnte mich nicht zusammenreißen. Ich hatte eindeutig ein Problem mit Impulskontrolle.

»Die Nähte sind schlampig und das Design ist so 2018. Wer trägt heute denn noch so was? Und was ist das für ein Material? Hast du das vom Grabbeltisch im Kaufhaus? Das trage ich sicher nicht. Ich will mich doch nicht lächerlich machen. Und ganz ehrlich? Gib's einfach auf. Dir fehlt wirklich jede Spur von Talent. Und nicht einmal den Part des Handwerks, den man lernen kann, hast du drauf.«

Aubrey schnappte nach Luft und dann sagte niemand mehr etwas. Ich hörte das Plätschern des Brunnens und Vögel, die umherflogen, genauso wie die Autos auf der Straße. Und ich spürte die Blicke der anderen Studenten, die sich nicht länger unterhielten, sondern zu uns herüberschauten. Obwohl es sich anfühlte, als würde jeder zusehen, herrschte zwischen Aubrey und mir ein fühlbares Vakuum, das uns irgendwie vom Rest der Welt trennte und aus dem keine von uns ausbrechen wollte. Bis Aubrey sich bewegte.

Sie zog ruckartig an dem Stoff, den ich noch festhielt. Ein reißendes Geräusch drang kreischend in meine Ohren und wieder schnappte Aubrey nach Luft. In ihren Augen sammelten sich Tränen, als sie das zerstörte Kleid zurück in den Kleidersack stopfte. Sie kämpfte offensichtlich um ihre Fassung, aber ihre Unterlippe bebte zu stark, um es zu verbergen.

Wow, ich war wirklich ein Arschloch.

»Aubrey …«

»Okay, ich hab's verstanden«, unterbrach sie mich mit zitternder Stimme. »Ich frage dich nie wieder.« Dann drehte sie sich herum und stapfte davon. Mitten durch die anderen Studenten, die jetzt alle so taten, als hätten sie das eben nicht mitangesehen.

Verdammter Mist. Ich atmete schwer und konnte mich nicht rühren. Mein Magen rebellierte und ich wusste, dass ich mich gerade richtig danebenbenommen hatte. Klar, Aubrey war mir tierisch auf die Nerven gegangen und was ich gesagt hatte, war durchaus meine Meinung. Aber ich hätte sie nicht so niedermachen müssen.

Leider hatte es, so falsch es war, auch irgendwie ein bisschen gutgetan. Und das machte es noch schlimmer.

Ich atmete ein, sortierte meinen Gesichtsausdruck und drehte mich langsam zu meinen Freundinnen um. Eden wirkte schockiert und ich meinte fast Tränen in ihren Augen zu erkennen. Und Camila sah ich an der Nasenspitze an, dass sie mein Verhalten kommentieren wollte.

»Na, kommt. Sagt's schon«, forderte ich und verschränkte die Arme vor der Brust.

»Das muss ich nicht. Du weißt selbst, dass das echt nicht nötig war.« Sie zuckte mit den Achseln.

Ich nickte. Ja, sie hatte recht, aber es war nicht mehr zu ändern. Auf keinen Fall würde ich mir die Blöße geben und mich bei Aubrey entschuldigen.

Mein Telefon klingelte und ein heißer Blitz zuckte durch meinen Körper. Ich konnte mir denken, wer mich anrief. Die Person, die seit Wochen täglich versuchte mich zu erreichen. Aber ich würde nicht rangehen. Das tat ich nie.

Etwas zu energisch wischte ich bei der nicht gespeicherten Nummer auf Ablehnen und stopfte das Smartphone zurück in meine Tasche.

»Ruft er dich immer noch an?« Eden wollte mitfühlend nach meiner Hand greifen, aber ich wich zurück. Ich war zu aufgewühlt, um mich berühren zu lassen. Die Gefahr, dass sich dann heute zum zweiten Mal meine Gefühle unkontrolliert entluden und ich eine weitere Show für die Studenten der Elite-Universität hinlegen würde, war mir zu groß.

Eden zuckte zusammen und schluckte, während sie langsam ihre Hand zurückzog. Oh, verdammt, ich machte heute wirklich alles falsch. Beinahe hätte ich laut aufgestöhnt, so sehr ging ich mir selbst auf die Nerven.

»Ich ... tut mir leid. Ich meine es nicht so.«

»Schon gut«, wiegelte Eden ab. Ich wusste trotzdem, dass mein Verhalten sie beschäftigen würde. Der Kloß in meinem Hals wurde größer. Alles, was ein angemessenes Sozialverhalten erforderte, bekam ich scheinbar nicht hin.

»Ich bin heute irgendwie durch. Wahrscheinlich hängt mir die Verhandlung von gestern noch nach.«

»Ja, das merken wir. Aber wir sind ja da, um dich zu unterstützen. Wir lassen keine *Hermana en espíritu* im Stich. Willst du richtig einen drauf machen, Uni schwänzen und shoppen gehen? Oder wollen wir ins *Glitter and Gold?*« Camila wackelte mit den Augenbrauen und ein verführerisches Leuchten erhellte ihr Gesicht.

Ich lachte so verzweifelt, wie ich mich fühlte. Dass sie ernsthaft in Betracht zog, für mich ihre Kurse sausen zu lassen, bedeutete mir viel.

»Nein. Ach, ich weiß nicht.« Ich rieb mir über die Stirn und wusste, dass ich nicht gerade hilfreich war. Weder für mein Seelenleben noch für mein Make-up. Aber ich fühlte mich, als wäre ich gar nicht ich selbst. »Ich will einfach nur diesen Tag hinter mich bringen und heute Abend entspannen. Irgendwie muss ich wieder runterkommen und mich einkriegen.«

Meine Freundinnen nickten. Eden warf mir trotzdem einen besorgten Blick zu und dafür liebte ich sie. Aber meine Energie war aufgebraucht. Zumindest für echte menschliche Kontakte, meine Follower waren davon ausgenommen. Sie wussten ja außerdem absolut nicht, was gerade in meinem Leben los war, und überhäuften mich weiterhin mit Bewunderung und Komplimenten.

Deshalb machte ich den Tag über Bilder für meine Story. Ich spielte allen vor, wie makellos mein Leben war. Wie toll meine Designertasche im richtigen Licht aussah, wie grandios gut mir die neue Sonnenbrille stand und wie spannend meine Kurse waren. Meine Follower würden nie erfahren, wie es mir ging oder dass der Modegeschichte-Kurs heute die absolute Hölle war.

Es war eines der Seminare, die ich mit Aubrey hatte. Dass ihr Stuhl vor mir leer war, fachte mein schlechtes Gewissen kurzzeitig wieder an. Vielleicht sollte ich mich doch entschuldigen und ihr anbieten eins ihrer Designs zu tragen. Aber letztlich musste sie lernen mit deutlicher Kritik fertig zu werden, wenn sie wirklich Designerin werden wollte. Ich hatte ihr im Grunde einen Gefallen getan.

Als ich zu Hause ankam, war das Loft leer. Rhett arbeitete um diese Zeit meistens im *Glitter and Gold* und für einen Moment überlegte ich sogar den Abend doch mit Cami und Eden im Club zu verbringen. Aber mir war nicht danach.

Ich stellte meine Tasche auf die Kommode im Eingangsbereich und stutzte. Eine Vase mit einer Rose stand auf der Anrichte, davor lag eine Karte. Schon als ich nach ihr griff, ahnte ich Böses.

Lass uns reden.
Bitte.
Grant

Für ein, zwei Sekunden starrte ich die Karte an, bevor ich sie in meiner Handfläche zerquetschte.

Wie konnte er es wagen?!

Dass er mich in diese ganze Sache reingezogen hatte, war schon schlimm genug. Aber jetzt wollte er nicht einmal akzeptieren, dass ich nichts mehr mit ihm zu tun haben wollte? Wie eingebildet und arrogant konnte dieser Mann denn noch sein?

Ich schnappte mir die Vase und stiefelte mit ihr durch den Flur in die Küche. Dann schüttete ich die Rose samt Wasser in die Spüle und holte mein

Telefon heraus. Mit zitternden Fingern suchte ich die Nummer raus. Die Nummer, die mich ständig angerufen hatte in den vergangenen Wochen und die ich immer ignoriert hatte. Entschlossen drückte ich den Button für einen Videocall. Es dauerte nicht lange, bis Grant abnahm.

»Sloan, endlich«, schallte mir seine warme Stimme leise entgegen. »Ich bin froh, dass du dich meldest.«

Sein Bild war verwackelt, aber nicht verzerrt. Ich konnte trotzdem das kleine Muttermal auf seiner Schläfe erkennen, das so verflucht sexy war. Genauso wie diese markanten Brauen über seinen dunklen Augen. Ich stieß Luft aus. Dass er mir immer noch gefiel, machte mich wütender. Auf mich, auf ihn, auf alles.

»Du hörst auf mich anzurufen. Sofort. Ich will nicht mit dir reden. Wir haben genug geredet. Du lässt mich ab jetzt in Ruhe.«

»Sloan, bitte. Zwing mich nicht ungemütlich zu werden.« Verärgert musterte er mich und ich schaltete kurzerhand von der Frontkamera auf die Normale, dann richtete ich sie auf die Spüle inklusive Rose. Und den Müllzerkleinerer.

»Ich zeige dir mal, wie ungemütlich ich werden kann. Wenn du mich nicht in Ruhe lässt, geht es dir bald so wie deiner beschissenen Rose.«

Dann stellte ich den Zerkleinerer an und sah mit bebenden Nasenflügeln und zitternden Händen dabei zu, wie die Rose Stück für Stück zwischen den Klingen zermahlen wurde und der Mechanismus sie in die Tiefe zog. Geschah ihr Recht. Ohne auf Grants Versuche, mich weich zu kochen, zu reagieren, beendete ich den Anruf.

Keine Sekunde später klingelte es wieder. Atemlos schob ich das Smartphone auf der Küchentheke von mir weg, als wäre es eine Bombe. Oder würde mich doch noch dazu verleiten, den Anruf anzunehmen.

Das Herz hämmerte in meiner Brust. Wieso musste Grant diese Wirkung auf mich haben? Warum verdammt noch mal? Es würde alles viel leichter machen, wenn er mir nicht immer noch irgendwie gefallen würde. Nein, mir blieb nur eins: mich von ihm fernzuhalten. Vielleicht war ich schwach, aber ich traute mir selbst nicht, wenn ich Grant in meiner Nähe hatte.

An einen gemütlichen Abend auf dem Sofa war nach dieser Auseinandersetzung nicht mehr zu denken. Stattdessen lief ich unruhig auf und ab. Ich kam einfach nicht zur Ruhe, so viel Energie tobte in mir. Diese Energie musste irgendwohin, wenn ich nicht vollends zur Diva mutieren wollte, die sinnlos Leute anschrie.

Ich entschied mich aufs Laufband zu gehen. Eine Möglichkeit, ein wenig von dem Adrenalin in meinem Körper abzubauen, und nach dem Fressanfall von gestern nicht die schlechteste Idee. Eigentlich machte ich nicht wirklich gern Sport, aber wenn ich ganz ehrlich war, wusste ich, dass ich meine Figur nur halten konnte, wenn ich mich regelmäßig bewegte. Das hatte Mom mir früher schon immer gesagt und bevor ich ausgezogen war, hatten wir oft gemeinsam Sport gemacht. Und ich fühlte mich nach der Bewegung tatsächlich besser.

Mittlerweile etwas ruhiger, weil ich einen Plan hatte, zog ich mich in meinem Zimmer um. Dann schickte ich Rhett eine Nachricht, dass er keine Blumen mehr von Grant annehmen sollte. Das Gleiche gab ich an die Rezeption des Wohnhauses weiter. Die fünf verpassten Anrufe von Grant ignorierte ich. Erst danach stieg ich auf das Laufband und rannte so lange, bis meine Lunge brannte und meine Beine sich wie Gummi anfühlten. Auch wenn das nicht verhindern konnte, dass meine Gedanken doch ständig bei Grant landeten.

Kapitel 6

Ich seufzte aus tiefstem Herzen. Wieder eine dieser schrecklichen Partys, wieder eine absolute Zeitverschwendung. Immerhin hatte ich heute Cami und Eden an meiner Seite. Aber ein Abend mit ihnen im *Glitter and Gold* wäre mir deutlich lieber. Cami versuchte gerade den richtigen Winkel für ein Foto zu finden und ich gab mir Mühe, in dem Einteiler von Prada eine gute Figur zu machen. Normalerweise waren wir ein eingespieltes Team, aber heute nicht.

»Sloan, was machst du für ein Gesicht? Das kann man nicht einmal mehr als edgy bezeichnen, das ist ein Resting Bitch Face.« Cami nahm das Telefon wieder runter.

Ich verdrehte die Augen. »Mach einfach das Foto, okay?«

Meine beiden Freundinnen tauschten einen Blick, dann drückte Camila endlich den Auslöser und ich konnte mich aus der unbequemen Position befreien. Zumindest hatte ich nun ein paar neue polierte Bilder für meine Instagram-Follower, die mich in diesem Outfit sicher mögen würden. Und das Appartement von Edens Familie kam immer gut an. Ihre Mutter hatte einen sehr exquisiten Geschmack. Den sie aber auch haben musste, immerhin war sie die Vorsitzende der DAR oder Daughters of the American Revolution.

»Wir sollten uns noch ein Glas Champagner holen. Heute halte ich den Abend wirklich nicht ohne Alkohol aus.«

Eden hakte sich bei mir ein, dann schlenderten wir in angemessenem Tempo gemeinsam durch die Wohnung. Die Gäste ignorierte ich trotzdem so gut es ging, auch wenn ich immer wieder Blicke auf mir spüren konnte. Nur waren es dieses Mal nicht die von Grant, den ich heute noch gar nicht gesehen hatte. Scheinbar drückte er sich jetzt vor solchen Anlässen. Sofort grummelte in meinem Bauch eine Mischung aus Hass und Neid, dass er sich da so rausnehmen konnte, wie er wollte. Meine Eltern schenkten mir zwar kaum Beachtung und gaben sich damit zufrieden, Rhett zu quälen, aber es war ein nicht ganz so unausgesprochenes Gesetz, dass ich mich an die Regeln der Upperclass zu halten hatte. Egal wie viel Lebenszeit ich damit verschwendete.

»Ach Eden, da bist du ja«, hielt uns Mrs McAllister, Edens Mutter, auf. »Und Camila, wie schön dich zu sehen.«

Ihre Augen hatten einen sanften Braunton und sie musterte die Freundinnen ihrer Tochter gutmütig. Es war fast seltsam, solche Regungen von ihr zu sehen. Sonst war sie stets reserviert höflich, mit einer guten Mischung an passiv-aggressiven Kommentaren, bei denen niemand den scharfen Unterton überhören konnte.

»Hallo, Mutter.« Eden hauchte ihr einen Kuss auf die Wange und Cami begrüßte sie ebenfalls. Dann wanderte Mrs McAllisters Blick zu mir.

»Und Sloan, wie schön. Wo hast du denn deinen charmanten Begleiter gelassen?«

Ah, schon besser. Da war sie, die untergründige Schärfe, die ich erwartet hatte. Und ich wusste genau, auf wen sie anspielte und was sie mir mit dieser einen Bemerkung sagen wollte. Man hatte registriert, dass ich die Cocktailparty der Hendersons an Grants Seite verbracht hatte. Und nun würde man darüber reden, ob ich nur eine seiner häufig wechselnden Begleitungen war. Was natürlich absolut schädlich für meinen Ruf wäre. Das Einzige, was noch schlimmer in den Augen der Ladys der High Society war, wäre, ein weiteres Mal an seiner Seite gesehen zu werden. Oder sogar eine Beziehung mit ihm einzugehen. Gott bewahre!

Ich schob meine garstigen Gedanken weg und setzte mein süßestes High-Society-Lächeln auf. Auch wenn mir das Resting Bitch Face gerade lieber gewesen wäre.

»Wenn Sie Rhett meinen, den habe ich zuletzt im Salon mit unseren Eltern und Mr Rutherford gesehen.«

Für eine Millisekunde verengten sich ihre Augen, dann lachte sie. »Ich werde gleich zu ihnen gehen. Ich hoffe doch immer noch, ich kann deine

Mutter davon überzeugen, eins der DAR-Treffen in eurem Haus abhalten zu können.« Sie lachte weiter und wir stimmten ein, auch wenn nichts daran komisch war. Erst als sie wieder gegangen war, ließ ich die Scharade fallen.

»Unfassbar.«

»*Oh Dios mío,* das wirst du jetzt wohl nicht mehr los.« Cami sah mich mitleidig an und ich nickte zähneknirschend. Schon ein Abend mit Grant hatte Wellen geschlagen.

»Was wird sie nicht mehr los?« Eden sah uns verwirrt an.

»Das Gerede über mich und Grant.«

»Weil meine Mom nach deiner Begleitung gefragt hat?«

Ich nahm ein Glas Champagner von einem Tablett, das an uns vorbeigetragen wurde. Heute brachte ich es nicht einmal fertig, dem Kellner ein Lächeln zu schenken.

»Ja, genau. Sie hätte auch gleich fragen können, ob ich mit Grant zusammen oder nur eine seiner Errungenschaften bin.«

»Der Unterton war nicht zu überhören«, pflichtete mir Camila bei. »Aber das legt sich auch wieder. Spätestens, wenn er das nächste Mal auf einer Party auftaucht und eine Neue am Arm hat.«

»Ja, ganz bestimmt. Und meine Mutter hat es sicher nicht böse gemeint. Sie hat nur ... starke Überzeugungen.« Eden nahm sie in Schutz, aber ich kannte meine Freundin gut genug, um zu wissen, dass sie es hasste, wenn ihre Mom sich so benahm. Vor allem anderen gegenüber. Aber Eden ertrug es mit gutmütiger Gelassenheit, was ich in der Situation sicher nicht gekonnt hätte, selbst wenn man es von mir erwartete.

Als Will zu unserer Gruppe dazu stieß, Eden in seine Arme zog und mehrmals deutlich sein Territorium markierte, stürzte meine Laune in den Keller. Ich kannte den blonden Kerl mit dem Zahnpastalächeln seit der Highschool. Also mindestens so lange, wie er mit Eden zusammen war. Aber manchmal ging er mir tierisch auf die Nerven. Er war das perfekte Beispiel dafür, wie man sich in diesen Kreisen verhalten sollte. Und normalerweise hätte ich mich einfach still und heimlich mit ein paar Blicken zwischen Cami und mir ein klitzekleines bisschen über ihn lustig gemacht. Aber nicht heute.

Diese wundervoll geplante Party mit hochrangigen Gästen, gutem Essen, teurem Champagner und einer atemberaubenden Location war noch unerträglicher als sonst. Dabei hatte ich das schon auf der Letzten gedacht, weil Eden und Cami mich allein gelassen hatten. Aber heute ... war es anders. Ich fühlte mich nicht wohl in meiner Haut. Manchmal fürchtete ich sogar, dass doch jemand mitbekommen hatte, dass ich nun vorbestraft war. Immerhin gab es viele Anwälte und Richter unter den Superreichen der Stadt. Entschlossen stoppte ich den Gedanken. Wenn ich jetzt anfing bei jeder Person hier zu befürchten, sie könnte etwas wissen, würde ich wahnsinnig werden.

Ich ließ den Blick über die Gäste schweifen und nippte an meinem Getränk. Dem Gespräch zwischen meinen Freundinnen und Will hörte ich längst nicht mehr zu. Stattdessen wanderte mein Blick genauso sinnlos umher wie eben noch meine Gedanken und ich ertappte mich tatsächlich dabei, wie ich doch nach Grant Ausschau hielt. Scheinbar hatte ich überhaupt nichts dazu gelernt. Denn immer, wenn ich das Gefühl hatte, einen Blick in meinem Nacken zu spüren, sah ich mich um, mit einer Mischung aus Hoffnung und Angst im Bauch. Ich war jedes Mal fast enttäuscht, dass es nicht Grant gewesen war, der mich beobachtet hatte. Und sofort danach ärgerte ich mich über mich selbst.

Ich war einundzwanzig Jahre lang ohne Grant Fitzgerald ausgekommen. Ich hatte Partys, Brunches und andere lästige High Society Dinners überstanden und auf einigen davon sogar Spaß gehabt. Ich war doch jetzt nicht nach einem noch dazu katastrophalen Abend von ihm abhängig! Nein, ganz sicher nicht.

Ich brauchte nur etwas frische Luft.

Ich drehte mich zu meinen Freundinnen um, aber sie waren so beschäftigt mit Will, dass ich ging, ohne etwas zu sagen. Unruhig lief ich zwischen den Gästen umher ohne festes Ziel und auf einmal blieb mein Blick an einem Regal hängen. Darauf standen ein paar kleine Skulpturen. Eine Balletttänzerin, ein Ding, das aussah wie ein Ei, und ein goldener Brieföffner. Unwillkürlich strich ich mit den Fingern darüber und sofort pochte mein Herz schneller in meiner Brust.

Es wäre leicht, eins davon zu nehmen und woanders hinzustellen. Und ich erinnerte mich gut daran, wie lebendig und frei es sich angefühlt hatte, das mit Grant zu tun. Als könnte man den Leuten und ihren Regeln, denen man sonst so unterworfen war, eins auswischen.

Ohne lange nachzudenken, steckte ich den Brieföffner in die Hosentasche meines schwarzen Einteilers. Dann ging ich weiter, als wäre nichts gewesen. Niemand merkte, wie laut sich meine Schritte auf dem teuren Parkett plötzlich anhörten oder wie schnell mein Herz schlug. Ich spürte wieder einen Blick in meinem Rücken und hätte schwören können, dass es Grant war, der mich beobachtete. Der sich daran erfreute, dass er es geschafft hatte, mich dazu zu bringen, sein blödes Spiel sogar ohne ihn zu spielen. Und während ich den Brieföffner auf dem weitläufigen Balkon zwischen den Blumenarrangements verschwinden ließ, fand ich es fast schade, dass er nicht hier war.

»Chapeau, Sloan. Du hast ein sehr gutes Versteck gewählt«, hörte ich eine männliche Stimme hinter mir. »Mrs McAllister wird sich wundern, wenn sie den dort findet. Oder eher das Hausmädchen.«

Ich wirbelte herum und hätte beinahe den Rest meines Champagners über die teuren Fliesen verteilt. Erst im letzten Augenblick schaffte ich es, ein wenig die Haltung zu wahren. Ich hätte mir denken können, dass das Schicksal dafür sorgen würde, dass Grant Fitzgerald genau in diesem Moment auftauchte.

»Hab ich nicht deutlich genug gemacht, dass ich nicht mit dir reden will?«

»Oh, doch. Das hast du, Darling.« Grant steckte die Hände locker in die Hose seines teuren Anzugs. »Aber ein Fitzgerald gibt nicht so leicht auf, wenn er sich etwas in den Kopf gesetzt hat. Und am Ende bekommt er es auch.«

Ich sollte ihm meinen Drink ins Gesicht schütten.

»Tja, bei mir beißt du auf Granit. Vielleicht die erste Frau in deinem Leben, von der du nicht bekommst, was du willst.« Ich versuchte mich an ihm vorbei durch die Balkontür zu drängen, doch Grant versperrte mir stoisch den Weg. Wieder roch ich sein scharfes Aftershave und nahm gleichzeitig seine persönliche Note darunter wahr. Und wieder reagierte mein Körper stärker darauf, als ich gerade gebrauchen konnte.

»In dem Wagen sah es nicht danach aus, als hätte ich dich zu irgendetwas überreden müssen.«

Ich schluckte, begleitet von den Erinnerungen in meinem Kopf. Das Gefühl seiner Küsse auf meiner Haut, seiner Hände, die mich gierig an ihn pressten. Beinahe hätte ich gestöhnt, als Grant, wie um diese Bilder zu untermalen, mit seinen Fingerspitzen meinen Arm hochfuhr.

Gott, warum wollte ich ihn nur so? Wie konnte es sein, dass ich nach all der Wut, die ich immer noch wegen ihm empfand, ihm gleichzeitig am liebsten das Hemd aus der Hose zerren und ihn hier auf der Terrasse verführen wollte? Es kam mir fast vor, als machte die Wut in meinem Bauch diese Anziehung nur stärker.

Bevor ich mich kaum noch beherrschen konnte, zog Grant seine Hand zurück. Sogar der süffisante Ausdruck verschwand aus seinem Gesicht. »Was passiert ist, tut mir wirklich leid, Sloan.«

Fast hätte ich für einen Augenblick das Damoklesschwert der Ächtung über meinem Kopf vergessen, das mich zweiteilen könnte, sollten meine Eltern oder gleich die gesamte High Society erfahren, was passiert war. Und dass Grant daran schuld war. Doch in diesem einen Moment des Vergessens hatte er es geschafft, mit seiner Entschuldigung die Stimmung zu kippen. Wo gerade Hitze durch meinen Körper gerauscht war, spürte ich jetzt nur noch kalte Wut. Er hatte es ja sogar in seiner Abwesenheit geschafft, mich dazu zu bringen, bei Mrs McAllister Gegenstände umzuräumen!

Dieses Mal schüttete ich ihm tatsächlich den Rest meines Getränks ins Gesicht. Grant schnappte nach Luft und wirkte längst nicht mehr so aalglatt, wie er sich gern gab. Und in mir breitete sich ein erlösendes Gefühl von Genugtuung aus.

»Vergiss es, Fitzgerald«, zischte ich leise. »Ich will deine Entschuldigung nicht, ich will keine Rosen von dir und ich will nicht mit dir reden. Lass mich in Ruhe.«

Energisch wischte er sich den Champagner aus dem Gesicht, dann funkelte er mich wütend an. »Du könntest mir wenigstens die Gelegenheit geben, es zu erklären!«

»Da gibt es nichts zu erklären. Du hast dein Versprechen gebrochen. Du bist schuld daran, dass ich verurteilt wurde.«

»Jetzt komm mal wieder runter! Du hast dich freiwillig darauf eingelassen«, grollte er, trotzdem noch bemüht nicht zu laut zu werden.

Es war nicht zu übersehen, wie aufgewühlt er war, und ich fühlte das Echo dieser Spannung tief in meinem Bauch. Die Luft zwischen uns sirrte unverkennbar. Grants Brust hob sich schnell und auch ich war außer Atem. Er nahm mir den Atem.

Er starrte mich an, nur wenige Zentimeter von mir entfernt, und als er den Blick auf meine Lippen senkte, zuckte es heiß durch meinen Körper. Beinahe hätte ich ihn an mich gezogen und geküsst. Einfach alle Vorsätze, die ich mir selbst gemacht hatte, und alle Vorbehalte über Bord geworfen, um seine Lippen wieder auf meinen zu spüren. Dann fiel ein Tropfen aus seiner nicht mehr perfekten Frisur kalt auf meine Wange und das brach den Bann. Ich schob Grant energisch zur Seite und trat wieder in das schicke Loft, ein unverbindliches Lächeln auf den Lippen, obwohl ich nicht wusste, ob ich lieber schreien oder weinen wollte.

Kapitel 7

Es war spät, als die Klingel des Aufzugs grell durch die Wohnung hallte. Ich hatte mich wieder in meinen Einhorn-Onesie geschmissen und es mir mit einer Portion Popcorn, die ich jetzt beinahe verschüttet hätte, auf dem Sofa gemütlich gemacht. Wer kam denn noch so spät zu uns nach Hause?

Grant. Es war ganz sicher Grant.

Wütend knallte ich die Schale auf den Tisch und stapfte durch den Flur.

»Ich habe dir gesagt, du sollst mich in Ruhe lassen!«, brüllte ich auf dem Weg zum Eingang. Ich war so in Rage, dass ich Grant dieses Mal wirklich eine knallen würde. Und es war mir völlig egal, dass ich aussah wie ein rosa Einhorn, mein Make-up nur notdürftig entfernt hatte und noch dazu bestimmt voller Popcorn-Krümel war. Vielleicht würde er dann endlich aufhören mich zu belästigen.

Aber als die Tür sich öffnete, stockte ich, dann kippte jemand gefühlt einen Eimer Eiswasser über mich. Es betrat nicht Grant meine Wohnung, was mir auf einmal gar nicht so übel vorkam, sondern meine Mutter, Cheryl Whitaker höchstpersönlich. Ich konnte mich nicht daran erinnern, wann sie Rhett und mich jemals hier besucht hatte.

Mom betrachtete mich einmal von oben bis unten. Ihr Blick blieb an jedem einzelnen Krümel, an jedem abstehenden Haar und letztlich an meinen nackten Füßen hängen, die ausnahmsweise nicht frisch pedikürt waren.

»Mom«, brachte ich notdürftig heraus und fing mich wieder. »Wie schön, dass du uns besuchst. Rhett ist nicht da, er ist bestimmt im *Glitter and Gold*.«

»Du weißt, dass ich nicht zu deinem Bruder will.«

Ich schluckte und kam mir vor wie die Achtjährige, die immer wieder Schelte dafür bekam, dass sie den Finger beim Tee trinken nicht richtig abspreizte.

Meine Mutter schlenderte durch die Wohnung, betrachtete alles mit Argusaugen. Ich nutzte die Gelegenheit, als sie an mir vorbei in Richtung Wohnzimmer ging, um mir hektisch die Krümel abzuschütteln und meine Haare platt zu drücken. Vergeblich.

»Warum bin ich hier, Sloan?«

»Ich weiß nicht«, stammelte ich. »Möchtest du vielleicht was trinken?«

Um nicht mehr sinnlos von einem Fuß auf den anderen zu treten, lief ich in die Küche und setzte Wasser auf, ohne auf ihre Antwort zu warten. Ich war froh um jede Beschäftigung. Damit ich mir nicht ihren enttäuschten Blick ansehen musste. Leider hatte ich sehr wohl eine Ahnung, worüber sie reden wollte. Grant. Und ich betete stumm zu Gott oder was auch immer da oben war, dass sie nichts von der Vorstrafe wusste. So inständig, dass ich meine nackten Zehen fest in den Boden presste.

»Ich bin enttäuscht von dir, Sloan. Dein Verhalten in den letzten Wochen war inakzeptabel.«

Jetzt drehte ich mich doch wieder um. Zuerst sah es aus, als wollte Mom sich auf einen der Barhocker an der hohen Theke setzen. Was aber völlig absurd gewesen wäre, was sie scheinbar selbst feststellte. Sie beließ es dabei, mit dem Finger über die massive Steinplatte zu fahren, die Krümel wieder abzuschütteln und die Nase zu rümpfen.

»Ich weiß, Mom.« Ihr zuzustimmen war sicher die bessere Taktik und langsam kam die Hoffnung auf, dass sie weder Grant meinte noch von der Verurteilung wusste.

»Du bist heute Abend gegangen, ohne dich von den McAllisters zu verabschieden. Und das ist nicht dein erster Fauxpas in dieser Richtung.«

Beinahe hätte ich erleichtert gestöhnt. Es ging ihr nur um meine Umgangsformen. Gott sei Dank.

»Es tut mir leid. Mir ging es heute nicht gut.«

»Ja, das sehe ich Sloan. Du lässt dich gehen und ich erwartete, dass das aufhört«, sagte sie mit einem eher lieblichen Ton, der gar nicht zu ihren Worten passen wollte. Ihre braunen Augen wirkten stechend und ich fühlte mich unter ihrem Blick wieder wie ein Kind. Schuldbewusst nickte ich.

»Sieh dir an, wie gut du es hast. Wir lassen dich studieren, was du willst. Du lebst in einer stilvollen Wohnung, musst dir um Geld keine Sorgen machen. Und es ist mir beinahe egal, wenn du so«, sie verzog das Gesicht angewidert, »hier herumläufst. Wir setzen absichtlich keine großen Hoffnungen in dich. Das Einzige, was dein Vater und ich von dir erwarten, ist, dass du dich in unseren Kreisen angemessen verhältst. Ein Minimum an Respekt für deine Familie ist nun wirklich nicht zu viel verlangt.«

Ich vergaß zu atmen, so stark drückte sich mein Brustkorb zusammen. In ihren Augen war ich eine undankbare Göre. Das hatte sie gerade deutlich gesagt, auch wenn sie es in schöne Worte verpackt hatte. Anstatt sie anzubrüllen und mich zu rechtfertigen, presste ich die Lippen fest aufeinander. Ich hasste, dass sie recht hatte. Aber ich konnte es trotzdem nicht ändern, dass ich mich nicht so dankbar und glücklich fühlte, wie ich es bestimmt sollte. Ich wollte mehr als das. Aber nichts davon konnte ich ihr jemals sagen.

Weil ich immer noch schwieg, presste meine Mutter ihre Lippen zusammen. Sie kräuselten sich missbilligend und ich holte tief Luft. Ich überwand mich ihr zu sagen, was sie hören wollte.

»Du hast recht, Mom. Ich hab mich gehen lassen. Aber das ist jetzt vorbei. Ich verspreche es.«

Was hatte ich für eine andere Wahl? Geächtet und enterbt werden wollte ich nun auch nicht, nur weil mir diese gesellschaftlichen Verpflichtungen auf die Nerven gingen. Ich liebte nicht unser Geld, aber definitiv das, was es mir ermöglichte. Da blieb ich lieber in meinem geräumigen goldenen Käfig. Oder?

Der Kessel auf dem Herd fing an zu pfeifen und ich nahm ihn herunter, während meine Mutter die Küche verließ. Sie hatte kein Wort zu meiner Entschuldigung gesagt, sie hielt es wohl nicht für nötig. Es war mehr als offensichtlich, dass ich ihr folgen sollte. Schnell stellte ich das heiße Wasser beiseite und lief ihr hinterher, dabei platschten meine Füße laut über die Fliesen. An der Tür zum Aufzug drückte sie den Knopf und drehte sich zu mir um.

»Und ich will dich nicht noch einmal mit Grant Fitzgerald zusammen sehen. Die Leute reden über dich und über die Familie. Halt dich von ihm fern.«

Auch der Kommentar traf sein Ziel. Präzise und scharf schnitt er in meine Brust und hinterließ einen spitzen Schmerz. Das unausgesprochene »sonst« hing so hörbar in der Luft, dass ich lieber nicht wissen wollte, wie der Satz weitergegangen wäre. Sie hatte auch so deutlich gemacht, was sie von mir erwartete.

Ich sagte nichts und meine Mutter stieg in den Aufzug. Dann schlossen sich die Türen und ich gab dem drängenden Bedürfnis nach zu schreien. Kurz und aus voller Seele brüllte ich, schnappte mir eine Tür, öffnete sie und knallte sie so laut zu, wie ich konnte. Aber es half nicht.

Frustriert stapfte ich zurück zum Sofa und wollte es mir gerade wieder bequem machen, als die Worte meiner Mutter in mir nachhallten. Statt weiter fernzusehen, ging ich in mein Zimmer und warf mich in Sportklamotten, um aufs Laufband zu gehen. Dann hielt ich inne. Ich konnte nicht unterscheiden, ob es das war, was ich tun wollte, oder das, was meine Mutter mir jahrelang eingeredet hatte.

Seit ihrem Auftritt im Appartement fühlte sich mein Brustkorb wie zugeschnürt an. Ich bekam kaum richtig Luft. Je schneller ich atmete, umso schlimmer wurde es. Zitternd lief ich auf und ab, aber es wollte einfach nicht besser werden.

Was, wenn sie herausgefunden hätte, dass ich vorbestraft war? Sie hielt ja scheinbar eine tadelnde Ansprache schon für nötig, wenn ich auf einer einzigen Party mit Grant gesehen worden war. Was würde passieren, wenn sie alles herausfand?

Verschwitzt sank ich vor dem Bett auf den Boden. Ich schlang die Arme um meine Knie und zog sie fest an, aber das konnte die Tränen nicht länger aufhalten. Heiß liefen sie mir die Wangen hinunter und ein Schluchzen nach dem anderen schüttelte meinen Körper. Mir war plötzlich kalt und ich konnte mich nicht länger zusammenreißen.

Ich weinte vor Wut, vor Scham und Verzweiflung. Es dauerte eine ganze Weile, bis keine Tränen mehr flossen. Mit dem Handballen wischte ich sie mir undamenhaft von den Wangen und tat ein paar Atemzüge. Dann war ich sicher, dass das Schlimmste überstanden war.

Mein Blick blieb an meinem begehbaren Kleiderschrank hängen. Er war hübsch sortiert und hatte schon oft für Instagram-Fotos hergehalten. Die vielen Designer-Outfits waren nach Farben sortiert und ich war irgendwie stolz darauf. Ich liebte Mode und wie ich darin aussah. Ich liebte meinen Instagram-Account, den ich mir mühsam aufgebaut hatte. Das tat ich für mich, nicht für meine Mutter oder den Ruf der Familie. Selbst wenn der Grat scheinbar ziemlich schmal war.

Kapitel 8

Wenn meine Mutter mich jetzt sehen könnte, würde sie bestimmt einen Herzinfarkt bekommen.

Ich steckte nicht in einem teuren Designer-Outfit, sondern in einem orangefarbenen Einteiler, der dreckig aussah, obwohl er angeblich gewaschen war. Für heute hatte ich meine kurzen Haare notdürftig zu einem Zopf gebunden und mir eine Kappe tief ins Gesicht gezogen. Auf Make-up hatte ich ganz verzichtet. Ich seufzte zum gefühlt hundertsten Mal und erstach leidenschaftslos eine Zigarettenschachtel mit meinem Müllpikser. Falls man die Dinger so nannte.

Ich sah vollkommen lächerlich aus.

Der ganze Aufzug hatte nur ein Gutes: Meine Mutter würde mich nicht erkennen, selbst wenn sie heute durch Zufall die Straße herunterfuhr. Dafür hatte ich gesorgt. Ich wollte mir wirklich nicht vorstellen, was passierte, wenn jemand von den ach so wichtigen Personen in dieser Stadt mich hier so sah. Es reichte mir vollkommen, wie die anderen Verurteilten mich ansahen. Als wenn sie merkten, dass ich nicht so war wie sie. Dabei war ich es: eine Straftäterin.

Die nächste Müllverpackung pikste ich deutlich energischer auf, in der Hoffnung, meinen Frust so abbauen zu können. Dann schleifte ich den schweren Müllsack hinter mir her. Ab und zu dachte ich auch an den heutigen Abend, um mich abzulenken.

Eden, Camila und ich wollten uns im *Glitter and Gold* treffen und endlich mal wieder abtanzen, vergessen, wie scheiße die letzten Wochen gewesen waren, und den Kopf frei bekommen. Und das konnte ich mehr als gut gebrauchen. Außerdem unterstützte ich damit meinen Bruder und seine Bar. Zumindest redete ich mir das ein. Wir waren wahrscheinlich nicht gerade die umsatzstärksten Kunden dort. Aber immerhin postete ich ab und an etwas auf meinem Kanal, was dem Bekanntheitsgrad der Bar auf jeden Fall guttat.

Nach zwei weiteren in den Sack gestopften Verpackungen gönnte ich mir eine Pause. Ich steckte den Pikser in den Boden, drehte mein Gesicht der Sonne entgegen und atmete durch. Keine gute Idee. Um die Mittagszeit brannte sie heiß auf mich herunter und ließ mich noch mehr schwitzen. Die Kappe hatte sich auch unangenehm aufgewärmt und ich nahm sie gegen meinen Vorsatz doch kurz ab, um mir ein wenig Luft ins Gesicht zu fächern.

Das Geräusch einer auslösenden Handykamera ließ mich zusammenzucken. Mein Herz raste augenblicklich und ich setzte hektisch die Kappe wieder auf, aber es war zu spät. Innerhalb von Sekunden hatte ich den Übeltäter entdeckt. Ein Kerl in Overall hatte sein Smartphone auf mich gerichtet und abgedrückt. Entschlossen stiefelte ich auf ihn zu.

»Wer hat dir erlaubt Fotos von mir zu schießen?!«

»Letztes Mal hast du dich nicht beschwert, Darling«, hörte ich eine angenehm melodische Stimme.

In dem Moment erkannte ich ihn. Grant steckte wie ich in einem orangefarbenen Einteiler und schien sich ebenfalls nicht die Mühe gemacht zu haben, seine Frisur zu perfektionieren. Stattdessen hingen ihm Fransen seiner Haare wirr in die Augen und er hatte sich nicht rasiert. Deshalb hatte ich ihn nicht sofort erkannt. Er sah dadurch völlig anders aus – aber leider keinen Deut schlechter.

Meine Wut ließ mich den Schockmoment schnell überwinden. Mit geballten Fäusten lief ich auf ihn zu, während er mir das Bild entgegenhielt. Gerade nah genug, dass ich es erkennen konnte. Das Foto sah aus wie eins der Paparazzi-Fotos, die man sonst in Klatschzeitschriften sah, und leider war ich deutlich darauf zu identifizieren. Dieses Arschloch hatte genau den Moment abgepasst, in dem ich die Kappe abgesetzt hatte! Eine winzige Sekunde der Unachtsamkeit, die er schamlos ausgenutzt hatte.

»Gib das her!«

Ich schnappte nach dem Telefon, doch Grant wich mir aus.

»Nein, das kommt in meine Sloan-Sammlung.«

»Was für eine Sammlung denn bitte? Du hast ein einziges Foto von mir im Appartement der Hendersons.«

Grant verzog süffisant den Mundwinkel, wischte auf seinem Handy herum und hielt es mir wieder hin. Zuerst verstand ich nicht sofort, aber dann begriff ich. Es war das Foto, das er im Porsche von mir gemacht hatte. Ich war perfekt eingefangen und wer Elliot Henderson und seinen auffälligen gelben Sportwagen kannte, würde sehen, dass es seiner war. Mein Hals wurde trocken.

»Na und? Dann hast du eben ein Bild von mir in Elliots Wagen. Nichts Besonderes.« Ich verschränkte die Arme vor der Brust. »Lass es einfach, Grant.«

Grants Lächeln wurde breiter. »Ich habe noch ein Foto, auf dem du ganz wunderbar getroffen bist. Sloan Whitaker, wie sie leibt und lebt.«

Ich lachte höhnisch, doch das Geräusch blieb mir mitten im Hals stecken, als Grant mir triumphierend sein Smartphone vor die Augen hielt. Ich schnappte nach Luft.

Das Foto auf dem Display war eins der Bilder, die auf dem Revier gemacht worden waren. Ein typisches Verbrecherfoto. Ich mit zerflossenem Make-up, zerstörter Frisur und einer Nummer in meiner Hand. Die Streifen im Hintergrund, die die Größe angaben, untermalten das Bild zu meinem absolut schlimmsten Horrorszenario.

Grant besaß die Fotos vom Revier.

Innerhalb von Sekunden liefen all die schrecklichen Dinge vor meinem inneren Auge ab, die er damit machen könnte.

»Du verlogener, kleiner Mistkerl!« Meine Stimme war lauter, als ich gewollt hatte, aber ich konnte mich nicht zusammenreißen. Der Schock und die Angst saßen so fest in meiner Brust, dass mir nichts anderes übrigblieb, als sie in Wut zu verwandeln, wenn ich nicht ersticken wollte. Wut auf Grant. Es war fast wie im Gericht und nur der Fakt, dass hier einige Zeugen um uns herumstanden, hielt mich davon ab, Grant sofort eine reinzuhauen. »Wenn du die auch nur irgendwem zeigst, dann werde ich …« Mir fiel keine gute Drohung ein. Mein Gehirn funktionierte im Moment nicht richtig.

»Was willst du dafür?«, brachte ich nach einer Sekunde heraus. So sehr ich ihn und seine dunklen braunen Augen und das kleine Muttermal an seiner Schläfe in diesem Moment auch hasste, ich würde alles sagen, damit er die Bilder nicht an irgendwen weiterschickte. Dafür haftete mir der Auftritt meiner Mutter in meiner Wohnung noch zu stark im Gedächtnis. Genau wie ihr unausgesprochenes »sonst«.

»O Sloan, du nimmst dich eindeutig viel zu ernst. Und hältst mich wohl tatsächlich für den absoluten Bösewicht in dieser Geschichte, hm?« Grant zuckte ungerührt mit der Schulter. »Ich habe nicht vor dich zu erpressen. Ich dachte, du möchtest das Foto haben. Wenn du schon meine Entschuldigung nicht hören willst.«

»Was sollte ich mit dem Bild wollen? Mich selbst vor allen outen?« Ich rieb mir über die Stirn. »Gott, ich wusste ja, dass du arrogant und egoistisch bist, aber ich hätte dich nicht für so blöd gehalten.«

»Glaub mir, wenn du aufhörst so ein Drama daraus zu machen, wird es deutlich leichter. Sieh es als lustige Anekdote zu deiner ersten Verfehlung im Leben.« Er steckte das Smartphone und damit auch das Foto wieder in seine Tasche. »In meinem Schlafzimmer hängen genug Blitzerfotos. Sogar ein paar Zeitungsausschnitte. Mein Polizeifoto von dem Abend mit dir hat einen Ehrenplatz an der Wand.«

Fassungslos starrte ich ihn an. Was war das für eine verquere Art, damit umzugehen? Und wie konnte ihm das so egal sein?

»Ich will das Bild haben«, forderte ich. »Und ich will, dass du es von deinem Handy löschst.«

»Ich schicke es dir gerne. Du siehst so verrucht darauf aus.« Grant verzog einen Mundwinkel und die Hitze in meinem Bauch wurde noch größer, weil ihm dieser rauere Look so verflucht gut stand oder weil er es immer wieder schaffte, dass ich mich über ihn aufregte.

»Ich will das Foto nicht, weil es so toll ist. Ich will, dass du es löschst.«

»Aber Darling –«

»Lösch es. Jetzt!«

Grant schüttelte den Kopf.

Er würde das Bild nicht löschen. Mein Hals war staubtrocken. Auch wenn er etwas anderes behauptete, hatte er mich damit in der Hand. Wenn er es veröffentlichte, war ich erledigt und der gute Name meiner Familie auch. Meine Eltern würden mich ganz sicher enterben und verbannen. Gott, in der letzten Saison hatte man Chloe, die Tochter der Richmonds, geächtet, weil sie auf einer der feinen Partys zu betrunken gewesen war und sich übergeben hatte. Was würde man dann mit mir machen, wenn diese Sache herauskam?

Bei dem Gedanken an meine endgültig zerstörte Zukunft sah ich rot. Aus einem Impuls heraus schubste ich Grant, doch er fing meine Hand ab und hielt mich fest. Schwer atmend funkelte ich ihn an und Grants Blick veränderte sich. Er sah mich so flammend an wie an dem Abend in diesem verfluchten Porsche. So verführerisch, dass mein Herz schmerzhaft in meiner Brust hämmerte und ich beinahe –

»Hey!«, schallte zu uns rüber. »Whitaker, Fitzgerald, auseinander.«

Der Sozialarbeiter, der die Aufsicht über unsere Arbeit hatte, starrte uns an. Scheinbar nahm er den Job, darauf zu achten, dass wir die Strafe nicht nur absaßen, ziemlich ernst. Er zeigte mit dem Finger auf uns.

»Keine Streits, keine Gespräche und vor allem keine Flirts! An die Arbeit, sonst zeichne ich euch die Stunden heute nicht ab.«

Widerwillig ließ Grant mich los, schulterte seinen Müllsack und lief demonstrativ in die andere Richtung davon. Mit dem Handy in der Tasche, auf dem noch immer mehrere Beweisfotos von mir waren.

Kapitel 9

Das *Glitter and Gold* war an diesem Abend gut besucht und ich froh mit den anderen in der Menge verschwinden zu können. Rhett hatte uns einen Platz in einer Sitzecke in der pompös eingerichteten Flüsterkneipe reserviert.

Überall schimmerten goldene Verzierungen und dunkles, poliertes Holz. Die Sitzmöbel waren aus Samt oder Leder und hier vorne in der Lounge wurde stilvoller Jazz gespielt, anders als im Club im hinteren Bereich. Der gesamte Look des *Glitter and Gold* war der einer glamourösen Bar der Zwanziger Jahre. So, wie sie gerne in Filmen wie *The Great Gatsby* gezeigt wurden. Nicht so, wie die Zwanziger historisch gewesen waren. Aber genau das passte perfekt zu den oberen Zehntausend, die hier Zugang hatten. Keiner von ihnen zeigte sich, wie er wirklich war. Jeder spielte eine Rolle. Und ich liebte meinen Bruder dafür, dass er die Gesellschaft so offensichtlich kritisierte, dass die meisten es nicht einmal bemerkten.

»Du siehst aus, als hätte man dir gerade alle deine ach so wichtigen Instagram-Follower gestohlen.«

Will holte mich mit seiner Bemerkung aus meinen düsteren Gedanken. Er hatte den Arm um Eden gelegt und sie an sich gezogen, während sie seine Hand hielt, die auf ihrer Schulter lag. Eigentlich hatte das ein Mädelsabend werden sollen, aber als sie gemeinsam mit Will aufgetaucht war, hatten weder Cami noch ich widersprochen. Sonst hätte es sicher damit geendet, dass nicht nur Will, sondern auch Eden gegangen wäre. Manchmal war der Kerl lästig besitzergreifend.

»Meinen Instagram-Followern geht's gut, danke. Aber sooo lieb, dass du fragst«, giftete ich mit einem zuckersüßen Lächeln.

Dabei lag er mit seiner Vermutung nicht unbedingt falsch. Den ganzen

Nachmittag hatte ich an Grant gedacht. Und nicht wie seit unserem »Coitus Interruptus« in zugegebenermaßen eher schlüpfrigen Szenen. Oder daran, wie ich ihm wieder genüsslich einen Drink ins Gesicht schüttete. Immerhin waren beide Szenarien auf ihre eigene Art und Weise ziemlich reizvoll. Nein, heute hatte ich mich wegen der Fotos auf seinem Telefon gesorgt. Würde er die veröffentlichen, kostete mich das sicher alle meine Follower. Eine Vorstrafe wegen unzüchtigem Verhalten passte so absolut gar nicht zu meinem Image, das ich sorgfältig auf Instagram kultiviert hatte.

»Ach Will, du bist charmant wie immer«, kommentierte Cami die Situation und nippte an ihrem Cosmopolitan. Als sie ihn wieder abstellen wollte, verfehlte sie die Kante des Tisches um mehrere Zentimeter und ihr Drink endete auf dem Boden. Und wie durch ein Wunder traf nicht ein Tropfen Cami oder mich. Fast, als hätte sie das absichtlich gemacht.

Trotzdem fluchte sie überzeugend. »*¡Qué maldito desastre!* Da werde ich mir wohl an der Bar einen neuen holen müssen. Kommst du mit?«

Kurzerhand kippte ich den Rest aus meinem Glas in mich hinein. »So ein Zufall, meiner ist auch gerade leer.«

Cami grinste Will an und Eden machte ein Gesicht, als wollte sie sich bei uns entschuldigen. Dabei musste sie das nicht. Eher tat sie mir leid, dass sie sich so von ihm vereinnahmen ließ. Aber das war ein Thema, über das man mit ihr nicht gut reden konnte. Und wer war ich schon mich in ihre Beziehung einzumischen?

Ich hakte mich bei Camila ein und gemeinsam schlenderten wir in Richtung Theke. Kaum waren wir dort angekommen lehnte sie sich verschwörerisch zu mir.

»Die Sozialstunden heute waren also so mies, ja?«

Ich seufzte. »Na, was denkst du denn? Das ist ganz sicher kein Sommerurlaub in den Hamptons.«

»Hast du Grant gesehen?«, stellte sie die eine Frage, die ich nicht beantworten wollte.

Ich druckste herum und hielt an der Bar Ausschau nach einem Mitarbeiter. Camila folgte meinem Blick und winkte dann mit einem breiten Grinsen einen groß gewachsenen Kerl mit gebräunter Haut, schwarzem Man-Bun und mehr als Dreitagebart zu uns.

»¡Oye, pequeño cabrón! ¿En dónde están tus modales?«

Ich verstand kein Wort, aber der Kellner, den sie angesprochen hatte, schmunzelte und kam zu uns. Erst als er vor uns stand und sich über die Theke beugte, um sich von Cami die Wangen küssen zu lassen, erkannte ich ihn.

»Du erinnerst dich an Raffael? Freigeist, Aussteiger und damit die Schande der Familie Alvarez?«

Ich nickte. »Wow, wie lange ist das her?«

»Ich glaube, das letzte Mal habe ich dich vor zwei Jahren gesehen. Auf der Party von Camis Eltern. Mein letzter Tag in Knechtschaft.« Er zwinkerte mir zu und ich erinnerte mich wieder lebhaft daran, welche Wellen sein Ausstieg geschlagen hatte. Und die vergangenen Jahre hatten ihn verändert. Er war nicht mehr gebügelt und gestriegelt, aber der neue Look stand ihm ebenso wie das schwarze Hemd, das hier alle Mitarbeiter trugen.

»Also, was wollt ihr beide trinken?« Er sah mit einem umwerfenden Lächeln zwischen uns hin und her.

Camila bestellte uns einen Cosmo und während Raffael die Drinks mixte, fragte ich sie leise aus.

»Wie ist es für deinen Cousin gelaufen, seit er raus ist?« Eine vielleicht nicht ganz uneigennützige Frage.

»Er ist ziemlich glücklich, glaube ich. Er lebt in Brooklyn. Ehrlich gesagt ist die Wohnung etwas schäbig und er hält sich mehr schlecht als recht über Wasser, aber er hat es so gewollt.« Camila zuckte mit den Achseln. »Es ist nicht so, dass ich ihn nicht verstehen könnte. Manchmal muss man raus aus diesem Umfeld. Das merke ich immer wieder im Wohnheim. Und ich bin ziemlich froh, dass sich meine Eltern nicht dagegengestellt haben. Sie wollten wohl nicht noch ein Familienmitglied an das gewöhnliche Leben verlieren.« Cami lachte, aber ich hörte raus, dass es kein Scherz gewesen war.

Ich betrachtete Raffael einen Moment schweigend. Dass er hier jobbte, hatte Rhett nicht erwähnt. Wahrscheinlich blieb Camis Cousin nichts anderes übrig. Er hatte sich gegen die Familie gestellt und wurde nun geächtet, als wäre er aus einer Sekte ausgestiegen. Und selbst wenn mir die High Society manchmal so vorkam, konnte ich mir beim besten Willen nicht vorstellen, dass er lieber in einer Bruchbude wohnte und ums Überleben kämpfte, als sich an deren überzogene Spielregeln zu halten.

»Ich könnte so nicht leben«, gab ich zu.

»Im Wohnheim? So schlimm ist es nicht. Ein bisschen normal sein tut gut. Das solltest du vielleicht auch mal versuchen.«

Ich rollte mit den Augen. »Ist Müll aufsammeln am Straßenrand nicht gewöhnlich genug?«

»Nein, das ist nicht normal, sondern das Leben einer Kleinkriminellen. Du hättest ja nicht gleich so in die Vollen gehen müssen.«

Ich stieß Cami schmunzelnd an, während sie mir mit einem entrüsteten Aufschrei auswich und beinahe unsere Getränke umwarf, was dieses Mal keine Absicht gewesen wäre. Wir kicherten gelöst und ich war verdammt froh, dass ich sie hatte.

»Grant hat Fotos von mir«, platzte ich heraus, gerade, als meine Freundin nach ihrem Glas griff, um zu den anderen zurückzugehen.

»Was für Fotos?«, fragte sie mit einem eindeutigen Tonfall und einer hochgezogenen Augenbraue.

»Nicht solche! Er hat ein Bild von mir in Elliots Wagen.«

Ich wollte Cami auch von dem Verbrecherfoto erzählen, aber die Worte blieben mir vor Scham im Hals stecken. Ich brachte es einfach nicht über mich. Da wäre es mir sogar lieber, sie dachte, es gäbe schlüpfrige Bilder von mir und Grant.

»Eden hat ja gleich gesagt, dass es keine guten Geschichten über Fitzgerald gibt«, meinte Cami ungerührt. Dann zuckte sie etwas versöhnlicher mit einer Schulter. »Aber ich verstehe schon. Er ist ja durchaus gut aussehend. Willst du einen Rat von mir?«

So, wie sie mich ansah, wusste ich nicht, ob dabei etwas Brauchbares rauskommen würde. Aber wenn ich ehrlich war, hatte ich auch so keine Ahnung, wie ich mit dieser Situation umgehen sollte.

»Ich bin angeschlagen und verzweifelt, also raus damit.«

»Lass dich nicht von ihm unter Druck setzen.«

»Toller Rat, da wäre ich selbst gar nicht draufgekommen.« Ich rollte mit den Augen und Cami hob einen Finger, als wollte sie mich ausschimpfen.

»Sloan, ich bin deine Freundin und ich liebe dich, aber du lässt deinen Frust nicht an mir aus.«

»Schon gut, schon gut«, ruderte ich zurück. Wahrscheinlich hatte ich mir aus dem Grund unbewusst Cami ausgesucht, um über die Fotos zu sprechen. Sie war nicht zimperlich und sagte mir oft genug genau die Sachen, die ich nicht hören wollte. Bei ihr war ich mir auch überhaupt nicht sicher, ob sie mir abkaufte, dass die ganze Idee mit dem Porsche Grants Schuld gewesen war. Deshalb rechnete ich eher mit einer Standpauke als mit dem, was sie tatsächlich sagte.

»Fitzgerald hat doch gar nichts gegen dich in der Hand. Er besitzt ein Foto von dir in Elliots Wagen. Na und? Wonach soll das schon aussehen? Und sollte er jemals die ganze Geschichte erzählen, steht er selbst genauso blöd da. Du sagst einfach, dass du das Opfer bist. Was anderes würde man bei deiner blütenreinen Weste sowieso nicht glauben. Bei ihm sieht das ganz anders aus. Die Leute reden doch eh über seinen Lebensstil, die Partys, die Frauen. Das wäre sicher nicht das erste Mal, dass er auffällig geworden ist. Du bist das Opfer. Nicht die schönste Rolle, aber die, mit der du am einfachsten davonkommst.«

Mir klappte beinahe der Mund auf, als Camila mit ihrem Vortrag fertig war.

»Wow, du wirst deine politischen Gegner absolut platt machen.«

Dabei hatte sie irgendwie recht. Mich traf an der ganzen Sache ja von Anfang an keine echte Schuld, oder? Und wenn, dann nur ein kleines bisschen.

Cami lachte hell. »In der Politik und in vielen anderen Bereichen geht's allein um das richtige Storytelling.« Plötzlich wurde ihre Miene todernst. »Und wenn das nicht hilft, hetze ich Grant Fitzgerald einen alten Familienfluch auf den Hals, wenn du willst.«

Zuerst wollte ich lachen, aber Cami blieb ernst und ich war mir instinktiv sicher, dass das kein Scherz war.

»Ich werde schon allein mit ihm fertig. Aber falls ich doch Bedarf habe, sag ich dir Bescheid.«

»Für meine *Hermana en espíritu* würde ich es machen. Und jetzt ist Schluss mit Trübsal blasen. Wir wollten tanzen und Spaß haben! Und da wir auf Eden heute eh verzichten müssen, wirst du mich nach hinten in den Club und auf die Tanzfläche begleiten.«

In der einen Hand das Glas und mit der anderen bei Cami eingehakt lief ich zurück zu unserem Platz. Den Rest des Abends verdrängte ich erfolgreich, dass Camis Taktik nicht aufgehen würde, wenn Grant auch das Verbrecherfoto veröffentlichte. Aber es bestand eine geringe Hoffnung, dass Grant die Bilder wirklich nicht besorgt hatte, um mir damit zu drohen, sondern nur, weil er das tatsächlich irgendwie witzig fand. Außerdem hatte ich für heute einfach keine Kapazitäten mehr, mir Sorgen zu machen. Stattdessen nahm ich die Gefühle und tanzte sie raus, bis in die frühen Morgenstunden. Meine Füße schmerzten in den Jimmy Choos und ich stöhnte erschöpft, als ich zu Hause ankam. Aber für ein paar glückliche Stunden hatte ich verdrängt, dass das Problem namens Grant Fitzgerald noch nicht erledigt war.

Kapitel 10

Heute Morgen stand ich zum ersten Mal seit Tagen hochmotiviert auf. Ich stellte mir ein schönes Outfit zusammen und machte mir ein reichhaltiges, gesundes Frühstück. Beinahe hätte ich sogar vergessen, dass am Nachmittag, wie an fast jedem Tag nach der Uni, wieder Sozialstunden auf mich warteten, damit ich so schnell wie möglich mit ihnen fertig wurde.

Ich hatte entschieden mich nicht länger von Grant unter Druck setzen zu lassen. Und diese Entscheidung war scheinbar auf wundersame Weise bei ihm angekommen. Seit Tagen hatte er weder versucht mich anzurufen noch hatte er eine Rose geschickt oder dämliche Fotos von mir geschossen. Nicht einmal beim Müllsammeln hatte ich ihn gesehen. Langsam fragte ich mich, ob er sich sogar in eine andere Gruppe hatte einteilen lassen. Was auch immer es war, ich würde mich nicht beschweren. Immerhin hatte ich genau das gewollt.

Ich suchte mir gerade einen guten Platz im Kurs für Modegeschichte, da kam Aubrey herein. Auch sie hatte ich lange nicht gesehen. Zum Teil sicher, weil ich mich wirklich in den vergangenen Wochen hatte gehen lassen und einige Stunden geschwänzt hatte. Aber immer, wenn ich da gewesen war, hatte sie gefehlt. Ich dachte schon, sie hätte tatsächlich das Handtuch geworfen nach meiner harschen Kritik. Doch das hatte sie nicht. Stattdessen schien ich ihren Kampfgeist geweckt zu haben, denn sie trug heute ein Outfit von Dior und Gucci. Zwar war es aus der vorletzten Saison, aber auf jeden Fall besser als ihre selbstgenähten Sachen, denen ich wirklich nichts abgewinnen konnte.

Aubrey zeigte mir die mehr als eisige Schulter und setzte sich auf ihren Platz zwei Reihen vor mir. Erst da fiel mir auf, dass sie alle Kleidungsstücke ein wenig aufgearbeitet hatte. Ein Riemchen hier, ein etwas abgewandelter Saum da. Und dieses Mal musste ich zugeben, dass sie es gut gemacht hatte. Aber das würde ich ihr nicht sagen.

Ich rückte meine Blöcke für den Kurs zurecht, dann betrachtete ich die Zeichnungen, die ich angefertigt hatte. Es waren verschiedene Outfits, die man durchaus als extravagant bezeichnen könnte. Sie gefielen mir irgendwie, auch wenn ich sie niemals tragen oder auf meinem Instagram-Kanal präsentieren konnte. Bei dem Gedanken unterdrückte ich ein Seufzen. Ein Teil von mir würde gern eigene Designs machen, aber ich war mir nicht sicher, was meine Eltern davon halten würden. Es sah besser aus, die teuren Luxusmarken zu kaufen und gekonnt zu kombinieren, als mit irgendwelchem selbstgenähten Firlefanz anzufangen. Und ich machte das ja schon seit Jahren so. Immerhin hatte ich mir auf die Art den Account aufgebaut.

Mein Smartphone vibrierte in meiner Tasche und ich rutschte etwas tiefer in meinen Stuhl. Ich wollte nicht, dass unsere Dozentin, die bereits mit der Vorlesung angefangen hatte, mitbekam, dass ich nicht aufpasste.

Eden: Wollen wir heute Nachmittag shoppen gehen? Will meint, ich brauche für diese Einladung bei seiner Familie ein neues Outfit.

Sloan: Ich kann nicht. Ich trage später wieder orange statt schwarz.

Das war unser kleiner Code für meine Sozialstunden. Ich fühlte mich mit der Umschreibung besser. Immerhin klang es fast nach *Orange is the new black* und ich kam mir nicht ganz so schäbig vor.

Eden: Oh, stimmt. Das habe ich total vergessen! Tut mir leid. Cami, was ist mit dir?

Sloan: Unsere Vorzeigestudentin schaut im Unterricht sicher nicht auf ihr Telefon.

Cami: Doch, tut sie, wenn hier im Sekundentakt neue Nachrichten eingehen und sie vergessen hat ihr Smartphone stumm zu schalten. Danke, Mädels.

Eden: Das tut mir sooo leid!

Cami: Ist ja gut. Ich gehe nach der Uni mit dir. Und jetzt legt eure Telefone beiseite und konzentriert euch auf den Unterricht!

Ich konnte mir bildlich vorstellen, wie Cami eine Hand in die Hüfte gestemmt hatte und mit der anderen schimpfend auf uns deutete. Mit einem Lächeln auf den Lippen steckte ich das Smartphone wieder in die Tasche. Erst als ich aufsah, bemerkte ich die Blicke. Der ganze Kurs sah mich an, genau wie Professor Mallory.

Verdammte Scheiße!

»Wie bitte?« Mit heißen Wangen richtete ich mich wieder auf.

»Wenn Sie interessanter finden, was auf ihrem Telefon passiert, Miss Whitaker, dann möchte ich Sie bitten meinen Kurs zu verlassen. Kann mir sonst jemand die Frage beantworten?«

Am liebsten wäre ich im Erdboden versunken. Und als auch noch Aubreys Hand in die Höhe schoss und sie mit Leichtigkeit die richtige Antwort nannte, glühten meine Wangen förmlich.

Zumindest für den Rest des Tages konzentrierte ich mich tatsächlich auf jeden Kurs. Ich ließ mich nicht ablenken und war voll bei der Sache. Und immer, wenn ich doch drohte unaufmerksam zu werden, hörte ich Moms Stimme in meinem Kopf, wie sie mich tadelte.

Erst am späten Nachmittag kam ich erschöpft zu Hause an. Ich hatte nach den Kursen noch zwei Stunden Müll aufgesammelt und war verdammt froh, dass ich nächste Woche in der Suppenküche eingeteilt war. Nachmittags in der prallen Sonne zu stehen war neben dem Abfall und seinem Gestank wirklich unangenehm. Deshalb gönnte ich mir zu Hause eine ausgiebige Dusche, bevor ich mir mit noch nassen Haaren in der Küche einen Salat zubereitete. Ich briet mir gerade etwas Tofu in der Pfanne an, als mein Bruder in die Küche kam.

»Was ist los?«, fragte Rhett und lehnte sich neben dem Herd an die Theke.

Er trug eine schwarze Hose und ein hochwertiges Hemd in der gleichen Farbe. Wahrscheinlich war er auf dem Weg in die Flüsterkneipe.

»Was meinst du?«

»Wenn ich für jedes Seufzen von dir einen Dollar bekäme, wäre ich reich.«

»Wir sind reich, Rhett.« Ich nahm die Pfanne vom Herd und gab den heißen Tofu über den Salat. Dann holte ich zwei Teller aus dem Schrank und füllte sie für uns.

»Möchtest du darüber reden?«

Er nahm mir seinen Teller ab, stellte ihn auf den Tresen und ließ sich auf einem der Barhocker nieder. Obwohl wir in der offenen Küche einen großen Esstisch stehen hatten, aßen wir meistens an der Theke.

Als ich mich neben meinen Bruder setzte, seufzte ich unwillkürlich und er hob die Augenbraue über seinem weißen Auge.

»Okay, okay. Ich hab's verstanden.« Ich schnitt eine Grimasse und begann meinen Salat zu essen. »Was denkst du denn, was los ist? In den vergangenen Wochen ist alles aus dem Ruder gelaufen. Mom war sogar hier und hat mir eine Standpauke wegen meiner Manieren gehalten.«

»Du hast deine Sozialstunden bald hinter dir und unsere Eltern wissen nichts von der Verurteilung«, erinnerte mich Rhett sachlich. »Es ist alles gut.«

Mein schlechtes Gewissen kochte wieder hoch und gleichzeitig keimte eine winzige Hoffnung in mir auf, dass diese Sache wirklich mit dem Ende der Sozialstunden durchgestanden war.

»Ja, ich weiß. Trotzdem hat der Abend alles aus dem Gleichgewicht gebracht. Und das ist nur Grants Schuld.« Das redete ich mir mittlerweile so gut ein, dass ich es selbst glaubte.

Ich legte die Gabel auf den Teller und schob ihn ein Stück weg. Mir war der Appetit vergangen bei dem Gedanken an Grant und dass er immer noch dieses schreckliche Foto von mir hatte.

Auch Rhett hörte auf zu essen und musterte mich stoisch.

»Grant ist kein so übler Mensch, wie du denkst.«

»Ach nein? Sein Ruf spricht für sich.«

»Wenn jemand herausfinden würde, was passiert ist, und die gesamte

Upperclass würde über dich als Straftäterin sprechen, würde das verändern, wer du bist?«

Ich hasste es abgrundtief, wenn mein Bruder das tat. Deshalb hatte ich es bisher vermieden, mit ihm darüber zu reden.

»Nein, das würde es nicht«, gab ich zu. »Aber die Sache mit Grant ist anders. Ich meine, er tut so, als wäre das alles ein Witz. Und er ist genau der verlogene Dreckskerl, für den ihn alle halten.« Bockig verschränkte ich die Arme vor der Brust, als wenn ich nicht nur meinen Bruder, sondern auch mich selbst überzeugen wollte.

Nach einer Weile stocherte ich doch wieder lustlos in meinem Essen, während Rhett mich musterte, dann aß er schweigend weiter. Das war Antwort genug und ich versuchte nicht das Gespräch in Gang zu halten. Es kam mir eher gelegen.

Ich wollte nicht über Grant sprechen und ich wollte nicht auch nur eine Sekunde die Vorstellung in mir aufkommen lassen, dass Fitzgerald vielleicht doch kein Arsch war. Oder dass er im Kern anders war, als alle immer sagten. Das würde es mir sehr viel schwerer machen, wütend auf ihn zu sein. Nein, ich musste mein Leben, das er so nachhaltig durcheinandergebracht hatte, wieder in den Griff bekommen.

Rhett stellte den Teller in die Spüle. »Ich gehe gleich ins *Glitter and Gold*. Kommst du mit?«

Anstatt hier heute Abend Trübsal zu blasen oder pausenlos an Grant zu denken, meinte er wohl. Beinahe hätte ich wieder geseufzt, aber im letzten Moment konnte ich das Geräusch runterschlucken. Dann nickte ich.

»Okay. Gib mir fünfzehn Minuten.«

Kapitel 11

Das *Glitter and Gold* war heute nicht ganz so gut besucht. Kurzentschlossen setzte ich mich an die Bar, bestellte mir ein Soda und beobachtete die Leute. Ab und an zückte ich mein Smartphone und machte ein paar Fotos. Natürlich immer so, dass ich nicht zu viel vom *Glitter and Gold* zeigte. Zwar war der Laden nicht wirklich eine Flüsterkneipe, sondern ganz regulär bei den Behörden angemeldet, aber er war durchaus exklusiv und nicht jeder kam rein. Um das Mysterium und den Andrang auf den Club ein wenig zu pushen, gab ich mir also Mühe, nur kleine Ausschnitte zu zeigen. Mein mit tausenden Strasssteinchen besetztes Kleid funkelte im Licht und kurz nachdem ich das Foto gepostet hatte, trudelten hunderte Herzchen und Kommentare auf meinem Account ein. Ich fühlte mich gleich besser.

Die nächsten Minuten verbrachte ich damit, auf Nachrichten zu antworten und allen zu zeigen, wie glücklich ich war. Bis ein Kommentar mich stocken ließ.

TheRealGirl35 schrieb: »Du sonnst dich nur in den Vorteilen der High Society. Hättest du nicht so viel Geld, wärst du ein Niemand. Du nennst dich Modeblogger, aber präsentierst am Ende auch nur das, was alle zeigen. Wo ist da dein eigener Verdienst?«

Eine Hitzewelle rauschte durch meinen Körper, obwohl das längst nicht der erste negative Kommentar auf meinem Profil gewesen war. Aber heute fiel es mir schwer, ihn zu ignorieren. Fassungslos las ich die Worte ein zweites Mal. *TheRealGirl35,* kreativer Nickname. Wer gab ihr das Recht, so über mich und mein Leben zu urteilen? Sie kannte mich nicht und hatte absolut keine Ahnung, wer ich war!

Obwohl meine Hände zitterten, begann ich hektisch zu tippen. Zuerst fielen mir wilde Beschimpfungen ein, dann wollte ich es mit einer zurückhaltenden Antwort probieren. Letztlich legte ich das Telefon zur Seite, ohne etwas abzuschicken.

Sie war sicher nur neidisch auf mich. Weil sie bestimmt nicht die Möglichkeit hatte, die neue Birkin Bag zu bekommen oder auch nur ein Kleid von Chanel aus der letzten Saison.

Ich ließ den Kommentar sacken und trank einen Schluck von meinem Soda. Dann las ich die Worte zum fünften Mal. Wie konnte sie es wagen, mir so etwas zu unterstellen? Ich hatte eine Menge Zeit und Geld in diesen Account investiert und ein Niemand aus der Masse des anonymen Internets wollte mir jetzt erzählen, das sei nichts wert, weil ich nicht selbst Mode machte?

Wieder legte ich das Handy weg, aber ich konnte nicht aufhören darüber nachzudenken. Warum machte mir das heute eigentlich so viel aus? Normalerweise berührten mich solche Internet-Trolle nicht.

Ich war mit dem Account über die Jahre stetig gewachsen und hatte mich an die großen Labels gehalten, ein bisschen Luxus-Mainstream, so, wie man das eben machte, wenn man sich Reichweite aufbauen wollte. Man musste auffallen, nur nicht negativ. Und das gelang mir nicht zuletzt auch dadurch, dass ich immer die neusten Stücke der angesagten Designer auf dem Account präsentieren konnte. Erst mit wachsender Beliebtheit hatte ich angefangen die Outfits freier zu kombinieren. Was war schlecht daran, meine Vorteile auszunutzen?

Immerhin könnte ich so einige Werbedeals ergattern, wenn ich wollte. Und ich würde mich nicht dafür verurteilen lassen! Es ging doch nur darum, was ich selbst wollte, oder?

Vor meinem inneren Auge tauchte meine neueste Skizze auf. Es war ein legeres und trotzdem schickes Kleid, das ich aus einem feinen, aber robusten Leinenstoff nähen würde, wenn ich denn selbst Mode erstellen würde. Und nur weil ich das nicht tat, gab das *TheRealGirl35* kein Recht, mich so anzugehen.

Entschlossen nahm ich mein Smartphone vom Tresen, da bemerkte ich aus dem Augenwinkel eine Bewegung. In meinem Nacken kribbelte es und schon bevor ich genau hinsah, wusste ich, wer dort stand: Grant.

Besser konnte es heute nicht werden. Gleich musste ich wieder seine

Annäherungsversuche abwehren und ihm zum tausendsten Mal sagen, dass er mich in Ruhe lassen sollte. Dabei war ich mir gar nicht mehr sicher, warum ich das so dringend wollte.

Zögernd sah ich zu ihm hinüber. Heute war er wieder glatt rasiert, perfekt gestylt und trug einen Anzug, der seinen Boss-Bottled-Look gekonnt unterstrich. Er unterhielt sich am Ende der Theke mit meinem Bruder und ich konnte leider kein Wort verstehen. Sie waren zu weit weg und die gediegene Jazzmusik verschluckte den Rest. Es dauerte nicht lange und sie beendeten das Gespräch mit einem Handschlag, dann drehte Grant sich herum und bemerkte mich. Unsere Blicke verfingen sich für einen Atemzug ineinander.

Ein warmes Beben breitete sich in meiner Brust aus und auch Grant schien wie gefesselt zu sein. Er hielt inne, betrachtete mich zwei ewig andauernde Atemzüge lang. Dann lief er weiter: kein anzügliches Lächeln, kein Kommentar. Er kam nicht zu mir, er ging einfach.

War das sein Ernst?!

Ohne darüber nachzudenken, sprang ich vom Barhocker und stürmte ihm hinterher. So leicht würde er nicht davonkommen. Es waren zwei Wochen vergangen seit unserer letzten Begegnung und er hatte in der Zwischenzeit kein Wort mit mir gewechselt. Und nicht einmal jetzt tat er es!

»Hey«, rief ich ihm nach, während er in den Gang zu den Toiletten trat. Die Musik klang hier hinten nur noch gedämpft und ich war mir sicher, dass er mich gehört hatte. Aber Grant blieb nicht stehen.

»Ignorierst du mich jetzt? Sehr erwachsen von dir, Fitzgerald.«

»Du wolltest, dass ich dich in Ruhe lasse«, konterte Grant abfällig, drehte sich aber endlich zu mir herum. Sein Blick wanderte forschend über meinen Körper und schlagartig wurde mein Hals trocken.

»Ich wollte …«, stammelte ich. Ja, was denn eigentlich? Mit ihm reden? Ihm eine reinhauen? Oder ihn küssen?

Grants Mundwinkel zuckten amüsiert und er trat einen Schritt näher zu mir. Ich wich nicht zurück. Fast erwartete ich, dass er mich berühren, mich an sich ziehen und küssen würde. Aber er tat es nicht. Er hielt nur inne und wartete. Knisternde Stille breitete sich zwischen uns aus.

»Ich wollte mit dir reden«, erklärte ich. Es kam mir dämlich vor und das war es auch. Eine lahme Ausrede.

»Dann sprich. Anders als du bin ich in der Lage zuzuhören.«

Dieser verdammte Mistkerl! Ich bereute jetzt schon diesem blöden Impuls nachgegeben zu haben, statt es bei unserer Funkstille zu belassen.

»Ich bin auch in der Lage zuzuhören. Aber ich wollte deine sinnlosen Ausflüchte nicht hören.«

Als hätte ich überhaupt nichts gesagt, hob Grant die Hand und strich mit dem Daumen sanft mein Kinn entlang. Meine Haut prickelte heftig unter der Berührung und auf einmal bekam ich nicht mehr genug Luft.

»Was hat deine Meinung geändert?« Seine Stimme schwebte verlockend zwischen uns.

Ich hätte sagen können, wie unfassbar sexy ich ihn in diesem Moment fand, für wie absolut unausstehlich ich ihn trotzdem hielt oder dass mir erst jetzt klar wurde, dass ich ihn und seine Hartnäckigkeit vermisst hatte. Aber ich sagte nichts davon. Niemals würde ich das Grant Fitzgerald gegenüber zugeben.

»Du wolltest mich doch die ganze Zeit zum Zuhören bringen, also sag endlich, was du zu sagen hast.« Ich versuchte die Arme vor der Brust zu verschränken, aber Grant stand zu nah. Ich stemmte die Hände in die Taille, um mich davon abzuhalten, ihn zu packen und an mich zu ziehen.

»Und du denkst, nur weil du dir plötzlich überlegt hast, dass du doch hören willst, wie die Sache mit dem Auto wirklich gewesen ist, tue ich das auch? So läuft das nicht, Darling.«

Arschloch. Grant Fitzgerald war das größte Arschloch auf diesem Planeten. Ein Arschloch mit dunklen braunen Augen und diesem anzüglichen Grinsen und seinem verflucht unwiderstehlichen Charme.

»Was ist denn eigentlich dein Problem?!«, fauchte ich ihn an, um zu verstecken, dass meine Knie sich wie Gummi anfühlten.

»Das könnte ich dich genauso gut fragen.« Grant kam mir so nah, dass sein Jackett die Strasssteine auf meinem Kleid streifte. Instinktiv wich ich einen Schritt zurück, doch er folgte mir, trieb mich mit seinem Körper gegen die Wand.

»Was meinst du damit?«, brachte ich mühsam hervor. Grant fuhr mit dem Finger meinen Hals hinunter und machte es mir fast unmöglich, noch einen klaren Gedanken zu fassen. Es war, als hätte ich keine Ahnung mehr, wie man sprach. Ich spürte nur das brennende Feuer in meinem Körper.

»Ich glaube, wir wissen beide, dass du dir eigentlich etwas ganz anderes von mir erhofft hast.«

Mein Rücken stieß gegen die Wand und Grant drückte mich mit seinem Körper dagegen. Seine Lippen schwebten knapp über meinen und ich war bereit nachzugeben.

»Du bist ein Widerling. Was könnte ich schon von dir erwarten?« Ein lächerlicher Versuch, ihn nicht sehen zu lassen, wie stark ich auf ihn reagierte. Aber meine zitternde Stimme verriet mich.

Grant stützte die freie Hand neben meinem Kopf an die Wand. Seine andere fuhr durch meine Haare bis in meinen Nacken und ohne es verhindern zu können, reckte ich mich ihm entgegen. Ich versuchte mich auf Zehenspitzen zu stellen, doch er drückte mich mit seinem Körper so hart gegen die Wand, dass ich seine Lippen nicht erreichen konnte. Was ich seit diesem Abend im Porsche wollte, war zum Greifen nah und ich verzehrte mich danach.

Ich musste mir eingestehen, dass ich Grant immer noch wollte. Die Erkenntnis traf mich heiß und unaufhaltsam.

»Na, na, Darling«, tadelte Grant mich. Ein Geräusch, das ich abgrundtief verabscheute und das gleichzeitig meine aufgepeitschten Sinne zum Sirren brachte.

»Zuerst willst du mich, dann willst du mich nicht. Und weil ich dich nicht länger begehre, sehnst du dich jetzt nur umso mehr nach mir.« Grant fuhr sanft mit seinen Lippen über meine und ich traute mich kaum zu atmen. »Und mir sagt man nach, ich wäre der, der Spielchen spielt. Entscheide dich, Sloan.«

Ich zögerte keine Sekunde. Entschlossen presste ich meinen Mund auf seinen und gab mich der Leidenschaft hin, die in seiner Gegenwart unaufhaltsam in meinem Körper brannte. Auch Grant gab der Anziehung zwischen uns nach. Hart presste er sich gegen meinen Körper und ich schlang instinktiv meine Arme um seinen Hals. Fast schon gierig küsste ich ihn, als wäre ich dabei zu ersticken und er der rettende Atemzug. Ich brauchte seine Lippen, die so hungrig und unnachgiebig mehr verlangten. Ich erlaubte mir nicht länger zu denken. Stattdessen fühlte ich nur die brennende Begierde zwischen uns und wie mein Herz hektisch in meiner Brust hämmerte.

Grant fuhr mit einer Hand mein Bein herauf bis unter mein Kleid. Heiße Funken pochten in meinem Körper und ich reckte ihm vor Leidenschaft meine Hüfte entgegen. Jedes Keuchen, das aus seiner Kehle an meine Ohren drang, schickte wildes Verlangen in meinen Unterleib. Als ich gerade ein Bein um ihn schlingen wollte, löste er schwerfällig die Lippen von mir.

»Nicht hier«, brachte er schwer atmend hervor. »Draußen steht meine Limousine. Ich warte fünf Minuten auf dich, keine Sekunde länger. Es ist deine Entscheidung, Darling.«

Ein letztes Mal fuhr er mit den Lippen über meine und alles in mir verzehrte sich nach ihm. O Gott, ich wollte ihn. Und dieses Mal würde ich sicher nichts dazwischenkommen lassen.

Kapitel 12

Beinahe wäre ich Grant sofort gefolgt, aber ich wollte nicht, dass mein Bruder sich Sorgen machte. Und so schnell wie heute hatte ich mich noch nie von Rhett verabschiedet. Er warf mir nur einen Blick zu, sagte aber nichts. Auch wenn er sicher wusste, wohin ich jetzt verschwand.

Adrenalin rauschte durch meinen Körper, als ich das *Glitter and Gold* verließ und die schwarze Limousine mit den verdunkelten Fenstern am Straßenrand sah. Kaum war ich ein paar Schritte gegangen, öffnete mir ein Fahrer die hintere Tür. Ich fasste es selbst nicht, aber nach zwei Kontrollblicken die Straße entlang stieg ich ein.

Die Tür fiel ins Schloss und sperrte die Geräusche der Stadt genauso aus wie alles andere. Jeder Gedanke, die Vernunft und was mich sonst ständig zurückhielt, wurde zum Schweigen gebracht. Um mich herum war eine samtige Stille, in der ich Grants Aura kribbelnd auf meiner Haut spüren konnte, obwohl er anders als erwartet nicht über mich herfiel. Er berührte mich nicht einmal. Nur seine leisen Atemzüge vermischten sich mit meinen und ich war mir fast sicher, dass er hören konnte, wie laut mein Puls durch meinen Körper pochte.

»Du bist gekommen«, sagte er mit einem selbstgefälligen Unterton. »Ich hatte nichts anderes von dir erwartet.«

Ich schnaubte. »Bild dir bloß nichts darauf ein. Ich kann dich nicht leiden und daran wird sich auch nichts ändern.«

»Natürlich nicht.« Grant lachte leise und das Geräusch rollte wie eine Welle durch meinen Körper. Dann neigte er sich näher zu mir. Mit den Fingerspitzen strich er wie beiläufig über meinen nackten Oberschenkel und beinahe hätte ich genüsslich geseufzt.

»Pietro, bringen Sie uns zu 1136 Fifth Avenue«, nannte er dem Fahrer meine Adresse, der kurz nickte. Dann fuhr die verdunkelte Scheibe zwischen dem hinteren Teil der Limousine und dem Fahrerabschnitt hoch. Jetzt waren wir tatsächlich allein, abgeschottet von neugierigen Blicken und dem Gerede der gehobenen Gesellschaft.

Grants Fingerspitzen hinterließen eine brennende Spur auf meiner Haut. Würde ich nicht gerade um Beherrschung ringen, hätte ich der wirklich exquisiten Ausstattung des Fahrzeugs vielleicht ein bisschen mehr Aufmerksamkeit geschenkt. Aber mir reichte völlig, dass durch die verdeckt eingebauten Leuchten eine angenehm schummerige Atmosphäre herrschte.

»Und was machen wir jetzt, Darling?«, fragte er mit einem anzüglichen Unterton in der Stimme, der einen heißen Schauer durch meinen Körper jagte. Die Vorstellung, es hier mit ihm im Wagen zu tun, brachte mich dazu, meine Zurückhaltung aufzugeben. Wir hatten dieses Spielchen schon lange genug gespielt. Schluss mit Reden.

»Du weißt genau, was wir jetzt tun werden.«

Mit einer fließenden Bewegung schob ich mich auf seinen Schoß. Zum Glück war die Limousine wirklich geräumig und ich stieß weder mit den Beinen irgendwo an noch musste ich den Kopf einziehen. Und ganz sicher würde heute keine verdammte Hupe dafür sorgen, dass wir unterbrochen wurden. Den leichten Stich der Scham in meinem Bauch, dass wir damals erwischt worden waren, ignorierte ich.

Als ich mein Gewicht auf ihm absenkte, sog Grant scharf Luft ein. Ich spürte seine Erektion sofort hart durch den Stoff zwischen meinen Beinen und seufzte leise. Hitze brodelte durch meinen Körper bei der Vorstellung, ihn in mir zu spüren. Ich fuhr mit den Fingern in Grants Nacken, fast, als wolle ich ihn küssen, und verharrte mitten in der Bewegung. Grant zog enttäuscht die Brauen zusammen und ich schmunzelte. Dieses Mal war ich diejenige, deren Mund so nah über seinem schwebte, dass er sich mir entgegendrängte. Seine Hüfte bewegte sich unter mir und sein Adamsapfel hüpfte verflucht sexy, als er schluckte. Doch ich genoss es zu sehr, ihn zappeln zu lassen.

»Dieses Mal habe ich die Kontrolle«, hauchte ich ihm entgegen. Es war ein berauschendes Gefühl, in seine Augen zu sehen, während ich langsam seine Krawatte löste und sie aus seinem Kragen zog.

»Darling, die hattest du die ganze Zeit. Immer.« Seine Hände strichen über meine Beine und als er anfing meinen Hals zu küssen, fiel es mir selbst schwer, uns beide weiter hinzuhalten.

»Das hier ist nur Sex«, stellte ich klar und Grant nickte beiläufig. Er schien sich deutlich mehr darauf zu konzentrieren, nach meinem Hintern zu greifen und mich stärker an ihn zu pressen, als mir zuzuhören. »Und ich halte dich für absolut widerlich. Verstanden?« Meine Worte waren fast nur noch ein Keuchen, weil jede seiner Berührungen mich um den Verstand brachte.

Wieder nickte er. Dann reckte er mir den Kopf entgegen, versuchte meine Lippen zu erreichen. Grant verzehrte sich so sehr nach mir wie ich mich nach ihm. Und als er jetzt zitternd Luft holte, gab ich den Widerstand auf.

Meine Lippen trafen hart auf seine. Unaufhaltsam prallten wir gegeneinander, angezogen von der Leidenschaft zwischen uns, die sich in den vergangenen Wochen trotz allem nur noch mehr gesteigert hatte.

Grants Zunge drängte sich vor und ich ließ ihn. Ich gab mich ganz dem Gefühl hin, verlor mich fast in seiner Nähe. Hungrig nestelte er an dem Reißverschluss meines Kleides herum, während meine Finger zwischen uns glitten und nach seinem Gürtel griffen.

Keuchend zerrte ich das Hemd aus seiner Hose und fühlte endlich seine nackte Haut. Sie war weicher, als ich erwartet hatte, und als ich die feinen Härchen auf seinem Bauch ertastete, die den Weg nach unten andeuteten, stöhnte ich auf. Meine Beine zitterten vor Anspannung und ich glaubte es keine weitere Sekunde ohne ihn aushalten zu können.

Grant löste keuchend die Lippen von mir, dann schob er mit einem Ruck das Kleid über meinen Kopf. Ich folgte seiner Bewegung ein wenig zu ungeduldig und stieß mir doch die Ellbogen am Dach des Wagens an.

»Verfluchter Mist«, rutschte es mir raus und Grant lachte leise.

»Ich stehe darauf, wenn du fluchst. Verdammt sexy, Darling.«

Jetzt musste ich lachen und boxte ihn spielerisch gegen die Schulter. »Halt die Klappe!«

Dann nutzte ich die kurze Atempause, um endlich seine Hose aufzumachen. Ich lehnte mich etwas vor, ließ die Hand zwischen uns gleiten und griff in seine Shorts. Für falsche Zurückhaltung fehlte mir die Geduld. Grant schob mir sein Becken entgegen und stöhnte auf, als ich den Druck um seine Erektion ein wenig erhöhte. Es gefiel mir, wie er darauf reagierte und dass er scheinbar genauso wehrlos gegen mich war wie ich gegen ihn.

Grants Hände glitten meinen nackten Rücken herauf, während seine Lippen sanft über mein Dekolleté fuhren. Er löste den Verschluss meines BHs gekonnt, streifte ihn mir ab und als er die weiche Haut küsste, war ich die, die keuchte.

Gott, ich brauchte ihn so sehr, dass die Leidenschaft schmerzhaft zwischen meinen Beinen pulsierte.

Ich war gerade dabei, umständlich aus dem Tanga zu schlüpfen, als Grant den filigranen Stoff packte. Mit einem Ruck riss er ihn entzwei und ich keuchte vor Schreck und Erregung auf. Seine Augen leuchteten dunkel und diese raue Seite stand ihm so unendlich gut.

Mit der Hand glitt er die Innenseite meines Schenkels hoch und ich traute mich kaum mich zu bewegen. Dann schob er qualvoll langsam zwei Finger in mich. Sein Daumen rieb dabei über meine empfindlichste Stelle und ich keuchte haltlos. Dass wir immer noch in der Limousine waren, auf den Straßen New Yorks, und sein Fahrer mich trotz der Musik in der Fahrerkabine hören könnte, heizte mich nur stärker auf. Trotzdem presste ich die Lippen aufeinander und gab mir Mühe, nicht vor Lust zu stöhnen. Spannung zog sich in meinem Unterleib zusammen und ich war mir sicher, dass ich es keine Sekunde mehr aushalten würde. Viel zu lange hatte ich mir das herbeigesehnt. Zu oft hatte ich an Grant gedacht, zu viele Nächte von ihm geträumt. Auch wenn ich mir das selbst kaum eingestehen wollte.

Als ich glaubte, dass er mich mit seiner Berührung jeden Moment über die Klippe zum Orgasmus stoßen würde, hielt er inne und eine Welle an verzweifelter Enttäuschung rauschte durch meinen Körper. Ich wollte ihn endlich ganz spüren.

»Hast du ein Kondom?«, keuchte ich bebend.

Grant griff in die Seitenkonsole der Tür und holte eine silbrig glänzende Verpackung hervor, die ich ihm abnahm. Entschlossen streifte ich das Kondom über seine harte Erektion, während sein Becken sich mir ungeduldig entgegenreckte.

Mit einer fließenden Bewegung schob ich mich auf ihn und verschlug uns beiden damit die Sprache. Als er tief in mich eindrang, verharrte ich für einen Augenblick in der Position. Ich genoss das Gefühl und die Genugtuung, endlich zu bekommen, was ich hatte haben wollen. Erst dann begann ich mich rhythmisch auf ihm zu bewegen.

Mein Becken kreiste und sofort baute sich wieder die verzehrende Spannung in meinem Unterleib auf. Grant packte meinen Hintern mit festem Griff und passte sich meinem Tempo an. Seine Lippen umschlossen eine meiner Brustwarzen und ich keuchte auf. Jeglicher Versuch, uns jetzt noch zu bremsen, wäre kläglich gescheitert.

»O Gott, Sloan«, stöhnte Grant meinen Namen. »Du bringst mich um den Verstand.«

Ich lachte leise, weil er so offensichtlich darum kämpfte, nicht sofort zu kommen. Doch ich hatte Grant unterschätzt. Dabei hatte ich keine Ahnung, wie er es schaffte, sich zusammenzureißen. Ich hielt es ja selbst kaum mehr aus. Die Hitze in uns beiden loderte alles verschlingend und als er eine Hand zwischen uns schob, zuckte ich so stark zusammen, dass ich mich an seinen Schultern festhalten musste. Mit seinen kreisenden Bewegungen schaltete er auch das letzte bisschen meines Verstandes aus. Ich fühlte schon, wie süß und befreiend der Höhepunkt sich ankündigte. Und gleichzeitig wollte ich diese Spannung ein wenig länger genießen. Nur noch ein bisschen mehr, bevor es vorbei sein würde.

»Komm für mich, Sloan«, raunte Grant mir zu und das stieß mich endgültig und völlig haltlos über die Klippe.

Der Orgasmus entlud sich unaufhaltsam in meinem Körper, zog alles in mir zusammen und schüttelte mich in leidenschaftlichen Wellen. Und er riss nicht nur mich mit sich, sondern auch Grant. An seinen tiefen Stößen spürte ich, dass er kam. Ich konnte nicht einmal mehr atmen und erst als der

Höhepunkt abebbte, schnappte ich zitternd nach Luft. Grant keuchte unter mir und mit einem letzten Beben schloss ich für einen Moment die Augen.

Meine verschwitzte Stirn lehnte an seiner und ich hatte die Arme immer noch um seinen Hals geschlungen.

»Wow«, machte ich.

»Absolut, Darling.«

Ich hob den Kopf und Grant strich mir unerwartet sanft eine Strähne hinter mein Ohr. Dann verharrten seine Finger dort und der Blick, mit dem er mich jetzt betrachtete, ließ das Herz in meiner Brust stolpern. Und dieses Mal war es kein Gefühl der Lust, das er auslöste. Das hier ging tiefer.

Vorsichtig zog Grant mich zu sich und legte seine Lippen auf meine. Er schmeckte salzig, aber gleichzeitig so vertraut, dass es mir fast wieder den Atem nahm. Und in diesem Augenblick fühlte ich mich frei und schwerelos.

Nur widerwillig lösten wir uns voneinander. Und selbst als sich unsere Lippen trennten, hingen unsere Blicke ineinander fest. Grant betrachtete mich mit einer Aufrichtigkeit, die ich ihm fast nicht zugetraut hätte, und als er Luft holte, um etwas zu sagen, zog ich mich zurück, bevor einer von uns zu sentimental werden konnte.

Ich unterbrach den Blickkontakt, kletterte von seinem Schoß herunter und suchte meine Kleidungsstücke zusammen. Mein Tanga war nicht mehr zu retten. Während Grant seine Hose schloss, angelte ich den Slip vom Boden der Limousine und hielt ihn ihm vor die Nase.

»Du schuldest mir ein Höschen, Fitzgerald.«

Grant fuhr sich durch die Haare, aber seine Frisur war endgültig zerstört. »Es wird mir eine Freude sein, Dessous für dich zu kaufen, Darling. Und jedes Mal, wenn du sie trägst, wirst du an mich denken.«

Ich warf ihm mit gespielter Empörung das Höschen ins Gesicht, dann strich ich meine Haare glatt. »Du bist arrogant wie eh und je. Und so unwiderstehlich bist du nun auch wieder nicht.«

»Das gebe ich gerne zurück. Immerhin warst du diejenige, die mir heute nachgestellt hat.«

Ich holte Luft, um diesem Ekel von einem Mann eine giftige Antwort hinzupfeffern, da hielt der Wagen an. Es klopfte von vorne an die Scheibe. Scheinbar ein Zeichen, dass wir am Ziel waren.

Ich nahm meine Clutch und wandte mich zur Tür, dann stockte ich. »Diese Sache hier …«, fing ich an.

»Bleibt unter uns. Ich bin dein nicht ganz so kleines, schmutziges Geheimnis.«

Gegen meinen Willen schmunzelte ich. Grant nahm sich selbst überhaupt nicht ernst und ich wünschte manchmal, ich könnte das auch.

Als ich ausgestiegen war, hörte ich Grant noch einmal meinen Namen sagen. An seinem Finger baumelte mein zerrissener Tanga.

»Du hast da was vergessen.«

Mit meinem besten High-Society-Lächeln lehnte ich mich zu ihm hinunter. »Behalt ihn. Dann kannst du immer, wenn du ihn trägst, an mich denken.«

Während Grant laut lachte, schloss ich die Tür und ging. Auf dem Weg zum Eingang der luxuriösen Appartementanlage drehte ich mich kein einziges Mal um. Und ich war verdammt froh, dass Grant mein absolut nicht gesellschaftsfähiges Honigkuchenpferdgrinsen nicht sehen konnte. Genauso wenig, wie er wusste, dass mich ein ungewohntes Hüpfen in meiner Brust begleitete.

Kapitel 13

Die Sonne schien warm auf die Gartenanlage des Luxusstrandhauses herab und bräunte unsere Haut. Zumindest die von Cami und mir. Eden hatte sich mit ihrer Alabasterhaut unter einen gigantischen Sonnenschirm gesetzt und las ein Buch, während Cami gerade Franka einen Cocktail abnahm. Die Puerto Ricanerin arbeitete schon ewig für Familie Alvarez und war nicht mehr die Jüngste.

Als sie zu mir kam und ich meinen Caipirinha entgegennehmen wollte, rutschte ihr beinahe das Tablett aus den Händen. Das Glas schwappte über und die Hälfte des Inhalts erwischte neben dem Brett auch meinen Siebenhundert-Dollar-Sarong von Dior. Etwas landete platschend auf dem weißen Marmor, mit dem die Terrasse und der Pool gepflastert waren, aber das meiste durchnässte den feinen Stoff und klebte unangenehm kalt auf meinem nackten Bauch. Ich zuckte zusammen und Franka entglitten sofort die Gesichtszüge. Sie starrte mich mit großen Augen an, bereit sich überschwänglich zu entschuldigen.

Ich öffnete den Mund, doch es kam kein gewohnt bissiger Kommentar heraus. Sicher lag es daran, dass es zum Glück kein roter, sondern ein klarer Cocktail war und man den Sarong einfach reinigen lassen konnte. Aber vielleicht hatte auch der Nachklang des Muskelkaters in meinen Beinen und die Erinnerung daran, wie ich ihn bekommen hatte, etwas mit meiner Hochstimmung zu tun.

»Schon gut«, meinte ich nur und Franka ging sichtlich erleichtert ins Haus.

Genüsslich schloss ich die Augen und nippte an dem Cocktail, bevor ich ihn auf den kleinen Tisch zwischen Camis und meiner Liege stellte, dann lehnte ich mich zurück und richtete meine Sonnenbrille.

Das goldene Trio, wie ich uns manchmal nannte, hatte entschieden den Tag in den Hamptons zu verbringen. Es war bereits Herbst und so viele sonnige Stunden würden in diesem Jahr nicht mehr bleiben. Außerdem stand sowieso ein gehobenes Barbecue bei Camis Eltern hier an. Da hatte es sich angeboten, gleich den gesamten Samstag aus der Stadt rauszukommen. Das und die Sonne trugen zu meiner guten Laune bei.

Ich verschränkte die Arme hinter dem Kopf und seufzte zufrieden. Bilder von der heißen Fahrt in der Limousine mit Grant überfielen mich wieder. Das passierte mir seit dem Abend ständig. Ich dachte an seine Berührungen, seine Küsse und seinen Geruch, diese ganz besondere Mischung aus ihm und seinem Aftershave, die nach unserem kleinen Intermezzo an mir gehaftet hatte. Für einen törichten Moment hatte ich sogar überlegt das Cocktailkleid nicht in die Reinigung zu geben.

»Okay, okay«, durchbrach Camila die einvernehmliche Stille, als hätte sie meine nicht jugendfreien Gedanken gelesen. Dann schwang sie die Beine von der Liege. »Was ist los mit dir?«

Ich zuckte ungeschickt mit den Achseln, was bestimmt nicht halb so lässig wirkte, wie ich beabsichtigt hatte.

»Ich weiß nicht, was du meinst.« Ich gab mir Mühe, unbeteiligt auszusehen, aber meine Freundinnen kauften mir das nicht ab.

»Du bist heute wirklich verdammt gut gelaunt. Und das warst du schon seit Wochen nicht mehr«, klinkte Eden sich in das Gespräch ein und legte ihr Buch beiseite.

»Na, und? Darf ich nicht gut drauf sein?«

»Sloan, nicht einmal an deinen guten Tagen kommt es vor, dass jemand einen Drink auf ein Kleidungsstück von Dior verschüttet und nicht einen einzigen fiesen Blick von dir abbekommt.«

»So ein Biest bin ich ja wohl auch nicht.« Grummelnd griff ich nach meinem Glas und nippte daran.

»O doch, oft genug bist du das.«

»Aber wir haben dich trotzdem lieb«, schob Eden hinterher, der mein Augenrollen nicht entgangen war.

»Seid ihr sicher? Gerade klingt das nicht so.« Ich sah über den Rand meiner Sonnenbrille und gab mich besonders edgy, mit verfeinertem Resting Bitch Face.

»Stell dich nicht so an«, beschwerte Cami sich. Dann wechselte die Taktik. »Aber gut, wenn du es uns nicht erzählen willst, behalt es eben für dich.«

Sie zuckte unbeteiligt mit den Schultern und sah absichtlich woanders hin. Ich wusste, dass es sie immer noch interessierte. Und ein nicht unwichtiger Teil von mir wollte unbedingt darüber reden. Wenn ich nur ganz vage erzählte, wäre es schon kein Problem, oder?

»Okay, okay«, fing ich an. »Vielleicht könnte es sein, dass ich einen verdammt guten Abend im *Glitter and Gold* hatte.«

»Hast du jemanden kennengelernt?« Edens Augen leuchteten und sie rutschte auf ihrem Stuhl näher zu uns, immer darauf bedacht, nicht doch zu viel Sonne abzubekommen. Ich konnte förmlich spüren, wie neugierig sie war.

»Könnte man so sagen.«

Streng genommen war das nicht einmal gelogen. Immerhin hatte ich tatsächlich das Gefühl, Grant mit jeder Begegnung besser kennenzulernen. Ich war mir nur nicht sicher, ob mir das gefiel.

»Sah er gut aus?«, fragte Eden weiter und Camila zog skeptisch die Augenbrauen zusammen.

»Ich ahne schon, was jetzt kommt.«

»Er sah verflucht gut aus. Dunkles Haar, dunkle Augen und verdammt charmant.«

»Du hast dich mit Grant getroffen? Ernsthaft? Nach allem, was er getan hat?« Cami klappte die Kinnlade herunter und Eden runzelte verwirrt die Stirn. Mit der Äußerung hatte ich es wohl ein bisschen übertrieben.

Ich öffnete den Mund und schloss ihn wieder. So hatte ich mir das nicht vorgestellt. Egal wie offensichtlich es vielleicht sein mochte. Und allein Camis Reaktion darauf, machte mir wieder klar, wie die Leute über ihn redeten. Und die Meinung meiner Freundinnen war nicht besser, immerhin hatten sie meine Hasstiraden gegen ihn wochenlang ertragen müssen. Ganz abgesehen davon hatten Grant und ich uns darauf geeinigt, diesen One-Night-Stand für uns zu behalten. Verdammter Mist! Hätte ich doch meinen Mund gehalten.

»Aber ich dachte, ihr habt Funkstille. Und du magst ihn doch gar nicht mehr.«

»Vor allem seit er diese Bilder von dir hat.«

»Was für Bilder? Keine … Anzüglichen, oder?« Eden war noch bleicher geworden und ihre hektischen roten Flecken auf den Wangen leuchteten uns förmlich entgegen.

»Keine Sex-Fotos, falls du das meinst«, beantwortete Cami die Frage, weil ich immer noch schwieg.

»Aber du kannst Grant doch gar nicht leiden!«, wiederholte Eden in einem Tonfall, als verstünde sie die Welt nicht mehr.

Zögernd sah ich zwischen meinen beiden Freundinnen hin und her. Ich hatte keine Ahnung, wie ich aus der Nummer wieder herauskommen sollte. Aber wollte ich das überhaupt?

Camila würde es vielleicht sogar verstehen und das Ganze pragmatisch betrachten. Grant sah gut aus und eine heiße Nacht war nichts, wofür man sich schämen müsste. Zumindest war das bei meinen früheren One-Night-Stands meistens ihre Reaktion gewesen. Da war es aber auch nicht um Fitzgerald gegangen.

Eden könnte meine Entscheidung bestimmt nicht nachvollziehen, denn sie würde irgendwann ihren Highschool-Freund heiraten und eine glückliche Familie gründen. Ich war mir nicht einmal sicher, ob sie verstand, warum ich mich so stark zu Grant hingezogen fühlte. Ich konnte es ja selbst nicht erklären. Und das wollte ich auch gar nicht. Ich hatte es absichtlich vermieden, darüber nachzudenken.

Ich wollte weder daran erinnert werden, dass ich wegen unserer Aktion mit dem Porsche verurteilt worden war, noch, dass er diese Verbrecherfotos von mir hatte. Und was es für mich bedeuten würde, wenn er sie veröffentlichen würde. Stattdessen dachte ich viel lieber an seine Hände auf meiner Haut und daran, wie seine Küsse geschmeckt hatten.

Ich holte gerade Luft, um mir eine Antwort auszudenken, da tauchte ein rotblonder Haarschopf oberhalb des Gartenzauns auf. Eine Sekunde später reckte Elliot Henderson seinen Kopf ganz über die Latten.

»Ich dachte doch, dass ich euch gehört habe.« Dann schwang er sich kurzerhand über die halbhohe Brüstung, die den Garten der Alvarez vom weitläufigen Feriendomizil der Hendersons trennte.

»Was machst du denn hier?« Ich richtete mich auf und kniff argwöhnisch die Augen zusammen. Hochstimmung hin oder her, ich wurde ja nicht plötzlich ein völlig anderer Mensch. Ich war immer noch die überhebliche und von den meisten Leuten angenervte Sloan Whitaker, nur mit besserer Laune.

Seit dem Abend mit dem Porsche war ich Elliot auf jedem gesellschaftlichen Anlass sehr erfolgreich aus dem Weg gegangen. Dass er jetzt hier auftauchte, gefiel mir absolut nicht. Und auch meine beiden Freundinnen fielen scheinbar aus allen Wolken.

Camila sprang auf, riss dabei den kleinen Tisch mit unseren Getränken um und wurde noch im gleichen Moment tomatenrot. Hektisch stellte sie das Möbelstück wieder auf, gefolgt von einigen spanischen Flüchen. Coolness Fehlanzeige.

»O nein, Shit!« Elliot eilte zu Cami und kniete sich neben sie. »Das wollte ich nicht. Tut mir leid.«

Er begann die Scherben der Gläser zusammenzuschieben, während es bei Cami eher so aussah, als würde sie es mit jedem Handgriff nur schlimmer machen. Meine sonst so schlagfertige Freundin brachte kaum einen ganzen Satz heraus.

»Schon gut«, war das Einzige, das sie letztlich hinbekam.

»Das tut mir wirklich leid«, versicherte ihr Elliot noch einmal und ich konnte verdammt gut nachempfinden, wie absolut peinlich es ihr sein musste.

Elliot hielt ihr das kaputte Glas mitsamt Scherben entgegen und sie nahm es an, immer bedacht sich nicht zu schneiden. Was bei Camila nicht so abwegig war. Mit hochrotem Kopf drehte sie sich um und ging ins Haus. Sie stammelte zwar noch irgendwas, aber das verstand ich nicht.

Wow. Und Camila warf mir vor, ich würde mich anders verhalten als sonst?

Sie war gerade zu »Baby« aus diesem uralten, aber romantischen Film *Dirty Dancing* mutiert. Die Szene mit dem Satz »Ich habe eine Wassermelone getragen« hatte zumindest in etwa das gleiche Fremdscham-Level wie das hier.

Während Elliot ihr mindestens genauso verwirrt nachsah wie ich, setzte er sich auf die Liege, die Cami bis eben noch besetzt hatte. Eden stand wortlos auf und eilte unserer Freundin ins Haus hinterher. Zum Glück. Es war nicht so, dass ich Cami nicht beistehen wollte, aber Eden war für den Job deutlich geeigneter als ich. Sie hörte sich immer unsere Sorgen an und strich einem dabei beruhigend über den Rücken. Und danach fühlte man sich meistens besser.

Erst als sich Stille zwischen mir und dem ungebetenen Gast ausbreitete, bereute ich, nicht selbst gegangen zu sein. Mein Hals war trotz des Caipirinhas trocken. Elliot Henderson saß nur einen Meter von mir entfernt. Ihm hatte der Porsche gehört. Der, den ich geklaut hatte. Ich zog den teuren Sarong enger um meinen Körper. Die ganze Zeit war ich so auf Grant und mich fixiert gewesen, dass ich nicht eine Sekunde daran gedacht hatte, ob ich mich bei Elliot für die Aktion entschuldigen sollte. Für die mich ja auch nicht allein die Schuld traf. Aber trotzdem.

»Elliot, vielleicht sollte ich –«

»Wegen dieser Sache mit dem –«

Wir brabbelten beide gleichzeitig los und verstummten dann. Ich konnte mir bildlich den tadelnden Blick meiner Mutter wegen meines Fauxpas vorstellen. Den ich garantiert abbekommen hätte, wenn das hier auf einem gesellschaftlichen Event passiert wäre.

Gott, peinlicher konnte es jetzt echt nicht mehr werden. Zuerst warf Camila alles in ihrer Umgebung um, dann schaffte ich es nicht einmal, einen Satz geradeheraus zu sprechen. Elliot musste uns für Idioten halten. Dabei war er ja kein Fremder. Er war genau wie Grant und Rhett ein paar Jahrgänge über uns auf der Privatschule gewesen. Und selbst wenn nicht, man kannte sich eben. Das war Teil des Problems. Jeder kannte jeden und nur ein einziges Gerücht konnte den eigenen Ruf nachhaltig zerstören. Dass Elliot bisher niemandem etwas davon gesagt hatte und sogar noch die Anzeige wegen

Autodiebstahl zurückgenommen hatte, rechnete ich ihm hoch an. Er hatte wirklich eine Entschuldigung verdient.

»Es tut mir leid, dass Grant an dem Abend deinen Wagen gestohlen hat. Und ich mit drinsaß«, gab ich das einzige Geständnis von mir, das ich schaffte. Ich wollte es schnell hinter mich bringen und war verdammt froh, dass niemand uns hören konnte.

Aber zu meiner Überraschung winkte Elliot ab. Dann lächelte er verlegen und auf seinen Wangen bildeten sich kleine Grübchen, die perfekt zu seinem Bubi-Gesicht passten.

Hatte ich gerade richtig gesehen? Der Kerl, dessen Wagen wir geklaut hatten, störte sich überhaupt nicht daran?

»Guck mich nicht so an, Sloan. Grant hat dir doch sicher davon erzählt.«

»Wovon?«

Stirnrunzelnd sah ich ihn an und er wich meinem Blick aus. Er rieb sich den Nacken und lachte peinlich berührt.

»Wenn ich gewusst hätte, dass er nicht allein ... dass ihr beide ... dann hätte ich nicht die Polizei gerufen, weißt du?«

Ich zuckte zurück. Hatte er das gerade wirklich gesagt?

»Soll das ein dummer Scherz sein?«

»Was? Nein!« Elliot wirkte verwirrt, aber ich kaufte ihm die Show nicht ab.

»Wenn Fitzgerald dich dazu angestiftet hat, mir das zu sagen –«

»Das hat er nicht. Ehrlich.«

Ich holte Luft, um Elliot weiter anzugiften, aber ich kam nicht mehr dazu. Sein Telefon klingelte, er rollte mit den Augen und wischte den Anruf weg.

»Ich muss jetzt los, sonst bringt meine Mutter mich um. Frag einfach Grant danach.« Elliot stand auf und warf noch einen Blick ins Haus. Er wirkte nicht glücklich und schien sogar zu überlegen hineinzugehen, als sein Smartphone wieder klingelte. Erst jetzt erkannte ich die Melodie. Es war *Maneater.* Charmant.

»Sag Camila, dass ich mich gefreut habe sie zu sehen, ja?«

Ich stammelte eine Zustimmung, während er auf dem gleichen Weg verschwand, wie er das Grundstück betreten hatte. Und meine Gedanken drehten sich noch im Kreis, als Camila und Eden wieder nach draußen kamen.

Was hatte Elliot mir damit sagen wollen? Ich sollte Grant auf den Wagen ansprechen? Das dumpfe Gefühl, dass tatsächlich mehr hinter der Sache steckte, setzte sich in mir fest. Aber wollte ich wissen, was es war?

Als ich Grant im *Glitter and Gold* begegnet war, hatte ich die Wahrheit hören wollen, aber dann waren wir in seiner Limousine verschwunden. Und war es nicht gut so, wie es war? Ich hasste ihn, er hasste mich und nach diesem One-Night-Stand war die ganze Sache erledigt.

Na gut, vielleicht wurde ja auch noch ein Two-Night-Stand daraus. Und dagegen hätte ich absolut nichts einzuwenden.

Kapitel 14

Nachdem die Sonne im Meer untergegangen war, hatten wir drei uns in Camilas Zimmer zurückgezogen und damit begonnen, uns für den Abend fertig zu machen. Ich hatte mir ein weißes One-Shoulder-Kleid von Prada ausgesucht, das in der Taille gerafft war. Es bestach ähnlich wie das blaue mit einem schönen Rückenausschnitt, den ich zum Glück tragen konnte, ohne meine Brüste in Klebe-BHs einquetschen zu müssen. Eine nicht so üppige Oberweite hatte bei Haute Couture seine Vorteile.

Ich zupfte den Stoff zurecht und betrachtete mich ein letztes Mal im Spiegel. Meine nicht ganz schulterlangen Haare trug ich heute in Wellen und das Make-up war dunkel, aber nicht zu übertrieben. Es bot den richtigen Kontrast zu meinen hellen Haaren und dem weißen Stoff.

»Wow, du siehst klasse aus!« Eden trat neben mich und musterte zuerst mich und dann sich selbst. Sie trug ein zitronengelbes Kleid von Ralph Lauren. Es war ein bisschen spießig, wie fast immer bei ihr.

Ich lächelte sie im Spiegel an. »Danke.«

Und ich hoffte insgeheim, es würde nicht nur ihr gefallen. Ich war mir sicher, dass Grant heute Abend auch kommen würde. Ein Barbecue wie das von Familie Alvarez ließ man sich nicht entgehen. Und obwohl wieder einige öde Gespräche auf mich warten würden, löste allein der Gedanke an Grant ein nervöses Ziehen in meinem Unterleib aus. Mit meinem Look könnte ich ihn bestimmt dazu verleiten, mit mir in einer dunklen Ecke wild herumzuknutschen. Und das würde das dämliche Getue der gealterten High Society mit Sicherheit wettmachen.

»Versuchst du jemanden damit zu beeindrucken?«, fragte Cami mit einem amüsierten Unterton in der Stimme. Dann wackelte sie mit den dunklen Augenbrauen.

Ich drehte mich zu ihr, schlüpfte in meine Pumps und ließ den Blick demonstrativ über ihr Outfit gleiten.

»Das musst du gerade sagen.«

Camila sah wirklich fantastisch aus. Sie hatte heute ein seidenes Kleid mit fließendem Schnitt gewählt, der ihre Kurven vorteilhaft betonte. Und der warme Apricot-Ton passte perfekt zu ihrer Haut, er brachte ihren Teint förmlich zum Schimmern. Der goldene Lidschatten rundete den Look stilvoll und dezent ab.

»Es ist unsere Party und ich will gut aussehen«, erklärte sie sachlich. Dann nahm sie mit einem Pinsel etwas von dem Bobbi Brown Rouge und strich gekonnt über ihre Wangen. »Wusstest du, dass Mr Henderson im nächsten Jahr als Senator kandidieren wird? Ich will unbedingt einen Platz in seinem Wahlkampfteam«, erklärte sie weiter.

»Ich glaube eher, du hast dich wegen einem anderen Henderson für das Outfit entschieden.«

So, wie Camilas Wangen zu glühen anfingen und sie beinahe den Rougepinsel fallen ließ, musste ich damit absolut ins Schwarze getroffen haben.

Anstatt darauf einzugehen, legte sie den Pinsel weg, hakte sich bei Eden und mir unter, dann schob sie uns raus aus ihrem Zimmer. »Für die Gastgeber gehört es sich nicht, sich zu verspäten, und wir sind jetzt garantiert hübsch genug.«

Ich schmunzelte zufrieden. Wenigstens war ich nicht die Einzige von uns, die scheinbar nicht über ihre Männergeschichten sprechen wollte.

Der Vorteil daran, die beste Freundin der Gastgebertochter zu sein, war, genau mitzubekommen, wer zum gesellschaftlichen Event kam. Alle fühlten sich verpflichtet Familie Alvarez ausreichend zu begrüßen. Eden und ich brauchten nur danebenzustehen und nett zu lächeln. Und heute versuchte ich mich sogar an einem wirklich strahlenden Lächeln, das meine perfekten weißen Zähne zeigte.

Schon nach zwei Minuten taten mir die Muskeln in meinen Wangen und im Kiefer weh. Wie hielten die gesitteten Ladys der Oberklasse das nur aus?

Da musste ich wohl oder übel darauf hoffen, dass die Diamanten in meinen Ohrläppchen das Strahlen für mich übernahmen.

Der erste unangenehme Moment des Abends kam schneller, als mir recht war. Meine Eltern waren zum Barbecue in die Hamptons gefahren und nur ein Blick meiner Mom reichte aus, damit ich mich wieder wie das kleine Mädchen fühlte, das nicht still genug am Tisch sitzen konnte.

Meine Mutter trug einen gut sitzenden dunkelblauen Hosenanzug. Wahrscheinlich war das eine Maßanfertigung. Ihre blonden Haare waren aufwändig zu einer Hochsteckfrisur gestylt und das Make-up darauf abgestimmt. Sogar die verschiedenen Schmuckstücke, die sie trug, passten zum Look, als wären sie allein dafür geschmiedet worden. Cheryl Whitaker legte wie immer einen perfekten Auftritt hin.

Sie begrüßte Mrs Alvarez mit einer Leichtigkeit, um die ich sie gerade heute sehr beneidete. Und auch mein Vater zeigte sich von seiner besten Seite. Er nahm galant die Hand von Mrs Alvarez, hauchte einen Kuss darauf und ließ ihre Wangen mit ein paar schmeichelnden Worten erröten. Rhett folgte seinem Beispiel gekonnt.

Ich schluckte gegen den Kloß in meinem Hals, der bei dem Anblick immer fester zu sitzen schien. Meine Eltern und mein Bruder wirkten wie die perfekte Familie aus einem Handbuch für das richtige Auftreten in der Upperclass. Mein Bruder fügte sich mühelos in dieses Bild ein, nur sein Auge fiel aus dem Muster. Aber sogar mit blinder Pupille und Iris passte er besser zu unseren Eltern als ich und das selbst wenn ich mich bemühte und mich verbog, um mich an alle Regeln der Familie zu halten. Es reichte nicht, damit Mom zufrieden mit mir war. Und bisher war mir die Kluft zwischen uns nie so tief vorgekommen wie heute.

Nervös nestelte ich an dem Verschluss meiner Clutch, bevor ich sie wieder unter den Arm klemmte und an meine Seite drückte.

»Sloan, du bist ja schon da«, sagte meine Mutter lächelnd und zog mich in ihre Arme. Sie hauchte mir in High Society-Manier je einen Kuss rechts und links auf die Wangen, ohne meine Haut zu berühren.

»Hättest du dir nicht ein Kleid aussuchen können, das weniger auffällig ist?«, sagte sie so leise an meinem Ohr, dass sicher niemand außer mir sie verstanden hatte. Mom war geübt in solchen Dingen.

Bevor ich ihr etwas zuraunen konnte, zog sie sich schon zurück. Mir blieb nichts anderes übrig, als die Worte herunterzuschlucken und mein Lächeln zu richten.

»Ich dachte, Camila und Familie Alvarez würden sich über ein bisschen Unterstützung freuen«, ignorierte ich ihren geflüsterten Tadel und ging nur auf ihren ersten Kommentar ein, den alle gehört hatten. Obwohl mir gerade viel mehr danach war, meine Mutter anzuschreien. Aber das tat ich natürlich nicht. Ich stellte mir stattdessen vor, wie ich ihr eins der grässlichen Canapés in den Rachen stopfte. Wenn ich das richtige erwischte, bekäme sie vielleicht einen allergischen Schock und das Problem hatte sich von ganz allein erledigt. Dann müsste ich mich auch endlich nicht ständig verstellen, um es ihr recht zu machen.

»Oh, Sloan ist hier jederzeit willkommen«, fügte Camilas Mutter an und lächelte sanft. Sie war die erste Person in dieser ganzen verkommenen Gesellschaft, der ich ihre Freundlichkeit abnahm.

Während meine Eltern sich von Mrs Alvarez an den Tisch bringen ließen, blieb Rhett bei uns stehen.

»Du siehst toll aus«, sagte er leise zu mir, ohne mit der Wimper zu zucken. Er lächelte nicht einmal, sondern behielt seine unbeteiligte Miene aufrecht. Trotzdem breitete sich Erleichterung in meiner Brust aus.

»Du siehst auch nicht übel aus, Bruderherz. Hat Mom dich gezwungen den gleichen Anzug zu tragen wie Dad? Mit aufeinander abgestimmten Krawatten, wie's aussieht.« Ich stieß ihn leicht mit der Schulter an.

Die äußere Spitze seines Oberlippenbartes zuckte und ich fühlte mich besser. Rhett heiterte mich auf und ich ihn. So war es immer gewesen und das war gut so. Oft genug hatte diese Taktik mir diese gesellschaftlichen Anlässe erträglich gemacht. Aber je älter wir geworden waren, umso weniger hatte es geholfen. Die Abende waren trotzdem öde und qualvoll geworden. Unwillkürlich dachte ich an Grant und sein Spiel mit den versteckten und umgeräumten Gegenständen. Das würde das Barbecue auf jeden Fall spannender machen. Genauso wie eine heiße Knutscherei in einer stillen Ecke. Aber bisher war Grant nicht aufgetaucht und die aufkeimende Vorfreude in meinem Bauch erhielt einen Dämpfer.

Rhett drehte sich zu meinen Freundinnen. »Schön euch zu sehen«, sagte er reserviert und Camila verdrehte die Augen.

»*¡Oh Dios mío!* Wie lange kennen wir uns jetzt?« Dann zog sie ihn kurz und herzlich in ihre Arme und er ließ es geschehen. Er wirkte nicht einmal unangenehm berührt. Was meistens der Fall war, wenn andere ihn ungefragt anfassten.

Eden neben uns rührte sich und war dabei, Rhett ebenfalls in eine kurze Umarmung zu ziehen. Kaum hatte sie die Arme um ihn geschlossen, ließ sie sie schon wieder sinken. Ihr Blick hatte sich an eine Stelle hinter meinem Bruder geheftet und ihre Wangen wurden rot.

Will.

Ich würde mein linkes Bein darauf verwetten, dass ihr Freund gerade auf der weitläufigen Terrasse aufgetaucht war. Keine Sekunde später hörte ich den Goldjungen aus dem Hause Rutherford auf uns zueilen.

»Rhett, wie schön dich zu sehen!« Er legte meinem Bruder die Hand auf die Schulter und ganz anders als bei Cami blieb er dieses Mal nicht so entspannt. Er sagte zwar kein Wort und ließ sich nichts anmerken, immerhin gehörte sich das nicht. Aber ich konnte sehen, wie er die Kiefer fest zusammenpresste und den Nacken anspannte.

»Und Cami und Sloan.« Will drehte sich zu uns um und ignorierte seine Freundin völlig. »Ihr habt euch ja ziemlich herausgeputzt. Vielleicht hilft es ja. Okay, das klang jetzt falsch, aber ihr wisst schon, was ich meine.« Er lächelte unverbindlich und ich hätte ihm am liebsten die Pfennigabsätze meiner Schuhe in die Weichteile gerammt. Stattdessen setzte ich ein passiv-aggressives Lächeln auf.

»Oh, ich hoffe doch auch, dass mich endlich ein Mann haben will, weil ich heute auf diesem wichtigen Barbecue das passende Outfit trage. Schließlich ist das ja eh das Einzige, was eine Frau ausmacht. Der richtige Look, damit man sie wie eine Trophäe präsentieren kann.«

Gleich nachdem ich die Worte ausgesprochen hatte, freute ich mich auf seine Reaktion. Leider verfehlte mein bissiger Kommentar seine Wirkung. Will lachte über den vermeintlichen Scherz und Eden sah aus, als hätte ich sie gerade eben persönlich beleidigt.

Oh, Shit. Am liebsten hätte ich mich entschuldigt. Das war so gar nicht gemeint!

Nur Cami schien mich zu verstehen.

»Ich hoffe, meine Eltern haben ihre Scheckbücher bereit, damit sie dem, der um mich wirbt, auch gleich die Mitgift auszahlen können. Und vielleicht geben sie ja noch ein paar Ziegen mit dazu.«

Wieder lachte Will und ich hörte Rhett neben mir schnauben. Am liebsten hätte ich laut geschrien, weil Cami damit leider gar nicht falschlag. Niemand wollte es wirklich wahrhaben, aber viele der Paare auf diesem Barbecue waren zusammen, weil der eine oder die andere eine von den Eltern arrangierte gute Partie gemacht hatte. Es wurde eben erwartet, dass man innerhalb dieser Kreise einen Partner fand, der nach Möglichkeit dem Geschäft der Familie nutzte oder den Ruf und das Ansehen aufpolierte. Es hatte fast mittelalterliche Züge, wenn man sich ansah, wer mit wem ausging und wer mit wem eben nicht ausgehen durfte. War es nicht auch so ähnlich bei Camilas Cousin Raffael gewesen, bevor er ausgestiegen war?

Wieder hallten die Worte meiner Mutter durch meinen Kopf. Sie hatte deutlich gesagt, dass Grant einer von genau denen war, mit denen ich mich nicht sehen lassen durfte. Zumindest nicht, wenn ich bei meinen Eltern nicht endgültig unten durch sein wollte.

»Euer Humor ist manchmal wirklich gut.« Will lachte noch, als er endlich auf die Idee kam, seine Freundin zu begrüßen. Er zog Eden in seine Arme, hauchte ihr einen Kuss auf die Wange und nahm ihre Hand. »Eden ist eindeutig die beste Trophäe, die man gewinnen kann.«

Meine Kindergartenfreundin lächelte verlegen und schlug dann die Wimpern nieder. Sie beide passten so verdammt gut in diese Gesellschaft, dass ich mich fragte, ob nur mir das alles so schwerfiel. Der Gedanke hinterließ einen schalen Geschmack in meinem Mund.

Die nächste Stunde hielt ich mich tapfer. Ich sprach mit all den namhaften Leuten, so, wie man es von mir erwartete. Ich machte Komplimente für neue Schmuckstücke, ich hörte mir langweilige Business-Geschichten an und nickte, wann immer es passend schien. Ich lachte sogar über abgedroschene Witze, die überhaupt nicht lustig waren.

Jedes Kompliment, das ich für mein Outfit bekam, sog ich förmlich auf. Es war eine Art Puffer für die Zugeständnisse, die ich machte. Über die Leute zog ich heute nur in Gedanken her, selbst wenn ich gern den einen oder anderen Kommentar im Flüsterton an meine Freundinnen weitergegeben hätte. Aber so, wie Mom mich mit Argusaugen beobachtete, gab ich mir wirklich Mühe, die Vorzeigetochter zu sein und mir keinen solchen Fauxpas zu leisten wie auf dem Dinner von Edens Eltern, als ich die Frechheit besessen hatte, mich nicht zu verabschieden.

Als dann aber Grants Vater, Barton Fitzgerald, ziemlich verspätet auftauchte und mit an der großen Tafel Platz nahm, stürzte meine Laune in den Keller. Grant würde nicht kommen. Wenn sein Vater hier war und er nicht.

Ich ignorierte den Salat und den vegetarischen Burger auf meinem Teller und zog mein Smartphone hervor. Als ich Grants Nummer gefunden hatte, öffnete ich einen Textchat.

Sloan: Mit welcher Frau vergnügst du dich heute, anstatt hier pflichtbewusst bei Familie Alvarez auf dem Barbecue zu sein?

Mit zitternden Fingern schickte ich die Nachricht ab, dann las ich sie ein zweites Mal. In meinem Bauch war es gleichzeitig heiß und kalt. Mein ganzer Körper reagierte wie nach einem Sprint. Es fühlte sich fast so an wie an dem Abend, als ich im *Glitter and Gold* ohne sinnvollen Grund Grant hinterher gestürmt war.

Das Telefon vibrierte in meiner Hand.

Grant: Ich hab ein heißes Date. Aber nicht mit einer Frau.

Sloan: Und du meinst, wenn es ein Date mit einem Kerl ist und du deshalb schwänzt, macht es das besser?

Grant: Ich hab ein Date mit einem reifen Jura-Wälzer.

Sloan: Pah, als wenn.

Grant: Egal was ich sage, du glaubst mir sowieso kein Wort, oder?

Sloan: Du kannst ruhig zugeben, dass du dich vergnügst, während wir anderen uns hier dieses Barbecue antun müssen.

Es dauerte einen Moment, dann ploppte ein Foto auf dem Display auf. In der Mitte war ein großer nussbrauner Schreibtisch zu sehen. Darauf verteilt lagen einige Unterlagen, lose Papiere und dicke Bücher. Von Grant selbst sah ich nur die Beine unter dem Tisch, in etwas, das vielleicht eine Jogginghose sein könnte. Und ich konnte mir beim besten Willen nicht vorstellen, dass der sonst so perfekt gestylte Aufschneider so etwas trug.

Sloan: Haha, auf Pinterest ein Bild raussuchen kann ich auch, Fitzgerald.

Frustriert starrte ich das Telefon an, dann legte ich es auf meinen Schoß. Was hatte er davon, mich anzulügen? Er konnte mir ruhig sagen, dass er was mit einer anderen hatte. Oder einem anderen. Und von jemandem wie ihm hätte ich es auch gar nicht anders erwartet.

Wieso war ich dann so aufgebracht? Fing ich etwa an ihn zu mögen?

Hitze rauschte bei dem Gedanken durch meinen Körper. Bestimmt nicht. Ihn zu mögen wäre so ziemlich das dümmste, was passieren könnte.

Wieder vibrierte mein Smartphone und ich wollte es gerade vorziehen, da bemerkte ich eine Bewegung aus dem Augenwinkel. Rhett saß neben mir und hatte mich mit einem sehr subtilen Fingerzeig davon abgehalten.

Instinktiv legte ich das Gerät zurück auf meinen Schoß, nahm stattdessen die Serviette, die eben noch dort gelegen hatte, und tupfte mir vorsichtig den Mund. Kaum hatte ich aufgesehen, traf mich der Blick meiner Mutter. Sie lächelte, aber ich sah trotzdem, dass sie mich tadelte. Es war diese besondere Art Lächeln.

»Du solltest aufpassen«, sagte Rhett leise und ich war froh, dass die meisten Gäste sich ausgiebig am Tisch unterhielten.

Ich imitierte den Gesichtsausdruck meiner Mutter, dann legte ich die feine Stoffserviette zurück auf meinen Schoß und über das Telefon. Mit dem guten Vorsatz, mich zu benehmen und am Tischgespräch zu beteiligen.

Leider wurde sich um mich herum kaum unterhalten. Rhett hatte sich nach seiner kurzen Warnung wieder seinem Sitznachbarn Mr McAllister zugewandt und gab sich große Mühe, seinem Gespräch über Immobilienpreise zu folgen. Ab und zu gab er sogar einen Kommentar dazu ab, den mein Vater über den Tisch hinweg mit einem anerkennenden, nicht ganz so subtilen Nicken belohnte.

Auf meiner anderen Seite saß Camila, die auffällig still war. Sie kaute auf ihrer Unterlippe herum und beobachtete das linke Ende der langen Tafel, den Blick scheinbar auf die Hendersons geheftet.

Ich lehnte mich näher zu ihr.

»Erzähl mir nicht, dass Mr Henderson Senior dich so nervös macht, dass du deinen Lippenstift abnagst.«

Camila zuckte zusammen und wirkte ertappt, während ich mein triumphierendes Grinsen hinter einem Schluck Mimosa versteckte.

»Sloan Whitaker, du bist ein gemeines Biest«, kommentierte sie, als es in meinem Schoß wieder vibrierte. »Ich hoffe für dich, das ist dein Telefon und nicht irgendein sexy Schlüpfer, zu dem Grant die Fernbedienung hat.«

Ich hätte beinahe in mein Glas geprustet. Im letzten Moment konnte ich verhindern in lautes Lachen auszubrechen und mein Getränk über den Tisch zu verteilen. Aber leider schaffte ich es nicht, ein paar feine Tröpfchen daran zu hindern, in meine Luftröhre zu fliegen. Unter Tränen bemühte ich mich nicht wie eine Irre zu husten. Es dauerte, bis ich mich wieder halbwegs im Griff hatte.

»Also habe ich recht!« Camila sah mich triumphierend an.

»Nein, hast du nicht«, krächzte ich in dem kläglichen Versuch, mich zusammenzureißen.

»Aber der Kerl aus dem *Glitter and Gold* war Grant, oder?«

»Und der Kerl, den du die ganze Zeit sehnsüchtig anstarrst, ist Elliot, oder?«, konterte ich mit tränenverschleierten Augen.

Camila öffnete den Mund und ich hielt es nicht länger aus. Mit zitternder Stimme entschuldigte ich mich am Tisch und eilte in angemessenem Tempo ins Haus, auch wenn ich eigentlich rennen wollte. Erst in dem pompös gestalteten Gästebadezimmer mit zwei riesigen Waschbecken hustete ich die verdammten Tröpfchen aus meiner Lunge. Beinahe liefen mir die Tränen über die Wangen.

Es dauerte, bis ich mich wieder beruhigt und mein Make-up gerettet hatte. Mein ganzer Körper zitterte und ich lachte über diese vollkommen bescheuerte Situation.

Ich steckte das Puder, mit dem ich meinen Teint aufgefrischt hatte, zurück in meine Tasche, dann nahm ich mein Telefon heraus, das ich in einem Anfall von Klarheit glücklicherweise in meine Clutch gesteckt hatte.

Zwei neue Nachrichten von Grant. Ich tippte auf den Chat und war doppelt so froh nicht mehr mit den anderen am Tisch zu sitzen. Er hatte mir ein weiteres Beweisfoto geschickt. Aber dieses Mal war der Schreibtisch nur vage zu erkennen und auch von der grauen Jogginghose sah ich kaum etwas. Was mir praktisch von dem Bild entgegensprang, war sein nackter Oberkörper. Grant hielt das Telefon in bester Influencer-Manier von schräg oben, schaute mit verruchtem Modelblick in die Kamera und hatte den Fokus auf seine Bauchmuskeln gelegt.

Mein Hals wurde trocken und gleichzeitig glühten meine Wangen. Obwohl ich allein hier war, sah ich mich hektisch um. Als könnte mich jeden Moment jemand dabei erwischen, wie ich mir ein sexy Foto von Grant Fitzgerald ansah. Erst als ich ganz sicher war allein zu sein, schaute ich mir das Bild noch einmal an. Verflucht.

Grant war so ein arrogantes Arschgesicht.

Ein widerlicher, bescheuerter und unglaublich heißer Idiot!

Das Sixpack hob sich gerade genug unter seiner Haut ab, dass man es erkennen konnte. Am liebsten hätte ich darübergestrichen, genauso wie über die feine Haarlinie auf seinem Unterbauch, an die ich mich noch gut aus der Limousine erinnern konnte. Und die im Bund seiner ziemlich tief auf der Hüfte sitzenden Hose verschwand.

Ich starrte das Bild noch einen Augenblick an, dann war ich endlich bereit mir seine Nachricht darunter anzusehen.

Grant: Ist das Beweis genug?

Sloan: Hast du überhaupt irgendeine Form von Verstand in deinem Kopf?

Grant: Oh, Darling. Ich weiß, dass das Bild dir gefällt. Du bist mir eindeutig verfallen.

Ich schnaubte laut in die Stille des Gästebads. Wie war ich vorhin nur auf die Idee gekommen, ich könnte Grant mögen?

Sloan: Du hältst dich für sehr viel toller, als du bist.

Grant: Das heißt nicht, dass dir das Bild nicht gefällt. Wie wäre es mit einer Revanche? Dann habe ich auch was von dir für einsame Nächte.

Sloan: Pfft. Als wenn du jemals einsam wärst.

Ich legte das Smartphone entschlossen beiseite und kämpfte gegen das breite Grinsen an, das sich auf meine Lippen schleichen wollte. Grant war ein absoluter Charmeur. Und zu meinem Leidwesen gefiel mir das. Wieder nahm ich das Telefon in die Hand, nur um es keine Sekunde später mit einem aufgeregten Flattern im Bauch wegzulegen. Das war doch völlig bescheuert. Ich verhielt mich völlig bescheuert.

Mein Blick traf mein Spiegelbild und wanderte über mein perfekt abgestimmtes Outfit. Es wäre eine Schande, wenn Grant gar nicht sehen würde, was er heute Abend verpasste, oder? Und die Fotos, die ich bereits auf meinem Instagram-Profil gepostet hatte, zählten ja nicht. Ich war mir nicht einmal sicher, ob er ihn sich ansah.

Wieder nahm ich das Telefon in die Hand. Ich posierte vor dem Spiegel und versuchte mich an mehreren Winkeln, um sowohl das Kleid mit dem Rückenausschnitt zu betonen und gleichzeitig mein Gesicht mit drauf zu haben. Nach weniger Versuchen als befürchtet hatte ich ein Bild, das vorzeigbar war. Ich schickte es ab.

Sloan: Mehr als das bekommst du nicht.

Grant: Wow, du hast wirklich vor mich für mein Fehlen heute Abend leiden zu lassen, oder?

Sloan: Wenn ich hier leiden muss, musst du das auch. Du hast echt keine Vorstellung davon, was für eine Zeitverschwendung das hier ist.

Sloan: Ich wünschte, ich könnte mal einen Tag als Normalsterbliche verbringen. Aber ich hab ja nicht das Glück, als Fitzgerald schon mit dem Vorrecht auf Schlupflöcher geboren worden zu sein.

Grant: Paragrafen zu lernen ist für dich also eine schönere Beschäftigung, als gutes Essen und Alkohol zu genießen? Ja, du hast wirklich eine Auszeit nötig, Darling. Vielleicht in meiner Limousine?

Sloan: Träum weiter.

Schmunzelnd suchte ich aus den Fotos, die ich eben gemacht hatte, ein weiteres aus und schickte es ab. In meiner Brust kribbelte es, während ich auf seine Antwort wartete.

Grant: Oh, Darling. Ich hab diese Strafe so was von verdient. Bestraf mich mehr!

Sloan: Sicher nicht.

Sloan: Du kannst das Bild ja in deine Sloan-Sammlung aufnehmen.

Erst nachdem ich die Worte geschrieben hatte, wurden sie mir wirklich bewusst. Schlagartig kamen mir die Fotos, die Grant von mir hatte, in den Sinn. Seit unserer Nacht in der Limousine hatte ich nicht mehr daran denken wollen, aber jetzt drängte sich wieder die Angst in meinen Körper, er könnte sie veröffentlichen und damit alles zerstören.

Mit zitternden Fingern setzte ich in unserem Chat einen Kommentar nach.

Sloan: Aber ein Nacktbild, mit dem du mich dann noch besser bloßstellen könntest, bekommst du nicht.

Es dauerte so lange, bis eine Antwort kam, dass ich für einen Augenblick befürchtete, Grant tatsächlich mit meinem Kommentar getroffen zu haben. Aber dann ging eine neue Nachricht von ihm ein.

Grant: Das würde ich niemals tun. Nie.

Mit einem Schnauben schloss ich den Chat, dann stopfte ich das Telefon nicht gerade sanft in meine Clutch. In meinem Bauch rumorte es, als seine Worte in mir nachhallten.

Wow. Er machte jetzt ernsthaft einen auf Unschuldsengel? Dabei war er es doch, der das Straftäter-Foto von mir nicht löschte, sondern es immer noch hatte. Und mir blieb gar nichts anderes übrig, als darauf zu hoffen, dass er es wirklich nicht veröffentlichen würde.

Das Telefon vibrierte in meiner Tasche und obwohl ich eigentlich lieber schmollen wollte, sah ich doch nach.

Grant: Was hältst du davon, wenn ich später bei dir vorbeikomme? Als Wiedergutmachung dafür, dass du jetzt gerade solche unerträglichen Qualen leidest.

Sloan: Ich finde wirklich, du solltest mich dafür entschädigen. Aber einen Abend mit deiner Arroganz verbringen zu müssen bewirkt da eher das Gegenteil.

Grant: Wenn ich einfach vor deiner Tür stehe, wirst du mich schon reinlassen. Und du stehst auf mein Selbstbewusstsein. Du stehst auf so ziemlich alles an mir.

Sloan: Haha, sehr witzig.

Ich rollte mit den Augen und widerstand nur schwer dem Drang, mir auf die Lippe zu beißen. Aber das hätte mein Make-up zerstört und ich hätte noch mehr Zeit damit verbringen müssen, es aufzufrischen. Andernfalls könnte ich mir sicher die nächste Predigt von meiner Mutter anhören oder mich über ihre bösen Blicke freuen.

Bei dem Gedanken daran, gleich wieder an die lange Tafel zurückzukehren und langweiligen Gesprächen zuzuhören, sehnte ich mich ein bisschen zu sehr danach, Grants Vorschlag anzunehmen. Aber würde er tatsächlich vor meiner Tür auftauchen, wäre das Risiko viel zu groß, dass ihn jemand sah.

Sloan: Weißt du auch, wie man eine Feuerleiter hoch- statt runterklettert?

Kapitel 15

»Wow, dafür steige ich so viele Feuertreppen hoch, wie du willst.« Grant lag schwer atmend neben mir auf meinem Bett. Seine Haare waren zerzaust und sein Körper noch schwitzig. Und obwohl ich selbst gerade absolut befriedigt war, genoss ich den Anblick. Es war unverschämt, wie sehr er mir gefiel.

»Als wenn es so schwierig wäre, eine Feuertreppe hochzugehen«, gab ich zurück und fächerte mir Luft zu. Mein Puls hatte sich nach diesem Lichtblitze vor den Augen verursachenden Höhepunkt noch nicht wieder beruhigt.

»Aber du musst schon zugeben, dass der Sex mit mir der beste deines Lebens ist.«

Grant grinste anzüglich und ich schnaubte, dann schwang ich die Beine vom Bett und warf mir einen seidenen Morgenmantel in lavendel von Prada über.

»Ich muss dich leider enttäuschen. Brauchst du ein Pflaster für dein Ego?«

Grant lachte und meine Mundwinkel zuckten verdächtig. Bevor er sehen konnte, dass ich Spaß daran hatte, mich mit ihm zu necken, holte ich uns nach einem Zwischenstopp im Badezimmer in der Küche etwas zu trinken. Ihm gegenüber gab ich es nicht zu, aber der Sex war unglaublich gut gewesen, noch besser als der in der Limousine, was ich kaum für möglich gehalten hätte.

Als ich mit zwei Gläsern Wasser zurückkam, lag Grant nicht mehr auf meinem Bett. Er hatte seine Boxershorts wieder angezogen und stand über meinen Schreibtisch gebeugt.

»Sind das deine?«, fragte er und griff nach seinem Glas, das ich ihm hinhielt. »Die sind richtig gut.«

Er nahm einen meiner Entwürfe in die Hand und ließ die Augen über die Zeichnung wandern.

»Als wenn du Ahnung von Modedesign oder Illustration hättest.« Ich stellte mein Getränk ab, schnappte ihm das Blatt aus der Hand und schob es gemeinsam mit anderen Entwürfen zurück in meine Mappe.

»Ich lege großen Wert auf exquisite Qualität.« Er zuckte mit den Achseln, als wäre das eine unbestreitbare Referenz für Modekenner, dann trank er einen Schluck Wasser. »Willst du deine eigene Modelinie herausbringen?«

Dieses Mal hob ich vage eine Schulter. »Vielleicht. Wenn Mom sich dazu entscheidet, mich das machen zu lassen.«

Ich nahm mein Glas vom Schreibtisch und stellte es auf dem Nachttisch ab, bevor ich mich bäuchlings aufs Bett fallen ließ. Grant folgte mir auf die Matratze und stützte sich seitlich auf einen Arm.

»Wenn du Mode machen willst, dann tu es einfach. Startkapital hast du sicher genug. Was deine Mutter davon hält, kann dir egal sein.«

»Sagt derjenige, der in die Fußstapfen seines Vaters tritt.« Ich musterte Grant skeptisch und er schmunzelte.

»Ich studiere gern Jura. Du kennst mich doch, Darling. Wann hätte ich schon mal auf eine gute Diskussion verzichtet, wenn ich am Ende eh gewinne.« Seine Stimme hatte jetzt einen samtigen Ton angenommen und wie er neben mir auf dem Bett lag, gab er wieder ein perfektes Bild für eine Werbung ab. Dieses Mal würde Unterwäsche passen. Ich schluckte. Grant lag halbnackt auf meinem Bett. Bei mir zu Hause. Das hier war nicht seine Limousine, sondern viel intimer.

»Eigentlich«, sagte ich mit einem herausfordernden Tonfall, »kenne ich dich überhaupt nicht. Genauso wenig wie du mich.«

Grant setzte sich auf. »Dann ändern wir das. Wir spielen Entweder-oder.«

Ich runzelte die Stirn. »Wieso?«

»Wieso nicht? Oder hast du um diese Uhrzeit irgendwas Besseres vor?«

Nein, hatte ich nicht. Trotzdem schnitt ich eine Grimasse, als ich zustimmte. »Na gut. Ich fange an.«

Ich überlegte nur kurz, bevor ich die erste Frage stellte. »Tee oder Kaffee?«

»Definitiv Kaffee«, antwortete Grant sofort und ich nickte zustimmend. »Tee trinke ich nur, wenn ich beim britischen Botschafter eingeladen bin.«

»Und das passiert wie oft?«

Er ging nicht auf meine Bemerkung ein, sondern stellte schmunzelnd die nächste Frage.

»Hund oder Katze?«

»Katze. Früher wollte ich immer eine, aber meine Eltern haben es verboten. Meine Mutter wollte keine Tierhaare im Haus«, erinnerte ich mich und Grant nickte.

»Mein Vater hat eine Allergie, deshalb habe ich nie eine bekommen. Ich mag, dass Katzen so eigenständige Tiere sind. Und manchmal ein bisschen kratzbürstig. Scheinbar stehe ich darauf.« Er musterte mich mit einem eindeutigen Blick und ich warf ihm eins der Kissen an den Kopf. Weil das aus der Position auf dem Bauch aber ziemlich schwierig war, traf ich nicht und das Kissen segelte zu Boden.

»Das solltest du noch mal üben, Darling.«

»So, wie du das mit dem Sex noch mal üben solltest?« Ich setzte mein süßestes Lächeln auf und warf mir theatralisch die Haare zurück, dabei drehte ich mich neckisch auf die Seite. Aber Grant gab sich unbeeindruckt. Stattdessen wurde sein Blick intensiver, während er wortlos mit einer Hand von meinem Hals zwischen meinen Brüsten bis zu meinem Bauch entlangfuhr. Er hinterließ durch die dünne Seide eine heiße Spur aus Leidenschaft auf meinen Körper, doch als er tiefer und zwischen den Stoff wandern wollte, hielt ich seine Hand auf. Ich konnte so nicht klar denken. Ich setzte mich auf, um nicht Gefahr zu laufen, meinen Morgenmantel auszuziehen.

»Ich bin dran mit einer Frage. Berge oder Meer?«

Hoffentlich Meer.

Hatte ich das gerade wirklich gedacht? Beinahe fühlte sich das Gespräch an wie ein Test. So einer, den es in Zeitschriften gab und der einem sagen sollte, ob man mit seinem Celebrity Crush eine glückliche Beziehung führen würde.

»Ich liebe das Meer«, sagte er sanft und mein Herz stolperte in meiner Brust beim Klang seiner Stimme.

»Früher war ich mit meinen Eltern oft segeln.« Der neckische Unterton war aus seiner Stimme gewichen und er wirkte ernst. Und auf einmal bekam ich das Gefühl, einen Teil von ihm zu sehen, den er nicht jedem zeigte. »Meine Mutter war in das Meer verliebt und sie hat mir das wohl vererbt. Als ich noch klein war, habe ich ganze Wochen mit ihr auf dem Wasser verbracht. Nachdem sie weg war, hat mein Vater das Meer gemieden.«

In Grants Augen lag eine Tiefe, die die Stimmung im Raum veränderte und mein Herz schwer werden ließ. Grant hatte mich mit seinen Worten berührt und ich wollte ihm irgendein Zeichen geben, dass ich ihn verstand. Statt dem Drang nachzugeben, hielt ich mich zurück.

»Zu meinem einundzwanzigsten Geburtstag habe ich mir dann eine Yacht gekauft. Und die hat sogar ein Fenster genau über der Matratze in der Schlafkabine. Da kann man einiges anderes machen als schlafen.« Er warf mir einen verruchten Blick zu, um die Stimmung aufzulockern, aber zum ersten Mal hatte das nicht den gewünschten Effekt. An der Falte zwischen seinen Augenbrauen und dem feuchten Glanz seiner Augen erkannte ich, dass die Geschichte um seine Mutter schmerzhafte Erinnerungen hochgespült hatte.

»Ich glaube nicht, dass man beim Sex die Sterne beobachten kann«, tat ich ihm den Gefallen und stieg auf seinen Kommentar ein, anstatt nachzuhaken.

»Oh, aber danach, Darling. Wenn die Wellen leise rauschen und du nach dem besten Orgasmus deines –«

»Die nächste Frage lautet«, unterbrach ich ihn, obwohl ich nicht dran war, und warf ihm einen bösen Blick zu, der gar nicht so böse war. »Tattoo oder Piercing?«

Seine Augen huschten forschend über meinen Körper und er richtete sich auf. Ich konnte ihm am Gesicht ansehen, wie er sich fragte, welches Tattoo er an mir übersehen hatte. Grant suchte jeden Zentimeter meines Körpers mit seinem Blick ab und das war so verflucht heiß, dass alles an mir kribbelte. Fast spürte ich seine Hände auf meiner Haut.

Verdammt, dieses Ekel von Mann hatte eindeutig eine zu intensive Wirkung auf mich.

»Piercing«, krächzte ich und schob die Haare über meinem rechten Ohr zurück. »In einem Anflug von Rebellion habe ich mir ein Helix stechen lassen, weil ich unbedingt eins haben wollte, aber zu viel Bammel vor meiner Mutter hatte, um mir ein anderes machen zu lassen.«

Ich ließ die Haare wieder sinken, doch Grant schob sie vorsichtig zurück hinter mein Ohr. Seine Finger ruhten dabei auf meiner Haut.

»Es steht dir.«

Unsere Blicke verfingen sich ineinander. Grant betrachtete mich genau wie die Kerle in den romantischen Komödien, wenn sie dabei waren, sich in die Hauptfigur zu verlieben. Mein Herz flatterte unruhig in meiner Brust.

»Und du?«, fragte ich mit belegter Stimme, während Grant den Kopf zu mir neigte.

»Hm?«, machte er und kam näher.

»Tattoo oder Piercing?«, wiederholte ich die Frage, aber zu einer Antwort kam Grant nicht mehr.

Sanft spürte ich seine Lippen auf meinen und schloss genießend die Augen. Sein herber Geruch umfing mich und in mir breitete sich eine seltsame Geborgenheit aus.

»Ich habe ein Tattoo«, flüsterte er leise, nachdem er die Lippen von meinen gelöst hatte. Spannung flirrte so stark zwischen uns, dass ich hörte, wie Grant schluckte. Meine Hände hatte ich auf seine Brust gelegt, ohne es zu merken. Mein Verstand war in seiner Nähe scheinbar völlig ausgeschaltet.

Seine Worte waren noch nicht zu mir durchgedrungen, als er meine rechte Hand von seiner Brust nahm und sie an seine linke Seite schob, fast bis oben unter die Achsel.

»Dort habe ich mich tätowieren lassen.«

Ich folgte unseren Händen mit dem Blick. Grant lehnte sich etwas zurück und hob den Arm. Dort war ein kleiner Schriftzug, bei dem ich genauer hinsehen musste, um ihn entziffern zu können. Kein Wunder, dass er mir vorher nicht aufgefallen war.

»I don't care«, las ich die Worte vor, die aussahen, als hätte eine alte Schreibmaschine sie getippt. Ich stutzte. »Das ist sehr … zynisch.«

Grant reckte sich selbst zu dem Tattoo und meiner Hand, bevor er antwortete. »Eigentlich nicht. Es erinnert mich daran, dass die einzige Möglichkeit, sich von Dingen zu befreien, ist, dass sie einem gleichgültig werden. Zeitungsartikel, Vorurteile, schlechte Noten. Völlig egal was.«

In meinen Augen wirkte es wie ein vergebliches Mantra. Als müsste einem nur alles egal sein, damit man nicht daran zerbrach.

Er nahm meine Hand von seinem Rippenbogen, bevor er den Arm sinken ließ.

»Funktioniert es denn?«, fragte ich und Grant strich sanft mit dem Daumen über meinen Handrücken.

»Es betrifft ja nicht alles in meinem Leben. Ich mag viele Dinge: Mein Studium, Reisen in meinem Privatjet, meine Yacht, Sex.« Bei dem Wort verdunkelte sich sein Blick, der viel zu schnell wieder ernst wurde. »Und dich.«

Seine Worte trafen mich völlig unvorbereitet. Er sprach das aus, als wäre es das Leichteste der Welt und als hätte er nicht eben unser »Wir hassen uns gegenseitig«-Ding aus den Angeln gehoben. Und das überforderte mich auf eine seltsame Art.

»Du bist …«, flüsterte ich zaghaft, ohne dass ich überhaupt wusste, was ich sagen wollte. Im letzten Moment kam ich wieder zur Vernunft. »Du bist dran mit der nächsten Frage.«

Enttäuschung zuckte durch Grants braune Augen und sein Daumen auf meinem Handrücken hielt inne. Ich traute mich nicht zu atmen und verfluchte mich selbst für meine dämliche Antwort. Auch wenn mir absolut keine Bessere eingefallen war.

Aber Grant ließ meine Hand nicht los, sondern begann wieder über meine Haut zu streichen. Dann legte er den Kopf schief und schwieg einen Moment, bevor er die nächste Frage stellte.

»Geld oder Liebe?«

Die Art, wie er mich musterte, mein Gesicht und jede Regung von mir scannte, ließ mich aufhorchen. Auf einmal hatte ich das Gefühl, dass es gar nicht um Geld oder Liebe ging, sondern um mehr. Gebannt von Grants Blick schluckte ich schwer gegen den Kloß in meinem Hals.

Ich öffnete den Mund, um ihm eine Antwort zu geben, von der ich selbst nicht wusste, welche es sein würde. Aber ich kam nicht mehr dazu. Geistesgegenwärtig hörte ich in weiter Ferne das Pingen des Aufzugs im Flur und wusste, dass sich jeden Moment die Türen des Fahrstuhls öffnen würden.

Im Bruchteil einer Sekunde saß ich kerzengerade auf dem Bett und keinen Atemzug später war ich auf den Beinen.

»Du musst gehen«, flüsterte ich drängend und suchte hektisch Grants Sachen zusammen, die überall verstreut lagen, während er mich verwirrt ansah.

»Mach schon!«

Das Rattern der Fahrstuhltüren war in der Stille deutlich zu hören und jetzt verstand Grant die Situation.

»Ernsthaft?«

Ich sah auf, aber er wirkte eher amüsiert als verärgert. »Ich soll jetzt ganz schnell hier verschwinden, hm?«

Ich warf ihm sein Shirt entgegen und anders als bei dem Kissen traf ich dieses Mal.

»Das ist mein Bruder, der gerade von seiner Schicht im *Glitter and Gold* zurückkommt.«

»Das habe ich mir bei der Uhrzeit gedacht«, kommentierte Grant.

»Und er soll dich hier nicht sehen. Los, zieh dich an!«

Weil er sich immer noch nicht rührte, packte ich seine Handgelenke und zog ihn auf die Beine. Im Flur glitten die Türen des Aufzugs wieder zu und Rhetts Schritte hallten auf dem Boden nach. Ich verfluchte mich, dass ich die Zimmertür nicht zugemacht hatte, als ich aus der Küche gekommen war. Instinktiv schubste ich Grant etwas zu ruppig ins angrenzende Badezimmer und setzte mich aufs Bett.

Keine Sekunde zu früh. Rhett klopfte zwei Mal gegen den Türrahmen und warf einen vorsichtigen Blick in mein Zimmer, während ich beinahe panisch den seidenen Morgenmantel um meinen Körper enger zog. Warum um Himmels willen hatte ich denn nichts angezogen?!

»Geht es dir gut?«, fragte mein Bruder mit einem skeptischen Unterton. Er wirkte erschöpft und abgespannt.

»Ja, ich konnte nur nicht schlafen. Aber jetzt bin ich richtig müde. Ich werde mich am besten hinlegen.«

Trotzdem rührte ich mich keinen Millimeter, aus Angst, dass die Seide verrutschen könnte. Mein Puls schlug mir bis zum Hals und Rhett musste mir ansehen, dass ich ihn anlog.

Er musterte mich, dann ließ er den Blick durch das Zimmer gleiten. Gefühlt betrachtete er jede Faser und ich hoffte so inständig wie noch nie, dass er gehen würde. Bei der Badezimmertür, unter der Licht durchschien, stockte er einen viel zu langen Moment.

»Ich bin auch müde«, sagte er schließlich. Er verzog keine Miene, hatte keinen Unterton oder Vorwurf in der Stimme und doch wusste ich, dass er es ahnte.

»Gute Nacht«, gab ich kläglich von mir und Rhett verließ das Zimmer. Erst als sich seine Zimmertür geschlossen hatte, atmete ich aus.

»Oh, Gott sei Dank«, murmelte ich, während Grant vorsichtig die Badezimmertür öffnete. Zum Glück hatte er sich mittlerweile wieder angezogen.

»Ich weiß nicht, ob ich beleidigt sein soll oder deine Panik zum Anbeißen finde. Vielleicht von beidem etwas.«

Er grinste verschmitzt und ich rollte mit den Augen, lachte aber trotzdem. Zu viel Adrenalin hatte sich in meinem Körper ausgebreitet, das irgendwohin musste.

Kichernd legte ich mir einen Finger auf die Lippen, um ihm zu bedeuten, dass er still sein sollte. Gemeinsam schlichen wir uns durch die Wohnung bis zum Treppenhaus und dem Zugang zur Feuertreppe.

Ich schob ihn durch die Tür, doch er drehte sich auf dem Absatz zu mir, fuhr mit einer Hand in meinen Nacken und küsste mich so leidenschaftlich, dass beinahe ein ganzer Schwarm Schmetterlinge in meinem Bauch für Unruhe sorgte.

»Es war eine annehmbare Entschädigung für das Barbecue«, hauchte ich und biss mir auf die Lippe.

»Hoffentlich nicht die letzte dieser Art.«

Wieder küsste er mich und am liebsten hätte ich ihn gepackt und zurück in die Wohnung geschleift.

»Gute Nacht.« Meine Vernunft gewann.

»Gute Nacht, Darling.« Grants Stimme klang rau und das machte es mir plötzlich schwer, ihn gehen zu lassen. Und ich war sicher für einen Augenblick in seinem Gesicht die gleiche Unentschlossenheit zu sehen, die ich fühlte. Trotzdem entschied er sich wie ich für die Vernunft. Nach einem flüchtigen Kuss, den er auf meine Wange hauchte, drehte er sich herum und ging zwei Stufen hinunter, bevor er stehen blieb.

»Willst du wissen, was ich nehmen würde?«

Ich nickte wie von selbst.

»Liebe«, hallte seine Stimme leise durch das Treppenhaus. »Ich würde Liebe wählen.«

Kapitel 16

Ich saß müde und zerknautscht in meinem Bett und bestrich French Toast mit Gourmetmarmelade. Auf dem Tablett stand daneben eine Schale mit frischen Erdbeeren und anderem Obst. Und natürlich ein Glas hochwertiger Orangensaft, der sicher grandios schmecken würde. Aber zuerst brauchte ich Kaffee, um wach zu werden.

Nach der verdammt heißen Nacht war ich heute erst kurz vor meinem Lern-Date mit Eden und Cami aufgestanden. Genau genommen hatten sie mich geweckt, als sie pünktlich hier aufgeschlagen waren. Ich hatte unmotiviert eine Katzenwäsche betrieben, mir einen Kaffee gemacht und mein Frühstück auf einem Tablett mit in mein Zimmer genommen. Es hatte schon in der Küche bereitgestanden und ich hatte keine Ahnung, ob Rhett oder Olga es vorbereitet hatten. Ich war zu gerädert, um mich jetzt darum zu kümmern, einem von ihnen zu danken. Dabei war ich so tiefenentspannt wie schon lange nicht mehr. Und wem ich dafür danken könnte, wusste ich ganz genau. Selbstverständlich würde ich das nicht tun.

Gerade reichte ich die Schale mit Erdbeeren an Eden weiter, die neben mir im Bett saß. Genau wie ich hatte sie ihre Kursbücher noch nicht ausgepackt, sondern wirkte ähnlich unmotiviert. Nur Cami versank schon wieder in Büchern, Heften und Haftnotizen. Kurzerhand bewarf ich sie mit einer Weintraube und traf sie am Kopf.

»Hey! Was soll das?« Entrüstet warf sie die Traube zurück. Sie prallte an meiner Kommode ab, die gefühlt in fünf Metern Entfernung stand.

»Ich lerne!«, sagte Cami, als wäre das die Antwort auf alles. Weil ich geahnt hatte, was sie sagen würde, hatte ich gleichzeitig mit ihr gesprochen. Sie schnappte nach Luft, weil ich sogar ihren Tonfall so gut getroffen hatte, dass Eden lachen musste.

»Ich bin fast neidisch, dass du ständig so fleißig bist«, sagte die versöhnlich.

»Wenn ihr mal eure Bücher rausholen würdet, würdet ihr auch besser vorankommen.«

Eden seufzte und stand tatsächlich von meinem Bett auf, um ihre schwere Umhängetasche von Louis Vuitton hochzuhieven. »Du magst ja auch, was du studierst. Ich hasse Geschichte.«

»Dann wähl es doch im nächsten Semester ab.« Cami zuckte mit den Achseln, die Augen schon wieder auf ihre Unterlagen geheftet.

»Ich kann nicht. Meine Mom würde ausrasten. Ihr wisst doch, dass ich unbedingt in die DAR eintreten soll, sobald ich einundzwanzig bin.«

»Und dafür musst du Geschichte studieren?«

Eden schob sich die Haare über die Schulter zurück. »Na ja, es macht schon Sinn, sich dabei mit Geschichte auszukennen. Aber es ist so verdammt trocken.«

»Macht eigentlich eine von uns genau das, was sie will? Ich hab das Gefühl, dass ich gar nicht mehr weiß, was ich tue, weil meine Mom es will, und was ich tue, weil ich es selbst will«, grätschte ich in das Gespräch und biss etwas zu fest in den weichen Toast.

»Wie meinst du das?«, fragte Eden und Cami schnaubte.

»Also ich mache so ziemlich alles, was ich will. Und nur weil ich Worte für meine Meinung finde, die der Upperclass, meinen Eltern, meinen Professoren oder der Politik gefallen, heißt das ja nicht, dass ich meine Meinung nicht sage.«

»Hmm, ich sage oft genug nicht, was ich denke. Oder quäle mich durch irgendwas durch, was meine Eltern wollen. Das Barbecue deiner Familie ist das beste Beispiel.«

Ich trank einen Schluck von dem Orangensaft und hätte beinahe genüsslich gestöhnt. War sich zu verstellen wirklich ein zu hoher Preis für diesen Luxus? Ich würde nur sehr ungern auf diese Qualität und alles, was mir das Leben als eine Whitaker bot, verzichten, nur um meinen Kopf durchzusetzen oder zu tun, worauf ich gerade Lust hatte. Und wie die Konsequenzen aussahen, wenn ich mich doch dazu hinreißen ließ, hatte ich ja schon schmerzhaft genug erlebt und verdankte dem eine Vorstrafe in meiner Akte.

Jetzt sah Camila doch von ihren Büchern auf und tippte sich nachdenklich mit dem Bleistift ans Kinn. »Wenn ich nicht mit jemandem reden möchte auf einer der Partys oder erst gar nicht hingehen will, dann lasse ich es. Wie gesagt, man kann auch höflich sein und trotzdem tun, was man will. Und ein bisschen Taktik gehört doch immer dazu, oder?«

Ach, konnte man das? Das hatte sich bei meiner Mom nie so angefühlt. Wenn es nach mir ginge, würde ich diese ganzen dämlichen Regeln und Vorschriften genauso schnell über Bord werfen wie die gesellschaftlichen Anlässe. Und ich war mir sicher, dass auch Rhett nicht das Gefühl hatte, er selbst sein zu dürfen. Aber er tat das alles trotzdem, genau wie ich. So lief das eben in der High Society.

»Du Glückliche.« Eden seufzte. »Ich meine, ich gehe gern auf die Partys, aber einfach mal einen Tag lang aussetzen, wäre auch nett.«

Entschlossen schwang ich die Beine vom Bett und lief im Zimmer auf und ab. »Das ist doch alles total dämlich!«

»Dass ich eine Auszeit haben will?« Eden war mittlerweile sichtlich verwirrt und verunsichert.

»Nein, nein«, beschwichtigte ich sofort. »Ich meine, kann man nicht gerne reich sein und trotzdem so, wie man eben ist?«

Meinen Freundinnen standen die Fragezeichen praktisch auf der Stirn und ich bemühte mich meine Gedanken zu sortieren.

»Ist es denn nicht möglich, beides zu haben? Dass meine Eltern Geld haben und ich diesen Fond von ihnen bekommen habe, muss doch nicht gleichzeitig heißen, dass sie darüber entscheiden dürfen, wer ich bin. Ich meine, das ist doch völlig absurd. Kann ich nicht an einem Tag mit Einhorn-Pyjama auf dem Sofa liegen, Fast Food essen und einen schlechten Film schauen und am nächsten Tag in einem verflucht teuren und wirklich schicken Cocktailkleid von Gucci auf einer Yacht Champagner trinken?«

Cami lachte. »*¡Oh Dios mío!* Aber das kannst du doch!«

Ich seufzte und ließ mich wieder aufs Bett fallen. »Ich weiß nicht. Ihr habt nicht gesehen, wie meine Mom mich angesehen hat, als sie hier war und ich das Einhorn anhatte.«

»Aber hier bekommt das doch niemand mit.«

Ich zuckte mit den Achseln. »Wahrscheinlich hat sie panische Angst, dass jemand mit Röntgenblick durch die Wände sieht und entweder bei ihren reichen Freundinnen erzählt, wie ihre Tochter zu Hause rumläuft, oder aber sie befürchtet, ich könnte auf die Idee kommen, solche Fotos von mir eigenhändig auf Instagram zu veröffentlichen oder sogar gleich an die Presse zu geben. Dann würde ich ja den Namen Whitaker für immer der Lächerlichkeit preisgeben, weil ich mich erdreiste auch außerhalb der gehobenen Umgangsformen zu existieren.«

Frustriert pustete ich mir die Haare aus der Stirn. Ich verstand die Angst meiner Mutter um unseren Ruf und unser gutes Ansehen sogar. Nur waren unvorteilhafte Bilder in Einhorn-Mode nichts im Vergleich zu einer Verurteilung.

Instinktiv zog ich die Beine an den Körper, als könnte ich damit die Angst zurückdrängen, die sich plötzlich wieder in mir breitmachte. So eine Sache wog deutlich schwerer, als sich ein einziges Mal auf einer Party nicht gebührend von den Gastgebern zu verabschieden. Sollte jemand herausfinden, dass ich verurteilt worden war, wäre mein Ruf für immer zerstört, und nicht nur meiner, sondern der der gesamten Familie Whitaker. Das könnte ich nicht ertragen.

»Willst du das denn? Ich meine, solche Postings auf Instagram machen«, riss Eden mich aus meinen Gedanken. Sie musterte mich unsicher und drehte dabei eine Haarsträhne zwischen ihren Fingern.

»Nein«, gab ich zu. »Nicht wirklich.«

Plötzlich tauchten die Fotos von dem Barbecue in meinem Kopf auf. Nicht nur die, die ich für Grant gemacht hatte, sondern auch die, die er mir geschickt hatte. Hitze breitete sich auf meinen Wangen aus, als Erinnerungen an vergangene Nacht meinen Verstand fluteten. Ich wusste, dass ich mich niemals mit ihm hätte treffen dürfen, erst recht nicht, seit meine Mutter mir die klare Anweisung gegeben hatte, genau das nicht zu tun. Aber heute war ich verdammt froh, dass ich es trotzdem getan hatte. Und der Sex war wirklich muskelkater-im-ganzen-Körper-gut gewesen.

»Ist es denn echt so schlimm, dass deine Mutter von dir erwartet, dass du auf diese Events gehst?« Eden warf mir einen skeptischen Blick zu. »Find doch einfach einen Weg, dir die Partys erträglicher zu machen.«

»Dann aber bitte einen, der dich nicht wieder ins Gefängnis bringt.« Cami zog eine Augenbraue hoch, als hätte sie geahnt, dass bei Edens Vorschlag sofort Grants Spiel in meinem Kopf aufgetaucht war. Genauso wie das Gefühl, das der gestrige Abend in mir ausgelöst hatte und das immer noch in mir nachklang.

Kapitel 17

Diese Woche war ich für meine Sozialstunden in der Suppenküche eingeteilt und verdammt froh nicht mehr am Straßenrand stehen zu müssen. Zwar wurde das Wetter langsam etwas kühler, aber drinnen zu arbeiten war trotzdem angenehmer.

Als ich den schäbigen Blockbau des Obdachlosenheims betreten hatte, hatte sich die aufdringliche Hoffnung in mir geregt, dass Grant und ich uns über den Weg laufen würden. Und das kindische Kribbeln in meinem Bauch bei dem Gedanken an ihn, seine dunklen Augen und die verführerischen Lippen war leider ein ernst zu nehmendes Zeichen. Seit der Nacht in meinem Zimmer hatte Grant sich hartnäckiger in meinem Kopf festgesetzt, als mir recht war.

Aber Grant war nicht da. Wahrscheinlich war er nicht für die Arbeit hier eingeteilt. Oder war er schon fertig damit, seine Strafe abzuarbeiten? Bei dem Gedanken zog sich mein Magen unangenehm zusammen und kalte Enttäuschung wallte durch meinen Bauch.

Seit unserem Entweder-oder-Spiel war ja nur eine Woche vergangen. Nur eine Woche, in der ich ihn nicht gesehen hatte. Eine Woche, in der ich meine Sozialstunden ohne seine dämlichen Kommentare abgeleistet hatte und ohne seine Blicke in meinem Nacken. Mir kam es wie eine Ewigkeit vor.

Als unser Aufseher mich zum Abspülen einteilte, besserte sich meine Laune wieder. Im hinteren Bereich Geschirr zu spülen war tausendmal besser, als vorne Essen auszugeben. Auch wenn ich einsah, dass eine Suppenküche eine tolle Institution für diejenigen war, die nicht genug Geld hatten. Aber hinten war ich inkognito, vorne wäre das Risiko, entdeckt zu werden, deutlich höher. Die Angst, dass alles doch noch rauskam, begleitete mich jeden Tag und bei den Sozialstunden besonders. Wobei ich mir eigentlich keine Gedanken machen musste, dass jemand, den ich kannte, sich in einer Suppenküche für das Essen anstellen könnte. Wenn das passieren würde, hätte derjenige größere Sorgen als ich und hoffentlich würde keiner von uns nur ein einziges Wort darüber verlieren.

Es war eine Ewigkeit her, dass ich selbst gespült hatte, und ich gab wohl ein bisschen zu viel von dem Spülmittel in das Wasser. Überall blubberten kleine Bläschen hoch, von denen sogar ein paar davonflogen. Zuerst schlug ich sie förmlich weg von mir, dann musste ich lachen. Ich wedelte noch einmal durch die blubbernde Masse und freute mich ein bisschen darüber, wie sie leise knisternd zerplatzten. Dabei schüttelte ich den Kopf. Lächerlich. So weit war es mit mir schon gekommen.

»Dass ich das wahrhaftig erleben darf«, ließ mich eine Stimme hinter mir herumfahren. »Sloan Whitaker steckt ihre manikürten Finger ins dreckige Spülwasser.«

Mein Herz hüpfte aufgeregt in meiner Brust. Grant stand in seinem orangefarbenen Einteiler im Durchgang zur Tür, neben ihm unser Sozialarbeiter Phil, der schon wieder die Hand hob. Dann deutete er mit dem Finger zwischen uns hin und her. Das machte er mindestens zweimal pro Schicht.

»Ich will das nicht bereuen, dass ich euch beide hier zusammengesteckt habe, ist das klar?«

Ich nickte und Grant faltete die Hände zu einer betenden Geste. »Aber natürlich. Wir benehmen uns. Versprochen.«

Was man von seinen Versprechen halten konnte, wusste ich ja. Dieses Mal hätte ich aber gar nichts dagegen, wenn er das hier brach. Mit dieser wirren, ungestümen Frisur und dem Dreitagebart, der sich heute wieder auf seinem Kiefer abzeichnete, gefiel er mir zum schwach werden gut. Und ich würde wirklich nicht protestieren, wenn er mit mir in einer Abstellkammer verschwinden wollen würde, um wild rumzuknutschen. Na ja, gut. Ich würde der Form wegen durchaus protestieren, damit Fitzgerald sich nicht einbildete, er könnte mich jederzeit haben.

Aber verdammt, dass mein Puls raste und mir warm wurde, weil er plötzlich doch hier auftauchte, konnte nur zwei Dinge bedeuten: Ich stand ein bisschen auf ihn oder ich stand kurz vor einem Herzinfarkt.

Grant wartete gerade so lange, bis unser Aufseher weg war, dann holte er sein Smartphone aus der Tasche. Instinktiv schnappte ich mir die Brause des Wasserhahns, zog den langen Schlauch ein Stück heraus und richtete die Düse auf Grant. Mit der anderen Hand hielt ich den Griff der Armatur, immer bereit loszuschießen.

»Ich warne dich, Fitzgerald. Wenn du noch ein einziges Foto von mir machst, wirst du das bereuen!«

»Ach, werde ich das?«

»Absolut!« Ich hielt die Brause demonstrativ höher und reckte sie in seine Richtung, dabei behielt ich ihn im Blick.

Grant steckte das Telefon weg und kam langsam auf mich zu. In seinen Augen war dieser dunkle, verführerische Ausdruck, der es immer schaffte, meinen Körper kribbelig zu machen. Aber wenn Grant gedacht hatte, dass er mir nur einen sexy Augenaufschlag zuzuwerfen brauchte, damit ich aufgab, hatte er sich geirrt.

»Ich warne dich zum letzten Mal!«

Grant schmunzelte. »Ich bin bereit das Risiko einzugehen, Darling.«

Er sprang vor und ich drehte den Hahn auf. Wasser spritzte kalt in alle Richtungen und Grant hielt sich abwehrend eine Hand vor das Gesicht, dann griff er mit der anderen nach meiner. Ich quietschte vor Schreck auf und auch Grant gab ein seltsam erschrockenes Geräusch von sich, als er vom Wasser durchnässt wurde. Die Brause war außer Kontrolle und das Wasser verteilte sich überall auf der Wand, auf dem Boden und in unseren Klamotten.

Eisige Kälte ließ mich erst nach Luft schnappen – und dann lachen. Ich wand und drehte mich, versuchte den Schlauch zu verteidigen, ohne das Wasser abzudrehen, doch Grant schlang seine Arme von hinten um mich. Kurzerhand presste er mich gegen das Waschbecken und bekam die Brause zu packen. So ein Mist!

Er lachte triumphierend und entriss mir den Schlauch endgültig. Instinktiv langte ich nach dem Hebel und versuchte das Wasser abzustellen, bevor er mir die Düse ins Gesicht halten konnte.

»Gib auf, Sloan!«, forderte er mich auf und ich konnte das Grinsen in seiner Stimme deutlich hören. Es setzte sich warm in meiner Brust fest.

»Vergiss es, Fitzgerald!« Ich brachte die Worte nur unter Anstrengung heraus, weil ich vor Lachen kaum noch Luft bekam. Dann langte ich mit den Händen in die vielen Blubberblasen im Waschbecken, drehte mich in Grants Griff herum und pfefferte sie ihm mitten ins Gesicht.

Prustend ließ er den Schlauch ins Wasser hinter mir platschen, dann stützte er die Hände auf dem Waschbeckenrand zu meinen beiden Seiten ab und hielt inne. Ein, zwei Sekunden lang versuchte ich eine ernste Miene zu machen. Immerhin war das hier eine ernst zu nehmende Angelegenheit! Aber wie er so vor mir stand, halb durchnässt, mit tropfenden Haaren, die ihm wirr in die Stirn hingen und einer hartnäckigen Ladung Schaum im Gesicht, konnte ich mich kaum noch beherrschen.

Lachend sah ich ihm dabei zu, wie er ein Loch in das Schaumgebilde pustete. Er schaffte es trotzdem nicht, es ganz loszuwerden. Sanft wischte ich ihm die Blubberblasen aus dem Gesicht. Beinahe bedächtig fuhr ich seine vollen Brauen entlang, genau wie seine gerade Nase und den markanten Kiefer. Sein Blick traf meinen und ließ ein Gefühl in meinem Bauch aufflammen, das ich nicht benennen konnte. Aber je länger ich ihn ansah, umso mehr befürchtete ich es zu kennen.

Um die plötzliche Intensität zwischen uns zu überspielen, platzierte ich den Schaum in meiner Hand als unförmiges Gebilde auf Grants Kopf.

»Perfekt. Der Look wird der neuste Trend auf den Laufstegen von Paris.«

Grant grinste schelmisch und drückte mich mit seiner Hüfte gegen das Waschbecken. Er sah so verflucht wild aus, dass ich gar nicht mitbekam, wie er hinter mir in den Schaum griff. Ich bemerkte es erst, als die knisternde Masse auf meine Wange klatschte, wo er sie genüsslich verrieb.

»Du wirst der absolute Hingucker sein, Darling«, ging er auf meinen Kommentar ein, ohne den Blick auch nur eine Sekunde von mir zu lösen.

Meine Brust hob und senkte sich schnell, dabei war ich nicht wegen unserer

Rangelei so außer Atem. Es war wegen Grant und seiner Nähe, dieser Spannung zwischen uns. Jedes Mal, wenn ich Luft holte, strich meine Brust sanft über Grants Overall. Nur eine winzige Berührung, die mich fast um den Verstand brachte. Alle meine Sinne waren so auf ihn ausgerichtet, dass ich jede noch so kleine Berührung spürte. Seine Finger auf meiner Wange, seine Beine an meinen und sein Arm, der sich jetzt um meine Taille schlang. Grants braune Augen wirkten wie Samt, weich und verführerisch.

»Wir werden die Modewelt revolutionieren«, hauchte ich.

Grants Lippen verharrten nur einen Hauch von mir entfernt und das Verlangen nach ihm glühte in meinem Körper.

»Das neue Powerpaar der Upperclass«, stimmte er mir zu, bevor ich ihn küsste.

Unsere Lippen fanden einander mühelos und verloren sich in ihrer Verbindung, als wären sie genau dafür bestimmt. Ich schlang die Arme um Grants Hals und instinktiv hob er mich an, während ich meine Beine um seine Hüfte legte. Hitze rollte durch meinen Körper und ließ ihn pulsieren, so verlangend drückte Grant mich gegen seine Mitte. Nur das Waschbecken unter mir gab uns ein wenig Halt, ansonsten wären wir ganz sicher umgekippt. Es war fast, als hätte uns jegliche Zurückhaltung verlassen, in dem Moment, in dem sich unsere Lippen berührt hatten. Das Herz in meiner Brust hämmerte unbändig, als seine Zunge sich zu meiner vortastete. Ich seufzte genießend in den Kuss. Ein Kuss, der ewig dauern könnte, wenn es nach mir ging.

Das Geräusch eines dumpfen Aufpralls riss uns aus der Trance. Grant zuckte zusammen und löste sich von mir, während ich vor Schreck beinahe rückwärts ins Waschbecken gekippt wäre. Aber zum Glück zog er mich mit sich, bevor er sich verärgert umdrehte. Scheinbar hatte ihn eine Spülbürste getroffen, die nun hinter ihm auf dem Boden lag.

Oh.

Phil, unser Sozialarbeiter, starrte uns wütend an. Natürlich mit tadelnd erhobenem Zeigefinger. Die Fliesen um uns herum waren nass und schaumig, aber das dreckige Geschirr stand noch unangetastet auf der Ablage neben der Spüle. Grant und ich hatten ganze Arbeit geleistet. Das war nicht zu übersehen.

»Habe ich euch nicht genau das verboten? Was ihr Kinder euch heutzutage rausnehmt, ist wirklich unglaublich. Das hier ist doch kein Bordell!«

Ich sollte schuldbewusst aussehen oder ihm zustimmen und mich entschuldigen. Oder vor Scham im Boden versinken. Das wusste ich, aber ich schaffte es nicht. Das Adrenalin rauschte unaufhaltsam durch meinen Körper und ich versuchte verzweifelt mich zu benehmen. Stattdessen musste ich lachen. Ein Geräusch, das ich noch als Husten tarnen wollte, brach aus meiner Kehle hervor und auch Grant gab sich größte Mühe, einen ernsten Gesichtsausdruck beizubehalten. Vergeblich.

»Fitzgerald, Abmarsch. Es gibt eine Menge Kaugummis unter den Tischen wegzukratzen.«

Als unser Betreuer aus der Küche stampfte, drehte Grant sich noch einmal zu mir um.

»Lass uns nach der Schicht heute etwas zusammen unternehmen. Raus aus New York. Oder zumindest irgendwohin, wo uns so schnell niemand erkennt. In dem Aufzug sowieso nicht«, fügte Grant mit einer Geste zu seinen nassen Haaren hinzu und setzte sein verführerisches Lächeln auf.

Wahrscheinlich hatte er damit gerechnet, seine Überredungskünste anwenden zu müssen, aber das war gar nicht nötig. Mir kam es gerade absolut entgegen, für einen Tag rauszukommen. Genau das hatte ich mir gewünscht. Und es würde sich unglaublich gut anfühlen, einen Tag keine Angst vor einem weiteren unangekündigten Auftritt meiner Mutter zu haben oder dass mich jemand in meinem Sozialarbeit-Look sehen könnte. Einen Tag lang nicht Sloan Whitaker zu sein war verdammt verlockend.

»In Ordnung.«

Grant holte Luft, als hätte er sich schon bereitgelegt, was er sagen wollte, um mich zu überreden. Dann klappte er den Mund wieder zu und schmunzelte.

»Wir haben ein Date, Darling.«

»Ein Date würde ich das nicht gerade nennen.« Ich verschränkte die Arme vor der Brust.

Wieder schepperte es und eine weitere Spülbürste flog um Haaresbreite an Grant vorbei.

»Fitzgerald, wenn ich dich noch einmal ermahnen muss, zählt deine Arbeit heute nicht!«, hörten wir Phil brüllen und Grant verzog das Gesicht. Dann beugte er sich zu mir und drückte mir einen Kuss auf die vom Schaum noch nasse Wange.

»Ganz, wie du meinst. Ich warte draußen auf dich.«

Er zwinkerte mir zu, fuhr sich durch die feuchten und in alle Richtung abstehenden Haare und eilte ihm hinterher.

Kapitel 18

Ich war nervös, als ich am Ende der Schicht aus dem Obdachlosenheim trat und nach einer Limousine Ausschau hielt, in der Grant auf mich warten würde. Wieder kribbelte Aufregung in meinem Bauch. Und es war nicht nur die Vorfreude auf das, was mich heute vielleicht noch erwarten würde, sondern diese angespannte Aufregung, bei der auch immer ein bisschen Angst mitschwang, davor, wie dieses Date laufen würde. Ich war wegen der Argusaugen meiner Mutter und der Upperclass nicht oft offiziell mit Männern ausgegangen, aber so aufgeregt hatte ich mich bisher kein einziges Mal gefühlt.

Anders als gedacht parkte keine Limo am Straßenrand. Stattdessen entdeckte ich einen silbernen Ferrari Portofino, an dem ein Kerl lehnte, der entfernte Ähnlichkeit mit Grant hatte. Hätte er nicht die unverkennbare Lässigkeit der Wohlhabenden ausgestrahlt, hätte man auf die Idee kommen können, er würde versuchen den Wagen zu stehlen. Dieser Look mit den alten Jeans und dem schlabbrigen T-Shirt war immer noch so ungewohnt, dass mein Kopf Schwierigkeiten hatte, das in das Bild, das ich von Grant hatte, einzufügen.

Dabei war mein Look ja nicht besser. Ich trug genau wie er eine alte Jeans, der man nicht mehr ansah, dass sie von Prada war, und eins meiner Lieblingsshirts. Normalerweise zog ich es nur an, wenn ich allein war. Ich konnte mich nur an eine Situation erinnern, in der ich es getragen hatte, als Eden und Cami bei mir gewesen waren. Bei den beiden war es egal. Sie kannten ja auch den Einhorn-Onesie. Und wenn's um peinliche Klamotten ging, waren Einhörner einfach mein Ding. Auf der Mitte des Shirts war ebenfalls eins abgebildet, das auf seinem kugelrunden Bauch lag und ziemlich müde – und faul – aussah. Darunter stand »Not Today«.

Während ich langsam zu Grant schlenderte, rieb ich mir über die Stirn.

Ich hatte eindeutig nicht damit gerechnet, nach den Sozialstunden noch irgendwo anders hinzugehen. Der Plan war gewesen, mich von unserem Chauffeur Andrew abholen zu lassen und zu Hause in der Badewanne zu versinken. Tja und nun hatte ich ein Date mit Grant Fitzgerald in alten Jeans und einem Einhorn-Shirt. Der einzige Vorteil: Uns würde garantiert niemand erkennen, wenn wir uns weit genug von dem Ferrari fernhielten.

»Gar nicht auffällig, der Wagen.«

Grant zuckte mit den Achseln. »Besser der als die Limousine. Ich bin zwar sicher, dass Pietro schweigt wie ein Grab, aber ich wollte ihm nicht noch eine Show liefern. Es sei denn, du stehst darauf.«

Ich tat so, als müsste ich würgen, und versteckte dahinter den leichten Anflug von Scham, der sich in meinem Bauch zusammenzog. Im gleichen Moment ärgerte ich mich darüber. Ich war doch eine emanzipierte Frau und noch dazu sexuell selbstbestimmt. Es sollte mir egal sein, was andere über unser Abenteuer in der Limousine denken könnten. Aber das war es irgendwie nicht. Denn der Gesellschaft war es nicht egal. Sie würde gnadenlos darüber urteilen, selbst wenn es sie absolut nichts anging.

Ich setzte mich auf den Beifahrersitz, während Grant auf der Fahrerseite einstieg. »Ich glaube nicht, dass ich die erste Frau war, mit der du auf dem Rücksitz der Limo geschlafen hast. Pietro ist das sicher gewohnt.«

Grant schüttelte fast mitleidig den Kopf. »Es wäre vielleicht eine romantische Geste, wenn ich dir sagen könnte, dass du die erste und einzige Frau warst. Aber wir wüssten beide, dass es gelogen wäre.«

Grant legte seine Hand wie selbstverständlich auf mein Bein, während ich mich anschnallte. Die Berührung drang warm und angenehm durch den abgetragenen Stoff. »Aber der Abend mit dir ist mir deutlich besser im Kopf geblieben als bei den anderen Frauen, falls das hilft.«

»Nein, tut es nicht.«

Doch, das tat es.

Schon wieder breitete sich dieses lästige Flattern in meiner Brust aus. Es hüpfte aufgeregt umher, wie ein kleiner, bunter Kolibri, der nicht wusste, wo er zuerst hinfliegen wollte. Und das nur, weil Grant der Playboy Fitzgerald, der jede haben konnte, mir gesagt hatte, dass er gern mit mir zusammen gewesen war. Ich erinnerte mich wieder an den Ausdruck auf seinem Gesicht, als er mir im Treppenhaus gesagt hatte, dass er Liebe statt Geld wählen würde. Nur mit Mühe konnte ich ein warmes Schaudern unterdrücken.

Ich entschied mich lieber aus dem Fenster zu schauen, bevor ich auf die blöde Idee kam, Grant anzusehen, und ihm damit meine Gedanken zu verraten. Er war schon genug von sich eingenommen. Er musste nicht wissen, dass er irgendwie Eindruck gemacht hatte.

Einige Köpfe drehten sich zu uns, als er den Motor startete. Genau die Art von Aufmerksamkeit, die ich hatte vermeiden wollen. Ich stöhnte auf und Grant kommentierte meine Reaktion, während er den Wagen auf die Straße lenkte.

»Ist es so schlimm, mit mir gesehen zu werden?«

»Ja.« Bockig verschränkte ich die Arme vor der Brust und betrachtete das Einhorn. »Und ich will nicht dabei gesehen werden, wie ich in diesen Klamotten aus einem Obdachlosenheim komme. Die Schlagzeilen darüber kann ich nicht brauchen.«

»In dem Aufzug erkennt dich sowieso niemand. Auch wenn es dir verdammt gut steht, dieses kleine Einhorn.«

Ich unterdrückte ein weiteres Augenrollen. »Ich mag dich als abgerissenen Normalo auch ganz gern. Wenn man nicht so genau hinsieht, könnte man dich fast für einen echten Jungen halten und nicht nur für das seelenlose Produkt reicher Eltern. Aber pass bloß auf, dass nicht der Jurastudent aus gutem Hause zu oft durchblitzt.«

Grant lachte leise über meine bissigen Kommentare. Es schien ihm überhaupt nichts auszumachen.

»Ich werfe dir so was an den Kopf und du lachst?«

Grant warf mir einen flüchtigen Blick zu, dann richtete er seine Augen wieder auf die Straße. Der Verkehr war heute Nachmittag zäh mitten in der Stadt.

»Ich mag, dass du dich nicht zurückhältst, nur weil du mit dem berühmt-berüchtigten Sohn der angesehenen Anwaltskanzlei Fitzgerald unterwegs bist. Du kannst dir gar nicht vorstellen, wie viele Leute sich in meiner Gegenwart verstellen, nur wegen meines Nachnamens.«

»Mit dem Namen Whitaker ist es auch nicht viel anders. Wer von den Leuten, mit denen wir uns umgeben, sagt schon ehrlich seine Meinung.«

Wir hielten an einer roten Ampel an und Grant schüttelte den Kopf. »Niemand tut das. Und kaum jemand zeigt sein wahres Gesicht. Die meisten spielen eine Rolle.«

Unsere Blicke begegneten sich und blieben aneinander hängen wie zwei Magnete, unvermeidlich voneinander angezogen. Der Ausdruck in seinen Augen drang mir bis unter die Haut, bis an mein Herz, wo er sich festsetzte. Er war ernst und in diesem Moment blickte ich hinter die Fassade. Ich erkannte ihn. Nicht die Kunstfigur des Aufschneiders, die mir immer stärker wie eine dieser High Society-Rollen vorkam.

Beinahe glaubte ich, dass es ihm mit mir genauso ging. Er sah mich: die Sloan, die Einhorn-Shirts liebte und voller Popcorn-Krümel auf dem Sofa vor dem Fernseher saß. Auch wenn er das noch nie selbst miterlebt hatte. Aber für einen winzigen, zitternden Atemzug war ich mir fast sicher, dass er es mögen würde.

Hinter uns hupte jemand. Grant zuckte zusammen und riss unsere Blicke schmerzhaft auseinander. Mein Herz hämmerte noch unbändig in meiner Brust, als er zügig weiterfuhr, um den Verkehr nicht aufzuhalten. Wieder sah ich lieber aus dem Fenster und ließ New York dumpf und gemächlich an mir vorbeiziehen. Ab und an spürte ich Grants Blick in meinem Nacken, aber ich traute mich nicht ihn anzusehen.

Stille breitete sich zwischen uns aus. Es war nicht diese unangenehme Art, bei der man die ganze Zeit überlegte, worüber man reden könnte. Wobei ich sicher zehn Themen parat hätte, über die man ein unverfängliches Gespräch anfangen könnte. Ich hatte sie vor meinem Debütantinnenball auswendig gelernt. Und auch wenn das mittlerweile vier Jahre her war, taten die Themen auf den rosa Karteikarten meiner Mom immer noch, was sie sollten: das Eis brechen, ein Gespräch in Gang halten, sich Freunde machen.

Mit Grant wollte ich keine dieser Unterhaltungen führen. Es hätte sich falsch angefühlt, mit diesem belanglosen High Society-Quatsch anzufangen, der noch nie zwischen uns stattgefunden hatte. Nein, da genoss ich lieber die Stille mit Grant. Es war fast so leicht, wie mit meinem Bruder zu schweigen – nur völlig anders.

Grants Präsenz, Nähe oder wie auch immer man es nennen wollte, war deutlich in dem kleinen Raum zu spüren. Fast hätten sich die Härchen auf meinen Armen aufgerichtet, so stark fühlte ich ihn neben mir. Und das nicht nur wegen seiner Hand, die warm auf meinem Oberschenkel lag. Immer, wenn er sie zum Fahren brauchte, kehrte sie danach dorthin zurück. Es fühlte sich intim an.

»Was genau läuft da für ein Ding mit dir und Elliot?«, fragte ich nach einer halben Ewigkeit. Meine Gedanken hatten immer wieder um den gestohlenen Porsche gekreist. Und ich war es leid, mir selbst zurechtzulegen, wie die Wahrheit aussah. Ich war endlich bereit Grants Version der Geschichte zu hören.

»Ich hab keinen Sex mit ihm, falls du das meinst. Nichts gegen Männer, aber ich stehe eher auf Frauen.« Bei dem letzten Teil schnurrte Grants Stimme samtig und er legte wieder diesen verführerischen Aufreißerblick auf.

Ich warf ihm einen bösen Blick zu. Wenn er nur halb so gut wirkte wie der meiner Mutter, war das immer noch intensiv genug.

»Das meinte ich nicht.«

Wieder breitete sich Stille im Wageninneren aus. Grant konzentrierte sich meiner Meinung nach etwas zu sehr auf die Straße und die Muskeln in seinem Kiefer arbeiteten. Er wollte sogar die Hand von meinem Bein lösen, doch ich hielt ihn zurück. Mit Nachdruck legte ich eine Hand auf seine, dann wartete ich.

Ich wäre gern die Art Mensch, die jetzt sagen würde, dass er es mir natürlich nicht erzählen müsse, wenn er nicht wollte. Aber ich war nicht so ein Mensch. Ich wollte es wissen, obwohl ich ja realistisch betrachtet selbst schuld war, wenn er sich jetzt weigerte, weil ich ihm nicht gleich zugehört hatte. Aber mehr, als ihm Zeit zu geben und abzuwarten, bekam ich leider nicht hin. Und allein das machte mich schon völlig wahnsinnig.

Grant warf mir wieder einen Seitenblick zu und schwieg immer noch, dann räusperte er sich – und sagte nichts. Aus unserer angenehmen Stille wurde eine harte Geduldsprobe, die ich ein paar Minuten später kläglich verlor.

»Ist das dein Ernst? Du wolltest es mir seit dem Abend erzählen, hast mich zigmal angerufen und mich regelrecht gestalkt und jetzt kannst du es mir nicht mehr sagen? Meine Güte, so schlimm kann es doch nicht sein!«

»Es ist ein Spiel«, platzte Grant genauso aufgewühlt heraus. »Elliot und ich haben eine Vereinbarung. Mir wurde es irgendwann zu langweilig, nur die Gegenstände auf den Partys anderer Leute zu verrücken, und Elliot und ich dachten, wir heben das Ganze auf ein neues Level.«

Grant begann wieder seine Hand wegzuziehen, doch ich hielt sie fest. Auch wenn er aufgebracht war, wollte ich nicht, dass er sie wegnahm.

»Ich brauche die zum Fahren.«

»Oh.« Widerwillig ließ ich seine Hand los.

Ich hatte nicht mitbekommen, dass wir es mittlerweile raus aus der Stadt geschafft hatten und Grant nun auf den Shore Parkway abbog. Dann legte er seine Hand zurück auf mein Bein.

»Immer, wenn eine dieser Veranstaltungen bei ihm oder bei meinen Eltern stattfindet, stehlen wir uns gegenseitig die Autos. Ja, ich weiß, wie das klingt«, fügte er mit einem Seitenblick hinzu. »Normalerweise schnappt sich der jeweils andere den Schlüssel zu einem der schicken Wagen, entwendet ihn aus der Garage und fährt damit eine Runde durch Manhattan. Wenn der Besitzer es mitbekommt, ruft er die Polizei.«

»Seid ihr komplett bescheuert?«

Grant lachte leise. »Ja, scheinbar schon. Normalerweise läuft es genau, wie ich es dir versprochen hatte. Ich nehme den Wagen, fahre um den Block und bringe ihn zurück, bevor Elliot es merkt. Er ist echt schlecht in dem Spiel.

Es ist bisher erst zwei Mal vorgekommen, dass er mich erwischt und die Polizei gerufen hat. Und bisher haben sie mich nie gekriegt, bevor der Wagen zurück war und Elliot die Meldung zurückgenommen hat. Es gibt dieser öden Farce von Gesellschaft ein bisschen mehr Pepp.« Er zuckte mit der Schulter und lächelte mich entschuldigend an, doch ich schwieg.

Warum hatte Elliot sich dann bei mir entschuldigt? Zuerst wollte es keinen Sinn machen, aber dann fügte sich die Information wie die perfekten Jimmy Choos in ein neues Outfit ein. Jetzt verstand ich, was passiert sein musste.

»Elliot hatte gemerkt, dass der Wagen weg ist und ihn laut euren Spielregeln als gestohlen gemeldet«, schlussfolgerte ich. »Und als wir mit dem Porsche in der Gasse standen und dieser Anwohner uns gesehen hat, hat der die Polizei gerufen. Die haben das mit der Fahrzeugbeschreibung abgeglichen.«

Grant nickte. »Das war einfach Pech. Wahrscheinlich hat die Hupe so spät in der Nacht die Leute aufhorchen lassen. Und wenn wir ehrlich sind, hat keiner von uns beiden an dem Abend wirklich klar gedacht, oder?«

Aus dem Augenwinkel sah ich, wie er die Lippen zu einem Schmunzeln verzog. Nein, keiner von uns beiden hatte darüber nachgedacht, was für eine selten dämliche Idee es war, in einem auffällig gelben Porsche Cabrio in einer dunklen Gasse rumzumachen. Jedes Treffen mit Grant war ein Spiel mit dem Feuer. Es war heiß, verzehrend und wenn es außer Kontrolle geraten würde, verdammt gefährlich.

»Elliot hat sich vor dem Barbecue bei mir entschuldigt«, sagte ich, um meine Gedanken zu sammeln. »Er hat irgendwas gestammelt, dass er nicht die Polizei gerufen hätte, wenn er gewusst hätte, dass wir … Na ja, ich denke, er wollte sagen, dass wir rumgemacht haben.«

»Rumgemacht?« Grant zog amüsiert die Augenbrauen zusammen.

»Gut, dann eben, dass wir es beinahe in einer Gasse in seinem Wagen getrieben hätten, unter den neugierigen Blicken der Anwohner.«

Ich hatte es absichtlich zugespitzt, aber es aus meinem Mund zu hören ließ es noch absurder klingen. Ein Geräusch irgendwo zwischen Schnauben und Lachen rutschte mir raus, während ich mir beinahe peinlich berührt über die Stirn rieb.

»Sloan, es tut mir ehrlich leid«, sagte Grant wie aus dem Nichts. »Als ich versprochen habe, dass wir nicht erwischt werden, bin ich wirklich davon ausgegangen, dass es auch so sein wird. Und mit dir in diesem Wagen rumzumachen war nicht Teil des Plans. Aber ich bin verdammt froh, dass wir es getan haben. Das war ziemlich heiß.«

Den Blick immer noch auf die Straße gerichtet drückte er mit seinen Fingern meinen Schenkel, dann glitt er nach innen. Die Wärme seiner Berührung drang durch die Jeans und krabbelte weiter nach oben, bis zwischen meine Beine. Mein Körper pochte und ich rutschte unruhig auf dem Sitz hin und her. Beinahe wäre ich seiner Hand entgegengekommen.

Grant schien genau zu wissen, was in mir vorging, und der Blick, den er mir flüchtig zuwarf, war mehr als eindeutig. Mein Herzschlag beschleunigte sich, während seine Finger zwischen meinen Beinen weiter nach oben glitten. Entschlossen hielt ich sie auf.

»Ich warne dich, Fitzgerald!«

»Sonst was?«

»Ich bin durchaus in der Lage, mich zu verteidigen, wenn es sein muss.«

»Not Today«, zitierte er den Spruch auf meinem Shirt und ich boxte ihn vielleicht ein bisschen zu fest auf die Schulter.

»Hahaha. Pass lieber auf die Straße auf. Sonst hält man uns noch an. Und ich hoffe wirklich, dass dieser Wagen dir gehört und nicht Elliot.«

»Keine Sorge. Der hier ist meiner. Elliot hat es bisher noch nicht geschafft, ihn erfolgreich zu entwenden. Zumindest konnte er mir keine Beweisfotos vorlegen.«

Bei dem Stichwort wurde mir kalt und die Erregung in meinem Körper verpuffte förmlich. Grant schien selbst zu bemerken, dass er dieses Wort besser vermieden hätte, und schluckte hörbar. Auf einmal fühlte ich mich nicht mehr so entspannt in seiner Nähe und als er dieses Mal die Hand zurückzog, hielt ich ihn nicht auf.

»Warum hast du immer noch diese Bilder von mir?«, fragte ich, während Grant zeitgleich sprach.

»Wir sind da.«

Kapitel 19

Grant hatte den Wagen auf einem überfüllten Parkplatz abgestellt. Ich hatte dank unseres Gesprächs nicht wirklich aufgepasst, wo wir hingefahren waren, aber allzu weit konnte es nicht raus aus der Innenstadt sein. Trotz des Staus waren wir gerade mal eine Stunde unterwegs gewesen.

Vor uns sah ich viele Leute, die die Sicht auf so etwas wie Stände und Buden versperrten. Stirnrunzelnd schnallte ich mich ab. Selbst durch die geschlossenen Scheiben hörte ich Geräusche. Wie ein lautes Rumoren und Donnern, das ich zuerst nicht zuordnen konnte. Aber mit jedem weiteren Blick wurde mir klarer, wo wir waren.

»Du fährst mit mir nach Coney Island?«, fragte ich spöttisch und stieg aus dem Wagen. Jetzt erkannte ich auch die Geräusche von schweren Rädern auf Schienen, Geschrei und eine ganze Menge Musik. Es roch sogar so, wie ich erwartet hätte. Nach Popcorn und Zuckerwatte, gemischt mit dem Duft von Hotdogs und Churros. Grant hatte ernsthaft vor mit mir in einen Freizeitpark zu gehen?

»Ich wette, du bist noch nie auf einer Achterbahn gewesen.« Grant drückte die Fernbedienung und der Wagen verriegelte sich automatisch.

Es geschah genau das, was nicht passieren sollte: Es sorgte für Aufmerksamkeit. Einige Leute hatten bereits ihre Smartphones rausgeholt, um Fotos von dem Wagen zu machen, und nicht gerade wenige schauten uns an. Sie fragten sich sicher, wie zwei Normalos wie wir uns so ein Auto leisten konnten. Instinktiv drehte ich mich von den neugierigen Blicken weg.

»Glaub mir, sobald wir drin sind, achtet niemand mehr auf uns«, versuchte Grant mich zu beruhigen. Was nicht so gut funktionierte, wie er vielleicht gedacht hatte.

Während ich mir die Haare ins Gesicht fallen ließ, umrundete er den

Wagen und nahm einen Rucksack aus dem Kofferraum. Dann trat er neben mich. »Ich dachte mir, es tut uns gut, mal irgendwo anders zu sein. Einfach in der Menge abtauchen und für ein paar Stunden verschwinden.«

Skeptisch betrachtete ich den Eingang zum Luna Park aus sicherer Entfernung. Grant hatte recht. Ich war tatsächlich selbst noch nie in einem Freizeitpark gewesen. Die einzige Erfahrung, die dem irgendwie nahekam, war mein siebter Geburtstag gewesen. Meine Eltern hatten eine Party für mich unter dem Motto Jahrmarkt organisiert, mit Ponys, Clowns und sogar einem Kettenkarussell. Alle meine Freunde und die Kinder anderer reicher Leute waren dort gewesen. Aber das war nicht wirklich mit dem Luna Park vergleichbar. Hier waren Familien, die sich amüsierten.

»Okay, wenn du meinst.« Ich gab mich wenig begeistert, obwohl mir bei der Vorstellung, mit einer Achterbahn zu fahren, die Fingerspitzen juckten, auf eine gute Art und Weise. Mir war gar nicht klar gewesen, dass in einen echten Freizeitpark zu gehen eine Erfahrung war, die ich gern machen wollte. Aber je mehr ich mich mit dem Gedanken anfreundete, umso besser gefiel mir die Idee. Aufregung ließ meinen Brustkorb spannen und ich kämpfte mit aller Macht gegen das breite Grinsen an, das sich auf meinem Gesicht ausbreiten wollte.

»Bereit für einen Tag als ganz normaler Mensch?« Grant schmunzelte und ich sah ihm an, wie viel Spaß er daran hatte, das hier zu machen. Er streckte die Hand aus und hielt sie mir hin. Er drängelte nicht und wie schon im Porsche war ich mir sicher, dass er es akzeptieren würde, wenn ich ablehnte. Nicht nur seine Hand, sondern diesen ganzen Ausflug. Wenn ich ihm sagen würde, dass ich das nicht machen wollte.

Aber ich wollte. Unbedingt.

»Bild dir bloß nichts ein, Fitzgerald.«

»Ich käme nicht im Traum darauf.«

Seine Hand umschloss warm und weich meine, während wir gemeinsam den Park betraten. Meine Sinne wussten gar nicht, was sie zuerst aufnehmen sollten. Ich wollte alles gleichzeitig sehen und erleben. Aber ich scheiterte kläglich.

Es war voll und laut hier. Überall standen Menschen, die sich überlegten, mit welcher Bahn sie als nächstes fahren wollten. Ich hörte Gesprächsfetzen in verschiedenen Sprachen und wie Kinder lachten, immer wieder unterbrochen von dem lauten Donnern der Fahrgeschäfte, während sie über harte Schienen rasten. Und mein Geruchssinn war vollkommen überfordert von den süßen, fettigen und würzigen Düften. Es war großartig. So verdammt großartig, dass ich mich am liebsten lachend im Kreis gedreht hätte, so unvermittelt packte mich die Atmosphäre des Parks.

Grant warf mir einen selbstzufriedenen Blick zu. »Und, habe ich zu viel versprochen?«

»Lass uns Achterbahn fahren.« Ich drehte mich zu ihm und mein Inneres kam mir vor wie eine Flipperkugel, die wild durch den Spielautomaten flog.

Grant lachte. »Sicher?«

»Klar, was sollen wir sonst in einem Freizeitpark?« Ich klang fast ein bisschen atemlos. »Komm schon!«

Ohne seine Antwort abzuwarten, zerrte ich ihn hinter mir her. Und weil ich nun einmal eine Whitaker war, stapfte ich geradewegs auf die größte, höchste und rasanteste Achterbahn zu. Sie drehte sich fast bis in den Himmel und hatte einige Loopings auf der Strecke. Grant hinter mir wurde so langsam, dass ich ein bisschen stärker an seiner Hand ziehen musste.

»Du willst gleich als Erstes mit dem Thunderbolt fahren?« Er klang mehr als ungläubig.

»Es war deine Idee, in den Luna Park zu gehen.«

Er schirmte die Hand gegen die tiefstehende Sonne ab und betrachtete die Bahn, die in dem Moment donnernd vorbeirauschte. Die Schreie der Fahrenden hallten berauschend in meinem Bauch nach und ich grinste über das ganze Gesicht. Schon allein durch die Vorfreude rauschte Adrenalin durch meine Venen.

»Hast du etwa Angst?«, zog ich Grant auf und er schnaubte. Dann packte er meine Hand fester und ging weiter.

»Deine Schreie werden mich hoffentlich dafür entschädigen.«

»Ich hätte nicht gedacht, dass du auf Angstschreie stehst.«

»Tue ich auch nicht.«

Grant hielt an und zog mich an der Hand zu ihm. Voll im Schwung prallte ich gegen seine Brust, die in seinem lächerlich verwaschenen T-Shirt definiert aussah. Meine Handflächen landeten wie selbstverständlich auf seinem Oberkörper und ich fühlte die Muskeln unter dem dünnen Stoff arbeiten. Bevor ich den überraschten Aufschrei, der schon in meiner Kehle steckte, von mir geben konnte, legte Grant die Hände an meine Wangen und ich verstummte. Seine Finger gruben sich in meine vom Spülwasser welligen Haare und mein Herz hämmerte unbändig in meiner Brust. Der Ausdruck in seinen Augen, kurz bevor er mich küsste, ließ meine Knie weich werden.

Seine Lippen trafen so zart und trotzdem fest auf meine, dass ich leise seufzte. Meine Finger hielten sich an seinem Shirt fest, wie um nicht den Halt zu verlieren, so völlig überwältigt war ich von diesem Kuss. Grant erschütterte schon wieder meine Welt und ich wollte nicht, dass er jemals damit aufhörte.

Als er sich zögerlich von mir löste, verharrte ich mit geschlossenen Augen in der Position. Seine Nase strich sanft über meine und auch seine Hände lagen noch an meinen Wangen. Fast, als schaffte er es nicht, mich loszulassen.

»Ich hatte eher an eine andere Art von Schreien gedacht, Darling.«

Seine Stimme klang rau und dunkel. In ihr schwang die Sehnsucht mit, die ich überall in meinem Körper fühlte. Ein lockendes Echo seiner Worte hallte pulsierend durch meinen Körper und ich hatte Schwierigkeiten, mich zu konzentrieren. Gott, wie hatte ich es nur jemals ohne diese Küsse ausgehalten! Und warum sollte ich auf die vollkommen dämliche Idee kommen, wieder darauf zu verzichten?

»Lass uns Achterbahn fahren.« Grant drückte mir einen flüchtigen Kuss auf die Nasenspitze, dann trat er endgültig von mir zurück. Nur schwerfällig löste ich meine Finger aus seinem Shirt, weil ich ihn eigentlich gar nicht loslassen wollte. Nur seine wieder ausgestreckte Hand, die er mir quasi als Ersatz hinhielt, überzeugte mich. Schmunzelnd verschränkte ich meine Finger mit seinen.

Wir hatten Glück und die Schlange zum Thunderbolt war nicht besonders lang. Der Zug raste über unsere Köpfe hinweg und langsam, aber sicher grummelte doch ein bisschen Angst in meinem Bauch.

Als hätte er meine Gedanken gelesen, fragte Grant: »Du weißt, dass du mir nichts beweisen musst, oder?«

Ich nickte stumm. Das hatte ich nie für nötig gehalten. Vielleicht, weil es mir bisher ziemlich egal gewesen war, was er von mir hielt.

»Ob du's glaubst oder nicht, du hattest recht.«

Zwischen Grants Augenbrauen erschien eine Falte, als er sie selbstzufrieden zusammenzog. Dann verengte er anzüglich die Augen. »O ja, Darling. Sag das nochmal.«

Mit heißen Ohren verpasste ich ihm entschieden einen Stoß mit dem Ellbogen.

»Haha, sehr witzig«, kommentierte ich mit einer Grimasse, bevor ich wieder ernster wurde. »Ich meine, was du zu mir auf der Party der Hendersons gesagt hast, dass ich ein Abenteuer brauche und dass ich irgendwas brauche, was nicht die dämliche High Society ist.«

Wieder hallten Schreie zu uns herunter und ich trat nervös von einem Fuß auf den anderen. Gleich würde der große Waggon noch einmal über uns hinwegrauschen und dann in den Bahnhof einfahren, um die Gäste aussteigen zu lassen. Ich zog mein Telefon aus der Gesäßtasche.

»Mach ein Foto von mir«, verlangte ich von Grant und er nahm das Smartphone entgegen. Sogar ohne dämlichen Kommentar.

Gerade, als der Wagen zurück war, machte ich ein paar Posen. Einmal zeigte ich breit grinsend das Peace-Zeichen, dann gab ich mich übertrieben ängstlich wie dieses schreiende Emoji, das dem Bild von Munch nachempfunden war. Grant strahlte mich an, während er immer wieder auf den Auslöser tippte. Es machte fast zu viel Spaß, diese dämlichen Fotos mit ihm zu machen.

Als wir an der Reihe waren, steckte er unsere Wertsachen in seinen Rucksack und verstaute ihn in den dafür vorgesehenen Fächern, während ich in den Waggon kletterte. Grant setzte sich neben mich, zog meinen Bügel herunter und half mir ihn fest einzurasten. Angst und Vorfreude schnürten mir die Kehle zu, als der Mitarbeiter vom Thunderbolt noch einmal die Verschlüsse an den Sitzen kontrollierte. Dann wurde der Boden unter unseren Füßen abgesenkt und ich kicherte los, dabei strampelte ich wild mit meinen nun in der Luft hängenden Beinen herum. Ich kam mir fast wie ein anderer Mensch vor, so gelöst fühlte ich mich.

Der Zug setzte sich in Bewegung. Instinktiv griff ich zur Seite und bekam Grants Hand zu fassen. Er schloss die Finger fest und warm um meine und als wir oben auf der Spitze der Achterbahn ankamen, hörte ich ihn sagen: »Ich bin bei dir, Sloan.«

Ich hätte wütend sein sollen, dass er sich so wichtig nahm und mir wieder unterstellte Angst zu haben. Aber für den winzigen Moment kurz vor der Abfahrt fand ich es niedlich. Entschlossen drückte ich seine Hand und konnte gar nicht mehr aufhören zu kichern. Ein Geräusch, das sich bei der rasanten Abfahrt, die viel zu schnell und plötzlich folgte, in ein Kreischen verwandelte.

Wir jagten über die Schienen und ich hatte zwischendurch keine Ahnung mehr, wo wir uns auf der Bahn befanden. Mein Herz rutschte von meiner Brust in meinen Bauch und wieder zurück, während ich den Fahrtweg des Thunderbolt verfolgte. Ich hätte die Augen schließen können, aber das Gefühl war viel zu berauschend. Ich flog unter den Wolken. Schwerelos und ohne jeglichen Ballast, mit Grant an meiner Seite.

Mit einem Ruck kam die Bahn am Ende zum Stehen und ich wurde ein letztes Mal in den Sitz gepresst. Mir war schwindelig vor Freude und zittrig vom Adrenalin. Wenn ich gekonnt hätte, wäre ich gleich noch eine Runde gefahren. Aber als der Sicherheitsbügel gelöst wurde und ich versuchte aus der Bahn zu klettern, war ich deutlich wackeliger auf den Beinen, als ich vermutet hätte.

Grant legte einen Arm um meine Taille und ich bemühte mich nicht umzufallen. In meinem Bauch wirbelte alles durcheinander.

»Mach ein Nachher-Foto von mir. Bitte!«

»Wenn du es schaffst, so lange allein stehen zu bleiben.«

Er ließ mich los und ich winkte mit der Hand ab, musste mich dann aber doch am Trenngitter festhalten. Und das war es mir auf jeden Fall wert gewesen. Grant drückte den Auslöser und hielt mir das Bild hin.

Ich sah aus wie ein gerupftes Huhn. Meine Haare standen ab und waren zerzaust, meine Wangen und Nasenspitze waren gerötet und ich hatte Tränen vom Fahrtwind in den Augenwinkeln. Aber ich hatte noch kein anderes Foto von mir gesehen, auf dem ich so glücklich aussah.

»Du bist wunderschön«, sagte Grant leise und sein ehrlicher Blick berührte mich so stark, dass das Herz in meiner Brust stolperte. Ich hatte keine Ahnung, was ich sagen sollte. Am liebsten wollte ich kichern oder gleich laut lachen. Bestimmt war das nur das Adrenalin, das durch meine Venen rauschte. Oder Grants Blick, der immer noch auf mir ruhte. Mir gefiel, dass ich ihm so gefiel: ohne Make-up, ohne Designerklamotten, ohne jegliches Styling, dafür mit Spülwasser-Haaren, geröteten Wangen und meinem Einhorn-Shirt.

Jetzt, wo das Licht der untergehenden Sonne auf Grant fiel, wirkte er weicher auf mich. Sogar der Farbton seiner Haare war viel wärmer, als ich ihn in Erinnerung hatte. Das ganze Haarpflegezeug, das er sich sonst hineinschmierte, damit es jederzeit perfekt saß und zum Look des gestriegelten Anwaltssohnes passte, machte es dunkler. Aber hier wirkte Grant weniger kühl und glatt gebügelt.

»Du bist auch nicht übel«, entgegnete ich, nachdem ich das Telefon weggesteckt hatte und endlich einen halbwegs klaren Gedanken fassen konnte. Und dann kicherte ich doch. Das Geräusch zurückzuhalten war, als würde man nach drei Wochen Urlaub versuchen alle Kleidungsstücke wieder in einen Koffer zu pressen.

Wir verließen den Ausgangsbereich des Thunderbolts und Grant sah mich erwartungsvoll an. »Und, was machen wir jetzt?«

»Alles. Ich will nichts auslassen.«

Die nächsten zwei Stunden verbrachten wir damit, genau das zu tun. Wir fuhren mit jedem Fahrgeschäft, das der Luna Park zu bieten hatte, egal wie rasant oder lahm es war. Zwischendurch aßen wir Zuckerwatte und Churros, bis mein Bauch sich von dem vielen Zucker ganz seltsam anfühlte. Und Grant gab sich sogar beim Dosenwerfen größte Mühe, das riesige Stofftier für mich zu gewinnen, auch wenn er jederzeit einfach eins kaufen könnte. Mehr als ein kleines rosafarbenes Bärchen konnte er nicht abräumen – er war absolut fürchterlich im Werfen. Aber immerhin besser als ich. Ich traf nur eine Dose.

Grant ließ sich sogar dazu überreden, mit mir in eine Fotobox zu gehen. Zuerst sah er sehr skeptisch aus, aber als ich mit dem Argument kam, dass das ja wohl zu einem ganz normalen Tag im Freizeitpark für die meisten dazugehörte, ließ er sich darauf ein. Zuerst schnitten wir ein paar dämliche Grimassen, von denen Grant einige wirklich gut beherrschte, aber auf dem letzten Bild küssten wir uns. So, wie man das in so einer Box doch machte, oder?

Den Fotostreifen bewahrte Grant für mich in seinem Rucksack auf. Eine digitale Version hatte der Automat direkt an meine Mail-Adresse geschickt, sodass ich sie mir jetzt auf meinem Smartphone ansah. Die Bilder aus der Box waren absolut peinlich, grässlich und die beste Erinnerung, die man an einen Tag wie diesen haben konnte.

»Was hast du eigentlich alles da drin?«, fragte ich, als wir uns eine Pause gönnten.

Grant nahm den Rucksack ab und stellte ihn zwischen uns auf die Bank. Dann holte er verschiedene Sachen heraus. Zwei Flaschen Wasser, Orangensaft-Trinkpäckchen und eingeschweißte Snacks. Ich brauchte einen Moment, um sie zu identifizieren, aber dann erkannte ich Käsewürfel aus dem Supermarkt und Sandwiches, die fast aussahen, als hätte man sie durch den Fleischwolf gedreht und notdürftig wieder zusammengepresst. Absolut widerlich.

»Du hast an alles gedacht, hm?«

Skeptisch nahm ich die Sandwich-Packung und versuchte herauszufinden, mit was das Brot belegt war.

»Du wolltest einen Tag als ganz normales Mädchen und das hier gehört definitiv dazu. Familien, für die zehntausend Dollar keine Peanuts sind, bringen nämlich meistens ihr eigenes Essen mit, anstatt die überteuerten Snacks im Park zu kaufen«, erklärte er lehrerhaft.

»Ich bin kein Alien vom Planeten der Reichen, ich weiß, wie andere Familien leben. Aber ehrlich, die Käsewürfel sehen echt widerlich aus.«

Grant deutete eine übertriebene Verbeugung an. »Mylady«, begann er und präsentierte mir das Menü. »Hier haben wir Orangensaft à la Trader's Joe, dazu reiche ich Ihnen den besten französischen Analogkäse und zum Abschluss erwartet Sie ein sicherlich staubtrockenes Küchlein Madeleine.«

»Du bist ein Idiot«, zog ich ihn mit seiner Darbietung eines Kellners aus einem Nobelrestaurant auf. Das Trinkpäckchen schnappte ich mir trotzdem. Als ich den Strohhalm in die dafür vorgesehene Öffnung stieß und einen Schluck nahm, musste ich lachen. Es schmeckte genauso eklig, wie ich erwartet hatte. Kein Vergleich zu frischgepresstem Orangensaft. Und das Trinkpäckchen kam nicht einmal an den Mix heran, den unsere Haushälterin Olga für Rhett und mich besorgte. Das Trinkpäckchen war schauderhaft süß und chemisch.

»Und, habe ich zu viel versprochen?«, fragte Grant und zog triumphierend einen Mundwinkel hoch.

»Zumindest fühle ich mich jetzt wie ein normaler Mensch.«

Grant stellte sein Getränk weg, fuhr sich durch die Haare und streckte sich, danach drehte er sich zu mir, ein Bein auf der Sitzfläche abgelegt und die Hand auf der Rückenlehne der Holzbank. Seine Fingerspitzen waren nur Millimeter von meiner Schulter entfernt und ich konnte seine Nähe auf der Haut spüren. Als würden sich ihm die kleinen Härchen in meinem Nacken entgegenstrecken, damit wir uns berührten.

Ich drehte mein Trinkpäckchen zwischen den Fingern und ließ den Blick durch den Park schweifen. »Machst du das öfter?«

»Mit einer Frau im Einhorn-Shirt durch den Luna Park laufen? Nein, Darling. Du warst mein erstes Mal.«

Grant schmunzelte verführerisch, aber dieses Mal ließ ich mich nicht davon ablenken. Während ich mich umsah, breitete sich ein undefinierbares Gefühl in meinem Bauch aus. Ich sah den Familien, Cliquen und Paaren nach, wie sie langsam und glücklich den Freizeitpark verließen. Wenn sie zu Hause ankamen, mussten sie nicht wieder in ein Korsett schlüpfen, das ihnen die

Luft abschnürte. Sie durften sein, wer sie waren. Ich warf einen zögerlichen Blick zu Grant. Die anderen durften ihre Zeit verbringen, mit wem sie wollten. Ohne Angst, gesehen zu werden.

»Wieso ist es dir egal, was die Gesellschaft von dir denkt?«, stellte ich die Frage, die mich seit dem ersten Abend mit Grant beschäftigt hatte. »Es scheint dich überhaupt nicht zu kümmern, was die Leute sagen, wenn du mit der ich weiß nicht wievielten Unbekannten auf einem Event auftauchst. Oder dass sie sagen, du bist ein Schwerenöter.«

»Aber ich bin nun einmal ein hinreißender Frauenverführer«, antwortete Grant spöttisch. Als er meinen ernsten Blick sah, seufzte er. »Es gibt da dieses alte Sprichwort: Ist der Ruf erst ruiniert, lebt es sich ganz ungeniert.«

»Du hättest es mir auch einfach sagen können, wenn du die Frage nicht ernsthaft beantworten willst.« Frustriert rieb ich mir über die Stirn, aber Grants Fingerspitzen in meinem Nacken ließen mich innehalten.

»Das ist die Antwort, Darling.«

Grant musterte mich und schien mit sich zu ringen, bevor er weitersprach.

»Wenn man einen schlechten Ruf hat, erwartet niemand von einem, dass man sich anders verhält. Wozu soll man sich selbst verbiegen, in dem Versuch, anderen zu gefallen, obwohl man es ihnen letztlich doch nicht recht machen kann?

Ich hab jahrelang versucht meinem Vater zu gefallen. Aber ich habe es nie geschafft. Mein Benehmen war nicht gut genug, meine Noten schon gar nicht und überhaupt bin ich nicht der Sohn, den er wollte. Wozu soll ich dann noch versuchen jemand zu werden, der ich in seinen Augen niemals sein kann?«

Meine Brust zog sich zusammen. Grant hatte ziemlich genau das Gefühl benannt, das ich bei meiner Familie in letzter Zeit zu oft hatte: Ich konnte es meiner Mutter nie wirklich recht machen und verbog mich bei dem Versuch immer mehr.

»Das Gleiche gilt für die Gesellschaft«, erklärte Grant mit einem zynischen Unterton. »Wenn niemand etwas von einem erwartet, kann man niemanden enttäuschen. Und man wird sehr viel glücklicher damit, nach den eigenen

Wünschen zu leben. Auch wenn man dann in ihren Augen ein nichtsnutziger Frauenheld ist.«

Ich schluckte schwer gegen den Kloß, der sich in meinem Hals festgesetzt hatte. Dann griff ich nach oben, wo Grants Finger immer noch sanft meinen Nacken streiften, und hielt seine Hand fest.

»Du bist gar nicht sooo übel.« Ich behauptete zwar meistens etwas anderes, aber ein Teil von mir ahnte, dass sich meine Meinung über Grant änderte. Beinahe hatte ich jetzt ein schlechtes Gewissen, dass ich ihn so oft als den Ultra-Bösewicht hinstellte.

»Ich werde dich bestimmt irgendwann daran erinnern, dass du das gerade gesagt hast«, meinte er mit einem Funkeln in den Augen. »Nur ist das gar nicht der Punkt. Es ist mir egal, was die Gesellschaft denkt. *I don't care.*«

»Es muss schön sein, wenn man so mit sich selbst im Reinen ist, dass man sogar ignorieren kann, was andere denken«, gab ich zu und wünschte mir kurz, ich könnte genauso sein. Aber bei der Vorstellung, dass meine hunderttausenden von Followern hinter mein poliertes Social-Media-Selbst sehen könnten, breitete sich ein seltsames Gefühl von Zerrissenheit in mir aus. Wäre es nicht schöner, wenn sie wirklich mich sehen würden? Ich seufzte. Wahrscheinlich würden sie mich nicht sonderlich mögen. Auch wenn ich wünschte, dass es anders wäre. Sie wollten nur die glamouröse Fassade sehen.

»Wenn es dich beruhigt, an manchen Tagen kann ich mich absolut nicht leiden. Sieh mich doch an.« Grant löste seine Hand aus meinem Nacken und fuhr sich durch die Haare. »Selbst du hast mir vorgeworfen dich reingelegt zu haben.«

Hitze schoss in meine Wangen. »Ich war wütend wegen diesem ganzen Mist, der passiert ist. Und du spielst das Spiel der High Society doch auch mit. Deine Rolle ist nur anders als meine«, verteidigte ich mich. »Wie viele Menschen kennen dich schon so, wie du tatsächlich bist? Und ich meine nicht den reichen Anwaltssohn, der massenweise Frauen abschleppt.«

Grant sah auf und sein Blick traf mich mitten ins Herz. »Nur du. Noch ein erstes Mal mit dir, Darling.«

Er sagte es dieses Mal nicht, als wäre es ein Scherz oder eine anzügliche

Bemerkung. Die Gefühle in meiner Brust rebellierten. Am liebsten wollte ich lachen und überspielen, was seine Worte in mir ausgelöst hatten, aber Grant setzte nach.

»Wie viele kennen die Sloan von heute?«

Zuerst dachte ich an Rhett, dann an Eden und Cami. Danach endete die Liste. Das waren die einzigen drei Menschen, die mich so kannten, wie ich war. Auch die gemeinen Seiten von mir, die selbstsüchtigen oder die peinlichen. Sie wussten, wer ich war, zumindest bis auf ein paar kleine Notlügen oder nicht bis ins Detail erzählte Geschichten.

Grants Blick hielt mich fest und ich war unfähig zu antworten. Fast bildete ich mir ein, dass er darauf hoffte, seinen Namen zu hören, so, wie er eben meinen genannt hatte.

Ich öffnete den Mund zu einer Antwort, als ein Mitarbeiter des Parks auf uns zukam und ich hochschreckte. Der Blickkontakt wurde unterbrochen und während zu mir durchdrang, dass der Park schloss, packte Grant schon die Sachen ein. Die Stunden mit ihm waren so rasant verflogen, dass ich gar nicht mitbekommen hatte, wie spät es bereits war.

Wir saßen für meinen Geschmack deutlich zu schnell wieder in seinem Wagen, ich mit dem Bärchen auf dem Schoß und einem Knoten in der Brust. Seit wir eingestiegen waren, hatte Grant kein Wort mehr gesagt und ich wurde das Gefühl nicht los, es vergeigt zu haben. Auch wenn das völlig lächerlich war. Man konnte ja nichts vergeigen, das einem egal war. Aber das Gefühl wollte einfach nicht verschwinden.

Ich war mir sicher, dass Grant unserem Gespräch genauso nachhing wie ich. Er gab keine anzüglichen Kommentare von sich oder versuchte mich zu necken. Er sprach nicht einmal über das Wetter. Je länger er schwieg, umso mehr wollte ich verhindern, dass der Tag auf diese Art endete.

Wie beim letzten Mal, als er bei mir gewesen war, parkte Grant den Wagen in einer Seitenstraße. Kaum hatte er den Motor ausgeschaltet, drehte ich mich im Sitz zu ihm.

»Danke«, sagte ich und hielt den Teddy hoch. »Nicht nur dafür, sondern für den Ausflug in die echte Welt.«

Grant zog halbherzig einen Mundwinkel hoch. »Wenn ich gewusst hätte, dass du so leicht zufriedenzustellen bist, wäre ich nie auf die Idee gekommen, mit dir ein Auto zu stehlen.«

Ich schaffte es gerade noch zu schnauben, bevor ich dem Impuls folgte, ihn zu küssen. Ich lehnte mich zu ihm und legte meine Lippen auf seine, die sich so verdammt gut anfühlten. Gott, ja. Am liebsten würde ich ihn immer wieder küssen. Und es war eindeutig die beste Taktik, Grant Fitzgerald zum Schweigen zu bringen. Eine Win-win-Situation.

Dieses Mal fühlte sich unser Kuss vertrauter an und gerade deshalb intensiver als die anderen davor. Mein ganzer Körper schien mit jeder Faser auf Grant gepolt zu sein und anstatt, dass die Anziehung zwischen uns nachließ, wurde sie mit jedem weiteren Kuss stärker. Ich seufzte genüsslich, als Erregung durch mich waberte. Grant vergrub wie selbstverständlich die Finger in meinen Haaren und es pochte so fordernd in meinem Unterleib, dass ich nur schwer der Versuchung widerstehen konnte, über die Mittelkonsole auf seinen Schoss zu steigen. Aber der Ferrari war definitiv zu klein dafür.

»Komm noch mit rauf«, hauchte ich zwischen unseren Mündern und Grant hielt abrupt inne. Ich warf ihm einen tadelnden Blick zu. »Guck nicht so. Ich hab dir keinen Heiratsantrag gemacht, sondern gesagt, du sollst mit in die Wohnung kommen.«

»Das würde ich wirklich gerne. Und du willst, dass wir gemeinsam in diesem Look durch die Lobby laufen? Oder bleibe ich weiter dein Geheimnis?«

So gern ich auch sagen würde, dass wir einfach durch den Eingang spazieren würden, ich konnte es nicht. Ich hatte weder die Drohung meiner Mutter vergessen noch, dass in unseren Kreisen eh schon über mich und Grant geredet wurde.

Das hier war die Upper East Side. Anders als im Luna Park lauerten die Paparazzi hier darauf, einen VIP zu sehen. Und ich wollte wirklich nicht, dass ein Foto von mir und Grant in den sozialen Medien oder den Klatschblättern auftauchte.

Beinahe entschuldigend musterte ich ihn. »Du weißt doch mittlerweile, wie man eine Feuerleiter hochklettert.«

Kapitel 20

Stöhnend hievte ich mich vom Bett hoch, auf dem ich dank einer langen Lernsession mit Cami und Eden fast den ganzen Tag verbracht hatte. Das nächste Mal sollten wir uns wirklich an den großen Tisch im Esszimmer setzen. Oder uns gleich bei einer von ihnen treffen.

Immerhin hatte ich ein Outfit im Stil von Lagerfeld für meinen Kurs gezeichnet und noch drei eigene Entwürfe gemacht. Eden hatte Karteikarten für ihre anstehende Klausur vorbereitet und Cami hatte gefühlt für zwanzig Seminare gleichzeitig gelernt. Ich hatte deutlich weniger Durchhaltevermögen und Cami zu Edens und meiner Erleichterung davon überzeugt, einen Film zu schauen und den Rest des Abends auf dem Sofa zu verbringen.

Zwar hätte ich auch nichts dagegen gehabt, noch ins *Glitter and Gold* zu gehen, aber ich würde wohl nach dem grandiosen Tag gestern mit Grant im Luna Park und der Nacht, die darauf gefolgt war, eh nicht lange durchhalten. Wenn wir so weitermachten, würde mein Muskelkater wahrscheinlich nie wieder verschwinden. Meine überbeanspruchten Muskeln rebellierten und die ungesunde Haltung auf der Matratze hatte auch nicht gerade gutgetan.

»Hat dir das Müllsammeln so zugesetzt gestern?«

Eden betrachtete mich mitleidig und ich schüttelte den Kopf. Dann streckte ich mich ausgiebig, um die anzüglichen Erinnerungen an die vergangene Nacht wieder loszuwerden. Was gleich mit einem schmerzhaften Ziehen in meinem Körper bestraft wurde.

»Ich war nicht an der Straße, sondern in der Suppenküche. Aber es war trotzdem anstrengend.«

»Wie lange musst du denn eigentlich noch?«

Cami packte endlich ihre Bücher ein und Eden stand auf. Gemeinsam schlenderten wir ins Wohnzimmer. Auf dem Weg bat ich Olga für uns

Popcorn zu besorgen und sie machte sich gleich auf den Weg. Mit einem weiteren Ächzen ließ ich mich auf dem Sofa nieder.

»Es sind nicht mehr viele Stunden. Ich glaube nur noch dreißig.«

»Dann bist du ja wirklich bald fertig damit!« Eden strahlte über das ganze Gesicht und sie schien sich fast mehr darüber zu freuen als ich. »Wie viele machst du in der Woche?«

»Zehn«, antwortete Cami an meiner Stelle.

»Also nur noch drei Wochen! Das ist toll. Lasst uns das doch feiern, wenn du endlich frei bist und diese ganze Sache erledigt ist.«

Ich nickte abwesend. Nur noch drei Wochen, dann wäre die Zeit vorbei. Die vielen Male, die ich an der Straße Müll gesammelt hatte, hätten endlich ein Ende, genauso wie das Spülen in der Suppenküche. Die Strafe wäre endlich abgegolten. Dann würde ich auch Grant nicht immer wieder dort über den Weg laufen.

Wir entschieden uns für irgendeinen Thriller, dessen Name mir sofort wieder entfallen war. Und er war so spannend, dass ich nach den ersten zehn Minuten kaum mehr hinschaute. Ich warf einen prüfenden Blick zu meinen Freundinnen. Die beiden waren gefesselt vom Film und achteten nicht auf mich. Leise holte ich mein Smartphone hervor und checkte Instagram. Dann scrollte ich durch die Galerie nach einem noch nicht verbrauchten Bild, das ich posten könnte. Die letzten Bilder waren die von mir beim Thunderbolt vor und nach der Fahrt. Meine Lippen verzogen sich zu einem Lächeln. Ich sah wirklich wild aus mit den abstehenden Haaren und den geröteten Wangen. Ich wischte weiter zur Seite und mein Herz hüpfte aufgeregt, als eins der Bilder aus der Fotobox auf dem Display auftauchte. Es war das, auf dem Grant und ich uns küssten.

Sofort breitete sich ein seltsam glückliches Kribbeln in meiner Brust aus und beinahe hätte ich gelacht. Und wenn ich an unsere gemeinsame Nacht gestern dachte, wurde das Gefühl noch intensiver. Ich tippte bei dem Bild auf den Teilen-Button, suchte WhatsApp und wählte den Chat mit Grant aus. Erst dann realisierte ich, was ich tat.

Erschrocken brach ich ab, schloss die Galerie und schaltete das Display aus. Zum Glück war gerade im Film ein Schockmoment gewesen und Cami und Eden waren zusammengezuckt. Sie hatten hoffentlich nicht gemerkt, dass mein Puls raste und ich mich unglaublich ertappt fühlte. Wobei das vollkommen irrwitzig war. Mein Herz hämmerte in meiner Brust wie ein Presslufthammer und ich war verdammt dankbar, als Olga mit dem Popcorn zurückkam. Ich nutzte die Gelegenheit und ging ihr entgegen.

»Miss Whitaker, unten war ein Paket für Sie. Ich habe es mitgebracht.« Sie hielt es ein Stück höher. »Und Sie haben gesagt, keine Rosen mehr, also dachte ich, Pakete sind in Ordnung?«

Skeptisch nahm ich es ihr ab. Es war recht groß, aber so leicht, dass ich aus dem Gleichgewicht kam, weil ich ein höheres Gewicht erwartet hatte. Die Schachtel war weiß mit goldenen Mustern darauf und mit einer großen, seidenen Schleife verziert. Hitze schoss in meine Wangen, als ich die Karte sah, die darunter geklemmt worden war.

Das solltest du unbedingt alleine öffnen.
Grant

Ich grinste und Olga trat von einem Fuß auf den anderen, als würde sie auf eine Antwort warten.

»Danke, dass du es mit hochgenommen hast. Könntest du das Popcorn in der Küche in eine Schüssel schütten und es Eden und Cami ins Wohnzimmer bringen?«

Die beiden würden sowieso nicht merken, dass ich weg war.

Olga nickte und ging mit ihren Einkäufen in die Küche, während ich auf Zehenspitzen in mein Zimmer schlich. Ich kam mir beinahe vor, als täte ich etwas Verbotenes. Fast so, wie beim Dekoration umräumen.

Leise schloss ich hinter mir die Tür und legte die Schachtel auf dem Bett ab. Vorsorglich strich ich die Decke glatt und positionierte das Paket im richtigen Winkel. Dann machte ich ein paar Fotos. Man konnte ja nie wissen, wozu sie gut sein konnten.

Vorsichtig zog ich die Schleife auf und hob den Deckel der Schachtel ab.

Der Inhalt war von feinem Einschlagpapier verdeckt, auf dem ein paar Blütenblätter verteilt waren. Wow, hier hatte sich jemand wirklich viel Mühe gegeben. Ob Grant das selbst gemacht hatte?

Wieder zückte ich mein Telefon. Ich würde das hier auf jeden Fall dokumentieren. Je nachdem, was drin war, könnte ich eine Art Unboxing für Instagram machen. Immerhin hatte diese Schachtel Stil – ganz im Gegenteil zu der lahmen Rose, die Grant mir beim ersten Versuch geschickt hatte.

Das Papier schlug ich zurück, ohne es dabei kaputt zu machen, und als ich erkannte, was Grant mir geschenkt hatte, lief ein Zittern durch meinen Körper.

In dem Karton lagen Dessous. Jede Menge. Ich sah feine weiße Spitze aber genauso schwarze, verruchte Strapsgürtel und ein verflucht durchsichtiges Negligé. Mit offenem Mund nahm ich nach und nach die Sets heraus. Grant hatte einen verdammt guten Geschmack. Es war nicht ein Teil dabei, das mir nicht gefiel. Er hatte bei den Marken absolut richtig gelegen. In einem der BHs sah ich, dass sogar die Größe stimmte. Woher hatte er die? Hatte er sie sich unbemerkt notiert? Oder hatte er die Mitarbeiter in den Boutiquen bestochen, damit sie aus der Kundenkartei meine Größe für ihn heraussuchten? Das würde zu seiner Hartnäckigkeit passen, aber wahrscheinlicher war, dass er mit den Mitarbeitern geflirtet hatte. Egal wie er das gemacht hatte, es stand fest, dass er sich Mühe gegeben hatte. Und das wollte so gar nicht zu dem Frauenhelden passen, den er immer gab.

Die Dessous waren unglaublich. Auch wenn ich mir jedes Set davon selbst hätte kaufen können, fühlte es sich aufregend an, sie von ihm zu bekommen. Ich mochte schicke Unterwäsche und achtete auch im Alltag auf eine hochwertige Qualität. Aber solche Sachen wie die in der Schachtel hätte ich mir wahrscheinlich doch nicht selbst gekauft. Nicht wegen des Preises, der sicher hoch genug war, sondern weil sie wirklich verflucht sexy waren. Wenn ich daran dachte, eins davon bei einer der nächsten Partys zu tragen, flatterte es aufgeregt in meinem Bauch und an anderen Körperstellen. Die Idee gefiel mir erregend gut.

Als ich das Letzte von insgesamt fünf Sets herausgenommen hatte, sah ich wieder Einschlagpapier, auf dem ein kleiner Brief lag. Etwas nervös öffnete ich ihn.

Ich schuldete dir ein Höschen und ich bin sicher, dass du in jedem davon atemberaubend aussehen wirst. Aber das beste Stück habe ich mir für den Schluss aufgehoben. Grant.

Was konnte denn jetzt noch Besseres kommen? Skeptisch legte ich den Brief weg und öffnete das rosafarbene Papier. Darin lag ein weiteres Wäsche-Set und ich brach in schallendes Gelächter aus, noch bevor ich es aus der Schachtel genommen hatte. Schnell schlug ich mir die Hand vor den Mund, damit Cami und Eden mich nicht hörten und bloß nicht auf die Idee kamen, nach mir zu sehen. Aber es dauerte eine ganze Weile, bis ich mich wieder beruhigt hatte und mir das Set in Ruhe ansehen konnte.

Es war meine Größe und würde mir bestimmt passen. Und dieses Set zu tragen würde wahrscheinlich am meisten Spaß machen.

Es war rosa und darauf waren überall kleine Regenbogen und darüber hüpfende, bauchige Einhörner verteilt. Auf dem Hinterteil des Slips waren ein Einhorn und ein Regenbogen platziert – und das ziemlich mies. Es würde garantiert so aussehen, als spränge das Einhorn von zwischen meinen Beinen in die Höhe. Vorne stand »Welcome to Rainbowland«.

Nachdem ich den Spruch gelesen hatte, musste ich wieder lachen. Mir traten sogar die Tränen in die Augen und ich musste zugeben, dass Grant mit diesem Paket einen absoluten Volltreffer gelandet hatte.

Dieses Mal zückte ich doch mein Smartphone und schickte ihm eine Nachricht, bevor ich lächelnd seine Karte ein zweites Mal las. Und in diesem Moment hielt ich es für möglich, dass ich Grant vielleicht doch ein bisschen mochte.

Ich schmunzelte bei dem Gedanken daran, für was für einen Widerling ich ihn immer gehalten hatte, und dass er sich große Mühe gab, das zu ändern. Aber hatte ich so schlecht über ihn gedacht, weil das tatsächlich meine Meinung gewesen war? Oder hatte ich mich nur den Vorurteilen der Gesellschaft angeschlossen, die ihm seinen Ruf erst verpasst hatte?

Kapitel 21

Die vergangenen zwei Wochen waren dank der geheimen, heißen Treffen mit Grant schneller an mir vorbeigerauscht, als mir gefiel. Die Soiree in der Kunstgalerie heute Abend war allerdings deutlich zähflüssiger. Und am schlimmsten war, dass ich Grant unter den Gästen gesehen hatte. Er war allein, ohne eine seiner typischen Begleitungen, über die die Leute sich auslassen konnten. Dass er nun schon auf verschiedenen Events solo aufgetaucht war, schien aber genauso für Gesprächsstoff zu sorgen. Fast, als wäre es vollkommen egal, wie er sich benahm. Die Upperclass redete sowieso.

Das Ganze hier wäre deutlich spannender, wenn ich wieder Arm in Arm mit ihm zwischen den Gästen her schlendern könnte, während wir uns insgeheim über sie amüsierten. Aber ich hielt mich absichtlich fern von ihm und brachte immer gebührenden Abstand zwischen uns, damit ja niemand auf die Idee kam, wir wären gemeinsam hier. Und obwohl ich wusste, dass es das einzig Vernünftige war, ertappte ich mich ständig dabei, wie ich seinen Blick suchte oder Ausschau nach ihm hielt. Und Grant schien es ähnlich zu gehen. Oft genug trafen unsere Blicke sich und es war beinahe unmöglich, sie wieder voneinander zu trennen. Da half nur eins: Jedes Mal, wenn ich drohte schwach zu werden, sah ich zu meiner Mutter. Sie war ein wandelndes Mahnmal, mich zu benehmen.

Dabei war die Party heute eigentlich gar nicht so mies. Noch vor ein paar Monaten hätte sie mir bestimmt ganz gut gefallen. Die Alcotts hatten alles wundervoll geplant. Das Essen war sehr gut und ich hatte ein paar schöne Fotos für meinen Account gemacht. Die Galerie war modern eingerichtet und bestach durch einige Gemälde, von denen ich nicht jeden Maler kannte, die aber schon von weitem teuer aussahen.

Mein Vater und Rhett waren heute nicht dabei, was hieß, dass meine

Mutter und ich das Ansehen der Familie ihrer Meinung nach gebührend vertreten mussten. Und sie meisterte das mit einer beneidenswerten Leichtigkeit. Ob das eine Art Begabung war? Sich mit diesem langweiligen Kram zu beschäftigen, dabei interessiert auszusehen und nie auch nur den unwichtigsten Namen zu vergessen? Wenn ja, dann hatte diese Gabe nur mein Bruder geerbt.

Wieder kribbelte es in meinem Nacken und ich war mir sicher, dass es Grants Blick sein musste. Ich schmunzelte in meinen Cocktail bei dem Gedanken an die verflucht verruchte Unterwäsche, die ich heute trug. Eins der schicken Sets, die Grant mir geschenkt hatte. Es saß perfekt und fühlte sich göttlich auf meiner Haut an. Und dass Grant vermutete, dass ich sie trug, und sicherlich auch deshalb kaum den Blick von mir lassen konnte, versüßte mir den Abend dann doch ein wenig.

Nach einem Kontrollblick zu meiner Mutter sah ich über meine Schulter. Grant stand nur wenige Meter hinter mir und musterte mich. Sein Mundwinkel war leicht hochgezogen und er hatte eine Hand lässig in seine Hosentasche gesteckt. Mit der anderen zog er sein Smartphone hervor. Verdammt, sah dieser Mistkerl gut aus. Seine Haare waren perfekt gestylt, seine braunen Augen schienen zu funkeln und dieser süffisante Gesichtsausdruck ließ meinen Mund trocken werden. Da half auch kein weiterer Schluck von meinem Bellini. *Widerstand ist zwecklos,* so viel hatte ich seit unserer Nacht in der Limousine gelernt.

In den vergangenen zwei Wochen hatten wir uns so oft es ging heimlich getroffen. Und wir hatten penibel darauf geachtet, nicht erwischt zu werden. Auch wenn mir das wichtiger zu sein schien als ihm. Klar, er hatte ja auch nichts zu verlieren. Meine Gesellschaft würde eher noch seinen Ruf aufpolieren. Bei mir sah das nach Ansicht meiner Mutter leider anders aus. Und auch wenn ich immer wieder daran gedacht hatte, dass das Risiko, erwischt zu werden, groß war, hatte ich kein einziges Treffen mit ihm bereut. Obwohl er immer noch ein arroganter Idiot war. Aber einer, der dafür sorgte, dass ich mich gut fühlte und weniger gefangen. Unsere kleinen geheimen Schäferstündchen waren genau das, was ich brauchte.

Das Smartphone in meiner schwarzen Ledertasche vibrierte und Grant sah wieder von seinem Telefon auf. Mein Herz klopfte schneller vor Aufregung. Ich wettete darauf, dass er mir eine anzügliche Nachricht geschickt hatte, und öffnete den Chat halb verdeckt.

Grant: Wenn du das hier auch so öde findest wie ich, treffen wir uns in einer Stunde am Pier. Mein Boot wartet dort auf uns.

Sloan: Dein Boot? Wie alt bist du?

Grant: Dieses Boot hat ein Bett. ;)

Ein Hüpfer zuckte durch meine Brust und ich gab mir größte Mühe, eine neutrale Miene zu bewahren. Die Aussicht darauf, diesen Abend mit Grant auf seiner Yacht ausklingen zu lassen, hob meine Laune erheblich. Auch wenn das nicht mehr ungeschehen machen konnte, dass ich mich nun schon seit drei Stunden durch anstrengende Gespräche gequält hatte. Aber es würde mir definitiv den Rest der Nacht versüßen.

Die nächste halbe Stunde bemühte ich mich eine Vorzeige-Whitaker zu sein. Ich gab bei allen Gesprächen mein Bestes, lächelte und schaute nicht ein einziges Mal gelangweilt auf mein Telefon. Obwohl die Versuchung wirklich groß war, weil Eden und Cami mich heute wieder hatten hängen lassen. Ich strengte mich so sehr an, dass sogar meine kleinen Fantasien davon, wie sich eine der hohen Damen grässlich an ihrem Häppchen verschluckte oder einer der Anzugträger vor Beweihräucherung erstickte, in Grenzen hielten.

Ich atmete erst wieder frei, nachdem ich mich gebührend im Beisein meiner Mutter bei allen verabschiedet und die Party verlassen hatte. Mom hatte mich lächelnd und ohne einen tadelnden Kommentar entlassen. Sie schien heute tatsächlich mit mir zufrieden gewesen zu sein. Ich hatte sogar einen dieser seltenen, warmen Blicke bekommen, mit denen sie sonst nur Rhett betrachtete.

Am Pier angekommen musste ich nur kurz suchen, dann fand ich eine kleine Yacht, die voll beleuchtet war. Am Geländer hingen Lampions und tauchten das Wasser in ein warmes Licht. Grant lehnte lässig an der Kabine und wartete auf mich. Er hatte das Sakko abgelegt, genauso wie die Krawatte, und das Hemd leicht aufgeknöpft. Beinahe hätte ich geseufzt, so sehr sehnte ich mich nach dem hier.

Grant hielt mir die Hand hin und ich ergriff sie, dann kletterte ich etwas wackelig auf meinen zehn Zentimeter Manolos auf die Yacht. Ohne Vorwarnung zog Grant mich an sich, legte seine Hände um meine Taille und küsste mich.

Ich schloss die Augen, als seine Lippen meine fanden. Seine Zunge tastete sich sanft vor und ich gab ihr instinktiv nach. Der Cocktail aus seinem Geruch und dem Aftershave war mir mittlerweile so vertraut, dass ich den Duft mit einem leisen Seufzen in mich aufnahm. Grants Nähe fühlte sich so gut an, dass ich beinahe vergessen hätte, dass uns hier auf dem Pier jemand sehen könnte.

Mit Nachdruck löste ich mich von ihm, dann warf ich einen Blick über den Steg. Zum Glück war niemand außer uns so verrückt in einer Oktobernacht auf eine Yacht zu gehen.

Grant musterte mich mit einem unergründlichen Gesichtsausdruck, sagte aber nichts. Statt weiter zu warten, griff ich nach seiner Hand und zog ihn unter Deck. Als ich sah, was er dort vorbereitet hatte, wurde mir schlagartig warm.

In einem Flaschenkühler voller Eis wartete eine Flasche Veuve Clicquot mit zwei Gläsern auf uns. Er hatte sogar Blütenblätter auf dem Tisch und dem Bett verteilt. Es waren die gleichen wie die, die in der Dessous-Packung gewesen waren. Auf dem Tisch stand ein Strauß davon und erst jetzt wurde mir klar, dass es Tulpen waren.

»Du hast dich über die Rose mehr als deutlich beschwert«, erklärte Grant, der meinen Blick bemerkt hatte. »Ich habe mir sagen lassen, dass Tulpen auch für Leidenschaft und Weiblichkeit stehen.«

Wow. Er hatte sich viele Gedanken gemacht und sich richtig ins Zeug gelegt. So wie bei dem Paket mit den Dessous und dem Ausflug in den Luna Park. Das tat man nicht für eine belanglose Affäre, oder?

Ich überspielte meine plötzliche Unsicherheit mit einem frechen Augenaufschlag. »Tun sie das?«

Dann setzte ich mich auf die Bettkante und öffnete sein Hemd, einen Knopf nach dem anderen. Grant protestierte nicht und in seinen Augen blitzte es verführerisch auf, als er meinen Fingern folgte. Nur ein Blick genügte, damit ich mich nach ihm verzehrte. Diese Wirkung hatte Grant ständig auf mich. Sex war das, was zwischen uns funktionierte, und ich genoss jede Sekunde davon. Es war das Einzige, was jemals zwischen uns passieren durfte. Und das wollte ich voll auskosten.

Zielstrebig schob ich den Stoff zur Seite und fuhr mit den Fingerspitzen seinen flachen Bauch entlang bis zu seiner Brust. Grant stand über mir und während er sich zu mir herunter lehnte, schluckte ich gegen das Pochen in meinem Hals.

»Ich hoffe für dich, dass du heute meine schwarze Spitze trägst.«

Er schwebte mit den Lippen gerade so nah über meinen, dass ich ihn nicht erreichen konnte. Ich legte den Kopf in den Nacken, reckte mich ihm entgegen, doch ich kam nicht an ihn heran. Verzweifelte Lust zog sich tief in meinem Bauch zusammen, wie jedes Mal, wenn er mich mit diesem flammenden Blick ansah. Als wäre ich das Einzige, was er sah.

Grant ließ mich weiter zappeln, obwohl ich auch seine Erregung dunkel in seinen Augen sah. Es war ein Spiel, das wir gern miteinander spielten und das mich jedes Mal dazu brachte, mich ihm haltlos hingeben zu wollen.

»Was würde denn passieren, wenn ich was anderes anhätte?«, hauchte ich ihm neckend entgegen und Grant lachte leise. Ein raues Geräusch, das es sofort in meinem Körper pulsieren ließ.

»Mir würde da die eine oder andere Strafe einfallen.«

Er hielt mich mit seinem Blick gefangen, aber er rührte sich nicht, als ich mit meinen Fingerspitzen an seinem Bauch hinabwanderte. Als ich die feinen Härchen knapp über dem Bund seiner Hose berührte, seufzte er genüsslich, ohne mich aus den Augen zu lassen. Und selbst als ich seinen Gürtel und den Knopf öffnete, sah er nicht weg. Sein Blick ruhte weiter auf mir und er nahm jede meiner Bewegungen in sich auf, als wäre allein das schon pure

Leidenschaft für ihn. Und ich genoss es zu sehen, was meine Berührungen in ihm auslösten. Das ließ mich alles vergessen.

Ich strich nur flüchtig über seine harte Erektion, was Grant sofort mit einem kehligen Stöhnen kommentierte. Dann löste ich mich von ihm, öffnete den Reißverschluss meines trägerlosen Kleides und lehnte mich zurück, bis auf das Bett.

Mir entglitt ein überraschtes Quietschen, als Grant mit einer gekonnten Bewegung mein offenes Kleid am Rock packte und es mir vom Körper zog. Mein nackter Rücken traf auf die kalten Laken und ein Zittern lief durch mich, als die kühle Luft meine Haut streifte und über meine nackte Brust strich. Meine Wangen glühten vor Erregung, während Grant über mir stand und meinen Körper mit einer Ruhe betrachtete, die mich beinahe um den Verstand brachte. Und je länger er mich so ansah, umso schwerer war es, still liegen zu bleiben. Die Spannung breitete sich wie ein Lauffeuer in mir aus und machte mich zittrig. Und unruhig.

»Du siehst so verflucht sexy aus«, raunte Grant und gab endlich seine Haltung über mir auf.

Als seine Lippen meine fanden, vergaß ich die Zeit. Wir küssten uns atemlos und gierig, beinahe, als wäre es das letzte Mal, dass wir einander so hüllenlos erlebten. Drängende Sehnsucht erschütterte unsere Körper und jede Bewegung, jeder Blick von Grant stieß mich tiefer in die zerreißende Spannung der Lust. Grant wusste genau, was er tun musste, und ich ließ mich auf seine Führung ein. Wir waren eins, eine Einheit voller Lust.

Als wir beide nicht mehr vor Erregung, sondern vor Erschöpfung keuchten, verebbten langsam die Wellen des Orgasmus, der eben noch unsere Körper geschüttelt hatte. Die Luft in der Kabine war kalt auf meiner Haut und ich war froh, dass Grant sich neben mich unter die Decke legte, nachdem er das Kondom entsorgt hatte. Erst jetzt bemerkte ich das Fenster im Dach der Kajüte. Es war genau über der Matratze angebracht und der Himmel so klar, dass ich die Sterne sehen konnte.

»Ich hab ja gesagt, dass man von hier aus die Sterne sehen kann«, flüsterte Grant.

Langsam sah ich zur Seite. Ich hatte gedacht, dass er wie ich in den Nachthimmel schaute, aber stattdessen betrachtete er mich. Auf seine Seite gestützt hob er die Hand und strich mir eine Strähne aus der noch schwitzigen Stirn. Seine Fingerspitzen fuhren zart über meine Haut und mein Herz stolperte in meiner Brust. Nur das leise Rauschen des Wassers und unsere Atemzüge waren zu hören. Aber vielleicht konnte er ja auch mein Herzklopfen hören, das sich auf unerklärliche Weise nicht zu beruhigen schien.

Grant sah mich mit einem Ausdruck an, der ein Gefühl von Geborgenheit und Frieden in mir auslöste. Ich lag nackt neben ihm und fühlte mich nicht nur deshalb hüllenlos. Grant wusste, wer ich war. Er kannte die wahre Sloan mit ihren Einhörnern, dem Traum von der eigenen Modelinie und den bissigen Sprüchen. Grant war auf der Liste der Menschen, vor denen man sich nicht verstellte, meine Nummer vier geworden.

»Halten wir das hier geheim, weil unsere kleine Affäre dadurch ein bisschen spannender wird, oder hast du wirklich so große Angst, dass jemand von uns erfahren könnte?«

Grants Stimme drang rau durch die kleine Schlafkabine und zerstörte damit meine innere Ruhe. Ihm war anzuhören, dass ihm die Frage schwergefallen war.

»Ich mag es spannend«, überspielte ich mit einem Schmunzeln das Ziehen in meinem Bauch und hoffte inständig, dass er das Thema fallen lassen würde.

Seit das mit uns angefangen hatte, hatte ich es vermieden, mir zu viele Gedanken darüber zu machen. Es war, wie er gesagt hatte, ein Ausflug von der Realität. Grant und ich hatten Spaß. Und dass wir den genauso in einem Freizeitpark haben konnten wie auf einer Luxusyacht, gefiel mir besonders gut. Er verstand beides, sowohl die High Society als auch alles andere. Ich wollte nur, dass es genau so blieb. Er und ich und unsere geheimen, gemeinsamen Stunden.

»Also würdest du auch mit mir zu einer gesellschaftlichen Veranstaltung gehen? Die Leute reden jetzt schon darüber, dass ich immer allein auftauche.« Er lachte leise, aber es klang nicht amüsiert, eher bitter.

Ich schwieg und zog die Decke höher, weil Grants Nähe das Unbehagen, das sich in mir ausbreitete, nicht aufhalten konnte. Er konnte sich doch selbst erklären, dass ich bei seinem Ruf nicht mit ihm ausgehen konnte. Dass ich nicht mein ganzes Leben über Bord werfen und mich gegen die Regeln meiner Mutter stellen konnte. Konnte denn nicht alles so bleiben, wie es war? Wir würden einfach nicht weiter darüber nachdenken. Noch eine Sache, die man in der High Society so machte.

Die Stille zwischen uns wurde spürbar dichter und Grant setzte sich ruckartig auf, dann schwang er die Beine von der Matratze.

»Bist du nur hier, weil ich dein Verbrecherfoto habe?« Er fuhr sich durch die Haare und schüttelte den Kopf. »Willst du mich so bei Laune halten, damit ich es nicht veröffentliche?«

Ein Stich schoss durch meine Brust und ich richtete mich ebenfalls auf, dabei zog ich die Decke enger um meinen Körper.

»Nein! Das hier hat gar nichts mit dem Foto zu tun«, gab ich zu.

Irgendwann zwischen dem Tag, an dem Grant mir das Foto gezeigt hatte, und heute, hatte ich begonnen ihm zu glauben. Dass er das Bild nicht besorgt hatte, um mich zu erpressen, und irgendwie auch, dass er nicht vorhatte es zu veröffentlichen. Das hätte er längst tun können. Ich verstand nur nach wie vor nicht, warum er es nicht löschte.

»Also warum dann das Ganze?«, fragte Grant in meine Gedanken, doch ich ging nicht darauf ein.

Dass er es für möglich hielt, dass ich nur mit ihm schlief, um mich abzusichern, tat überraschend weh. Unsere gemeinsame Zeit schien ihm nicht so viel zu bedeuten wie mir.

»Hältst du mich denn für so eine Frau?«

Grant schnaubte frustriert. »Hältst du mich für so einen Mann, der dich in der Öffentlichkeit bloßstellt?«

Hektisch schlüpfte er in seine Boxershorts und mir wurde bewusst, dass er damit nicht nur mehr Stoff zwischen uns brachte, sondern auch Distanz. Er suchte auf dem Boden nach seiner Hose und ich konnte nur dabei zusehen, wie mir die Situation immer mehr entglitt. Ich wollte nicht, dass das hier zu

Ende war. Gefühle, die ich nicht benennen konnte, wirbelten in mir herum und zwangen mich etwas zu sagen.

»Wenn du es nicht verwenden willst, warum hast du das Bild überhaupt noch? Lösch es doch einfach! Dann wäre dieses Thema endlich erledigt.«

Grant sah ruckartig auf und sein Blick ließ mich zusammenzucken. Er war so voller Tiefe, dass ich beinahe bis in seine Seele sehen konnte. Und die Sehnsucht, die mir von dort entgegen flammte, verschlug mir die Sprache.

»Weil ich dachte, das Ganze hier hätte nur deshalb angefangen! Und ich dachte, es hätte sich irgendwas entwickelt zwischen uns. Aber du zeigst mir ja immer wieder, dass dir das hier egal ist.«

Stille breitete sich zwischen uns aus und für einen endlosen Augenblick bewegte sich nichts. Als würde die Zeit für uns anders laufen. Als wäre die Welt ausgesperrt und gleichzeitig nur noch hier drinnen.

Grants Brust hob und senkte sich schnell und ich fühlte mich, als wäre ich gerannt. Mein Herz hämmerte drängend gegen meinen Brustkorb und ich wollte nach Luft schnappen, aber ich tat es nicht. Auf einmal kam es mir absolut unpassend vor, nackt zu sein. Ich fühlte mich so entblößt wie nie und daran, wie Grant seine sonst so gestrafften Schultern sinken ließ, sah ich, dass es ihm genauso ging.

»Ist das dein Ernst?«, fragte ich nach einer Weile zögernd und zog die Decke zurecht.

»Dass dir das scheinbar alles nichts bedeutet und ich deshalb nur ein schmutziges Geheimnis bin? Sieht für mich ganz so aus.«

»Das zwischen uns hat nichts mit dem Foto zu tun. Und du weißt, dass ich nicht einfach tun kann, was ich will. Wenn meine Mutter das erfährt, dann ...« Ich führte den Satz nicht zu Ende.

Grant lehnte sich gegen die kleine eingebaute Küchenzeile, verschränkte abwehrend die Arme vor der Brust und sah mich finster an. »Dann dreht sie durch, weil du dich mit dem absoluten Abschaum der New Yorker High Society abgibst. Schon klar.«

Sein Schmerz traf mich, als hätte er mich geohrfeigt. Er brannte sich glühend in mein Herz ein.

»Sag so was nicht«, flüsterte ich leise und Grant lachte bitter.

»Du denkst doch genauso über mich wie alle anderen. Dass ich ein Playboy bin. Nur ein Nichtsnutz, der Frauen aufreißt und nicht dazu in der Lage ist, irgendetwas ehrlich anzugehen. Jemand, der sich durch Schlupflöcher zwängt und mit dem niemand ernsthaft etwas zu tun haben will. Du denkst über mich, was jedes ach so angesehene Mitglied der Upperclass auch denkt ... Mein Vater eingeschlossen.«

Ich wollte ihm widersprechen, aber ich fand die richtigen Worte nicht. Sicher, ich hatte seit der Schule gedacht, dass er ein arrogantes Arschloch war. Aber bis gerade eben hatte ich angenommen, dass er sich mit der Rolle arrangiert hatte. So, wie ich es mit meiner tat, wie wir alle.

Mein Blick wanderte zu dem Tattoo unter seinem Arm, das er jetzt verdeckte. *I don't care.* Der gequälte Ausdruck in seinen Augen bestätigte meine Vermutung, dass es ein vergebliches Mantra war. Es kümmerte Grant, was andere über ihn dachten. Und mich kümmerte es, was er von sich selbst hielt. Dabei war Grant wahrscheinlich der aufrichtigste Mensch, den ich kannte. Obwohl er mir gesagt hatte, dass er die Rolle des schwarzen Schafs nur spielte, weil es dann leichter war, mit der Kritik seines Vaters umzugehen, begriff ich erst jetzt, wie er darunter litt. Ich fasste nicht, dass ich die ganze Zeit selbst nicht richtig hingesehen hatte, obwohl Grant mir nie etwas vorgemacht hatte.

Mit weichen Knien stand ich auf und ging zu ihm. Dabei schlang ich die Decke enger um mich und schaffte es wie durch ein Wunder, mich nicht in den Laken zu verfangen. Grant lehnte immer noch mit verschränkten Armen an der kleinen Küchenzeile und ich stellte mich so nah vor ihn, dass sich die Wärme, die sein Körper ausstrahlte, beinahe anfühlte wie der rettende Anker.

»Du bist nicht so, wie man über dich herzieht«, sagte ich leise und Grant sah auf. »Scheiß doch auf diese ganzen Vorurteile der verschrumpelten Alten, die nichts Besseres zu tun haben, als den Jüngeren das Leben schwer zu machen. Was wissen die schon davon, wer du bist? Glaub mir, ich weiß es. Und ich sage dir, dass du nicht bist, was die anderen zu sehen bekommen. Du bist warmherzig, ehrlich und klug.«

Grant schluckte, dann zog er verschmitzt einen Mundwinkel hoch und wirkte wieder viel mehr wie der Mann, den ich kannte. Die Spannung in seinem Kiefer löste sich.

»Vergiss nicht, wie verflucht sexy ich bin.«

»Und ein absoluter Idiot«, konterte ich mit einem Schnauben. »Du bist arrogant und so unglaublich selbstverliebt –«

»Okay, okay. Ich hab's verstanden.«

Zaghaft strich ich mit der Hand über seine Wange. Grant griff nach ihr und hauchte einen Kuss auf meine Handfläche, dann legte er den anderen Arm um mich und zog mich an seine Brust. Wärme drang durch das Laken, als ich meinen Kopf auf seine Haut legte, und ich fühlte mich besser.

»Also, ich fasse unsere Situation mal zusammen«, begann Grant und ich hörte sein Herz in seiner Brust schlagen. »Ich mag dich und du magst mich.«

Ich schnaubte, bevor ich zögerlich nickte.

»Auf jede unserer Verabredungen freue ich mich und sie erhellen mir immer jeden noch so bescheidenen Tag. Und mir ist dabei eigentlich völlig egal, ob wir Müll aufsammeln oder hier auf meiner Yacht sind. Aber auch wenn ich das zu gern würde, können wir das nicht öffentlich machen, weil deine Mutter dich sonst enterbt oder gleich umbringt. Richtig?«

Wieder ein zaghaftes Nicken, das mir deutlich schwerer fiel als das erste. Grant schwieg und mit jeder weiteren Sekunde fürchtete ich mich stärker vor seinen Worten. Aber dieses Mal wartete ich, bis er so weit war, obwohl die Stille beinahe unerträglich für mich war.

Grant räusperte sich. »Ich sehe nur eine Möglichkeit. Ich nehme das, was ich kriegen kann.« Er holte tief Luft. »Wir haben weiterhin eine heiße, verruchte Affäre, so, wie sich das für zwei Mitglieder der High Society gehört.«

Erleichterung flutete mich, kaum hatte er die Worte ausgesprochen. Erleichterung darüber, dass Grant diese Sache genauso sah wie ich und unsere geheimen Treffen nicht vorbei waren.

Ich hob den Kopf von seiner Brust, dann zuckte ich ungerührt mit einer Schulter. »Wenn du denkst, dass du einer Affäre mit mir gewachsen bist.«

Grant lachte. »Das müsste ich wohl eher dich fragen. Ich meine, sieh mich an!«

So locker, wie er es sagte, könnte man beinahe vergessen, dass es erst ein paar Minuten her war, dass er mich seine Selbstzweifel hatte sehen lassen.

»Pfff, du bist derjenige, der mich hier mit Blütenblättern zu beeindrucken versucht. Du legst dich ganz schön ins Zeug für eine Affäre, Fitzgerald.«

Grant hörte auf mit den Fingern über meinen Rücken zu streichen und die Muskeln in seiner Brust spannten sich.

»Vielleicht ist es ja irgendwann mehr als das.«

Mein Herz machte einen Satz und irgendwie breitete sich ein wohliges Gefühl in mir aus. Ja, vielleicht wären wir mehr, wenn die Umstände anders wären. Bilder von ihm und mir tauchten vor meinem inneren Auge auf und in meiner Vorstellung sahen wir sogar irgendwie glücklich aus.

Nur würde das niemals passieren. Sobald man uns öffentlich gemeinsam sah, würde es ein Blitzlichtgewitter geben. Danach gäbe es kein Zurück mehr. Die Leute würden reden und meine Familie mich verstoßen.

»Grant«, begann ich, doch er winkte ab.

»Ich versteh schon. Du kannst nicht anders.« Seine Stimme war leise, aber fest. Ruckartig sah ich auf und unsere Blicke trafen sich. Grant nickte und auf seinen Lippen lag ein sanftes Lächeln. »Wenigstens kannst du jetzt nicht mehr behaupten, du könntest mich nicht leiden.« Er lachte und ich schnaubte.

»Aber definitiv kann ich das und ich werde es jederzeit wieder tun.«

»Trotzdem weiß ich, dass es anders ist. Und bevor du widersprichst, ich finde, wir haben für heute genug geredet. Was meinst du, Darling?«

Als Antwort presste ich meinen Mund wieder auf seinen und während er mich hochhob, um mich zur Matratze zu tragen, protestierte ich ausnahmsweise nicht.

Kapitel 22

Triumphierend hielt ich meinem Sozialarbeiter die Bescheinigung hin und er unterschrieb sie beinahe genauso glücklich grinsend, wie ich mich fühlte. Er war mindestens so froh wie ich, dass heute meine letzte Stunde gewesen war. Ich hatte alle zweihundertfünfzig Sozialstunden abgeleistet. Ich war fertig damit. Nie wieder würde ich einen orangefarbenen Overall anziehen müssen.

Noch vor drei Wochen hätte ich heute gemischte Gefühle gehabt. Aber dank der Nacht auf seinem Boot war klar, dass Grant und ich uns auch ohne diese lästige Strafe wiedersehen würden. Das stand außer Frage. Und nun hielt mich wirklich nichts mehr hier.

Mit einem breiten Grinsen steckte ich das Dokument ein und tat einen tiefen Atemzug, nachdem ich die Suppenküche verlassen hatte. Kühle Herbstluft drang in meine Lungen und ich fühlte mich befreit. Ein Teil der Last dieses Geheimnisses war von meinen Schultern genommen worden.

Auf dem Parkplatz des Obdachlosenheims stand ein silberner Ferrari Portofino, in den ich einstieg. In den vergangenen Wochen hatte Grant mich meistens von hier abgeholt, auch wenn er mit seinen Stunden bereits fertig war.

Die Tür fiel hinter mir ins Schloss, während ich mich zu ihm lehnte und ihn küsste. Auch das war seltsamerweise innerhalb weniger Tage zur Gewohnheit geworden.

»Du bist frei, Darling.«

»Das wurde auch Zeit«, gab ich zurück und Grant startete den Motor, dann fädelte er sich in den Verkehr ein.

»Sollen wir das feiern? Mir würde das eine oder andere einfallen, das wir unternehmen könnten. Der Privatjet meines Vaters ist frei. Wir fliegen, wohin du willst.«

Ich legte meine Hand auf seinen Oberschenkel, der heute in einer feinen Anzughose steckte. Grant trug dazu ein hochwertiges Hemd, aber auf Krawatte und Jackett hatte er verzichtet. Das war sein Alltags-Outfit, wie ich mittlerweile wusste. Sogar seine Haare wurden nicht ganz so gnadenlos von Pomade festgehalten, wie es bei seiner Abendgarderobe meist der Fall war.

»Oh, ich hätte wirklich nichts dagegen, mit dir an einem tropischen Strand zu liegen, Cocktails aus Kokosnüssen zu trinken und die ganze Welt zu vergessen. Aber ich kann nicht. Ich habe Eden und Cami versprochen, dass wir meine Freiheit heute Abend im *Glitter and Gold* feiern.«

Grant seufzte theatralisch und in seinen Augen leuchtete es. »Ich teile dich wirklich nicht gern. Aber wenn es sein muss, werde ich mich damit arrangieren müssen.«

»Ich könnte danach noch zu dir kommen?«

»Oder ich zu dir. Mittlerweile kenne ich mich mit der Feuerleiter und den verschiedenen Zugängen zu eurer Wohnung ziemlich gut aus.«

»Wenn wir uns immer bei mir treffen, wird mein Bruder dich früher oder später entdecken.«

Es war beinahe ein Wunder, dass Grant ihm noch nicht in die Arme gelaufen war. Aber ich befürchtete, dass er es sowieso schon wusste. Er hatte zwar nichts gesagt, aber manche seiner Blicke sprachen Bände für mich.

Grant hatte den gleichen Gedanken. »Ich denke nicht, dass dein Bruder etwas dagegen hätte.«

Ich nickte. Trotzdem wollte ich nicht, dass Rhett ein weiteres Geheimnis vor unseren Eltern für mich bewahren musste. Es reichte mir, dass er die ganze Geschichte um meine Vorstrafe mitgetragen hatte. Da musste er jetzt nicht auch noch mein zweites Geheimnis verstecken.

Wir schlängelten uns schneller durch den Verkehr als üblich und Grant hielt in einer Seitenstraße meines Wohnhauses. Ich ging in diesen Klamotten nach wie vor lieber über den Hintereingang ins Haus. Noch einmal lehnte ich mich zu ihm und küsste ihn.

»Ich schreibe dir, sobald ich das *Glitter and Gold* verlasse.«

Grant schmunzelte. »Ich kann es kaum erwarten, Darling.«

Er fuhr mit den Fingerspitzen durch meine Haare bis in meinen Nacken und küsste mich wieder. Dabei lag sein Daumen sanft unter meinem Kinn und ein Schauder lief durch meinen Körper. Gott, ich liebte es, wenn er das tat. Und er machte es mir damit deutlich schwerer auszusteigen. Was mit Sicherheit auch Grants Absicht gewesen war.

»Ich muss mich jetzt fertig machen«, hauchte ich zwischen unseren Mündern, aber Grant ließ mich noch nicht gehen. Erst nach einem Kuss, der flammend in meinem Unterleib brannte, löste er sich von mir.

»Damit du den Abend über an mich denkst. Und zieh eins von den schicken Höschen an. Die stehen dir verboten gut.« Er verengte die Augen anzüglich.

»Vielleicht ist mir aber heute nach Einhorn«, gab ich zurück und Grant lachte. »Da fällt mir ein, ich hab was für dich.«

Mit einem Griff in meinen kleinen Rucksack holte ich ein Päckchen hervor. Ich gab es Grant und drehte mich im Sitz in seine Richtung.

»Mach es auf.«

Mit einem Ausdruck zwischen skeptisch und amüsiert löste Grant das Umschlagpapier. Ich hatte mir wirklich große Mühe gegeben, das passende Geschenk für ihn zu finden, und war verdammt stolz, dass es meiner Meinung nach geklappt hatte.

Als Grant den Stoff aus dem Paket nahm, wusste er zuerst nicht, was er davon halten sollte. Aber dann faltete er die rosafarbenen Boxershorts auseinander und brach in schallendes Gelächter aus, das mich ansteckte. Ich hatte ihm die passenden Shorts zu dem Einhorn-Wäscheset besorgt, das er mir geschenkt hatte.

»Oh, das ist perfekt!« Er drückte mir einen flüchtigen Kuss auf die Lippen. »Dabei müsste doch ich eigentlich ein Geschenk für dich haben.«

Ich winkte lächelnd ab und mein Herz tanzte in meiner Brust, weil ihm die Shorts gefielen.

»Aber zum Glück«, sprach er weiter, »bin ich immer auf alles vorbereitet.« Er griff hinter sich und zauberte eine große, viereckige Schachtel hervor. Schon auf den ersten Blick erkannte ich, dass sie von Tiffanys war.

»Oh, das hättest du nicht machen müssen«, beteuerte ich mehr der Form wegen. Neugier brannte mir auf der Seele, welches Schmuckstück er für mich ausgesucht hatte.

»Eigentlich wollte ich es dir auf dem Eiffelturm oder vielleicht beim Sonnenuntergang auf Hawaii geben, aber weil du mich so schändlich versetzt, bekommst du es jetzt in meinem Auto.«

Er drehte die Schachtel in meine Richtung und drückte dann den kleinen Knopf am vorderen Ende ein. Sie sprang auf und mir blieb die Luft weg.

In der Schatulle lag ein Collier. Es war nicht pompös oder protzig, sondern feingliedrig und verzweigt. Auf der Haut würde es aussehen wie ein verschlungenes Ornament, gespickt mit funkelnden Saphiren. Grant hatte damit intuitiv meinen Geschmack getroffen.

»Ich dachte, es erinnert dich vielleicht –«

»An das blaue Kleid, das ich auf der Party der Hendersons getragen habe«, führte ich seinen Satz zu Ende. Ich hatte gleich gewusst, was er im Sinn gehabt hatte. Vorsichtig strich ich über die Kette, dann drückte ich Grant einen weiteren Kuss auf die Lippen.

»Es ist wunderschön.«

»Du bist wunderschön«, gab er zurück. »Und ich bin sicher, du wirst dieses Collier erst wirklich zum Strahlen bringen.«

»Danke.« Bedächtig klappte ich die Schatulle zu und verstaute sie vorsichtig in meinem Rucksack. Es berührte mich, dass Grant sich so viele Gedanken über Geschenke machte. Mir ging es gar nicht so sehr um den Wert der Kette, auch wenn ich wusste, dass sie sündhaft teuer gewesen sein musste, sondern darum, aus welchem Grund er sie ausgesucht hatte.

»Du solltest jetzt gehen«, meinte er mit einem wohlwollenden Schmunzeln. »Auch wenn ich verstehen kann, dass du das nun gar nicht mehr willst. Du willst mir viel lieber die Kleider vom Leib reißen und auf dem Rücksitz verschwinden.«

Ich rollte mit den Augen, obwohl der Gedanke seinen Reiz hatte. »Haha, bild dir bloß nichts ein, Fitzgerald.«

»Ich käme nicht im Traum darauf.«

Ein letztes Mal küsste ich ihn, zog am Türgriff und verabschiedete mich endgültig. Auch wenn er recht hatte und ich zu gern mit ihm nach Paris geflogen wäre. Aber ich hatte Eden und Cami versprochen, dass wir meine letzte Sozialstunde feiern würden. Und die hatte sich noch nach hinten verschoben, weil ich durch die Zeit mit Grant weniger Stunden abgeleistet hatte. Irgendwie war es mir zwischenzeitlich nicht mehr so wichtig vorgekommen.

Heute, wo ich endlich fertig war, war auch dieses düstere Kapitel meines Lebens erledigt. Ich hatte die Strafe hinter mich gebracht, ohne dass ich aufgeflogen war. Die ganze Sache war durch. Ich musste mir nicht länger Gedanken machen, ob mich jemand dabei sehen würde, wie ich ins Obdachlosenheim ging. Ich musste nicht mehr Social Media Posts im Kopf vorbereiten, die ich zur Rechtfertigung posten könnte, wenn doch jemand ein Foto vor dem Heim von mir machte. Die Ausrede, dass ich dort ehrenamtlich aushalf, hätte man mir in dem Overall sicher nur schwer geglaubt. Aber das alles war nun vorbei. Meine Strafe war abgeleistet und ich musste keine Angst mehr haben. Und heute war der beste Tag, um das zu feiern. Nur ein Hauch Wehmut darüber, dass Grant nicht dabei sein konnte, setzte sich in meinem Bauch fest.

Kapitel 23

Ein paar Stunden später stand ich gestylt und abfahrtbereit vor dem Haus. Ich trug eine enge Gucci-Jeans und ein Wasserfallshirt mit einem tiefen Ausschnitt. Einer der BHs aus Grants Geschenk pushte meine Brüste so gut, dass ich mit dem Dekolleté garantiert einige Blicke auf mich ziehen würde. Und wenn nicht dadurch, dann durch die wunderschöne Halskette. Meine Instagram-Follower hatten mir schon tausende Herzen und Kommentare für mein Foto geschickt, das ich im Loft gemacht hatte.

Eden und Cami bestätigten diesen Eindruck.

»Wow, Chica!«, begrüßte Cami mich, als sich die Tür der Limousine ihrer Eltern für mich öffnete. »Du siehst heiß aus!«

»Ihr seht auch nicht übel aus«, meinte ich, nachdem ich mich den beiden gegenüber auf die Rückbank gesetzt hatte. Cami trug einen goldenen Einteiler, der ihrem Teint verflucht gut schmeichelte. Und als mein Blick an Eden hängen blieb, klappte mir der Mund auf.

»Wow. Und ihr meint, ich sähe gut aus? Was ist denn mit dir passiert?«

Meine deutlich schüchternere Freundin strich sich verlegen die Haare zurück. »Es ist zu viel, oder? Ich hätte doch lieber was anderes anziehen sollen, aber Cami hat mich überredet.«

»Ich hab dich nicht überredet. Letztlich war es deine Entscheidung.« Sie zuckte unschuldig mit den Achseln.

»Ich wette, bei deinen Argumenten hatte sie kaum noch eine Wahl«, gab ich zurück und musterte Eden wieder.

Sie trug ein enges schwarzes Kleid, das ihre Figur perfekt unterstützte. Der dunkle Farbton gab einen harten Kontrast zu ihrer Haut ab und man hätte meinen können, das machte sie noch blasser, als sie eh schon war. Aber das tat er nicht. Er vervollständigte den Look.

»Wir wollten heute feiern und das tut man nun einmal in einem entsprechenden Outfit.« Cami grinste und strich sich die dunklen Haare zurück, die ihr in großen Wellen über die Schultern fielen.

»Wow, die Kette ist unglaublich«, meinte Eden und lehnte sich zu mir. »Eine Belohnung zum Abschluss dieser ganzen Sache?«

Ich nickte schmunzelnd und erwähnte nicht, von wem ich sie bekommen hatte. Cami und Eden wussten noch immer nichts von Grant und mir. Und mittlerweile war es wirklich schwierig, nicht mit ihnen darüber zu reden.

Als wir im *Glitter and Gold* ankamen, gingen wir direkt in den hinteren Teil der Bar, wo sich auch der Club befand. Während wir uns durch die Menge arbeiteten, hielten wir uns an den Händen, um einander nicht zu verlieren. Eden ging in der Mitte. Sie konnte Menschenmengen noch nie so wirklich gut leiden und wir hatten uns angewöhnt es ihr so ein bisschen leichter zu machen.

Zum Glück war Rhett der beste Bruder aller Zeiten. Er hatte uns eins der kleinen Séparées reserviert, das noch dazu einen direkten Blick auf die Tanzfläche und die wichtigen Laufwege hatte. Zuerst machten wir uns auf den Weg an die Bar.

»Wow«, begrüßte uns auch Raffael von hinter der Theke.

Cami winkte ab. »Ja, ja *primo,* mach uns lieber was zu trinken.«

»Was hättet ihr denn gerne?«, fragte er und stützte sich auf die Arbeitsplatte. Dann musterte er jede von uns, blieb aber an Eden hängen. Wie hypnotisiert sah er sie an. Sein Mund war leicht geöffnet und als er etwas murmelte, drang seine Stimme nur schwer über die Musik zu uns durch. Ich hörte nur irgendetwas von *bella,* was nach meinen kaum vorhandenen Spanischkenntnissen vielleicht »schön« bedeuten könnte. Aber auch ohne ihn zu verstehen, sagte sein Blick auf sie alles, was man wissen musste.

Eden neben mir erstarrte mit roten Wangen und ich sprang für sie ein.

»Wie wäre es, wenn du uns heute mit einem Spezialcocktail überraschst? Mach uns irgendetwas, das nach Freiheit und Leidenschaft schmeckt.« Ich warf einen neckischen Blick zu Cami, die von der Spannung zwischen ihrem Cousin und unserer Freundin völlig überrumpelt schien.

Für einen Moment überlegte ich ihn zu bitten den Drink für Eden ohne Alkohol zu machen. Sie war noch keine einundzwanzig und auch wenn mein Bruder bei ihr sicher ein Auge zudrücken würde, trank sie im *Glitter and Gold* fast nie Alkohol. Und auf den spießigen Partys der Upperclass sowieso nicht. Aber dass sie sich heute so herausgeputzt hatte und auch keine Einwände hatte, hielt mich davon ab, Raffael ihr wahres Alter zu verraten.

Der nickte und suchte alle Zutaten für die Drinks zusammen, während ich Eden einen Arm um die Schulter legte, dann drehte ich uns in Richtung Tanzfläche. Ich hatte das Gefühl, es würde ihr guttun, wenn Raffael sie nicht direkt ansehen konnte.

Cami sah jetzt auch in die Menge und vertrieb mit einem sichtbaren Kopfschütteln scheinbar ein paar Gedanken aus ihrem Kopf. Dann stieß sie mit einem breiten Grinsen Eden an.

»Ich hab ja gesagt, das Kleid wird für Aufsehen sorgen.«

Die wirkte noch wie erstarrt, doch dann lachte sie. Ein helles, strahlendes Lachen, das ihre Augen zum Leuchten brachte. Cami und ich ließen uns anstecken und kicherten mit. Eden hatte diesen unverfälschten Charme, von dem sie selbst augenscheinlich nicht wusste, was sie damit anfangen sollte.

»Ladies?«, hörten wir eine Stimme hinter uns, gefolgt von Gläsern auf der Theke. »Hier kommt die Spezialität des Hauses.«

Raffael hatte die Drinks auf dem Tresen abgestellt und einer sah besser aus als der andere. »Lasst sie euch schmecken«, sagte er. Dabei musterte er Eden, der die Röte und Aufregung mittlerweile von den Wangen bis runter zum Hals gekrochen war.

Sie griff nach ihrem Cocktailglas und sah beinahe verträumt Raffael an. Ach du meine Güte! Wüsste ich nicht, dass Will ihr absoluter Traummann war, würde ich fast meinen, dass Camilas Cousin gerade dabei war, ihr den Kopf zu verdrehen.

Als sie den Mund öffnete, hörten wir jemanden direkt hinter uns.

»Ach, da seid ihr!«

Eden zuckte so stark zusammen, dass beinahe ihr Getränk übergeschwappt wäre. Schnell stellte sie es auf der Theke ab und drehte sich mit einem wackeligen Lächeln zu ihrem Freund herum, der schon wieder das Talent hatte, im absolut schlechtesten Moment aufzutauchen.

»William! Ich wusste gar nicht, dass du heute kommen wolltest«, stammelte sie.

»Wir auch nicht«, fügte ich an. Langsam ging es mir auf die Nerven, dass er sich selbst einlud. Das goldene Trio hatte in den vergangenen Wochen außerhalb der Uni kaum Zeit gefunden für ein Treffen. Da musste Will nun wirklich nicht in unseren Mädelsabend hineingrätschen. Nicht schon wieder.

»Deine Mutter hat mir gesagt, wo du hinwolltest«, erklärte er. Dann warf er einen Blick auf seine Freundin und stutzte. »Ich hoffe doch, der Cocktail ist ohne Alkohol. Und wie siehst du denn aus? Was hast du da an?«

Er runzelte die Stirn, dabei ließ er den Blick noch einmal über sie gleiten. Auch ohne, dass er etwas sagte, war nicht zu übersehen, dass er nichts damit anfangen konnte, dass seine Freundin sich heute an ein aufreizenderes Outfit gewagt hatte. Als Eden unsicher die Arme vor der Brust verschränkte, brachte es das Fass zum Überlaufen.

»Das hier ist ein Mädelsabend«, unterbrach ich ihn. »Und du bist nicht eingeladen.«

»Du wirst es bestimmt verkraften, wenn Eden mal einen Abend mit uns allein unterwegs ist«, kam Cami mir zu Hilfe.

»Und ihr werdet es wohl ertragen, wenn ich meiner Freundin Gesellschaft leiste und ein bisschen auf sie aufpasse. Immerhin feiern hier die wichtigsten Personen von New York, vielleicht sogar die wichtigsten aus dem ganzen Land. Ich will, dass alles glatt läuft.«

Cami schnappte nach Luft und mir klappte beinahe der Mund auf. Hatte Will das ernsthaft gesagt?

»Ich denke, es ist besser, wenn du jetzt gehst.« Meine Stimme klang, trotz dass ich wegen der Musik laut sprechen musste, unterkühlt.

»Schon okay«, gab Eden zurück. Sie sprach viel zu leise, aber ich wusste trotzdem, für was sie sich entschieden hatte.

»Nein, wieso denn?« Ich drehte mich zu Will und tippte ihm mit dem

Zeigefinger auf die Brust. »Du spielst dich deutlich zu sehr auf. Meine Güte, es ist nur ein Abend und den werden wir heute genießen, zu dritt.«

Ich nahm den Cocktail vom Tresen und packte mit der anderen Hand Edens, dann bahnte ich mir einen Weg durch die Menge. Cami folgte uns mit den restlichen Getränken. Erst bei unserem Séparée machte ich halt. Aber leider hatte Will sich vorgenommen nicht aufzugeben. Kaum hatten wir uns gesetzt, kam er am Tisch an.

Ungefragt schob der Goldjunge der Rutherfords sich auf die gepolsterte Bank.

»*¡Oh Dios mío!* Du übertreibst es jetzt, Will.« Cami verdrehte die Augen.

»Ihr könnt ja hierbleiben und Männer aufreißen, wenn ihr das wollt. Aber ich hab Eden lieber im Auge, vor allem, wenn sie so gut aussieht. Was, wenn ihr etwas zustößt?«

Ich verengte die Augen zu Schlitzen. »Gerade eben hast du noch behauptet, die Gäste im *Glitter and Gold* wären die wichtigsten Personen des Landes. Du willst sagen, einer von denen würde ihr was antun? Außerdem passen wir Mädels schon aufeinander auf.«

Eden kramte in ihrer kleinen Handtasche. »Ich habe eine Strickjacke dabei. Die könnte ich drüberziehen.«

Die Jacke war eine Schande für das Outfit, aber ich wusste, dass Eden nur versuchte einen Kompromiss zu finden. Und mir tat es beinahe leid, dass sie jetzt zwischen den Stühlen saß. Aber Will ging mir tierisch auf die Nerven. Trotzdem mischte ich mich nicht ein, als sie sie überwarf und dann über den Tisch nach der Hand ihres Freundes griff.

»So schlimm ist es nicht. Und die beiden werden auf mich achten«, sagte meine Freundin und mir blieb beinahe die Luft weg. Ich verstand einfach nicht, wieso sie sich so verbiegen musste für den Menschen, den sie doch liebte und der angeblich sie liebte. Ich würde das nicht tun.

Unwillkürlich dachte ich an Grant und die vielen Male, in denen er mich gefragt hatte, was ich wollte. Grant hatte noch kein einziges Mal versucht mich zu etwas zu bringen, das ich nicht wollte. Und wir waren ja irgendwie nicht einmal ein Paar.

»Ich fühle mich dabei wirklich nicht wohl«, murrte Will, aber weder Cami noch ich kommentierten, was uns sicherlich dazu auf der Zunge lag.

»Ich passe auf mich auf. Versprochen«, beteuerte Eden.

Doch zu einer Antwort kam Will nicht mehr, weil jemand an unseren Tisch trat. Ein dunkler, maßgefertigter Anzug, eine markante Kieferlinie und warme braune Augen.

»Sloan Whitaker, was für ein Zufall.« Grants Miene erhellte sich amüsiert. »Und Miss McAllister und Miss Alvarez.«

»Grant«, rutschte mir entgeistert heraus. »Was machst du denn hier?«

Ich biss mir auf die Zunge. Das hatte eindeutig zu vertraut geklungen, oder?

»Fitzgerald.« Will drehte sich zu ihm und Grant rutschte kurzerhand neben mich auf die Bank.

Mein Herz klopfte wild in meiner Brust. Nicht mehr vor Ärger über Edens Freund, sondern vor Panik. Was machte Grant hier? Jemand könnte uns sehen. Deshalb hatten wir doch vereinbart, dass wir uns nach dem Abend treffen würden!

»Rutherford«, gab Grant unbeeindruckt zurück, während Cami meinen Blick suchte und Eden vollends erstarrt wirkte. »Wie ich sehe, versuchst du deine Freundin wieder einzufangen.«

»Ich muss sie nicht einfangen, sie gehört ja schon mir«, konterte Will und packte Edens Hand fester.

»Wow, sie *gehört* dir? Dann hast du eindeutig nicht verstanden, wie Beziehungen funktionieren.«

Ich klappte den Mund wieder zu, der mir immer noch offen gestanden hatte. Das Testosteron am Tisch war nicht mehr zu übersehen. Beide Männer gaben sich gelassen und ihr Tonfall war höflich. Die gut einstudierte Art, Gespräche in der Upperclass zu führen. Auch wenn ich nicht unbedingt begeistert war, dass Grant plötzlich auftauchte, war ich froh, dass jemand Will die Meinung sagte.

»Du willst mir etwas über Beziehungen erzählen, Fitzgerald? Ich bitte dich. Du hattest doch noch nie eine. Aber der Apfel fällt ja bekanntlich nicht weit vom Stamm. Dein Vater ist auch ewiger Single.«

»Wenigstens muss ich die Frauen nicht an die Leine legen. Außer, sie wollen es.« Über Grants Gesicht zuckte ein verruchter Ausdruck, als er mir einen Seitenblick zuwarf.

Meine Wangen fühlten sich so heiß an, wie Edens immer noch aussahen. Ich war völlig erstarrt.

Will warf Grant einen abschätzigen Blick zu. »Du solltest dich wirklich nicht so aufspielen«, lachte er überheblich. »Mit dir hat es ja noch keine einzige länger als einen Abend ausgehalten. Bekomm du das erst mal hin, dann reden wir weiter.«

Grant fuhr kaum merklich zusammen. Vielleicht fiel es den anderen nicht auf, aber ich sah, wie sein linkes Auge zuckte und der Zug um seinen Mund härter wurde. Die Hand, die er locker in die Hosentasche gesteckt hatte, schien sich anzuspannen.

Dieses ganze Gespräch war wie ein Autounfall. So grausam, dass man nicht wegsehen konnte.

»Alle beruhigen sich jetzt wieder«, versuchte ich Erste Hilfe zu leisten. »Wie wäre es, wenn die Herren uns endlich in Ruhe unseren Mädelsabend verbringen lassen?«

Grants Kopf ruckte zu mir herum. Der Ausdruck in seinen Augen traf mich mitten ins Herz. Das war eindeutig die falsche Art gewesen, auf Wills Worte zu reagieren.

»Für mich gibt es hier scheinbar eh nichts«, stellte Grant resigniert fest und stand auf. »Ich wünsche den Damen einen schönen Abend.«

»Grant, warte«, versuchte ich ihn aufzuhalten, aber er war bereits dabei, in der Masse der Leute zu verschwinden.

Verdammt! Das hatte ich ordentlich vermasselt.

»Du solltest dich nicht mit Fitzgerald abgeben«, mischte Will sich ein. »Sein Ruf ist wie eine ansteckende Krankheit. Einmal infiziert, wirst du ihn nicht mehr los.«

»Ach, halt doch die Klappe, Will!«, fand Cami endlich ihre Sprache wieder.

Ich setzte mich in Bewegung. Es war fast unmöglich, Grant in der Menge wiederzufinden, trotzdem lief ich weiter. Aufgeben würde ich so schnell nicht und ich hatte Glück, ihn noch auf dem Weg in die Lounge zu erwischen.

»Grant, warte!«

Ich holte auf und musste zum Glück nicht länger schreien. Jazz untermalte die gediegene Atmosphäre hier, die gar nicht zu meiner Stimmung passen wollte.

»Du solltest mir nicht hinterhergehen«, sagte Grant, ohne mich anzusehen.

»Dann bleib doch stehen, damit ich das nicht muss.«

Grant hielt an, genau wie ich. Schnell sah ich mich nach den Leuten an den Tischen schon allein aus Gewohnheit um. Grant folgte meinem Blick und presste die Kiefer fest aufeinander.

»Wenn du nicht aufpasst, wird uns jemand zusammen sehen. Warum bist du mir nachgelaufen?« Der Schmerz machte seine Stimme rau, seine Worte wirkten zynisch.

»Ich wollte …«, stammelte ich und hatte ein grässliches Déjà-vu. Nur dass dieses Mal die Luft nicht vor Lust flirrte, sondern vor Anspannung.

»Es ist nicht wahr, was Will gesagt hat«, fing ich an, aber Grant lachte bitter.

»Ist es nicht? Wieso hast du das dann nicht am Tisch klargestellt?«

Ich verschränkte die Arme vor der Brust und wich seinem Blick aus. Die Verletzlichkeit darin war unerträglich.

»Du weißt wieso«, suchte ich nach Worten. »Hätte ich es gesagt, dann –«

»Hätte jeder von uns gewusst. Und das darf natürlich nicht passieren.« Grant schüttelte resigniert den Kopf. »Dafür, dass nicht wahr sein soll, was Rutherford gesagt hat, fühlt es sich verdammt danach an.«

Stille breitete sich aus und ich rang nach Worten. Ich wusste, was ich sagen sollte. Was er hoffte von mir zu hören. »Es tut mir leid«, sagte ich stattdessen.

Grant winkte ab und war im Begriff, sich umzudrehen. »Vergiss es.«

Ich griff verzweifelt nach seiner Hand. Mir war verflucht noch mal egal, ob das jemand sehen würde. Ich konnte nicht ertragen, wenn Grant jetzt so ging. Ich brauchte nur mehr Zeit.

Er wich vor mir zurück. »Lass es gut sein, Sloan. Wir sehen uns morgen. Irgendwo, wo uns niemand sieht. Mir reicht's für heute.«

Grant löste sich endgültig von mir und lief in Richtung Ausgang. Ich rührte mich nicht, obwohl jede Faser in mir ihm nachlaufen wollte. Aber alles, was ich gefahrlos sagen könnte, würde es nur schlimmer machen.

Ich hasste, dass ich nicht tun konnte, was ich wollte. Dass ich nicht hier im *Glitter and Gold* mit Grant tanzen oder Hand in Hand an der Bar stehen konnte. Dass ich es nicht schaffte, den Druck der Gesellschaft zu ignorieren. Und dass ich Will nicht hatte sagen können, dass er unrecht hatte. Denn es gab mindestens eine Person auf diesem Planeten, die mehr in Grant Fitzgerald sah.

Kapitel 24

Cami, Eden und ich hatten uns für die Mittagspause in eins der kleinen Cafés an der Uni gesetzt. Draußen am Brunnen war es bei den Temperaturen deutlich zu kalt. Wir hatten jede eine Kaffee-Variante vor uns stehen und bei mir und Cami lag jeweils ein Scone auf dem Teller. Eden hatte sich ein Stück Schokoladentorte bestellt. Wir waren bestens ausgerüstet und trotzdem war die Stimmung mies.

Der Abend im *Glitter and Gold* war, nachdem Grant abgehauen war, nicht mehr besonders lustig geworden. Will hatte sich letztlich durchgesetzt und Eden war mit ihm nach Hause gegangen und mir war dank des Streits mit Grant eh nicht zum Feiern zumute gewesen. Also hatte ich mich auch abgesetzt. Nur Cami war noch ein wenig bei ihrem Cousin an der Bar geblieben. Gesprochen hatten wir drei bisher nicht über den Abend. Aber nicht nur zwischen uns war es komisch, sondern auch zwischen Grant und mir. Und auch wir hatten nicht darüber geredet.

»Mädels«, durchbrach Cami die Stille. »Ich weiß, es ist ein Klischee und so gern ich mich auch mit euch über das zu erwartende Wahlprogramm von Mr Henderson unterhalten würde, müssen wir über eure Männer reden.«

Eden hielt mit der Gabel im Mund inne, bevor sie sie herauszog. Ich schluckte und bemühte mich mich nicht zu bewegen, um nicht die Aufmerksamkeit auf mich zu lenken. Hoffentlich hatte Cami mehr Redebedarf über Will als über Grant.

»Warum zum Teufel lässt du dich von Will so behandeln?«

Oh, Gott sei Dank.

»Genau«, pflichtete ich ihr bei. »Er war schon immer sehr anhänglich, aber das ging doch wirklich zu weit.«

Eden legte die Gabel ab und schluckte ihren Bissen herunter, dann klemmte sie ihre Hände zwischen ihren Beinen ein.

»William steht unter großem Druck. Er muss die Firma der Familie übernehmen und er liebt mich eben. Er will nur, dass es mir gut geht.«

»Und das rechtfertigt dir vorzuschreiben, was du anziehen darfst?« Cami zog eine Augenbraue hoch und betrachtete Edens Outfit. Es sah schick und teuer aus, wirkte aber recht altmodisch. Ich hatte nichts gegen die Klassiker. Mit einem klassischen Kostüm konnte man nichts falsch machen. Aber Eden sah immer mehr aus wie ihre Mutter und ich konnte mir einfach nicht vorstellen, dass ihr die Klamotten wirklich gefielen.

»Er hat sich Sorgen um mich gemacht. Normalerweise laufe ich eben nicht so herum.« Eden rieb ihre Hände zwischen ihren Knien und ich meinte zu sehen, wie ihre Schultern noch mehr in sich zusammensanken.

»Das verstehe ich.« Mitfühlend legte ich ihr eine Hand auf den Arm. »Aber pass auf dich auf, okay? Wir machen uns nämlich auch Sorgen um dich, wenn Rutherford solche Auftritte hinlegt.«

»Musst du gerade sagen«, murmelte sie. »Grant hat einen tollen ersten Akt gegeben.«

»Da hat sie leider recht.« Cami nickte. »Und ich kaufe es dir nicht mehr ab, wenn du behauptest, zwischen euch wäre nichts. Der Kerl, den du im *Glitter und Gold* aufgerissen hast vor fast zwei Monaten, war Grant.«

Ich zog meine Hand von Eden zurück und sah zwischen beiden hin und her. Ich wollte es ihnen sagen. Ich brauchte so dringend einen Rat wie nie zuvor.

»Ja, war er. Wir treffen uns seitdem regelmäßig. Heimlich.« Ich rieb mir über die Stirn.

»Wow«, hauchte Eden und Cami klatschte in die Hände.

»Ha! Hab ich's doch gewusst!«

Ein paar Leute, die sich von uns dreien vor allem durch ihre Kaufhausklamotten unterschieden, drehten sich an einem Tisch und im Gang zu uns herum, und ich deutete Cami leise zu sein.

»Es hatte seine Gründe, dass das alles heimlich abgelaufen ist. Also posaun es doch bitte nicht gleich in die gesamte Stadt hinaus.«

»Okay, okay.« Cami hob beschwichtigend die Hände. »Ich habe von Anfang an gedacht, dass da mehr zwischen euch ist. Auch wenn du behauptet hast, dass du ihn nicht leiden kannst.«

»Mädels, ich komme nicht mehr mit. Du bist mit Grant … zusammen?« Eden standen die Fragezeichen förmlich auf der Stirn und ich seufzte.

Im Flüsterton berichtete ich Cami und ihr, was in den zwei Monaten seit der Verurteilung passiert war. Wie ich Grant im *Glitter and Gold* gefolgt war. Dass wir scheinbar nicht die Finger voneinander lassen konnten. Ich ging nicht zu sehr ins Detail, aber genug, dass meine Freundinnen mein Dilemma verstehen konnten.

»Deshalb war Grant also so angefressen«, stellte Cami fest. »Er will mehr, wie's aussieht.«

»Aber das geht nicht. Meine Mutter bringt mich um, wenn sie das herausbekommt. Ich hab doch nicht die eine Katastrophe überstanden, um mir dann jetzt mit der nächsten alles zu versauen.«

Cami rührte in ihrem Latte Macchiato. »Willst du dir von ihr vorschreiben lassen, wen du treffen darfst? Wehr dich dagegen!«

»Das ist gar nicht so leicht«, sprach Eden meine Gedanken aus. »Sie kann doch nicht für Grant einfach so alles riskieren. Was, wenn sie ihre Familie dadurch verliert?«

Ich schluckte den Kloß in meinem Hals herunter. Eden hatte es ziemlich auf den Punkt gebracht, aber Cami reichte das als Antwort scheinbar nicht.

»Egal was du tust, Rhett würde dich nie verstoßen. Und mit dem, was deine Eltern von dir erwarten, bist du doch eh unzufrieden.« Auf einmal leuchteten Camis Augen, als hätte sie eine Erkenntnis. »Oh, deshalb hast du uns gefragt, ob wir uns verstellen?«

Ich nickte, dann seufzte ich. »Will hat ja auch ziemlich deutlich gemacht, wie man über mich denken würde.« Und ich hasste mich in dem Moment dafür, dass es mich immer noch kümmerte. Dass es mir nicht egal war, damit ich … offiziell mit Grant zusammen sein konnte?

Immer wieder hatte ich das Für und Wider abgewogen. In der Nacht hatte ich kaum geschlafen, weil mir einfach keine Lösung für dieses Problem einfallen wollte. Ich hatte genau für den Mann Gefühle entwickelt, den meine Familie als erstes ablehnen würde. Das war doch wirklich ein schlechter Scherz des Universums! Grant und ich waren nicht Bonnie und Clyde, sondern eine neuzeitliche Version von Romeo und Julia. Und ich musste irgendwie dafür sorgen, dass unsere Geschichte anders endete als ihre.

»Was soll ich nur tun? Sagt es mir!«, forderte ich meine Freundinnen verzweifelt auf und zupfte meinen Scone zu Tode. Mein Blick fiel auf eine Gruppe Studenten, die gerade zur Tür hereinkam. Sie zogen sich die billigen Schals von den Hälsen, schälten sich aus Mänteln und Jacken und lachten wie in einer Fernsehwerbung. Sie hatten diese Probleme definitiv nicht.

»Wenn du mich fragst, solltest du dich für ihn entscheiden.« Cami zuckte ungerührt mit den Achseln. »Klar, wir wissen alle, dass diese ganze Sache mit der Vorstrafe und den Verbrecherfotos mies war. Aber irgendwas scheint Fitzgerald abseits von seinem Charme richtig zu machen, wenn das mit euch immer noch läuft. Das ist doch mehr als eine heiße Nacht. Und wenn du glücklich bist, dann genieß es und scheiß auf deine Eltern.«

Eden schüttelte den Kopf und aß ein weiteres Stück von ihrer Torte. Seit es nicht mehr um sie und Will ging, wirkte sie zu meinem Leidwesen deutlich lebendiger.

»Besagte Fotos hat er immer noch. Oder hast du gesehen, wie er sie gelöscht hat? Das ist doch komisch. Und ich will ihm echt nichts unterstellen, aber wir wissen doch, wie er mit Frauen ist. Was, wenn du dich ganz offiziell zu ihm bekennst und er das Interesse verliert, kaum dass er dich wirklich bekommen hat? Wenn du dir sicher bist, dass er der Mann deiner Träume ist und nie wieder jemand anders folgen kann, dann riskier es. Aber falls nicht, solltest du für ihn nicht alles aufs Spiel setzen. Er hat nichts zu verlieren, du schon.«

Ich seufzte. Hätten die beiden sich nicht einig sein können? Dann hätte ich vielleicht gewusst, was ich tun sollte. Aber so hatten die sie nur Engelchen und Teufelchen gespielt und ich war immer noch keinen Deut schlauer geworden.

Als sich jemand in einem grünen Mantel aus der vorletzten Saison zwischen den Tischen durchschlängelte in Richtung Ausgang, fiel mein Blick auf die große Uhr.

»Wir müssen los«, sagte ich und packte meine Sachen zusammen. Der Scone war eh nicht mehr essbar, so, wie ich ihn malträtiert hatte.

»Wir haben doch noch frei«, antwortete Cami und Eden nickte.

Mein Kopf war scheinbar so voll, dass ich ganz vergessen hatte, dass beide eine Freistunde hatten, wenn ich zu Modegeschichte musste. Und heute war mir der anstrengende Kurs sogar lieber, als weiter mit ihnen über meine Zwickmühle zu sprechen. Sie konnten mir ja doch nicht helfen.

»Na gut, dann sehen oder hören wir uns später. Vielleicht mal wieder ein Mädelsabend auf meiner Couch?«

Cami nickte, während ich ihr einen Kuss auf die Wange hauchte und Eden sich eine weitere Gabel Torte in den Mund schob.

Als ich endlich im Kursraum ankam, fiel mein Blick auf herbstrote Haare. Aubrey. Ich schnaubte, während ich meine Sachen auf den Tisch packte. Meine Kommilitonin hatte wirklich ein Talent dafür, Tage, die eh schon beschissen waren, noch mieser zu machen.

Meine Stimmung war am Tiefpunkt und es hatte fast etwas von Selbstgeißelung, aber ich holte mein Smartphone aus der Tasche und schrieb Grant eine Nachricht. Ich formulierte sie absichtlich unverfänglich und fragte ihn, ob wir uns heute sehen wollten. Er war nach dem Abend im *Glitter and Gold* nicht bei mir aufgetaucht und auch seine Nachrichten wirkten beinahe abweisend. Aber ich hoffte, dass ich das bloß überinterpretierte und er zusagen würde.

Den ganzen Kurs lang schaute ich immer wieder verdeckt auf das Smartphone, aber kein kleines Lämpchen leuchtete auf. Einmal blinkte es und Hitze rauschte so schnell durch mich, dass ich fast ein bisschen auf meinem Stuhl hochgehüpft wäre. Aber es war nur eine Nachricht von meiner Mutter, die mir noch nie so lästig gewesen war wie in diesem Moment.

Für den Rest des Tages blieb mein Telefon bis auf Instagram, Nachrichten von Eden und Cami, ein paar Mails und einen Werbeanruf erschreckend still.

Erst abends bekam ich eine Nachricht von Grant, dass er mit seinem Vater zu einem Geschäftsessen in Vorbereitung auf seinen Platz in der Kanzlei müsse.

Ich konnte nicht sagen, ob es eine Ausrede war, um mich nicht sehen zu müssen. Und allein, dass ich mich das fragte, machte mir eine Tatsache deutlich: Es konnte so zwischen Grant und mir nicht weitergehen.

Kapitel 25

»Du siehst schlecht aus«, stellte meine Mutter fest. Das charmante Lächeln, das sie dabei auf den Lippen hatte, erreichte ihre Augen nicht.

Sie sah mich über den fünfarmigen Kerzenhalter an, der in der Mitte des großen, runden Tischs stand. Wir waren überpünktlich auf der hochkarätigen Spendengala angekommen und hatten schon unsere Plätze eingenommen. Jetzt, wo der Sommer vorbei war, nahm die Anzahl der Partys und Barbecues leider ab. Denn wenn ich es mir aussuchen dürfte, würde ich sie eindeutig bevorzugen. Selbst wenn ich mich stets über sie beschwerte, fand ich die Partys um Längen besser als die Spendenveranstaltungen, bei denen man den gesamten Abend an einen Tisch gefesselt war. Sogar der große, pompöse Halloween-Ball meiner Familie war mir dann lieber, obwohl ich da noch viel stärker unter Beobachtung stand. Eine Spendengala war wirklich das Letzte, was ich gebrauchen konnte. Trotzdem war ich hier.

»Sloan, ich rede mit dir«, holte meine Mutter mich aus meinen Gedanken.

»Das Kleid ist von Lagerfeld und wurde sogar extra auf meine Figur angepasst. So schlimm kann es nicht aussehen.« Der letzte Teil rutschte mir raus und ich biss mir auf die Zunge.

»Ich meine deine Augenringe. Oder hast du vergessen, wie man Concealer aufträgt? Du siehst grässlich aus. Zum Glück ist es dunkel hier.«

»Natürlich habe ich Concealer aufgetragen«, murmelte ich und widerstand dem Drang, den kleinen Spiegel aus meiner Clutch zu holen und mein Make-up zu überprüfen. Ich wusste auch so, dass sie bestimmt recht hatte.

Seit dem Abend im *Glitter and Gold* hatte ich Grant nicht mehr gesehen. Zwar hatte er mir ab und zu eine Nachricht geschickt, aber wir hatten uns nicht getroffen. Es war nun nicht mehr zu leugnen, dass er mir aus dem Weg ging. Und ich fühlte mich wirklich beschissen deshalb. Die meisten Nächte schlief ich nicht. Und wenn doch, dann hatte ich seltsame Träume von Menschen, die mich verließen, weil ich nicht so war, wie sie mich gerne hätten. Häufig sahen die Menschen wie meine Eltern aus. Oder wie Grant.

»Hast du schon vergessen, worum ich dich gebeten habe?«, fragte meine Mutter und wieder sah man ihr den Nachdruck, der in ihrer Stimme mitklang, nicht an. Eine Meisterin ihres Fachs.

»Nein, habe ich nicht, Mom.«

»Warum tust du es dann nicht?«

Ich seufzte. Bevor ich etwas sagen konnte, ergriff mein Vater das Wort. Er hatte seine Miene nicht so gut im Griff wie seine Frau.

»Weißt du, deine Mutter hat recht. Wir sind eine Familie und jeder leistet seinen Beitrag. Und deiner ist, dich angemessen zu benehmen.« Er zog das Hemd am Handgelenk unter seinem Jackett zurecht. »Und dazu gehört auf solchen wichtigen Galas wie dieser nicht völlig übermüdet zu erscheinen.«

»Ich kann doch nichts dafür, dass ich schlecht schlafe. Das mache ich nicht mit Absicht«, murrte ich.

Rhett neben mir spannte sich an und ich bemühte mich einen neutralen Gesichtsausdruck aufzulegen. Mein Bruder war bei solchen Dingen schon immer mein Kompass gewesen und ich war ihm dankbar, dass er das so unauffällig machte. Wieder eine Eigenschaft, die er hatte – und ich nicht.

»Ich verspreche mich zu bessern, okay? Können wir das Thema jetzt einfach vergessen?«

Ich klang wie ein quengeliges Kind. Aber das schien ich in ihrer Gegenwart ja auch immer zu werden. Als könnte ich mich gar nicht wie die selbstbewusste Frau verhalten, die ich in mir selbst sah oder sehen wollte?

»Geh dir bitte noch mal die Nase pudern, bevor das Programm anfängt oder die Albrights an unserem Tisch auftauchen.«

Denn sonst könnten sie ja meine Augenringe sehen, ergänzte ich im Kopf. Anstatt zu stöhnen, mit den Augen zu rollen, eine Grimasse zu schneiden oder sie anzubrüllen, lächelte ich milde.

»Wenn ihr mich entschuldigt«, sagte ich, nahm meine Clutch und stand auf.

Während ich mich möglichst langsam und mit der richtigen Haltung zwischen den Tischen hindurchschlängelte, hielt ich nach meinen Freundinnen Ausschau. Eden war an Wills Seite bei seiner Familie und fing meinen Blick auf. Zuerst schüttelte sie kaum merklich den Kopf. Ich konnte beinahe hören, wie sie »Ich kann nicht« sagte, und ich holte meinen besten Hundeblick raus. Der zeigte Wirkung.

Eden drehte sich zu Will und sprach leise mit ihm. Zuerst runzelte er die Stirn und beinahe sah es aus, als würde er den Griff um ihre Taille verstärken. Aber dann sagte Eden etwas, das ihn umzustimmen schien. Sie entschuldigte sich förmlich bei seinen Eltern und eilte so elegant wie möglich zu mir.

»Was war das denn?«

»Frag nicht.« Eden schüttelte den Kopf. »Seit dem Abend im *Glitter and Gold* ist Will noch anhänglicher. Und die Gala seiner Familie ist ihm natürlich unheimlich wichtig.«

»Wie hast du ihn umgestimmt?«, versuchte ich mich an einer möglichst neutralen Antwort. Meine Gedanken zu Will behielt ich für mich. Ich würde sicher nicht versuchen Eden meine Meinung zu dem Thema aufzuzwingen. Das taten die Gesellschaft und unsere Eltern schon oft genug.

Meine Kindergartenfreundin sah mich mit einem aufgeregten Funkeln in den Augen an. »Ich hab gesagt, ich müsste meinen Tampon wechseln, wenn er nicht will, dass ich gleich eine Blutlache auf dem Boden hinterlasse.« Eden kicherte. »Damit war die Diskussion schnell erledigt.«

Ich schüttelte lachend den Kopf und hakte mich bei ihr ein. Unterwegs sammelten wir Cami ein, was deutlich leichter war. Ihre Eltern tadelten sie immerhin nicht ständig, sondern unterstützten sie bei allem, was sie machen wollte. Und ich wettete, sie hätten nichts dagegen, wenn sie tatsächlich Präsidentin wurde. Na gut, meine Familie hätte da wahrscheinlich auch nichts gegen. Aber der Druck, den sie mir machen würden, würde mich vorher um den Verstand bringen.

Camila hakte sich bei uns ein und sah mich fragend an.

»Ich muss mir die Nase pudern«, wiederholte ich augenrollend die Worte meiner Mutter.

»Wegen deiner Augenringe?«, fragte sie und ich warf ihr den bösen Blick zu, mit dem ich gern meine Mom bedacht hätte.

»Sehe ich echt so scheiße aus?«

»Du hast Grant nicht getroffen, um über alles zu reden?« Eden drückte mitfühlend meinen Arm, als ich den Kopf schüttelte.

»Nein, haben wir nicht. Und langsam halte ich dieses Hin und Her nicht mehr aus. Dabei will ich doch nur, dass alles so weiterläuft wie vorher.«

Wir traten gemeinsam in den großen Vorraum zu den Toiletten und stellten uns vor den Spiegel. Ich frischte meinen Concealer auf, während Cami ihren Lippenstift nachzog. Er hatte eine dunkelrote Farbe und stand ihr wahnsinnig gut. Ihr Blick traf Edens und sie hielt den Lippenstift hoch.

»Möchtest du? Die Farbe würde dir stehen. Ein bisschen verrucht, aber stilvoll.«

Eden schüttelte schnell den Kopf. »Lieber nicht. Will fände das für heute Abend sicher nicht gut.«

»Und es geht nur darum, was Will gut findet?« Entgegen meines guten Vorsatzes platzte der Kommentar einfach aus mir heraus. Ich war es leid, dass es nur darum ging, was andere wollten. Seufzend steckte ich den Concealer wieder in meine Clutch.

»Nein, tut es nicht. Aber heute ist nun wirklich nicht der richtige Ort oder Moment, um mich auf eine Diskussion mit ihm einzulassen.« Sie strich ihr Kostüm glatt und seufzte dann. Auf einmal sah sie so müde aus, wie ich mich fühlte. »Können wir über was anderes als Männer sprechen?«

Ich zuckte mit den Schultern und ließ mich auf den runden, gepolsterten Hocker plumpsen, der in dem kleinen Vorraum stand. »Was gäbe es da schon groß zu reden, das weniger frustrierend ist? Ich könnte euch erzählen, dass ich für meinen letzten Entwurf in Modedesign ein A bekommen habe, was bei Professor Billings wirklich wahnsinnig gut ist! Aber dann müsste ich nur daran denken, dass ich niemals so ein Kleidungsstück nähen, geschweige denn als Modedesignerin rausbringen werde, weil ganz sicher erst meine Mutter entscheiden muss, ob es ihr gefällt. Bevor ich sie und die ganze Familie zum Gespött mache.« Ich lachte bitter, dann klappte ich den Mund zu. Wow, das hatte anscheinend stärker in mir gebrodelt, als ich gedacht hatte.

»Und es geht nur darum, was deine Mutter gut findet?«, wiederholte Eden meine eigenen Worte und ich seufzte wieder.

»Ach Mädels, jetzt seht mal nicht alles so schwarz.« Camila stemmte die Hände in die Hüften. »Wenn niemand von euch etwas Gutes zu erzählen hat, dann mache ich das eben.« Sie wackelte mit den Augenbrauen und lehnte sich fast verschwörerisch zu uns. »Ihr wisst doch, dass ich schon seit Wochen immer Sonderaufgaben für Projektmanagement erledige und sogar meine Hausarbeit in dem Kurs geschrieben habe?

Es hat sich endlich ausgezahlt! Ich habe ein Empfehlungsschreiben von Professor Alcott! Damit bekomme ich zur nächsten Wahl bestimmt einen Platz in einem guten Wahlkampfteam! Ist das nicht phänomenal?«

Sie fuchtelte vor Freude mit den Händen in der Luft herum, dann trippelte sie kichernd auf der Stelle. Im ersten Moment öffnete ich nur sprachlos den Mund, bis ihre Freude mich überrollte wie eine Welle und mich mit sich riss. Meine schlechte Laune löste sich fast augenblicklich in Luft auf. Was ich bis vor einer Minute für unmöglich gehalten hätte.

Eden quietschte auf und sprang Cami um den Hals, die sich unter ihrer Umarmung krümmte. Immerhin war sie ein Stückchen größer als sie und auf den verdammt schicken Jimmy Choos war der Größenunterschied noch deutlicher. Camila überragte Eden jetzt um fast einen Kopf. Was nicht schwierig war, sogar ich war mindestens drei Finger breit größer als sie!

»Ich sag ja, du wirst locker mal Präsidentin!« Eden sagte es mit so einer Inbrunst, dass wirklich kein Zweifel bestand, wie sehr sie daran glaubte.

Als beide aufgehört hatten zu hüpfen und ich mich von dem Sesselchen gehievt hatte, schloss ich mich ihrer Umarmung an. Wir drückten uns so fest, dass wir ein zweites Mal unsere Frisuren richten mussten, aber das war mir egal. Es tat so gut, meine Freundinnen bei mir zu haben und sich mit ihnen zu freuen. Wie sehr ich das vermisst hatte, merkte ich erst jetzt, wo endlich kein Geheimnis mehr zwischen uns stand.

»Du steckst die ganzen alten weißen Männer mit einem Fingerschnippen in die Tasche. Und vielleicht bin ich bis dahin Modedesignerin und kleide dich für wichtige Anlässe ein«, sagte ich in unser Knäuel aus Armen.

Cami lachte und ich hatte bei der Vorstellung einen Kloß im Hals.

»Ich liebe euch, wisst ihr das?«

Meine Stimme klang erstickt und ich konnte mir selbst gar nicht erklären, warum ich so emotional war. Verursachte Schlafmangel so was?

Eden ließ sich anstecken und schniefte, was es fast unmöglich machte, mich zusammenzureißen. Sie murmelte irgendwas, das sich nach »Ich euch auch« anhörte, und damit hatten wir auch Cami.

»*Las amo con el alma, mis hermanas.*« Camis Stimme klang rauer und belegt gleichzeitig. Überwältigt von der Wucht an Gefühlen lachten wir und schüttelten den Mist der vergangenen Tage ab. Es war befreiend und für jede von uns nötig gewesen. Ich atmete endlich durch.

Wir umarmten einander noch eine Weile, bevor jede von uns genug gute Laune und vor allem Liebe getankt hatte, um wieder in die kalte, tödliche Welt der High Society hinauszugehen.

Ein letztes Mal checkten wir unseren Look und nickten uns zuversichtlich zu, dann öffneten wir die Tür.

Wir kamen gerade aus dem Vorraum zu den Damentoiletten, als meine Aufmerksamkeit von einem roten Kleid angezogen wurde. Mein Blick wanderte nach oben und über Sommersprossen auf freien Schulterblättern zu grauen Augen und herbstroten Haaren. Mein Verstand war zuerst nicht in der Lage zu verknüpfen, was ich sah. Erst nach ein, zwei Sekunden begriff ich.

Die junge Frau in dem Kleid aus der vorletzten Saison stand seitlich zu mir und nur anderthalb Meter entfernt. Sie sah lächelnd zu ihrem Begleiter, der sich mit einem älteren Herrn unterhielt. Ich folgte ihrem Blick und mein Herz stockte. Es blieb nicht einfach stehen, es krampfte sich so schmerzhaft zusammen, dass ich nach Luft schnappte. Mein Herz wurde förmlich auseinandergerissen von der Wucht, mit der dieser Anblick mich traf.

Aubrey. Die Aubrey, deren Kleider nicht ausgereift waren und die nicht halb so viel von Mode verstand wie ich, war auf dieser Gala. Gemeinsam mit Grant Fitzgerald, der seine Hand auf ihrem unteren Rücken hatte.

»Ach du Scheiße«, rutschte es Cami raus, während Eden entgeistert fragte: »Ist das Grant?«

Ich sagte nichts, aber Grant musste seinen Namen gehört haben und hob den Kopf. Seine braunen Augen trafen auf meine und das gab mir den Rest. Was auch immer ich vorher gefühlt hatte, jetzt war ich wütend. Innerhalb des Bruchteils einer Sekunde machte ich einen energischen Schritt nach vorne und hätte mich definitiv auf Grant gestürzt, aber meine Freundinnen hielten mich zurück. Sie packten mich an Schultern und Armen und drängten mich in den Sanitärbereich.

Mir war übel und heiß gleichzeitig. Mein Körper fühlte sich an, als würde eine Ameisenkolonie auf meiner Haut wohnen, und trieb mich an immer im Kreis zu laufen. Meine Finger zitterten und in meinem Bauch breitete sich Übelkeit aus.

Zu viele Gefühle kämpften in meiner Brust miteinander, bis die Fassungslosigkeit für einen Moment gegen die Wut gewann. Grant war das erste Mal seit dem Abend in Elliots Porsche nicht allein zu einer der gesellschaftlichen Veranstaltungen gekommen. Und dann auch noch mit Aubrey. Ich lachte bitter.

»Sloan?«

Edens Stimme war leise und sie hob zaghaft die Hände in meine Richtung, aber ich lief weiter.

»Wie kann er es wagen!«, brachte ich gepresst heraus.

»Woher kennt er Aubrey überhaupt?«, warf Cami deutlich sachlicher ein. Es ging mir auf die Nerven, dass sie immer so ruhig blieb, wenn andere in Flammen aufgingen.

»Das hat vielleicht gar nichts zu bedeuten«, warf Eden ein.

Ich biss die Zähne zusammen und nickte, ohne aufzusehen. Ja, sicher hatte es nichts zu bedeuten.

Eden suchte meinen Blick, aber ich wollte sie nicht ansehen. Ihre Versuche, mich beruhigend in den Arm zu nehmen, machten es mir schon schwer genug, nicht die Fassung zu verlieren. Und ich wusste nicht, was dann passieren würde.

Es bestand die Chance, dass ich doch noch in Tränen ausbrechen und nicht wieder aufhören würde zu weinen, bis keine mehr übrig waren. Wahrscheinlicher war, dass ich doch noch meinem ersten Impuls nachgehen und Grant an die Kehle springen würde. Und so, wie ich mich gerade fühlte, würde ich damit meiner Show vor Gericht alle Ehre machen.

Ich blieb stehen.

Das durfte ich mir nicht erlauben. Nicht vor all diesen Leuten, die dann wüssten, dass etwas zwischen mir und Grant gewesen war. So viel mehr, als wir die Gesellschaft hatten sehen lassen. Ich konnte mir nicht vorstellen, dass es reiner Zufall war, dass er nach Monaten gerade heute jemanden mitbrachte. Dabei hatte ich gedacht, dass er verstand, warum ich nicht einfach sein Date sein konnte. Mein Bauch zog sich schmerzhaft zusammen.

Eine ältere Dame öffnete die Tür zum Vorbereich, musterte uns und ging dann weiter zu den Toiletten. Der Blick, den sie uns zuwarf, sprach Bände.

Ich wartete gerade so lange, bis sie die Tür hinter ihr zugefallen war. »Wir sollten gehen.«

Meine Freundinnen nickten und ich gab mir größte Mühe, mir zwischen all den Gästen nicht anmerken zu lassen, dass mein Bauch grummelte und ich immer noch einen bitteren Geschmack im Mund hatte. Beide drückten kurz meine Hand, als sie an ihre Tische gingen, und ich wappnete mich für den Rest dieses Abends.

Ich begrüßte Mr und Mrs Albright freundlich, die heute mit meiner Familie an dem großen runden Tisch sitzen würden, und schlug mich dabei ganz gut.

Erst als ich mich gesetzt hatte, lockerte sich die Spannung in meinen Schultern ein wenig. Rhett bemerkte es sofort.

»Sloan.« Es war keine Frage und ich sah auf. Mein Bruder hatte sich etwas zu mir gelehnt und sprach leise. »Ich kann unseren Eltern sagen, dass du krank bist.«

»Woher …?«

Sein Schnurrbart zuckte, als er leicht lächelte. »Ich bin nicht blind, auch wenn ich nur mit einem Auge sehen kann.«

Er hatte es gewusst. Die ganze Zeit über? Natürlich hatte er das. Ich schüttelte den Kopf.

»Wenn du ihnen sagst, ich wäre krank, wird Mom denken, ich verziehe mich, weil ich müde bin. Oder um Koks zu schnupfen oder was auch immer sie ständig von mir denkt.« Ich rollte mit den Augen und war froh, dass meine Eltern und die Albrights in ein Gespräch vertieft waren.

»Dann denke ich mir eine andere Ausrede aus. Du musst das nicht machen. Ich hole dich hier raus.«

Zögerlich legte ich meine Hand auf die meines Bruders und für einen Augenblick verflog sogar meine Wut auf Grant.

»Nein, du musst das nicht machen. Du haust mich zu oft raus«, sagte ich so leise, dass es beinahe ein Flüstern war. Das schlechte Gewissen, weil er mich aus dem Gefängnis geholt und alles für mich geheim gehalten hatte, meldete sich wieder.

»Dazu sind große Brüder da.« Für Rhett war das eine Feststellung. Ich lächelte zögerlich.

»Danke, aber das hier ist nur eine langweilige Gala, wie jede andere auch.«

Damit war die Entscheidung gefallen. Ich würde wieder einmal den Schein wahren, mich verbiegen und diesen Abend mit einem falschen Lächeln auf den Lippen durchstehen. Mir blieb auch nicht viel anderes übrig. Würde ich mich plötzlich krankmelden, nachdem Grant hier mit Aubrey aufgetaucht war, wäre die Sache genauso klar, als würde ich ihm eine Szene machen. Wenn ich nicht wollte, dass doch noch alle von uns erfuhren, durfte ich mir nichts anmerken lassen.

Rhett nickte sachte und lehnte sich wieder zurück. Jetzt, wo unser Gespräch beendet war, fiel es mir unglaublich schwer, mich nicht nach Grant umzusehen. Ich musterte das Silberbesteck auf dem Tisch, zählte die Gabeln und ihre Zinken und betrachtete eingehend die Dekoration aus Blumen und Perlen rund um den Kerzenständer in der Mitte des Tisches. Aber aus dem Augenwinkel leuchtete mir die ganze Zeit zwei Reihen weiter ein rotes Kleid entgegen. Ich fühlte mich beinahe wie ein Stier, den der Torero zu reizen versuchte. Ich verlor.

Grant und Aubrey saßen nebeneinander an dem großen Tisch und genau in meiner Sichtlinie. Als ich mich vorsichtig reckte, erkannte ich sogar Barton

Fitzgerald neben Grant. Aubrey saß verdammt noch mal mit seiner Familie an diesem Tisch. Etwas, das ich niemals konnte.

Galle kam mir hoch und ich griff nach meinem Wasserglas. Ich stellte mir vor, wie ich Aubrey mit einem ihrer langen, weißen Handschuhe strangulierte. Dass Mrs Albright gerade über Grant redete, machte diese Situation nicht besser.

»Haben Sie gesehen, wie jung das Mädchen aussieht?« Sie legte sich schockiert die Hand auf das überquellende Dekolleté ihres Kleides, das mindestens eine Nummer zu klein war.

Meine Mutter nickte. »Wie alt ist sie? Sechzehn?«

»Dann wäre er ja beinahe zehn Jahre älter als sie!« Mrs Albright wirkte regelrecht schockiert und ich schnaubte.

»Sie ist mindestens achtzehn Jahre alt. Und Grant ist keine sechsundzwanzig. Er war mit Rhett in einer Klasse. Davon abgesehen würde ein Altersunterschied von zehn Jahren absolut niemanden interessieren, wenn er sechzig und sie fünfzig wäre.«

Für einen winzigen Wimpernschlag entglitten meiner Mutter die Gesichtszüge, aber sie hatte sich schnell wieder im Griff. Rhett neben mir spannte sich an und ich handelte mir einen Blick meines Vaters ein, während Mrs Albright mich abschätzig begutachtete. Dann schallte ein tiefes Lachen über den Tisch und Mr Albright schlug mit seiner großen Hand auf die schwere Platte.

»Na, Miss Whitaker, da haben Sie uns erwischt.« Er tadelte mich grinsend und drückte seiner Frau dann einen Kuss auf die Wange.

Scham kroch meinen Hals hoch und vermischte sich mit der immer noch brennenden Hitze in mir. Ich war unwissentlich in ein ziemliches Fettnäpfchen getreten und die Art, wie meine Mutter mich ansah, ließ mich ahnen, dass ich mich auf eine weitere Predigt einstellen musste. Verdammt! Schon wieder hatte Grant es geschafft, dass ich mich seinetwegen lächerlich machte.

Und ich hätte mir sicher weiteres Fehlverhalten geleistet, wenn nicht eine Ansprache auf der Bühne mich davor gerettet hätte. Wills Mutter auf dem

Podium hörte ich aber nicht zu, stattdessen wagte ich im nun gedimmten Licht einen verstohlenen Blick durch die Tischreihen.

Grant hatte die Augen auf die Bühne gerichtet, genauso wie Aubrey neben ihm. Ich hasste, dass sie heute tatsächlich gut aussah. Das Kleid war zwar nicht aus der aktuellen Saison, aber es stand ihr. Wahrscheinlich hatte sie es sich angepasst und am Ausschnitt erkannte ich, dass sie ihn leicht verändert hatte. Die Raffung an der Seite war unverkennbar Dior, aber an ein Kleid ohne Ärmel konnte ich mich in den älteren Kollektionen nicht erinnern. Sie hatte den Ausschnitt umgenäht und auf ihre Maße angepasst. Und dabei gleich ihr Dekolleté in Szene gesetzt. Sie hatte scheinbar in den vergangenen Monaten etwas dazugelernt.

Und das war nur die Kirsche auf dem Schokoshake des Verrats, den Grant mir zubereitet hatte. Ihn mit einer anderen Frau an seiner Seite zu sehen tat weh. Ich hätte dort sitzen sollen. Seine Hand unter dem Tisch halten und ihm zwischendurch Anzüglichkeiten ins Ohr flüstern sollen.

»Wer ist sie?«, hörte ich eine leise Stimme neben mir. Rhett hatte sich zur Bühne gedreht und sich dabei nah zu mir gelehnt.

»Ein Niemand«, rutschte mir raus, bevor ich mich bremsen konnte. Mir lagen noch viele andere vulgäre Worte auf der Zunge, die ich gern sagen würde, aber ich riss mich zusammen. »Sie studiert mit mir Modedesign und ist eine Freshman an der Columbia. Aubrey hat erst im Sommer angefangen.«

»Du kennst sie«, stellte Rhett stoisch fest und ich nickte.

»Sie ist mir am Anfang des Semesters hinterhergerannt.«

Wie schrecklich es sich anfühlte, dass Grant gerade sie ausgesucht hatte, sagte ich Rhett nicht. Ich war mir nicht einmal sicher, ob Grant wusste, dass er mir damit wehtat.

Plötzlich sah er auf und unsere Blicke trafen sich. Sie verhedderten sich ineinander und mein ganzer Körper kribbelte unter dem Stromschlag, den Grant durch mich jagte. In seinen Augen lag eine Mischung aus Wehmut und Trotz. Die Falte zwischen seinen Augenbrauen ließ ihn aufgebracht wirken. Ich wandte mich ab.

Den restlichen Abend wich ich ihm aus. Noch einen Blick von ihm würde ich nicht ertragen. Solange ich ihn ignorierte, musste ich nicht ständig darüber nachdenken. Die Wut in meinem Bauch bekam ich trotzdem nicht in den Griff. Ich konnte es einfach nicht fassen.

Er hatte sich mit einem Date hier sehen lassen und sich Aubrey ausgesucht.

Unsere gemeinsame Zeit hatte Grant nichts bedeutet.

Kapitel 26

Kaum war ich zu Hause, schälte ich mich aus meinem Gala-Outfit und wusch mir das Make-up vom Gesicht. Während die Schminkreste im Abfluss verschwanden, wünschte ich mir, sie würden meine Gefühle mitnehmen. Mit jeder Sekunde, in der Grant neben Aubrey gesessen hatte, war ich wütender geworden. Jedes Mal, wenn er sich zu ihr gelehnt hatte, um ihr etwas ins Ohr zu flüstern oder ihr etwas auf seinem Telefon zu zeigen, hätte ich am liebsten geschrien. Und mir war immer noch danach, irgendetwas kaputt zu schlagen.

Etwas zu energisch tupfte ich mir das Gesicht mit einem unserer unglaublich weichen Handtücher trocken und kämmte meine Haare durch, dann betrachtete ich mich selbst im Spiegel. Ich sah genauso aus, wie ich mich fühlte.

Seufzend stapfte ich in mein Zimmer und schlüpfte in einen Pyjama aus Seide. Ich legte mich ins Bett und zog mir die Schlafmaske über die Augen und die Decke über meinen Körper, die Hände faltete ich auf meinem Bauch. Dann schloss ich die Augen mit dem Vorsatz, sofort einzuschlafen.

Als wenn jemals jemand auf der Welt in so einer Haltung schlafen könnte. Zwar trug ich in den meisten Nächten die Schlafmaske, aber heute nervte sie mich schrecklich. Sie drückte so fest auf meine Augen, dass ich sie mir förmlich vom Kopf riss. Stöhnend drehte ich mich auf die Seite und versuchte zu schlafen – nachdem ich mein Kissen etwas zu fest in die richtige Form geklopft und es mir unter den Kopf geschoben hatte.

Kaum hatte ich die Augen geschlossen, tauchte Aubrey in meiner Vorstellung auf: wie sie gelächelt hatte, wie sie an Grants Arm gehangen und er seine Hand auf ihrem Rücken gehabt hatte. Unwillkürlich stellte ich mir vor, wie er sie an sich zog und sie küsste. Lagen sie jetzt zusammen im Bett? Oder tat er es direkt mit ihr in der Limousine?

Das Herz in meiner Brust krampfte sich unerträglich zusammen und ich strampelte die Decke von meinem Körper. Ich würde jetzt ganz sicher nicht wegen Grant weinen.

Ich fühlte mich elend und das alles nur, weil ich so dumm gewesen war mich in Grant zu verlieben. In seine Ehrlichkeit und seine sanfte Art und darin, wie seine braunen Augen mich ansahen, wie ich bei ihm ich selbst sein durfte.

Die Erkenntnis traf mich kalt und dann heiß.

Bis heute Abend war mir gar nicht klar gewesen, wie schrecklich die Vorstellung war, dass er etwas mit einer anderen haben könnte. Wieder kam mir die Galle hoch, als ich daran dachte, was er vielleicht genau in diesem Moment mit Aubrey tat. Was, wenn sie sich so an ihn herangeworfen hatte, dass er sich hatte einwickeln lassen?

Um mich noch mehr selbst zu geißeln, griff ich nach meinem Smartphone. Beinahe hätte ich ihn angerufen, aber was würde das schon bringen? Er würde sicher nicht rangehen, wenn er gerade … was auch immer tat.

Wie von selbst öffnete ich die Galerie und sah mir die Fotos aus dem Luna Park an. Wir waren an dem Tag so glücklich gewesen. Die gesamten vergangenen Wochen mit Grant waren unglaublich gewesen. Und nun war er mit einer anderen zusammen? Das wollte ich nicht glauben, aber eine fiese Stimme in meinem Kopf redete mir ein, dass wir ja nicht zusammen waren und er was auch immer tun konnte, mit wem er wollte. Und dass er seinen Ruf als Frauenheld sicher nicht bekommen hatte, weil er vor mir immer so enthaltsam gelebt hatte.

Während meine Augen auf dem Foto ruhten, auf dem Grant und ich eine Grimasse schnitten, breitete sich Übelkeit in meinem Bauch aus. Ruckartig schwang ich die Beine vom Bett. Ich würde das nicht auf mir sitzen lassen.

Entschlossen warf mir einen Mantel über, ohne mich umzuziehen. Dann schlüpfte ich in meine Ugg Boots, stopfte mein Telefon, Geldbörse und Schlüssel in die Jackentaschen und verließ die Wohnung.

Nicht einmal, als ich vor Grants Appartementhaus ankam, hielt ich inne. Ich stürmte durch die Tür, an der Rezeption vorbei und geradewegs auf die Aufzüge zu.

»Ähm, Miss?«, hörte ich die Stimme des Rezeptionisten hinter mir. Ich winkte ab und drückte noch einmal den Knopf, als ob der Fahrstuhl dann schneller käme. Der Wachmann neben den Türen sah mich finster an und straffte seine Schultern, während sein Kollege hinter der Rezeption mich noch einmal ansprach.

»Ich will zu Grant Fitzgerald«, erklärte ich genervt.

»Und Ihr Name, Miss?«

»Sloan Whitaker. Sagen Sie ihm ruhig, dass ich komme.«

Der junge Mann griff zum Telefon und endlich pingte die Glocke des Aufzugs, doch als die Türen aufglitten, versperrte mir der The Rock-Verschnitt den Weg. Genervt sah ich über meine Schulter zurück.

»Lassen Sie mich hochgehen! Ich bin keine seiner wahnsinnigen verschmähten Frauen.«

Auch wenn ich gerade genauso aussah. Es war mitten in der Nacht und ich stürmte hier rein wie eine Irre. Ich war mir nicht einmal sicher, ob mich draußen vor dem Gebäude nicht doch irgendwer erkannt und fotografiert hatte. Aber selbst wenn, es war mir egal. Anders als das, was Grant vielleicht da oben gerade mit Aubrey tat.

Auf die Entfernung konnte ich nicht hören, was der Angestellte des noblen Wohnhauses mit Grant besprach, den er sicher am anderen Ende der Leitung hatte. Aber er nickte und sein Kollege ließ mich endlich in den Aufzug einsteigen. Ich drückte die Taste für das Penthouse ganz oben und wartete, dass sich die Türen wieder schlossen. Sie gingen nur quälend langsam zu und es kam mir vor, als hätte auch der Aufzug keine Lust mehr, zu dieser späten Stunde arbeiten zu müssen. Noch nie dauerte es so lange, mit einem Fahrstuhl nach oben zu fahren. Ich starrte auf die Anzeige, wo die Zahlen der Stockwerke angezeigt wurden, und stöhnte auf. Ich war kaum noch in der Lage, die Anspannung in meinem Bauch zu kontrollieren. Genauso wie die Angst, die sich dazwischen mischte.

Ich musste wissen, ob Aubrey bei Grant war, und gleichzeitig fürchtete ich mich davor. Ich hatte keine Ahnung, was es für Grant und mich bedeuten würde, wenn sie tatsächlich in dieser Wohnung war.

Über mir pingte es wieder und ich zuckte zusammen, aber als die Aufzugtüren aufglitten, schob ich die Angst beiseite. Ich stürmte in den nur spärlich beleuchteten Eingangsbereich und brauchte eine Sekunde, um mich in der fremden Umgebung zu orientieren, da kam Grant mir schon entgegen. Er trug nur eine Jogginghose, sonst nichts. Nicht einmal Socken. Seine Haare waren durcheinander und er wirkte außer Atem.

Mein Herz rutschte eine Etage tiefer.

»Wo ist sie?«, fragte ich und lief an ihm vorbei, obwohl ich keine Ahnung hatte, in welche Richtung ich musste. Ich war noch nie in seiner Wohnung gewesen und hatte auch jetzt keine Zeit, sie mir genauer anzusehen. Einem Teil von mir war es absolut peinlich, wie ich mich aufführte, aber ich konnte einfach nicht aufhören. Ich irrte durch die Räume, dabei scannten meine Augen jeden Winkel nach einem roten Kleid oder herbstroten Haaren ab. Fast erwartete ich eine offenstehende Tür zu einem Hinterausgang zu finden, durch die sie abgehauen war.

»Sloan, was machst du hier?« Grants Stimme drang nur schwach in mein Bewusstsein vor, während ich durch ein modern eingerichtetes Wohnzimmer stürmte, vorbei an einem Badezimmer, Arbeitszimmer, Salon und anderen Zimmern, deren Zweck ich in der Schnelle nicht erkennen konnte.

Grant folgte mir und ich warf einen Blick über meine Schulter. »Egal wo du sie versteckst, ich werde sie finden!«

In meinem Rausch öffnete ich sogar Schranktüren und zog Vorhänge zur Seite, bis ich schließlich völlig atemlos in Grants Schlafzimmer innehielt. Das Bettzeug war durchwühlt und eine indirekte Beleuchtung unter dem Bett eingeschaltet.

O nein. Nein, nein, nein! Das durfte nicht passiert sein. Mein Herz überschlug sich selbst und ich war mir nicht sicher, ob ich gleich hyperventilieren würde. Verdammter Mist! Was war denn nur los mit mir? Ich benahm mich völlig irrational und ich konnte einfach nicht damit aufhören.

Statt mich dank dieser Erkenntnis endlich zu beruhigen, wirbelte ich zu Grant herum, der mit verschränkten Armen im Türrahmen lehnte.

»Sag es mir! War sie bis eben noch hier? Hast du mit ihr geschlafen?« Meine Stimme zitterte vor Wut.

»Bist du fertig?«, fragte Grant hart und ich erschauderte, als seine Kälte gegen mein erhitztes Gemüt prallte. Ich klappte den Mund zu.

»Ich dachte, du kennst mich und weißt, dass ich nicht so bin, wie alle sagen.«

Ich rollte mit den Augen. »Ja, und dann tauchst du mit Aubrey auf dieser Gala auf!«

»Ist das dein Ernst? Ich habe das gemacht, damit die Leute aufhören zu reden. Damit du sichergehen kannst, dass niemand auf die Idee kommt, dass zwischen uns etwas sein könnte. Du hast mir ja deutlich gezeigt, wie wichtig dir das ist.« Er lief an mir vorbei zum Bett. »Gern geschehen.«

»Und es ist reiner Zufall, dass du das genau dann nach Monaten zum ersten Mal machst, wenn du sauer auf mich bist. Was sollte ich denn da denken? Du hättest mich doch warnen können!«

»Ich habe einfach begriffen, dass du nicht dazu bereit bist, darauf zu scheißen, was die anderen denken, und zu tun, was du wirklich willst.« Er lachte bitter und setzte sich auf die Bettkante. »Aber du entscheidest dich zu glauben, ich hätte sie flachgelegt. Als wäre es das Einzige, was ich kann.«

Die geballte Resignation in seiner Stimme brachte mich zum Schweigen. Für einen Moment sagte niemand etwas, doch als die Stille beinahe erdrückend wurde, seufzte Grant.

»Das mit uns funktioniert nicht. Ich habe es schon im *Glitter and Gold* verstanden. Du empfindest nicht das Gleiche für mich wie ich für dich. Und das ist ja nicht einmal deine Schuld. Ich bin der Idiot, der auf die Idee kam, dass du anders bist und wirklich mich siehst und nicht nur mein Image.«

Eine Sturmflut aus verschiedenen Gefühlen begrub meine Wut unter sich, als ich Grant betrachtete. Er ließ die Schultern sinken und hatte wieder diesen Blick in den Augen, der so voller Schmerz war und mich zum Beben brachte.

»Aber ich sehe dich doch«, flüsterte ich leise.

»Und trotzdem vertraust du mir nicht.«

Frustriert rieb ich mir über die Stirn. Ich wollte nicht, dass er recht hatte. Das mit uns musste funktionieren. Allein die Vorstellung, dass nach heute alles vorbei sein könnte, ließ mir Tränen in die Augen schießen.

Auf der Suche nach etwas, an dem ich mich festhalten konnte, fiel mein Blick auf die Bilder über Grants Bett. Es waren je vier Rahmen in einer Reihe. Sie waren ungefähr DIN-A4-groß und allesamt zeigten Grants Verfehlungen. Anders konnte man das nicht nennen. Ein Bild war ein Blitzerfoto, ein anderes ein Paparazzi-Bild und in einem der Rahmen hing ein Artikel aus einem Klatschblatt mit der Überschrift »Fitzgerald-Erbe bei Razzia in Sexclub erwischt«.

An die Schlagzeile erinnerte ich mich dunkel. Grant war damals noch zur Schule gegangen und minderjährig. Unwillkürlich fragte ich mich, ob diese ganze Sache mit seinem Ruf so angefangen hatte. Als ich das letzte Bild betrachtete, erkannte ich sofort, von wann es war. Grant trug die gleichen Klamotten wie an dem Abend unserer Festnahme und hielt eine Nummer hoch. Hinter ihm sah man die schwarze Größenskala. Es war ein Verbrecherfoto. Sein Verbrecherfoto.

»Die hängen ja wirklich hier«, rutschte es mir raus. Ich hatte seine Aussage damals, als er mir mein Verbrecherfoto gezeigt hatte, für einen Scherz gehalten.

Grant sah auf, dann zuckte er mit den Schultern. »Sie erinnern mich daran, was andere in mir sehen.«

Die Falte zwischen seinen Brauen wurde steiler, als er die Stirn runzelte. Dann stützte er seine Arme auf die Oberschenkel und vergrub das Gesicht in den Händen. Ich konnte kaum ertragen, dass er sich so quälte. Und wenn ich wenigstens dieses Mal ehrlich zu mir selbst war, hatte ich einen ziemlichen Anteil daran.

Zögerlich ging ich zum Bett und setzte mich neben ihn. »Du hast es nicht verdient, dich ständig so zu fühlen. Warum quälst du dich damit?«

»Ich weiß es nicht«, wich er mir aus.

»Wieso hast du das Foto von mir immer noch nicht gelöscht?« Ich presste die Lippen fest aufeinander, aus Angst vor seiner Antwort.

Eigentlich hatte ich das Bild nicht ansprechen wollen. Aber dass er mir einfach nicht sagte, was es damit auf sich hatte, machte mich wahnsinnig.

Grant schüttelte den Kopf. »Warum ist dir dieses Bild nur so wichtig?«

»Weil es mich kümmert, wer es zu sehen bekommt.«

»Denkst du, ich zeige die hier überall herum?« Grant deutete auf die Bilder über dem Bett.

»Sie hängen in deinem Schlafzimmer. Alle Frauen, mit denen du hier warst, haben sie gesehen.« Ich verschränkte trotzig die Arme vor dem Bauch und mir fiel wieder ein, dass ich immer noch den Mantel trug und darunter nur meinen Pyjama. Eine meiner Sternstunden, wie es schien.

»Ich habe keine anderen Frauen hier in diesem Zimmer gehabt.«

Ich sah auf und direkt in Grants Herz. Er betrachtete mich mit einem Blick, der meines schwer werden ließ und in mir den unbändigen Drang weckte, ihn zu küssen. Aber weil ich ein irrationaler Sturkopf war, konnte ich nicht aufhören zu bohren.

»Du hast keine Ahnung, wie es sich anfühlt, ständig Angst zu haben, dass jemand das Übelste, was einem je passiert ist, veröffentlicht.«

Grant sog scharf Luft ein. »Wow. Wirklich, wow. So siehst du das? Als das Übelste, was dir je passiert ist?«

Ich stöhnte auf. Wie konnte jemand, der so arrogant war, gleichzeitig so unsicher sein?

»Nein, so war das nicht gemeint«, versuchte ich mich zu erklären, aber Grant hörte mir nicht zu. Er stand auf. Nein, er sprang fast auf, als könnte er meine Nähe nicht länger ertragen. Dann wirbelte er zu mir herum und ich zuckte zurück. Der Schmerz in seinen Augen war Wut gewichen.

»Wie ist es denn gemeint? Sloan, du machst aus mir hier den Bösen, aber ich bin der von uns, der sich öffnet. Ich war so blöd dir so viel über mich zu erzählen, sogar von meiner Mutter. Und du denkst immer noch, es würde dein Leben zerstören, wenn das mit uns bekannt werden würde?«

Ich öffnete den Mund und schloss ihn wieder, obwohl mich die richtigen Worte in meinem Kopf anbrüllten.

Ich will mit dir zusammen sein. Du bist der bemerkenswerteste Mensch, den ich kenne. Du machst mich glücklich.

Aber ich sagte nichts. Ich konnte nicht.

Grant stemmte die Hände auf seine nackte Hüfte. »Ich werde nicht länger dein schmutziges Geheimnis sein. Vielleicht habe ich bei all den Dingen, die ich getan habe, nichts anderes verdient. Aber ich will trotzdem mehr. Ich will dich. Ganz oder gar nicht.«

Ich stand auf. »Grant«, fing ich an und schwieg dann wieder.

Sag es doch endlich! Nichts kam aus meinem Mund.

»Ich kann das so nicht mehr.«

Mit einem Schritt war ich bei ihm und griff nach seiner Hand. Dann gab ich mir einen Ruck.

»Grant, ich mag dich, okay? Die Stunden mit dir sind die besten meines Tages, meiner Woche. Und überhaupt. Wenn ich mit dir zusammen bin, fühle ich mich wie ich selbst. Du bist der witzigste und ehrlichste Mensch, den ich kenne, und ich bewundere dich.« Er schnaubte, aber die Worte sprudelten weiter aus mir heraus. »Du tust so, als hätte ich dir nichts über mich erzählt. Aber weißt du warum? Du kanntest mich, ohne dass ich es dir sagen musste. Du hast vom ersten Abend an in mich hineingesehen. Du hast mich jederzeit so gesehen, wie ich bin.«

Tränen stiegen in meine Augen. Es fühlte sich gut an, diese Worte endlich auszusprechen, und gleichzeitig kamen sie zu spät. »Grant, du bist –«

Ich suchte nach dem richtigen Wort, doch Grant führte den Satz für mich weiter.

»Nicht genug.«

»Was?«

»Wirst du bei der nächsten Party an meiner Seite sein? Mit mir zusammen über die Fifth Avenue spazieren und dich von Reportern ablichten lassen? Mich deinen Freundinnen und Eltern als deinen Freund vorstellen?«

Meine Brust schnürte sich zusammen und die Tränen, die sich in meinen Augen gesammelt hatten, rollten jetzt heiß über meine Wangen. »Bitte, tu das nicht, Grant.«

Er riss die Hände unter meinen weg und wich vor mir zurück. »Du solltest jetzt gehen.«

Obwohl er nur einen Meter von mir entfernt stand, fühlte sich die Leere zwischen uns wie eine unüberwindbare Schlucht an. Ich konnte mich nicht bewegen. Alles in mir weigerte sich ihn jetzt zu verlassen.

»Verschwinde endlich!«

Grants Stimme war so laut und voller Ablehnung, dass ich zusammenzuckte und die Starre brach. So überstürzt, wie ich in seine Wohnung eingedrungen war, verließ ich sie wieder. Blind vor Tränen eilte ich den langen Flur hinunter zum Fahrstuhl und hasste jede Sekunde, in der ich in Grants Wohnung darauf wartete, dass die Türen sich öffneten. Der Aufzug kam an und ich konnte das Schluchzen nicht mehr unterdrücken, dass sich in meiner Brust festgesetzt hatte. Es hallte durch den Flur und dröhnte in meinen Ohren, fast wie das Zersplittern von Glas. Dabei war es mein Herz, das dabei war zu zerbrechen.

Die Türen des Fahrstuhls öffneten sich, aber ich konnte nicht einsteigen. Ich wollte nicht. Das Einzige, was ich wollte, war Grant.

Kapitel 27

Weinend drehte ich mich zu Grant herum. »Ich gehe mit dir auf jede Party, die du willst.«

»Meinst du das ernst?«

Grants Stimme drang gebrochen zu mir und ich atmete zitternd ein, als Erleichterung meinen Körper flutete.

»Bitte schick mich nicht weg. Ich will nicht gehen.« Ich schniefte in dem verzweifelten Versuch, mich zusammenzureißen.

Seine Augen glänzten feucht und er kam mit schnellen Schritten auf mich zu. »Und ich will nicht, dass du gehst.«

Eine Träne rann meine Wange herab bis zu meinem Kinn und fiel dann kalt auf den seidenen Stoff meines Pyjamas. Der nächste Tropfen, der sich aus meinen Wimpern löste, kam nicht mehr so weit.

Grant gab einen erstickten Laut von sich und schloss seine Arme um meinen Körper. Er zog mich an seine Brust und ich konnte mich nicht länger beherrschen. Ich weinte und schluchzte, während Grant mir über die Haare strich, die sowieso in alle Richtungen abstanden.

»Es ist schrecklich, dich weinen zu sehen. Es tut mir leid, Darling.« Er drückte mir kleine Küsse auf den Haaransatz und ich beruhigte mich langsam.

Bisher hatte ich nicht den Mut gehabt, meine Gefühle für ihn gegen das Gerede und den Druck meiner Eltern durchzusetzen. Aber diese grausame Vorstellung, ich hätte ihn verloren, wollte ich nie wieder ertragen müssen. Was auch immer die High Society oder meine Eltern sagen könnten, war auf keinen Fall schlimmer als das, was ich gerade eben empfunden hatte.

Ich hob den Kopf und Grant löste sich nur widerwillig von mir. Seine Hände ruhten auf meinem Körper, hielten und stützten mich. Ich brauchte noch zwei Atemzüge, in denen ich nur in seine dunklen braunen Augen sah und darin so viel mehr erkannte, als ich je vermutet hätte. Erst dann war ich in der Lage zu sprechen.

»Grant Fitzgerald«, fing ich zitternd an. »Ich will mit dir zusammen sein. Ganz offiziell.«

Er lachte erstickt, legte die Hände an meine Wangen und küsste mich. Seine Lippen schmeckten salzig von meinen Tränen, aber so vertraut wie noch nie. Er hauchte mir einen Kuss nach dem anderen auf den Mund, dann sah er mir tief in die Augen.

»Und ich will mit dir zusammen sein, Sloan Whitaker.«

Ich war nicht darauf vorbereitet, was diese Worte in mir auslösten. Eine Welle an Wärme, Geborgenheit und Freiheit erfasste meinen Körper und in meiner Brust setzte sich ein unwirkliches Hochgefühl fest. Ich lachte und Grant fiel mit ein, dabei legte er die Stirn an meine.

»Für einen Moment habe ich überlegt, ob ich nicht Star Wars zitieren und »Ich weiß« sagen soll.« Ich hörte das Schmunzeln in seiner Stimme und stieß ihn halbherzig in die Seite.

»Aber das wäre nicht die Wahrheit gewesen«, fuhr er leiser fort. »Bis du es gesagt hast, war ich mir nicht sicher, ob das wirklich so ist.«

»Das ist es aber und ich will uns nicht mehr verstecken. Deshalb bin ich eigentlich hergekommen. Bis ich dann in den irre, eifersüchtige Furie-Modus geschaltet habe. Was ziemlich dämlich war.«

Grant nickte an meiner Stirn, dann löste er sich.

»Was ist mit deinen Eltern? Und dem Rest der Gesellschaft?«

Ich schob eine Hand zwischen uns und wischte mir die letzten Tränen von den Wangen. »Wir können es ja langsam angehen und mit meinen Freundinnen anfangen. Und dann überlege ich mir was, wie ich es meinen Eltern erzähle.« Ich hob unschlüssig die Schultern. Wie genau ich das alles eigentlich machen wollte, hatte ich mir bisher nicht überlegt.

»Ich will nicht, dass du das nur für mich tust.« Grant fuhr sich durch die zerstrubbelten Haare. Seine Jogginghose fiel ihm locker um die Hüfte und sein Bauch war flach und definiert wie sonst auch, aber mit den Spuren der Gefühle in seinem Gesicht sah er so schön aus wie noch nie.

»Ich tue zwar gern, als wäre ich ein Arsch, und manchmal bin ich das auch«, fuhr er fort. »Aber ich wollte dich nicht dazu drängen. Ich hab das nur einfach nicht mehr ausgehalten.«

»Ich hab heute auch gedacht, dass wir so nicht weitermachen können. Und dann bist du mit Aubrey aufgetaucht.« Ich konnte den leicht säuerlichen Unterton in meiner Stimme nicht verhindern.

Anstatt zu antworten, griff Grant meine Hand und zog mich energisch mit sich. Stolpernd folgte ich ihm, während er zielstrebig zu seinem Laptop lief. Dann klappte er ihn auf, gab das Passwort ein und begann auf dem Touchpad herumzuklicken.

»Was machst du da?«

Er sah mich nicht an, sondern scrollte weiter durch Ordner. »Ich sorge dafür, dass dieses bescheuerte Foto nicht ständig zwischen uns steht.«

Mein Herz hüpfte einmal aus dem Takt in meiner Brust. »Du musst das nicht tun.«

»Doch muss ich. Ich hätte es gleich am Anfang tun sollen, als du es wolltest.«

Er klickte einen Ordner an, der mit Passwort geschützt war. Darin befanden sich die Originale zu den Bildern an der Wand, neben meinem Foto.

»Hast du gehofft meins hier aufhängen zu können?«, fragte ich und er drehte sich zu mir um, dann lehnte er sich an die Tischkante.

»Vielleicht. Das ist eins der Dinge, bei denen ich dich falsch eingeschätzt habe.«

Schmunzelnd trat ich näher, bis ich zwischen seinen Beinen stand und mit den Fingern über die Härchen auf seinen Unterarmen streichen konnte.

»Wenn du es behalten willst, dann tu es. Ich fange nicht wieder davon an.«

Grant zog mich an sich und küsste mich. Seine Finger vergrub er dabei in meinen Haaren und ich vergaß beinahe die Welt um mich herum. So war es immer, wenn wir zusammen waren. Es gab nur ihn und mich und alles drumherum schien zu verblassen.

»Ich brauche kein Foto mehr«, murmelte er zwischen unseren Lippen, »wenn ich das Original in meinen Armen halten kann.« Dieses Mal küsste ich ihn und ich wollte gar nicht mehr damit aufhören. Mein Herz pochte vor Erleichterung stärker in meiner Brust.

Ich lehnte mich an ihm vorbei, wählte über das Touchpad das Foto aus und klickte auf Löschen. Eine unsichtbare Last hob sich von meinen Schultern. Ich musste keine Angst mehr haben, dass dieses Beweisstück absichtlich oder unabsichtlich an die Öffentlichkeit gelangte. Ich hatte meine Sozialstunden abgeleistet, ohne dass meine Eltern es erfahren hatten. Und Grant wollte mit mir zusammen sein. Das klang ziemlich perfekt für mich.

»Macht man das so in Beziehungen?« Grant strich mir eine Strähne aus dem Gesicht, dabei zuckte ich mit den Achseln.

»Ich habe keine Ahnung. Ich hab das auch noch nie gemacht«, gab ich zu. Ich hatte zwar Erfahrungen gesammelt und das alles, aber nun einmal nicht wie Eden in der Highschool die Liebe meines Lebens gefunden.

»Wusstest du, dass ich schon auf der Léman ein bisschen in dich verschossen war?«

Grant hob die Brauen und grinste schief. »Ach echt?«

»Ich hab gesagt ein bisschen.« Ich verschränkte die Arme vor der Brust, obwohl ich mit der Hüfte immer noch an seiner lehnte.

»Aber sicher. Deshalb weißt du das auch noch so genau. Weils ja nur ein bisschen war. Red dir das ruhig ein, Darling.«

Ich knuffte ihn lachend in die Seite. »Bild dir bloß nichts ein.«

»Ich käme nicht im Traum darauf«, kam es wie gewohnt von Grant. Dann wurde seine Miene ernster.

»Bleib heute Nacht hier, bei mir.«

In meinem Bauch fühlte es sich an wie bei der steilen Abfahrt am Thunderbolt. Dieses auf den Kopf gestellte Gefühl löste in mir den Drang aus zu kichern und auf der Stelle zu trippeln. Ich liebte es.

Als ich nickte, stieß mein Freund sich vom Tisch ab.

Moment.

In mir kribbelte es unbändig, als ich über meine eigenen Gedanken stolperte. Ja, Grant war jetzt mein Freund. Mein fester Freund.

Hand in Hand liefen wir vom Arbeitszimmer zurück in sein Schlafzimmer, wo er mir den Mantel abnahm. Darunter kam mein seidener Schlafanzug zum Vorschein, was Grant auch gleich kommentierte.

»Wie ich sehe, hast du deinen Pyjama sogar dabei. Du hattest es wohl ganz schön eilig, zu mir zu kommen, hm?«

»Ich wollte dich vor einer Dummheit bewahren«, gab ich abfällig zurück, während ich aus den Ugg Boots schlüpfte, und Grant zuckte mit den Schultern.

»Du wolltest mich für dich allein. Ich bin halt unwiderstehlich.« Er wackelte mit den Augenbrauen und ich ließ mich mit einem belustigten Stöhnen auf sein Bett fallen.

Nach unserem ersten wirklich handfesten Streit und den darauffolgenden Geständnissen hätte es komisch zwischen uns sein können, aber das war es nicht. Ich war froh, als Grant immer noch die gleichen blöden Sprüche brachte wie vorher und ich weiterhin abstreiten konnte, dass ich ihn mochte. Selbst wenn ich ihn vielleicht liebte.

Grant setzte sich auf die Bettkante und ich rutschte bis in die Mitte der Kingsize-Matratze, damit er sich zu mir legen konnte. Schwungvoll breitete er die Decke über uns aus, während ich mich in seinen Arm legte. Mit einer Hand auf seiner Brust kuschelte ich mich bei ihm an und wurde von einer willkommenen Ruhe gepackt. Die Müdigkeit der vergangenen Tage übermannte mich unaufhaltsam und es fiel mir schwer, die Augen offen zu halten. Ich spürte nur noch, wie Grants Finger sanft über meine Schulter strichen, bevor ich in einen tiefen und traumlosen Schlaf sank.

Kapitel 28

Die Sonne schien hell durch die riesigen Panoramafenster in Grants Schlafzimmer. Ich hatte keine Ahnung, wie spät es war, aber ich wusste genau, wo ich war: in seinen Armen, an seiner Seite, genau dort, wo ich hingehörte. Selig schloss ich wieder die Augen.

Er regte sich neben mir. Doch anstatt aufzustehen, zog er mich enger an sich, dann hauchte er mir einen Kuss auf die Stirn.

»Guten Morgen, Darling.«

»Wie spät ist es?«, murmelte ich verschlafen, ohne die Augen zu öffnen. Die Herbstsonne war mir deutlich zu hell. Am liebsten würde ich den ganzen Tag mit Grant in seinem Bett bleiben und vergessen, dass es noch so was wie Uni oder andere Pflichten gab.

»Viel zu früh«, antwortete er und streichelte mir über den Rücken. »Schlaf noch ein bisschen.«

Ich murmelte eine Zustimmung und sank tiefer in die Traumwelt. Grants Herzschlag beruhigte mich und ließ mich noch ein wenig länger in diesem Zustand zwischen Schlafen und Wachsein vor mich hindämmern. Ich musste wieder eingenickt sein, denn das nächste Mal, als ich die Augen öffnete, war Grant nicht mehr neben mir. Dafür hörte ich Geräusche in der Wohnung. Und roch ich da Kaffee?

Ich streckte mich ausgiebig, bevor ich aufstand und doch einen Blick auf die Uhr warf, die auf Grants Nachttisch stand. Es war schon halb elf. Eigentlich hätte ich gerade Modegeschichte, aber ich hatte absolut keine Lust darauf, Aubrey in der Uni zu begegnen. Und wie sie sicher wieder jede Antwort kannte, musste ich mir auch nicht anhören. Es war ja auch nicht das erste Mal, dass ich die Uni schwänzte. Sollte ich wenigstens Cami und Eden Bescheid sagen, wo ich war? Oder Rhett? Unentschlossen rieb ich mir über die Stirn, entschied mich dann aber dagegen, mein Smartphone zu checken. Ich blieb lieber noch ein bisschen länger in meiner kuscheligen Welt mit Grant.

Um nicht ganz so zerstrubbelt auszusehen, fuhr ich mir halbherzig durch die Haare und gab es dann gleich wieder auf. Mein Blick fiel auf einen Hocker vor seinem großen Kleiderschrank, auf dem eins seiner dunklen Hemden lag. Schmunzelnd schnappte ich es mir und schlüpfte aus meinem Pyjama. Nur mit dem Hemd bekleidet, das noch nach Grant roch, lief ich durch den Flur. Ich kam mir ein bisschen dämlich vor, aber so was machten die Frauen doch in diesen kitschigen Filmen, oder? Und immerhin war das Hemd von Calvin Klein und fühlte sich großartig auf der Haut an.

Meine nackten Füße platschten dumpf auf dem polierten Holzparkett auf dem Weg zum Badezimmer. Ich machte mich frisch und suchte dann den Weg in die Küche. Grant bemerkte mich erst, als ich schon im Türrahmen stand. Der Raum war groß, mündete in ein weitläufiges Wohnzimmer und stammte garantiert von einem teuren Innenarchitekten. Die Küche fügte sich nahtlos und perfekt in den Stil des Lofts ein. Auch sie wurde von einer langen Glasfront erhellt, die den Raum in ein warmes Licht tauchte und noch dazu einen atemberaubenden Blick über New York bot. Aber was mir wirklich den Atem nahm, war Grant.

Er stand an der Küchenzeile und stellte gerade eine Espresso-Presse auf ein Tablett. Zum Glück hatte er sich immer noch kein Shirt übergezogen. Wie die Muskeln in seinem Rücken arbeiteten, weckte in mir den Wunsch, mit den Fingern darüber zu fahren. Grant drehte sich zu mir und lächelte mich so warm an, dass mein Herz hüpfte. Seine Haare standen mindestens so wirr in alle Richtungen wie meine eigenen und der leichte Bartschatten auf seinem Kinn erinnerte mich wieder daran, wie sehr mir seine raue Seite gefiel. Sie war überhaupt nicht kratzig, sondern wärmer.

»Du hast dich ja schon umgezogen.« In Grants Augen blitzte es verführerisch auf.

Vor ihm angekommen schlang ich meine Arme um seinen Hals und hauchte ihm einen Kuss auf die Lippen. Sein herber, männlicher Geruch umfing mich und ich schloss die Augen. Das hier war der perfekte Morgen. Warum hatten wir das bloß nicht schon viel früher gemacht?

Grants Finger strichen meine Oberschenkel hoch und schickten ein Kribbeln durch meinen Körper, das heiß zwischen meinen Beinen endete. Ich schnappte nach Luft, als er über meinen nackten Hintern fuhr.

»Oh, Darling. Und das direkt zum Frühstück, hm?«

Ich schmunzelte. »Das ist die wichtigste Mahlzeit des Tages.«

Er griff unter meinen Po und hob mich hoch, dann setzte er mich auf dem Küchentresen ab. Ich quietschte, als meine Haut den kalten Stein berührte, aber Grant erstickte den Laut in einem weiteren Kuss. Mein Körper drängte sich wie von selbst in seine Richtung und ich vergrub die Hände in seinen Haaren. Weiche Lippen küssten sich von meinem Hals hinunter und ich legte den Kopf in den Nacken. Ich vergaß alles um mich herum. Mit Grant zusammen zu sein ließ die Welt in einem anderen Takt drehen. Wir tanzten nach unserem eigenen Rhythmus und ich wollte nicht, dass wir jemals wieder damit aufhörten.

Grant löste seine Lippen von mir und sah mich mit einem Blick an, der eine Welle Erregung durch meinen Körper jagte. Als er jetzt meine Beine mit seinen Händen auseinander drückte, zitterte ich beinahe vor Vorfreude. Ich sah dabei zu, wie er vor mir in die Hocke ging, und schloss die Augen, als ich seinen Atem auf der Innenseite meiner Oberschenkel spürte. Seine Bartstoppeln kratzen über meine Haut und ich schob ihm instinktiv mein Becken entgegen. Sein Mund küsste sich immer weiter nach oben und als er beinahe meine intimste Stelle berührte, klingelte ein Telefon.

Irritiert sah ich mich um, bis ich eine Gegensprechanlage entdeckte, die am Durchgang zur Küche angebracht war. Darauf leuchtete ein rotes Licht auf und wieder klingelte es.

»Ignorier es«, raunte Grant und legte die Lippen zurück auf meine Haut.

Oh, ja. Ich wollte zu gern ignorieren, aber das Geräusch vertrieb den Nebel der Erregung immer stärker aus meinem Kopf. Je klarer ich wurde, umso weniger konnte ich mich noch auf seine Berührungen konzentrieren.

»Was, wenn es wichtig ist?«

Grant löste sich von mir und stand auf. Dabei fuhr er federleicht über meine heiße Mitte und ich zuckte zusammen, als ein Blitz aus Leidenschaft durch meinen Unterleib jagte.

»Ich werde Bescheid sagen, dass ich heute niemanden hier haben will. Der Tag gehört nur uns.«

Mein Herz flatterte in meiner Brust und vermischte sich mit der Erregung in meinem Körper. Das hier war so verdammt perfekt. Wie hatte ich nicht merken können, dass Grant alles war, was ich wollte?

Also natürlich nicht *alles* alles. Ich brauchte genauso Eden und Cami und natürlich Rhett in meinem Leben. Und auf meinen vollen Kleiderschrank würde ich auch nur ungern verzichten. Aber jetzt in diesem Augenblick fühlte es sich an, als wäre Grant meine Welt, und ich genoss es. Morgen war noch genug Zeit für den Rest.

»Mr Fitzgerald, es tut mir leid, Sie zu stören«, drang eine Stimme aus dem Lautsprecher. »Aber Ihr Vater ist hier. Genau genommen ist er schon im Aufzug.«

»Was?«

»Ihr Vater, Mr Fitzgerald Senior. Ich konnte ihn nicht aufhalten. Ihm gehört ja das Gebäude.«

Ich hüpfte von der Küchenzeile und trat von einem Fuß auf den anderen, was aber nicht dabei half, die aufkommende Panik in meinem Bauch unter Kontrolle zu bekommen.

»Danke, Kingston.« Damit beendete Grant das Gespräch. Dann drehte er sich zu mir um.

»Bitte versteh das jetzt nicht falsch, aber du solltest so lange im Schlafzimmer warten.« Seine Schultern waren angespannt, genau wie sein Kiefer. Er warf einen schnellen Blick zum Flur und ich nickte.

»Ja, klar.«

Zügig setzte ich mich in Bewegung und Grant folgte mir noch bis zum Schlafzimmer.

»Es ist nicht so, dass ich –«, wollte er sich erklären, aber ich unterbrach ihn.

»Schon in Ordnung. Ich warte einfach hier.« Ich schenkte ihm ein aufmunterndes Lächeln, das den getriebenen Ausdruck auf seinem Gesicht nicht vertreiben konnte.

Gerade, als Grant den Mund öffnete, hörte ich das mir nun bekannte Pingen des Aufzugs. Barton Fitzgerald, der New Yorker Staranwalt, würde gleich in diese Wohnung treten. Und die Art, wie dieser Besuch Grant bewegte, ließ mich nichts Gutes vermuten.

Grant drückte mir noch einen flüchtigen Kuss auf die Lippen, dann verließ er das Schlafzimmer. Die Tür zog er nur leicht hinter sich zu und sie blieb einen spaltbreit offen. Unschlüssig, ob ich sie nicht ganz schließen sollte, zögerte ich und damit war die Gelegenheit dazu vorbei. Eine dunkle Stimme hallte durch den Flur und ich traute mich kaum mich zu rühren.

»Ist das eigentlich dein verschissener Ernst?«

»Ich kann das erklären«, hörte ich Grants Stimme weniger fest als sonst.

»Du tauchst mit einer Minderjährigen auf der Gala auf und hast dann noch die Frechheit, am nächsten Tag das Gespräch mit den Partnern der Kanzlei zu schwänzen?«

»Sie ist nicht minderjährig.«

Barton Fitzgerald lachte höhnisch auf. »Aber ich wette, sie ist in deinem Schlafzimmer, oder? Wenn ich jetzt da reingehe, finde ich dann eine nackte Frau in deinem Bett?«

Scham und das unangenehme Gefühl, erwischt worden zu sein, schoss mir in die Wangen, auch wenn ich nicht gemeint war.

»Ich weiß von Kingston, dass letzte Nacht jemand hier aufgetaucht ist«, fuhr Grants Vater fort.

»So ist das nicht gewesen. Und sie ist nicht irgendeine Frau«, gab Grant leise zurück.

»Bei dir ist es immer nur irgendeine Frau, Grant. Und das wird sich nie ändern. Sieh dich doch an! Wenn deine Mutter dich jetzt sehen könnte, würde sie sich schämen für dich.«

»Mom hat mich geliebt.«

»Sie hat dich genauso verlassen wie mich. Sie hat keinen von uns geliebt«, knurrte Barton Fitzgerald und ich hielt unwillkürlich die Luft an, obwohl ich ihn nicht einmal sehen konnte. Wie schrecklich sich Grant gerade fühlen musste, wollte ich mir gar nicht vorstellen.

»Und anstatt dafür zu sorgen, dass du ein Mann wirst, den man nicht verlässt, verhältst du dich so«, fuhr Grants Vater fort. »Du bist ständig in Clubs, vernachlässigst deine Pflichten und dann hast du es auch noch geschafft, dich verhaften zu lassen. Und das alles nur, weil du deinen Schwanz nicht in der Hose behalten konntest?«

Ich hielt es beinahe nicht mehr aus, hier zu stehen und diesem Gespräch zuzuhören. Aber ich traute mich auch nicht mich einzumischen. Wenigstens fand Grant seine Stimme wieder.

»Du hast doch keine Ahnung, wie es zu der Verhaftung gekommen ist. Du kennst mich doch überhaupt nicht. Du warst ja nie da. Ich bin nicht nur ohne Mutter, sondern auch ohne Vater aufgewachsen.«

Stille breitete sich aus und ich hielt den Atem an.

»Es ist jetzt Schluss damit. Dieses Verhalten wird nicht länger geduldet. Ich habe dafür gesorgt, dass du wegen der Verurteilung nicht aus dem Jura-Studium geflogen bist, und du dankst es mir so.«

Mein schlechtes Gewissen zuckte kalt durch meinen Körper. Ich hatte bisher keinen Gedanken daran verschwendet, was die Verhaftung für Grant bedeutet hatte.

Barton Fitzgerald war noch nicht durch mit seiner Ansprache. »Das alles wird nicht umsonst gewesen sein. Ich habe mir den Arsch für dich aufgerissen und du wirst nun endlich erwachsen werden und dich deinen Pflichten stellen.«

»Aber Dad –«, hörte ich Grant, der sofort wieder unterbrochen wurde.

»Keine Widerrede. Ich erwarte dich in zehn Minuten frisch geduscht und vernünftig gekleidet in der Lobby. Und du wirst nie wieder die Frechheit besitzen, mich vor meinen Partnern so zu blamieren. Hast du das verstanden?«

Wieder herrschte Stille, dann hörte ich zwei schnelle Schritte und Barton Fitzgeralds Stimme donnerte durch den Flur. »Hast du mich verstanden?«

»Sir, ich habe verstanden, Sir!«

Ich schlug mir die Hand vor den Mund. Wie konnte Grant in dieser Situation noch so einen Spruch herausbringen? Wie schaffte er es, nicht völlig erstarrt zu sein?

Es dauerte nicht lange, da hörte ich, wie sich die Aufzugtüren schlossen, und Grant öffnete die Tür zum Schlafzimmer. Ich stand immer noch starr da, weil ich keine Ahnung hatte, was ich tun sollte. Dieses Gespräch hätte ich überhaupt nicht hören sollen.

Ich wollte Grant in den Arm nehmen und ihm irgendwie helfen, aber ich wusste gar nicht wie. Wie konnte man diese schrecklichen Dinge, die sein Vater zu ihm gesagt hatte, wiedergutmachen? Ich glaubte nicht, dass das überhaupt möglich war. Und in dem Moment wurde mir klar, warum Grant glaubte es seinem Vater nie recht zu machen, und wieso es leichter für ihn war, absichtlich nicht zu tun, was er von ihm erwartete. So konnte er sich nach diesem absoluten Shitstorm wenigstens selbst sagen, dass er es ja gar nicht erst versucht hatte.

»Tut mir leid, dass du das mit anhören musstest«, fing Grant an und damit wich die ganz Anspannung aus meinem Körper.

Ich ging zu ihm, zog ihn in meine Arme und hielt ihn fest. Ich sagte nichts, sondern versuchte nur ihm den Halt zu geben, den er nach dieser Katastrophe sicher brauchen konnte. Und vielleicht half das gerade nicht nur ihm, sondern auch mir. Es war schrecklich, dass jemand ihn willentlich so verletzte.

Grant zögerte einen Augenblick, dann legte er die Arme um meinen Körper und sein Kinn auf meinen Kopf. Er atmete ein paar Mal zitternd ein und ich hörte mit dem Ohr auf seiner Brust, wie sich sein Herzschlag langsam beruhigte.

»Du bist mehr wert, als er sagt«, flüsterte ich und legte alles Gefühl, das warm in meinem Herzen für ihn glühte, in die Worte.

Grant nickte und löste sich von mir, gerade, als ich mich überwinden wollte, die Sache mit seiner Vorstrafe und dem Studium anzusprechen.

»Ich sollte mich jetzt beeilen. Du kannst hierbleiben. Trink den Kaffee, iss was. Dusch, wenn du willst. Du kannst gehen, wenn du so weit bist.«

»Kann ich auch bleiben?«

Er schmunzelte. »Ich wusste gar nicht, dass du mich so unwiderstehlich findest, dass du sogar den ganzen Tag hier auf mich warten möchtest. Am besten hast du dann das Abendessen bereit, wenn ich nach Hause komme, Darling.«

Ich verdrehte belustigt die Augen. »Haha«, sagte ich und Grant drückte mir einen Kuss auf die Stirn, bevor er im Bad verschwand.

Zuerst stand ich etwas unschlüssig herum, aber dann entschied ich mich für den Kaffee. Auf dem Weg in die Küche holte ich mein Smartphone aus dem Mantel und sah sofort fünf verpasste Anrufe von meiner Mutter. Urgs. Ein weiteres wütendes Elternteil würde ich jetzt wirklich nicht mehr ertragen. Außerdem könnte ich später immer noch behaupten in der Uni gewesen zu sein. Statt sie zurückzurufen, schrieb ich Rhett, dass ich die Nacht nicht zu Hause verbracht hatte und es mir gut ging. Dann öffnete ich den Chat mit Cami und Eden, in dem ich bereits einige ungelesene Nachrichten hatte. Die meisten drehten sich um die Gala oder Camis Politikkurs, es waren aber auch Nachfragen an mich dabei. Ich schrieb ihnen, dass es mir gut ging, und rechnete nicht mit einer Antwort. Kaum hatte ich mir eine Tasse Kaffee eingeschüttet, ploppte eine Nachricht in unserem Chat auf.

Cami: Und weil es dir so gut geht, bist du heute nicht in der Uni?

Sloan: Wenn man es genau nimmt, ja. :D

Eden: Wie meinst du das? Ich hab befürchtet, dass wir dich heute noch irgendwie aufheitern müssen.

Sloan: Nicht nötig. Außer meine Mutter schafft es doch noch, mich dazu zu bringen, ihre dämlichen Anrufe anzunehmen.

Kurzentschlossen schickte ich ein Selfie von mir in Grants Hemd vor seiner Küchenzeile in die Gruppe.

Eden: Wo bist du?

Cami: Sie sieht zu fröhlich aus, als dass man sie entführt haben könnte.

Sloan: Wer mich entführen würde, würde es schon nach verdammt kurzer Zeit bereuen.

Cami: Vielleicht hat sie Aubrey eigenhändig umgebracht, alles mit Bleiche geputzt und steht nun in ihrer Küche und trinkt Kaffee.

Eden: :-O Was?!

Sloan: Ach, als wenn Aubrey sich so eine Wohnung leisten könnte.

Schmunzelnd schickte ich ein Dreihundertsechzig-Grad-Foto von der Küche plus Wohnzimmer und Panorama-Blick über die Upper East Side.

Cami: Das wäre nicht nötig gewesen. Ich weiß auch so, dass du bei Grant bist. Ich meine, sein Hemd?

Eden: O mein Gott! Habt ihr euch vertragen? <3

Sloan: Haben wir. Und er ist jetzt mein Freund. So richtig.

Ich kicherte, als ich auf Senden tippte. Es war irrsinnig, ihn so zu nennen, aber es machte mich so glücklich, dass ich am liebsten in die Luft gehüpft wäre.

»Na, bekommst du Nachrichten von einem deiner anderen drei Verehrer?« Grant kam in die Küche und sah jetzt wieder aus wie der gestriegelte Anwaltssohn. Sein Kinn war glattrasiert, die Haare zurückgegelt und er trug einen teuren Anzug.

»Ja, so ungefähr. Der eine Lover heißt Camila und der andere Eden«, gab ich zurück und hielt ihm meine Kaffeetasse hin.

Er nahm einen Schluck und schmunzelte. »Schwarz mit Zucker, genau mein Geschmack. Und du bist sicher, dass du hierbleiben willst?«

Ich nickte und sein Grinsen wurde breiter. »Das wird mir diesen Tag auf jeden Fall deutlich angenehmer machen.«

Er nippte noch einmal an dem Kaffee, dann küsste er mich. Nicht flüchtig, sondern so intensiv, dass das Feuer von vorhin sich sofort wieder in meinem Bauch entfachte. Grant schmeckte süß und herb vom Kaffee und ich war so überrumpelt von seiner Leidenschaft, dass ich einen Moment brauchte, als er sich von mir löste, bis ich ihn zurückhielt. Er war schon an der Tür und drehte sich abwartend zu mir.

»Geht's dir gut?«

Ich presste die Lippen zusammen und trat von einem Bein auf das andere. Beinahe hatte ich Angst vor der Antwort, aber Grant nickte mit einem schwachen Lächeln.

»Ich bin das gewohnt. Also mach dir keine Sorgen, Darling.«

Ich schluckte den Kloß in meiner Kehle herunter und lächelte, bis er im Flur verschwand. Als auch die Türen des Fahrstuhls sich wieder geschlossen hatten, war es still. Beinahe ein bisschen unheimlich.

Unentschlossen sah ich mich um. Was machte man, wenn man in einer fremden Wohnung war? Und noch dazu in einer so großen. Hatte Grant jemanden, der hier für ihn putzte, einkaufte und das alles? So, wie Olga das für Rhett und mich machte?

Mein Smartphone piepte wieder und ich sah zwei neue Nachrichten in unserem Gruppenchat. Erleichtert, etwas zu tun zu haben, tippte ich ihn an.

Eden: Wow, das ist echt aufregend!

Cami: Und du willst das jetzt wirklich ganz offiziell tun?

Ich nickte und merkte erst dann, dass sie das nicht sehen konnten.

Sloan: Ja, will ich.

Ich dachte nicht lange darüber nach. Ich konnte mir jetzt nicht mehr vorstellen mit Grant nur heimlich zusammen zu sein. Ein Teil von mir war so glücklich, dass ich es am liebsten jetzt gleich in die ganze Welt hinausbrüllen wollte.

Sloan: Können wir in eurer Mittagspause telefonieren?

Eden: Klar! Ich will jedes Detail wissen!

Cami: Am besten ziehst du dir bis dahin was an. ;)

Kapitel 29

Nachdem ich meinen Kaffee ausgetrunken hatte, fühlte ich mich schon deutlich wohler in Grants Wohnung. Kurz entschlossen stellte ich mich unter seine Dusche und war ziemlich begeistert von der Auswahl verschiedener Duschgels und Bodylotions. Das erklärte auch, warum Grants Haut immer so weich war.

Meine Haare rubbelte ich nur leicht ab, dann ließ ich sie lufttrocknen. Noch ein Vorteil von dem nicht ganz schulterlangen Schnitt. Nur bei der nicht vorhandenen Auswahl an Kleidungsstücken stockte ich. Mir blieb mein Pyjama oder Grants Hemd. Ich könnte natürlich auch seinen Kleiderschrank durchwühlen, aber eigentlich gefiel ich mir in seinem Hemd. Es war kitschig und total Klischee, aber ich wollte gerade so sein. Nur ein bisschen. Und es bekam ja auch niemand mit.

Danach traute ich mich sogar mit den Eiern aus Grants Kühlschrank das Einzige zu kochen, was ich konnte: Rührei. Trotzdem las ich zur Sicherheit noch mal im Internet nach. Dann machte ich es mir mit dem Teller auf dem Sofa gemütlich. Die freie Zeit nutzte ich, um ein paar Fotos, die ich schon vorbereitet hatte, auf Social Media zu posten und meine Story mit stilvollen Bildern aus Grants Loft zu bestücken. Das Licht fiel durch die Fenster so grandios ein, dass ich es nicht lassen konnte, mich darunter auf das teure Parkett zu legen und für die Kamera zu posieren. Einen Arm hielt ich dabei so über mein Gesicht, dass man nicht sah, dass ich ungeschminkt war. Grants Hemd drapierte ich um meine Schultern, damit es locker, aber trotzdem sexy saß. Dann hielt ich mit der anderen Hand das Smartphone hoch und schoss ein paar Fotos.

Zufrieden scrollte ich durch die Galerie. Die Bilder waren wirklich schön geworden, aber zu persönlich für Instagram. Ich seufzte. Sie zeigten eben kein tolles Outfit oder irgendeinen Pumpkin-Spice-Latte von Starbucks neben einer Designertasche von Dior. Aber es gab jemanden, dem ich sie schicken konnte.

Es dauerte nicht lange, bis Grant auf das Foto antwortete, das ich ihm kommentarlos geschickt hatte.

Grant: Ich hoffe, wenn ich wiederkomme, hast du noch genauso wenig an. :-*

Schmunzelnd betrachtete ich seine Nachricht, als der verabredete Videocall in unserer Gruppe bei mir einging. Ich nahm den Anruf an und lümmelte mich auf das Sofa.

Cami zog skeptisch die Brauen zusammen, als sie mich sah. Sie hielt scheinbar das Telefon für sich und Eden hoch, was aber dazu führte, dass ich Eden kaum sehen konnte. Und Cami auch nicht immer im Blick hatte.

»Wie ich sehe, hast du nichts anderes an«, meinte sie und ich winkte ab.

»Gib Eden dein Handy, dann sehe ich euch vielleicht auch beide.«

Es raschelte und rauschte, als das Gerät weitergereicht wurde. Danach konnte ich aber tatsächlich beide sehen.

»Ich habe ehrlich gesagt nichts anderes hier.«

»Bist du nackt zu ihm gegangen?« Eden riss die Augen auf und ich schüttelte den Kopf.

»Nein, aber im Pyjama.«

Beide tauschten eindeutige Blicke und ich gab eine kurze Zusammenfassung von allem, was gestern Abend passiert war.

»Wow, es hat dich echt mitgenommen, dass er vielleicht was mit einer anderen hatte, hm?«

Ich nickte ertappt.

»Aber es ist doch total romantisch«, kommentierte Eden Camilas Frage.

»Du findest Eifersucht romantisch?« Cami sah unsere Freundin entgeistert an und drehte sich dann wieder zur Kamera. »Jetzt mal ehrlich, es war ziemlich daneben, die Furie zu spielen, auch wenn ihr dadurch endlich mal vernünftig miteinander geredet habt.«

»Ja, ich weiß.« Allein bei dem Gedanken an meinen Auftritt gestern Nacht kroch mir die Scham den Hals hoch. »Aber jetzt ist es richtig offiziell. Wir werden das nicht mehr geheim halten.«

Ich fuhr mir durch die Haare und bemühte mich, nicht zu sehr zu grinsen. Ihnen alles erzählt zu haben hatte es realer und damit das Gefühl in meiner Brust noch stärker werden lassen.

»Ich freue mich echt für dich.« Obwohl Eden lächelte, konnte ich das Aber in ihrer Stimme hören. Ich zog die Augenbraue hoch und sie setzte nach.

»Ehrlich! Ich musste nur dran denken, wie wohl deine Familie reagieren wird.«

Bei der Vorstellung, meiner Mutter zu sagen, dass ich mit Grant zusammen war, drehte sich mir beinahe der Magen herum. Es würde das größte Donnerwetter geben, das meine Familie je erlebt hatte. Und ich hatte keine Ahnung, ob wir das überstehen würden. Klar war nur, ich brauchte einen Plan. Ich musste irgendeine Art finden, wie ich es meinen Eltern sagen konnte, ohne dass sie völlig ausflippten.

Cami kam mir zu Hilfe. »Sie schafft das schon! Außerdem hat sie ja auch uns. Und was soll ihre Mutter groß machen, wenn sie mit Grant zum Beispiel auf dem Halloweenball auftaucht.«

Ich setzte mich ruckartig auf.

»Das ist es!«

»Was ist was?«, fragte Eden, aber ich redete einfach weiter.

»Ich werde mit Grant zum Halloweenball gehen!«

»Das wird auf jeden Fall für sehr viel Aufsehen sorgen. Und danach gibt's kein Zurück mehr.« Eden riss die Augen auf, aber Cami grinste über das ganze Gesicht.

»Oh, das wird so gut! Ich sehe es schon förmlich vor mir. Und stell dir mal die Schlagzeilen vor.«

Ich rieb mir die Stirn, weil mich bei dem Gedanken daran doch ein wenig kribbelige Angst überkam.

»Wir müssen auflegen«, sagte Eden und sah über ihre Schulter. Cami reckte sich und verdrehte dann die Augen.

»Aubrey schleicht hier rum. Und wir wollten noch in die Bibliothek.«

»Du wolltest dahin«, murrte Eden.

»Während ihr am Büffeln seid, werde ich diesen wunderbaren Ausblick genießen.« Und die Aussicht darauf, dass Grant bald zurückkam.

Mit Grant gemeinsam auf den Halloweenball meiner Familie zu gehen war entweder eine richtig dumme Idee – oder meine beste Option. Ich konnte nur darauf hoffen, dass meine Mutter sich vor all den Leuten und der Presse keine Szene erlauben würde. Was ich danach machen würde, konnte ich mir überlegen, wenn es so weit war.

Ich schwang meine Beine vom Bett, schlenderte durch die Wohnung und ignorierte weiterhin die verpassten Anrufe meiner Mutter. Ich würde sicher nicht mit ihr reden, wenn es nur in einer Predigt wegen gestern Abend endete.

Stattdessen erinnerte ich mich daran, dass ich zumindest ein bisschen was für die Uni tun könnte, wenn ich den Tag schon komplett ausfallen ließ. Ich besorgte mir aus Grants Arbeitszimmer einen Block und einen Bleistift. Damit setzte ich mich auf seine überdimensionierte Sofalandschaft und begann Skizzen und Entwürfe zu zeichnen. Es gab kein bestimmtes Thema, zu dem ich etwas entwerfen wollte, und trotzdem zogen sich die Bleistift-Linien fast von selbst auf das Papier.

Ich fing mit einem Kleid an, das zwar eine klassische A-Linie hatte, sich aber durch die Details am Kragen und an den Ärmeln abhob, die historische Einflüsse aus der Gründerzeit hatten. Es hätte seltsam aussehen können, aber es gab dem Look irgendwie den richtigen Pepp. Wenn man das aus einem lockeren Leinen- oder hochwertigen Baumwollstoff mit hoher Dichte schneidern würde, säße es garantiert perfekt. Es sah nach Landsitzdame der heutigen Zeit mit einem Hauch Dark-Academia-Charme aus.

Nachdem ich meinen zweiten Entwurf angefangen hatte, merkte ich gar nicht mehr, wie die Zeit verging. Ich war so vertieft in meine Kreativität, die heute viel freier floss, dass ich das Pingen des Fahrstuhls gar nicht bemerkte. Erst als ich Grants Stimme hörte, sah ich auf.

»Ich bin zu Hause, Darling!«, trällerte er in bester Fünfzigerjahre Fernsehshow-Manier und ich grinste breit.

»Und ich habe weder geputzt noch gekocht oder sonst was gemacht, das man als gute Hausfrau in den Fünfzigern so machen würde!«, rief ich in der gleichen Stimmlage zurück und Grant lachte. Schlüssel wurden abgelegt, Stoff raschelte und ich hörte noch so etwas wie eine Papiertüte, bevor er im Türrahmen erschien.

»Ich habe uns zwei Stücke von dem Blueberry-Cheese-Mille-Crêpes von Lady M mitgebracht und einen Pumpkin-Spice-Latte.«

Ich stöhnte vor Vorfreude auf und stand auf, um ihm entgegenzugehen und ihn zu küssen. Es war ein typischer Schön-dass-du-zu-Hause-bist-Kuss. So, wie Paare das machten. In meinem Bauch flatterte es wild und ich versuchte gar nicht erst gegen das Grinsen anzukämpfen.

Grant fuhr sich mit der Zungenspitze über die Lippen. »Daran könnte ich mich absolut gewöhnen.«

Wie von selbst fanden sich unsere Münder erneut und ich spürte es warm in meinem Bauch werden. Die gute Art von warm.

»Lass mich das hier abstellen«, nuschelte Grant, ohne sich von mir zu lösen und ich ließ ihn, obwohl ich am liebsten die Arme um seinen Nacken geschlungen und ihn fest an mich gezogen hätte. Er stellte die Tüte und die Becher auf dem Tisch vor dem Sofa ab und warf sein Jackett daneben.

»Wie ich sehe, hast du dich tatsächlich dazu entschieden, mein Hemd anzubehalten.« Der Blick, mit dem er mich jetzt betrachtete, ließ seine Augen dunkler wirken. Verführerisch und unwiderstehlich löste er ein heißes Pochen in meinem Körper aus.

»Und wie ich sehe, hast du im Vergleich dazu eindeutig zu viel an.«

Ich machte einen Schritt zurück und öffnete den obersten Knopf meines Hemdes. Dann nickte ich Grant aufmunternd zu und er verstand mich auch ohne Worte. Für jeden Knopf, den ich öffnete, wurde er ein anderes Kleidungsstück los, das auf dem Boden landete. Als wir beide nackt waren, betrachteten wir einander ausgiebig. Wir berührten uns nicht, auch wenn ich am liebsten mit den Fingerspitzen über Grants Bauch gefahren wäre und mir allein der

Anblick dieser feinen Haarlinie an seinem Unterbauch einen heißen Schauer über den Körper jagte. Aber ich tat es nicht. Wir hatten ja keine Eile mehr. Nicht länger den Gedanken im Hinterkopf, dass niemand von uns wusste, wie lange diese Affäre mit uns noch andauern würde. Wir hatten Zeit.

Grants Blick überwältigte mich in seiner Intensität beinahe. Fast konnte ich fühlen, dass er mich erkannte. Die Sloan, die ich wirklich war, und nicht die Sloan, die alle in mir sehen wollten. Und ich hoffte, Grant würde nie damit aufhören.

Dass ihm die Erregung deutlich anzusehen war, ließ mich schlucken. Ich trat näher an ihn heran und strich hauchzart über seinen Bauch. Dann glitt ich tiefer und Grant holte zitternd Luft, bevor er nach meiner Hand griff, um mich aufzuhalten.

»Gib mir drei Sekunden«, keuchte er und lief in Richtung Schlafzimmer. Zuerst wollte ich ihm folgen, aber er war so schnell wieder da, dass er mir die Entscheidung damit abnahm. In den Händen hielt er ein Kondom.

Alles, was danach kam, verschwamm zu einem Wirbel aus Berührungen, Küssen, Leidenschaft und Liebe. Unsere Körper hatten sich genauso aufeinander eingespielt wie unsere Herzen und fanden leicht in ihren Rhythmus.

Und selbst nachdem wir beide zu unserem Höhepunkt gekommen und unsere Körper erhitzt und klebrig vor Schweiß waren, hielten wir einander in den Armen. Grant lag mit dem Rücken auf dem riesigen Sofa und ich an seiner Seite, dabei malte ich mit den Fingern kleine Kreise auf seine Brust. Wir schwiegen und genossen die Zweisamkeit. Etwas, das wir auch vorher schon gemacht hatten. Aber jetzt fühlte es sich besser an.

»Ist es wahr, dass du wegen der Porsche-Sache beinahe aus dem Studium geflogen wärst?«, fragte ich leise.

Grant atmete hörbar aus und ich richtete mich auf, als er nicht antwortete. »Mir war nicht klar, dass das hätte passieren können.«

»Tja, die Uni und die Anwaltskammer sehen es nicht gern, wenn man eine Vorstrafe hat.« Er fuhr sich durch die Haare und setzte sich ebenfalls auf, dabei rückten wir etwas auseinander und ich bekam Angst, dass ich es mit der Frage vermasselt hatte. Aber dann sprach Grant weiter.

»Das hätte aber jederzeit passieren können. Elliot und ich haben uns den Quatsch ausgedacht und es ist sicherlich schon aufgefallen, dass da irgendwas im Gange ist.« Er zuckte mit der Schulter und sah mich entschuldigend an. »Vielleicht sind wir deshalb überhaupt verurteilt worden.«

»Dein Vater war mächtig angepisst«, erinnerte ich mich und Grant lachte.

»Natürlich. Ich meine, wie sieht das denn aus? Es ist nicht nur deiner Familie wichtig, was die Upperclass von ihr denkt.«

Erst jetzt fiel mir wieder ein, dass ich ihm noch nichts von dem Plan mit dem Halloweenball gesagt hatte. Während ich erzählte, öffnete Grant die Tüte mit dem Kuchen und holte aus der Küche eine Gabel. Als ich fertig war, hielt er mir ein Stück hin.

»Göttlich«, stöhnte ich, als sich der frisch-süße Geschmack von Frischkäse und Blaubeeren in meinem Mund ausbreitete.

Grant wackelte mit den Augenbrauen und ließ den Blick über meinen Körper wandern. »Ja, absolut, Darling.«

Erst jetzt wurde mir wirklich bewusst, dass wir noch nackt waren. Ich angelte nach seinem Hemd, das auf dem Boden lag, und warf es mir über, ohne es zuzuknöpfen.

»Muss ich mich jetzt auch anziehen?«, fragte Grant und ich schüttelte lachend den Kopf.

»Bloß nicht!«

»Vielleicht lenkt dich meine Erscheinung sonst zu sehr ab.«

»Pfff, so unglaublich bist du nun auch wieder nicht.« Ich rollte mit den Augen und nahm ihm das Besteck aus der Hand.

»Das klang vorhin aber noch ganz anders«, fuhr Grant fort und ich schob ihm kurzerhand die Gabel samt Kuchen in den Mund. Seine Reaktion darauf war ziemlich die Gleiche wie meine und ich grinste. Die Torten von Lady M waren einfach die Besten – was sie bei dem Preis auch sein sollten.

»Also? Was sagst du zum Halloweenball?«

»Wäre es nicht meine Aufgabe, dich zu dem Ball einzuladen?«, fragte er und trank einen Schluck von dem mittlerweile kalten Latte.

Ich hob die Schultern. »Selbst ist die Frau.«

»Warum bei dem Ball?« Grant bot mir den Kaffeebecher an, doch ich lehnte ab. Stattdessen pikste ich ein weiteres Stück von dem Blueberry-Cheese-Cake auf.

»Weil ich mir sicher bin, dass meine Mutter das mit uns nicht akzeptieren wird. Ich glaube, sie ahnt seit gestern Abend etwas und hat mich schon fünf Mal angerufen. Wahrscheinlich für den nächsten Anpfiff.«

»Wow«, machte Grant und mir tat es sofort leid, ihm davon erzählt zu haben.

»Sie ist kein schlechter Mensch, sie ist nur … borniert und stur und eingebildet und … Okay, sie ist kein guter Mensch.« Ich verdrehte die Augen. Ich rechnete damit, dass er sich über sie aufregen würde.

Aber Grant schmunzelte. »Seit wann ist es dir egal, ob die Upperclass von uns erfährt?«

»Seit ich dafür das da bekomme.« Ich musterte Grant offensichtlich und flüchtete mich gleichzeitig in einen anzüglichen Blick.

»Das meinte ich nicht.« Grant stellte den Becher und den Teller weg und nahm meine Hand. »Ich möchte nicht, dass du das nur für mich tust.«

Das Herz in meiner Brust pochte drängend, als ich über die Antwort nachdachte. Ich horchte aufmerksam in mich hinein. Ja, sicher hatte mich gestern allein die Vorstellung, Grant zu verlieren, so sehr verzweifeln lassen, dass ich in dem Augenblick alles tun wollte, um das zu verhindern. Aber auch jetzt, nachdem sich die Aufregung gelegt hatte, würde ich keinen Rückzieher machen. Ich war endlich so weit, für das was ich wollte, einzustehen. Und wenn ich dabei auch Grant glücklich machen konnte, war es eine leichte Entscheidung.

»Ich tue das für mich. Ich will dich und ich will, dass das alle wissen.« Mein Herz schlug mir bis zum Hals, als ich die Worte aussprach. Bisher hatte ich für niemanden so empfunden wie für Grant.

»Ganz schön egoistisch von dir«, meinte er und schmunzelte. Dann strich er mir eine Strähne aus dem Gesicht und fuhr mit dem Finger herab zu meinem Kinn. Wie von selbst waren wir nähergekommen, sodass unsere Lippen nur noch Millimeter voneinander entfernt waren.

»Du bist unglaublich, Sloan Whitaker.«

Noch während wir uns küssten, pochte mein Herz so schnell wie das aufgeregte Flügelschlagen eines Kolibris. Ich war mir sicher: Das hier war richtig.

Grant hatte mir gezeigt, dass es doch einen Schlüssel zu meinem goldenen Käfig gab. Und mittlerweile war ich bereit ihn zu nehmen, auch wenn das bedeuten könnte nie wieder in diesen Käfig zurückkehren zu dürfen. Denn was hatte ich schon davon, ein Leben zu leben, das nicht mir gehörte?

Kapitel 30

Ich war verdammt nervös. Ich hatte vor Anspannung den ganzen Tag kaum etwas gegessen. Heute Abend würde ich allen zeigen, dass ich mit Grant zusammen war und ich ihn liebte. Und ich war bereit mich allen komischen Blicken oder Kommentaren zu stellen. Trotzdem rumpelte es unruhig in meinem Bauch.

Ich warf einen schnellen Blick auf die Uhr. Wir hatten ausgemacht, dass Grant mich abholte und wir Rhett mitnehmen würden. Er müsste jeden Moment da sein.

»Ich gehe runter in die Lobby«, hörte ich meinen Bruder sagen, bevor er im Türrahmen zu meinem Zimmer ankam.

»In Ordnung, ich bin gleich so weit.«

Ich drehte mich zu ihm und sah Rhett lächeln. Kein verhaltenes Zucken eines Mundwinkels. Ein richtiges Lächeln.

»Du siehst toll aus.«

»Danke. Aber Mom wird es hassen.« Ich widerstand nur schwer dem Drang, mein Äußeres zum xten Mal zu kontrollieren.

Heute war nicht nur eine Premiere, was Grant anging, sondern auch, was Mode betraf. Das Kleid hatte ich mir nach einem meiner Entwürfe schneidern lassen. Das hatte mich eine Menge Geld gekostet, es so schnell noch anfertigen zu lassen. Aber das war es mir wert gewesen. Der dunkelblaue Stoff war übersät mit kleinen Kristallen, die bei jeder Bewegung funkelten. Das Kleid war das beste Beispiel dafür, dass nur eine einzige Sache den Unterschied zwischen Perfektion und Desaster machen konnte. Hätte ich mich dazu entschieden, nicht die Kristalle, sondern Pailletten zu nehmen, hätte das Kleid wie ein billiger Glitzerfummel aussehen können. Aber so gefiel es mir unglaublich gut. Es war auffällig und trotzdem schlicht mit einem weiten Tellerrock, der aus zehn Trichtern bestand, die mit genauso vielen kleinen Reifröcken in Form gebracht wurden, und einem trägerlosen Oberteil, das auf den Oberarmen kunstvoll mit Tüll einen schmalen Träger bildete.

»Es geht nicht immer nur um unsere Mutter.«

Ich sah vom Spiegel, in den ich dann doch wieder geschaut hatte, zu meinem Bruder.

»Seit wann?«

Rhett schmunzelte und überging die Frage. »Ich warte unten auf dich. Grant wird sicher auch gleich da sein.«

Ich nickte, doch dann hielt ich ihn zurück.

»Das mit Grant ist für dich in Ordnung, oder?«

Mit einem Kloß im Hals wartete ich auf seine Antwort.

»Erstens, muss ich damit nicht einverstanden sein …«

Mein Herz machte einen Satz.

»Zweitens, habe ich dir bereits gesagt, dass Grant kein schlechter Kerl ist.« Rhetts Oberlippenbart zuckte wieder und ich atmete erleichtert aus. Ich hatte geahnt, dass mein Bruder es längst wusste. Als ich ihm erzählt hatte, dass wir mit Grant zum Ball fuhren, hatte er nicht sonderlich überrascht gewirkt. Es tat gut zu wissen, dass er hinter mir stand.

Mit einem Nicken verließ mein Bruder das Zimmer und seine Schritte verhallten im Flur, während ich noch einen letzten Blick in den Spiegel warf. Heute sollte alles perfekt sein.

Ich hatte fast drei Stunden im Salon bei Alexandre gesessen, damit meine Frisur und das Make-up heute genau zum Kleid passten. Er hatte meine Augen mit einem dunklen blauen und trotzdem schimmernden Look geschminkt und meine Haare zu einer kunstvollen Frisur hochgesteckt. Sie malte eine schwungvolle Linie von meinem Nacken bis zum Ausschnitt des Kleides. Als Herz des Looks trug ich Grants Kette, deren Steine an meinem Hals funkelten. Ich hatte die Farbe des Stoffs genau darauf abgestimmt. Aber das Beste an dem Kleid war, dass es Taschen hatte. Ich würde nicht den gesamten Abend eine Handtasche mit mir tragen müssen, die von meinem

Design ablenkte. Zufrieden nickte ich. So würden mich heute alle sehen und ich wollte es so.

Ich schlüpfte in meine Schuhe, dann steckte ich mein Telefon in die Taschen des Kleides und verließ das Appartement. Mit dem weiten Rock passte ich gerade so in den Aufzug und musste den Stoff ein wenig zusammendrücken, damit die Türen richtig schlossen. Als die Anzeige auf Lobby sprang und der Fahrstuhl zum Stehen kam, atmete ich durch. So aufgeregt war ich nicht einmal bei meinem Debütantinnenball gewesen, obwohl der angeblich entschied, ob man ein angesehenes Mitglied der Upperclass wurde oder gleich durch deren Wertung fiel.

Mir ging es aber gar nicht um die High Society oder die Paparazzi. Nein, es war mir nur wichtig, was Grant sagen würde.

Als sich die Türen öffneten und ich in die Lobby trat, überrollte mich eine Welle aus Emotionen. Grant stand mit Rhett mitten in der Halle und wartete. Sie hatten sich bis eben noch unterhalten, doch jetzt verstummten sie. Mein Bruder hatte wieder ein Schmunzeln auf den Lippen, aber es war Grants Gesichtsausdruck, der mir beinahe die Tränen in die Augen trieb.

Er sah mich an, wie die Schauspieler in den Blockbustern einander betrachteten, in denen von der großen Liebe gesprochen wurde – an der ich bis zu diesem Moment noch immer gezweifelt hatte. Grants Augen glänzten im Licht und seine Lippen umspielte ein milder Ausdruck, der mich schlucken ließ. Er trug einen dunkelblauen Anzug mit ebenso dunklem Hemd, das auf mein Kleid abgestimmt war. Die Manschettenknöpfe funkelten wie meine Kette und er war frisch rasiert und gestylt. Er sah wieder aus wie *Boss-Bottled* und wäre ich ihm nicht längst verfallen, hätte ich mich nun nicht mehr dagegen wehren können.

»Du bist wunderschön«, hauchte er, als ich nah genug dran war. Es störte ihn scheinbar überhaupt nicht, dass Rhett noch immer neben ihm stand. »Und ich bin mir sicher, wenn dich heute alle in diesem Kleid sehen, werden sie bald Sloan Whitaker Designs kaufen wollen.«

Ich legte meine Lippen sanft auf seine, um den Lippenstift nicht zu verschmieren.

»Du weißt, dass es mir hierbei nicht um Verkaufszahlen geht?«

»Und du weißt, dass ich dich nackt immer noch am liebsten mag«, hauchte er mir ins Ohr.

Grant verzog anzüglich den Mund, dann hielt er mir seinen Arm hin. Ich hakte mich bei ihm ein, doch er blieb stehen. Als ich zu ihm aufsah, war sein Gesichtsausdruck ernster.

»Bereit?«

Ich lächelte.

»Absolut bereit.«

Die Fahrt zur Villa meiner Eltern verlief schweigend und schneller, als ich gedacht hatte. Wir waren doch gerade eben erst eingestiegen, wie waren wir da schon an der großen Wiesenfläche vor der Villa angekommen? Über mir ragte das pompöse Haus meiner Kindheit auf, dessen Treppenaufgang mit einem roten Teppich ausgelegt war. In meinem Bauch flatterte es mulmig. Ich hatte meine Eltern aus gutem Grund länger nicht besucht. Wieder hier zu sein fühlte sich seltsam an.

Das Auto vor uns hatte seine Gäste aussteigen lassen und machte nun Platz für unsere Limousine. Der Wagen hielt und ich holte so tief Luft, wie das in der Corsage des Kleides eben ging. Rhett stieg zuerst aus, dann folgte ihm Grant. Für einen Augenblick war ich froh, dass meine Mutter bei dem Ball sehr strikt mit der Presse verhandelte. Reporter durften nur innerhalb des Hauses im großen Salon Fotos machen. Damit umging sie unvorteilhafte Bilder in der Presse von Damen wie mir, die es nicht schafften, galant aus der Limousine zu steigen. Mit dem Rock war es wirklich nicht so einfach, dabei eine gute Figur zu machen. Und dafür waren meiner Mutter die New Yorker Größen sicherlich dankbar. Das hier war zwar nicht die MET Gala, aber den einen oder anderen Schauspieler, Designer oder Sänger würde ich heute Abend sicher sehen. Für ihre exquisite Gästeliste rühmte sich meine Mutter jedes Jahr.

Ich sortierte meine Röcke und ergriff Grants Hand. Die Berührung gab mir die Ruhe, die ich in diesem Moment brauchte. Oben vor dem Eingang standen Eden und William, die scheinbar auf uns warteten.

Eden trug ein gelbes Kleid, das sie frisch und lebendig aussehen ließ, und Will hatte sich in einen Frack mit Brokat geworfen. Der sah zwar gediegen aus, war aber nicht mein Fall. Er wirkte beinahe verkleidet, obwohl der Halloweenball meiner Eltern traditionell kein Kostümball war.

Eden lächelte uns an, nachdem wir einander begrüßt hatten.

»Wow, ihr seht toll aus. Das Kleid ist der Wahnsinn.«

Grant deutete eine kleine Verbeugung an, die bei ihm charmant und gar nicht verstaubt wirkte. »Sie sehen grandios aus, Miss McAllister«, schmeichelte er ihr und ihre Wangen wurden rot.

»Können wir das nicht ein bisschen weniger förmlich halten, wo ihr jetzt zusammen seid?« Meine beste Freundin sah etwas verlegen zu Boden und Grant nickte, was sie deutlich zu erleichtern schien.

Rhett begrüßte sie ebenfalls und wandte sich dann zu Will, der erstaunlich schweigsam war. Dafür sprach seine Miene Bände.

»Du solltest das nicht machen«, sagte er mit einem missbilligenden Tonfall, ohne mich zu begrüßen.

»Ja, du auch nicht«, erwiderte ich und Will zog die Stirn in Falten.

»Wovon redest du?«

»Wovon redest du denn?«, konterte ich und freute mich vielleicht ein bisschen zu sehr, dass es so leicht war, ihn auflaufen zu lassen.

»Sloan weiß selbst, was sie tut. Dafür braucht sie weder mich noch sonst wen. Und dich und deine Meinung erst recht nicht«, mischte Grant sich ein.

Eden trat von einem Bein auf das andere, als sich die Spannung zwischen uns steigerte. Will schien das nicht zu bemerken und wagte einen zweiten Versuch, mich zur Vernunft zu bringen.

»Du kannst noch einen Rückzieher machen. Geh allein rein und niemand hat irgendwas mitbekommen. Dein Ruf kann noch gerettet werden, auch wenn er schon beschädigt ist.«

Ich schnappte nach Luft, während Grant und Rhett beide gleichzeitig dazu ansetzen, etwas zu sagen. Aber Eden war überraschenderweise schneller als sie.

»Halt dich doch einfach aus ihren Angelegenheiten raus. Sloan kann selbst entscheiden, was sie tut. Dir kann das doch vollkommen egal sein.«

Beinahe klappte uns allen die Kinnlade herunter. So energisch kannte ich Eden kaum mehr, seit sie mit Will zusammen war. Und der schien genauso wenig zu wissen, wie er darauf reagieren sollte. Als Eden ihn dann aufforderte mit ins Haus zu gehen, folgte er ihr sogar, ohne noch ein Wort zu sagen.

»Wow«, machte ich und Grant nickte.

»Er hat sie nicht verdient.«

»Nein, hat er nicht«, stimmte jetzt sogar mein Bruder uns zu. »Ich gehe rein.«

Kaum war er gegangen, drehte Grant sich zu mir.

»Du weißt, dass die Reaktion von Rutherford vielleicht nur der Anfang war?«

»Ist mir egal«, beteuerte ich nicht nur wegen Grant, sondern für mich selbst. Es durfte mich nicht kümmern, wenn ich mit Grant zusammen sein wollte. Und ein kleiner Teil von mir fragte sich in diesem Moment vor der zweiflügligen Tür meines Elternhauses, ob es mir nur anerzogen war, dass ich mir Gedanken darüber machte, was man über mich dachte. Oder ob es mir auch wichtig gewesen wäre, wenn meine Mutter es mir nicht ständig und bei jeder Gelegenheit gepredigt hätte.

»Wir sollten auch reingehen«, sagte ich, ohne mich zu rühren. Meine Füße wirkten wie auf dem Boden festgefroren und es breitete sich schon eine Gänsehaut auf meinem Körper aus. Es war Ende Oktober und dieses Kleid nicht dazu gemacht, einen warm zu halten. Aber für einen winzigen Moment fand ich es beinahe angenehmer, hier in der Kälte zu stehen, als mich dem brennenden Gerede zu stellen, das mir entgegenschlagen würde, wenn ich mit Grant hineinging. Plötzlich war ich mir absolut nicht mehr sicher, ob das hier eine gute Idee gewesen war.

Wieso hatte ich gedacht, dass das wichtigste Ereignis meiner Familie der richtige Moment wäre, meinen Eltern meinen Freund zu präsentieren?

Weil sie mich hier vor den ganzen hochrangigen Leuten weniger anbrüllen konnten, beruhigte ich mich selbst. Weil meine Mutter eher sterben würde, als mir öffentlich eine Szene zu machen. Und was danach kam, darum musste ich mich später kümmern.

Grant nahm meine Hand und warf mir einen flammenden Blick zu, der die Kälte und meine Zweifel vertrieb.

»Wir machen das hier gemeinsam. Egal, was geschieht.«

Kapitel 31

Das Haus zu betreten fühlte sich ziemlich genau so an, wie ich erwartet hatte: schwerfällig und irgendwie erdrückend, aber nicht weniger edel. Die Wände waren mit langen Stoffbahnen verkleidet, in denen winzige Lichter leuchteten. Wäre es nicht der Halloweenball meiner Familie, könnte ich mich wirklich wohl fühlen, so hübsch war es hergerichtet. Meine Mutter hatte mit der Dekoration wieder großartige Arbeit geleistet und sie würde garantiert erwarten, dass wir es ihr den ganzen Abend über immer wieder sagten. Dabei hatte sie sicher nur Angestellte durch die Gegend gescheucht und einen Wutanfall bekommen, wenn nur eine einzige Blume nicht am richtigen Platz stand.

Grant und ich gingen gemeinsam durch die Eingangshalle und ich konnte spüren, wie die Blicke der New Yorker Upperclass uns folgten. Die Luft flirrte förmlich vor Spannung und ließ meinen Nacken kribbeln. Aber Grant an meiner Seite wirkte erstaunlich ruhig und ich war beinahe froh, dass er so viel Übung darin hatte, dem Gerede der Leute zu widerstehen.

Wir betraten den großen Saal, von dem ich mir sicher war, dass er das Kaufkriterium meiner Eltern für dieses Haus gewesen war. Wer hatte sonst schon so etwas in seinem normalen Zuhause? Als Kind hatte ich oft genug Prinzessin hier gespielt und mich jedes Jahr auf den Ball gefreut. Erst nach meinem Debüt hatte sich das geändert.

Wie immer warteten meine Eltern an der linken Seite der zweiflügligen Tür und begrüßten die Gäste. Ein Fotograf stand vor ihnen und schoss das traditionelle Foto. Gerade stand Rhett zwischen meinen Eltern und als mein Vater mich sah, hob er die Hand, um mir zu winken. Sein Blick wanderte weiter zu Grant und er geriet ins Stocken. Meine Mutter hatte mich auch entdeckt und in der Sekunde, als sie meinen Begleiter erkannte, fror ihr das

Lächeln auf dem Gesicht fest. Und es dauerte mehr als einen Wimpernschlag, bis sie ihren Upperclass Gesichtsausdruck wieder aufgesetzt hatte.

Wow, das würde viel schwieriger werden, als ich gedacht hatte. Mittlerweile verfolgten uns nicht nur meine Eltern mit den Augen, als wir zu ihnen gingen. Auch die meisten anderen Gäste, die sich hier vorne aufhielten, beobachteten alles. Sie sogen förmlich jede Regung auf, damit sie später genug hatten, über das sie tratschen konnten. Meine Mutter konnte es sich gar nicht leisten, jetzt auszuflippen. Grant drückte beruhigend meine Hand, die auf seinem Unterarm lag.

»Guten Abend, Mom«, sagte ich betont höflich und wandte mich meinem Vater zu, während Grant meiner Mutter die Hand anbot. Cheryl Whitaker zögerte wahrhaftig für eine Sekunde, bevor sie sie ihm reichte. Ich meinte sogar zu sehen, wie ihr Auge zuckte, als er einen Kuss darauf hauchte.

»Du siehst toll aus«, sagte mein Vater und drückte mir einen Kuss auf die Wange.

»Danke, das Kleid habe ich selbst entworfen.«

Aus dem Augenwinkel sah ich meine Mutter wieder zucken. Dann unterzog sie mich einer Musterung und beugte sich zu mir, während Grant meinen Vater begrüßte.

»Sloan, dürfte ich dich einen Moment sprechen.« Es war eigentlich keine Frage, sondern ein Befehl. Den ich absichtlich ignorierte.

»Wir sollten gemeinsam ein Foto machen«, sagte ich laut genug, dass der Fotograf es hörte und gleich begeistert nickte. Wir stellten uns auf, meine Eltern hinter uns, und meine Mutter nutzte die Gelegenheit, mir ins Ohr zu flüstern.

»Du wirst diesen Saal gleich gemeinsam mit mir verlassen und danach wirst du hoffentlich zur Vernunft kommen.«

Ich setzte das breiteste Lächeln auf, zu dem ich meine Gesichtsmuskeln überreden konnte. Zwischen den Zähnen presste ich eine Antwort hervor.

»Du willst dich jetzt beim Begrüßen der Gäste einfach davonstehlen und sie alle warten lassen? Was würde das für einen Eindruck machen, Mom.«

Der Auslöser der Kamera klickte ein paar Mal und fing sicherlich ein schönes Bild ein. Niemand würde dem Foto ansehen wie hinter der Fassade gerade alles in Flammen aufging. Kaum war der Fotograf fertig, ließ ich meine Eltern stehen, ohne auch nur daran zu denken, der Forderung meiner Mutter nachzukommen. Und sie konnte nichts anderes tun, als mich gehen zu lassen. Adrenalin rauschte durch meinen Körper und ich war wacklig auf den Beinen, als ich mit Grant in den Saal schritt. Als wir weit genug gegangen waren, nickte Grant mir anerkennend zu.

»Du hast sie ziemlich ausgespielt gegen ihre eigenen Regeln. Erinner mich daran, dich niemals ernsthaft wütend zu machen.«

»Das hast du gehört?«

Grant hob eine Schulter. »Ich stand neben dir. Und deine Mutter flüstert nicht so leise, wie sie denkt.«

Instinktiv sah ich mich um, als ob ich den Leuten an der Nase ansehen könnte, wie viele unseren Schlagabtausch gehört hatten. Ich begegnete einigen Blicken, die sich schnell abwandten, und die Aufregung zog sich enger um meine Brust. Ich hatte doch das Richtige getan, oder? Das Gerede würde irgendwann aufhören.

Nachdem diese erste, gefürchtete Begegnung mit meiner Mutter überstanden war, brauchte es nicht lange, bis ich mich besser fühlte. Grant an meiner Seite war so witzig und zynisch wie immer und es keimte sogar langsam Freude darüber auf, gemeinsam mit ihm hier zu sein: Arm in Arm, wie auf unserer ersten Party. Und vielleicht fanden wir ja für den einen oder anderen Gegenstand einen neuen Ort.

Wir schlenderten durch die Menge und begrüßten brav jeden, den wir kannten. Grant war ein Meister im Smalltalk halten und ich hatte das Glück, dass die hohen Damen sich mehr für mein Kleid als für meine Begleitung interessierten. Jedes Mal, wenn ich auf die Frage nach dem Designer meinen eigenen Namen nannte, wäre ich am liebsten vor Freude in die Luft gesprungen.

Trotzdem hörte ich immer wieder die Gäste des Balls über uns reden und das löste gemischte Gefühle in mir aus.

»Ich verstehe nicht, wie diesen Leuten so wichtig sein kann, wer mit wem auf diesem Ball ist.«

Grant zog fragend die Augenbrauen zusammen und ich setzte nach.

»Du siehst doch auch, wie sie reden, oder? Klar, sie schauen weg, wenn ich hinsehe. Aber ich spüre das Gerede. Ich kann ihre abschätzigen Blicke spüren. Wenn es nicht der Ball meiner Familie wäre, würden sie bestimmt gar nicht mehr mit mir reden.«

Wieder kroch Panik meinen Hals hoch. Chloé hatte man geächtet, weil sie betrunken gewesen war. Raffael hatte man gleich ganz aus der High Society verbannt, weil er sich nicht vorschreiben lassen wollte, wen er treffen durfte. Hatte ich gerade dafür gesorgt, dass es mir ab morgen auch so gehen würde? Und warum verdammt noch mal machte mir das Angst?

»Sloan, ich bin dir dankbar, dass du mit mir hier bist. Und ich verspreche dir, mit der Zeit kümmert dich nicht mehr, was sie sagen. Ihre Meinung zählt überhaupt nicht. Es ist nur wichtig, was du selbst von dir denkst. Und vielleicht, was ich von dir halte.« Grant drehte sich mit einem Blick zu mir, der meine Knie weich werden ließ. »Und ich denke, dass du die wunderbarste Frau bist, der ich je begegnet bin. Und du bist fast so sexy wie ich.«

Damit brachte er mich zum Lachen und die Spannung in meinen Brustkorb löste sich ein wenig. Mit dem Daumen fuhr er sanft über mein Kinn, bevor er mich küsste. Er war vorsichtig und hauchzart und ließ mich dahinschmelzen. Beinahe vergaß ich, wo wir waren, so himmlisch schmeckte dieser Kuss.

»Ihr geht heute auch wirklich in die Vollen. Aber solange ihr das nicht in meinem Wagen macht, soll es mir egal sein«, schreckte eine vertraute Stimme uns auf. Grant lächelte an meinen Lippen, bevor er sich aufrichtete und Elliot in eine männliche Umarmung zog.

»Ich weiß eben, wie man für Aufsehen sorgt«, erwiderte Grant schmunzelnd und sein Freund lachte. Dabei bildeten sich kleine Grübchen auf seinen Wangen.

»O ja. Die Leute reden. Deshalb hab ich überhaupt mitbekommen, dass ihr schon da seid.«

Etwas unschlüssig stand ich daneben. Ich wusste nicht recht, wie ich auf Elliot reagieren sollte, nachdem ich nun die ganze Geschichte um ihr Spiel mit den Autos und der Polizei kannte.

Elliot wandte sich zu mir und fiel in eine übertriebene Verbeugung. »Miss Whitaker, wie schön Sie heute Abend hier anzutreffen.«

Ich rollte mit den Augen und setzte trotzdem zu einem Knicks an. »Oh, Mr Henderson, die Ehre ist ganz meinerseits.« Ich lächelte zuckersüß, dann ließ ich es fallen. »Und jetzt lass den Quatsch.«

Ich richtete mich wieder auf und entdeckte Cami, die in einem atemberaubenden roten Kleid steckte, das mit seinem Meerjungfrauenschnitt ihre Figur in Szene setzte.

»Wow, ihr beide seht klasse aus«, platzte sie heraus, als sie vor uns stand. »Wäre das hier ein Prom, würdet ihr König und Königin werden. So, wie die Leute reden.«

Sie zwinkerte mir zu und Grant begrüßte sie förmlich, was ungefähr so lief wie bei Eden.

»*¡Oh Dios mío!* Fitzgerald, dir ist schon klar, dass du mich einfach Cami nennen kannst?«

»Ich könnte auch bei Miss Alvarez bleiben«, gab Grant zurück und Cami schnaubte. Die beiden lieferten sich ein scherzhaftes Wortgefecht, als hätten sie das schon tausendmal gemacht. Eine Welle der Erleichterung rauschte durch meinen Körper. Es war eine Sache zu versuchen, nichts auf die Meinung meiner Eltern zu geben. Es wäre aber eine völlig andere, wenn meine Freundinnen nicht mit Grant zurechtkämen. Das spürten wir ja immer wieder bei Eden und Will, der es uns mit seiner Art auch nicht leichter machte, ihn zu mögen.

Cami stieß Grant gerade scherzhaft gegen den Oberarm und sah sich in der Runde um. Als sie Elliot entdeckte, den sie scheinbar zuvor vollkommen ausgeblendet hatte, zuckte ein nervöser Ausdruck über ihr Gesicht. Dann färbten sich ihre Wangen rot und ihr Mund stand leicht offen.

Pff, und sie wollte mir erzählen, sie hätte kein Auge auf ihn geworfen.

»Hi«, sagte er beinahe atemlos.

Cami holte Luft, um etwas zu sagen, doch es kam nichts heraus. Stille legte sich über uns und ich konnte kaum mitansehen, wie es ihr die Sprache verschlug.

»Ich sollte dann mal wieder«, murmelte Elliot sichtlich irritiert.

»Äh ja, klar.« Cami sah nicht aus, als wüsste sie, was sie da tat.

»Wir sehen uns sicher später noch«, rettete Grant die Situation und Elliot entfernte sich mit einem verwirrten Lächeln.

Cami stöhnte. »Gott, was war das denn?«, sagte sie mehr zu sich und ich musste lachen.

»Ich würde sagen, das war ein mehr als kläglicher Versuch zu flirten.«

»Kann ich bitte im Boden versinken?« Jetzt sah sie wirklich mitgenommen aus.

»So schlimm war es nicht«, beteuerte Grant und Cami musterte ihn skeptisch. Bevor ich ihr auch noch den Rücken stärken konnte, begann meine Mutter weiter vorne mit ihrer Ansprache.

Sie begrüßte alle und brachte die gleichen Floskeln wie jedes Jahr in ihrer Rede unter. Dann leitete sie über zu dem kleinen Orchester, das sowohl aus den klassischen Instrumenten bestand als auch mit einer E-Gitarre aufwarten konnte für die späteren Stunden des Abends. Als die Musiker einen langsamen Walzer anstimmten und meine Eltern gemeinsam auf die Tanzfläche schritten, fiel mir heiß wieder ein, was ich vollkommen verdrängt hatte. Der erste Tanz.

Traditionell eröffneten meine Eltern den Abend mit einem Tanz, zu dessen Mitte Rhett und ich ihnen auf die Tanzfläche folgten. Aber ich konnte doch Grant nicht einfach stehen lassen, oder? Genauso wenig konnte ich den Familientanz mit ihm machen. Innerlich verfluchte ich mich für meine eigene Dummheit, dass ich darüber nicht vorher nachgedacht hatte, und sah mich suchend nach meinem Bruder um, der zum Glück gerade auf uns zukam. Aber er wandte sich nicht zu mir, sondern drehte sich zu Cami.

»Würdest du mir die Ehre dieses Tanzes erweisen?«

Sie warf mir einen Blick zu und auch Rhett sah mich von der Seite an. »Meine Schwester hat heute einen anderen Partner.«

In dem Moment hielt Grant mir die Hand hin. Mit einem Kloß im Hals nahm ich sie. Ich hatte diese Sache angefangen und nun musste ich da durch. Gemeinsam mit Rhett und Cami traten wir auf die Tanzfläche und meine

Knie fühlten sich viel zu weich zum Tanzen an. Ich würde sicher keinen einzigen Schritt hinbekommen.

»Du kannst tanzen, oder?«, fragte ich verunsichert und Grant hob ungläubig die Augenbrauen.

»Darling, für wen hältst du mich? Bevor ich vom Olymp in die Tiefen der Unterwelt gefallen bin, wurde ich genauso in den ach so wichtigen Umgangsformen der High Society unterrichtet wie du. Ich musste sogar schon einmal den Begleiter meiner Cousine dritten Grades bei ihrem Debüt spielen, weil gar keinen Partner zu haben noch deutlich schlechter gewesen wäre, als mit mir aufzutauchen.«

»Gott sei Dank«, stieß ich erleichtert hervor und Grant zog eine Augenbraue hoch. Ich winkte ab. »Du weißt schon, was ich meine.«

»Du findest mich absolut unwiderstehlich und ich bin das Beste, was dir in deinem ganzen Leben passiert ist?«

Ich rollte mit den Augen, aber zu einer bissigen Antwort kam ich nicht mehr, als Grant den ersten Schritt im Takt der Musik machte. Und er hatte nicht zu viel versprochen. Mit ihm zu tanzen war leicht. Er übernahm selbstbewusst die Führung und ich konnte mich innerlich fallen lassen. Er hatte alles im Griff und ich war froh mal ganz kurz nicht den ganzen Druck auf meinen Schultern zu spüren, sondern schwerelos mit ihm über das Parkett zu gleiten.

Wir bewegten uns in langsamen Kreisen über die Tanzfläche und mein Blick streifte sowohl Rhett und Cami, die gemeinsam eine gute Figur abgaben, als auch meine Eltern. Ich hätte schwören können, dass Cheryl Whitaker sich dazu hinreißen ließ, mir einen bösen Blick zuzuwerfen, obwohl ihn jeder sehen könnte.

»Mach dir keine Sorgen«, sagte Grant leise. »Ich bin an deiner Seite, was auch immer geschieht. Ich verspreche es dir.«

Ich sah in seine warmen braunen Augen und atmete die Anspannung aus.

»Ich würde niemals zulassen, dass jemand dir wehtut. Das weißt du, oder?«

Mein Herz schwoll förmlich an, so viel Liebe empfand ich in diesem Moment für ihn. Ich hatte keine Ahnung, wie wir es geschafft hatten, von

Bonnie und Clyde über Romeo und Julia nun zu einem Happy Ever After zu finden. Gut, das hier war sicher nicht das Ende. Aber es fühlte sich jetzt gerade an, als würde es irgendwann auf uns warten.

Wieder traf mein Blick auf den meiner Mutter, aber ich blieb an etwas hängen, das ich hinter ihr glaubte gesehen zu haben. Waren da herbstrote Haare gewesen? Ich schüttelte den Kopf. Das konnte nicht sein. Sie hätte hier doch absolut nichts zu suchen.

Das Lied endete und wir kamen neben meinen Eltern zum Stehen. Die anderen Gäste klatschten und als das Orchester zu einem neuen Stück ansetzte, füllte sich die Tanzfläche.

Grant lehnte sich zu mir. »Bitte entschuldige mich für einen Moment, ja?« Seine Augen waren auf einen Punkt weiter hinten in der Menge gerichtet und ich reckte mich, konnte aber trotzdem nicht erkennen, was er da sah.

Ich schluckte. Die Vorstellung, allein hier herumzustehen, gefiel mir auf einmal gar nicht und Grant schien das zu spüren. Er warf mir einen kämpferischen Blick zu.

»Du schaffst das. Zeig es ihnen, Darling«, scherzte er und hauchte mir einen Kuss auf die Hand, dann ließ er mich los und verschwand unter den Gästen. Ich sah ihm noch nach, als mich eine plötzliche Berührung am Arm zusammenzucken ließ.

»Au!«, entfuhr es mir, doch meine Mutter packte fester zu. »Mom, du tust mir weh.«

»Du wirst jetzt mit mir reden, ob du willst oder nicht.«

Ihr Gesichtsausdruck jagte einen kalten Schauder über meinen Körper und ließ meine Hände augenblicklich schwitzig werden. Wenn Cheryl Whitaker sich nicht einmal mehr die Mühe gab, ein falsches Lächeln aufzulegen, würde mich gleich das Donnerwetter meines Lebens erwarten.

Kapitel 32

»Wie kannst du das unserer Familie antun?«, hallte ihre Stimme ohne die übliche Zurückhaltung durch den Raum. Ihr Gesicht war rot von hektischen Flecken, die sich bis auf ihren Hals ausbreiteten. Mom deutete mit dem Finger auf mich und stach bei jedem Wort in meine Richtung.

Sie hatte mich in den kleinen Salon geschleift, der vom großen Saal abging. Und als die Tür ins Schloss gefallen war, hatte Cheryl Whitaker jegliche Manieren, die sie mir ständig gepredigt hatte, vergessen.

Abwehrend verschränkte ich die Arme vor dem Körper und wich ihrem Blick aus. Mein Herzschlag hatte sich scheinbar verdoppelt und es fiel mir schwer, Fassung zu wahren. So wütend hatte ich meine Mutter noch nie erlebt. Beinahe wäre mir ihre sonst so versteinerte Miene lieber gewesen.

»Ich habe dich nur um eine Sache gebeten! Du solltest dich von Grant Fitzgerald fernhalten und du denkst, es ist eine fantastische Idee, hier an seiner Seite aufzutauchen? Bist du denn von allen guten Geistern verlassen?« Die Stimme meiner Mutter überschlug sich, als sie mir die Worte entgegen spuckte.

»Es tut mir leid«, gab ich reflexartig von mir.

»Und dann tanzt du auch noch unseren Eröffnungstanz mit ihm. Ist dir klar, dass das fast einer Verlobung gleichkommt?«

»Doch nur in deinen Augen!« Ich trat von einem Fuß auf den anderen. »Rhett hat mit Cami getanzt, sind sie jetzt auch beinahe verlobt?«

Meine Mutter wischte die Bemerkung mit einer Handbewegung weg.

»Sie ist nicht wie Fitzgerald Junior. Camila hat einen vorzüglichen Ruf und es tut unserer Familie gut, wenn dein Bruder sich mit ihr einlässt.«

»Aber das tut er doch gar nicht.« Ich klang nicht so stark und unabhängig, wie ich mir vorgenommen hatte, sondern quengelig, wie ein Kind.

»Es geht hier nicht um deinen Bruder«, fuhr Mom mich an. »Er weiß, was wir von ihm erwarten, und verhält sich entsprechend. Er würde uns nie so etwas antun wie du heute Abend. Du hast mich schwer enttäuscht. Ich dachte, ich hätte dir mehr beigebracht.«

»Es tut mir leid«, sagte ich wieder und wusste nicht einmal warum. Es war mir scheinbar in Fleisch und Blut übergegangen. Man widersprach meiner Mutter nicht.

»Das will ich dir auch geraten haben.« Mom richtete ihr Kleid und begann dann auf und ab zu laufen. »Wir können das noch zurechtbiegen. Nach diesem Abend triffst du dich nie wieder mit ihm, hast du verstanden?« Sie sah nur kurz zu mir, bevor sie mit ihrem Monolog fortfuhr. »Wir könnten sagen, es war eine kurzzeitige Verirrung. Aber das würde man uns nur schwer abnehmen. Wobei man das auch als makabren Scherz ausgeben könnte. Es sollte eine Art Kostüm sein, ein Witz. Du trägst ja nicht einmal irgendeinen namhaften Designer, sondern dieses scheußliche Kleid! Ja, das funktioniert ... Es glaubt ja sowieso niemand, dass eine Whitaker sich ganz ernsthaft mit Grant Fitzgerald einlassen würde. So wird die Publicity für dich und damit auch für uns zwar immer noch nicht gut, aber besser als das, was andernfalls morgen in der Zeitung stehen wird. Wir müssen hoffen, dass unsere Freunde glauben werden, was die Reporter schreiben. Am besten, du machst gleich eine Ansprache und erzählst allen genau das. Sloan, hörst du mir zu?«

»Nein.«

»Wie bitte?«

»Nein«, wiederholte ich mit fester Stimme und sah auf. Während ihrer ganzen Tirade hatte sich Widerstand in mir aufgebaut. Stärker als je zuvor. »Nein, ich werde nicht behaupten, dass mein Kleid, in das ich viel Arbeit und Leidenschaft gesteckt habe, nur ein Kostüm ist.«

»Ich habe heute Abend wirklich keine Nerven für deinen Unfug«, unterbrach Mom mich, aber ich hörte nicht auf.

»Und nein, ich werde keine Ansprache halten und sagen, dass das mit Grant ein Scherz ist. Und nein, ich werde mich nicht von ihm trennen.«

Meine Mutter schnappte nach Luft und setzte an etwas zu sagen. Doch es kam nichts heraus. Ich hatte es nach einundzwanzig Jahren geschafft, sie sprachlos zu machen.

»Ich will mit Grant zusammen sein.« Meine Stimme hatte endlich den quengeligen Ton verloren und hallte klar durch den Raum, obwohl ich am ganzen Körper zitterte. Meine Knie waren weich und ich begriff in diesem Augenblick noch gar nicht, was ich da gerade tat, obwohl ich mich die ganze Zeit darauf vorbereitet hatte. Seit ich mich auf Grant eingelassen hatte, hatte ich gewusst, dass genau das hier passieren könnte. Aber ich hatte gehofft, dass es nicht so schlimm werden würde.

»Das kannst du nicht ernst meinen«, presste meine Mutter hervor. »Wir haben dir dein Leben lang alles gegeben, was du wolltest, und so dankst du es uns?«

Ein nervöses Lachen brach aus meiner Kehle und ich hörte auf mir über die Stirn zu reiben. »O ja, Mom. Du hast mir alles gegeben. Eine Nanny, ein Hausmädchen, viel Geld. Und jede Menge Erwartungen. Nicht zu vergessen den Druck, so perfekt zu sein wie du.«

»Es ist nicht zu viel verlangt, dass du dich an die Regeln unserer Familie hältst.« Ihre Stimme bebte und zum ersten Mal sah ich so etwas wie Verunsicherung in ihrem Gesicht.

»Du hast keine Ahnung, wie es sich anfühlt, dass du von mir erwartest jemand anders zu sein. Und immer, wenn ich es nicht schaffe, deinem perfekten Ideal zu entsprechen, wirfst du mir an den Kopf, dass ihr ja sowieso nichts von mir erwartet. Ich will mir gar nicht vorstellen, unter welchem Druck Rhett steht, von dem ihr tatsächlich etwas erwartet. Ich halte ja schon kaum aus, was du von mir verlangst!«

Jetzt, wo ich einmal angefangen hatte zu reden, konnte ich nicht mehr damit aufhören. Alle Worte, jeder Widerstand, die sich über die Jahre in mir geregt hatten, brachen jetzt ohne Rücksicht auf die Konsequenzen aus mir hervor.

»Ich bin keine Puppe, Mom. Ich will über mein Leben selbst bestimmen, selbst entscheiden, wen ich liebe, und verdammt noch mal die blöden Partys auslassen, wenn mir danach ist.«

»Herrgott Sloan! Das alles nur, weil du auf das eine oder andere Dinner gehen musst? Ist es das, ja?« Mom lachte bitter auf. »Du hast keine Ahnung, wie es sich anfühlt, das alles nicht zu haben. Und wie ich dafür kämpfen musste, in diese Familie einzuheiraten.«

»Nein, Mom«, gab ich leiser zu. »Habe ich nicht. Aber nur weil du leiden musstest, um das hier zu bekommen, muss ich das nicht auch, um es zu behalten.«

Schweigen breitete sich zwischen uns aus, nur durchbrochen von meinem hektischen Atmen. Mein Körper pochte wie nach einer Stunde auf dem Laufband und ich war mir nicht sicher, ob ich nicht gleich doch noch zusammenbrach.

Meine Mutter schwieg und das Gespräch war vorbei. Ich raffte meinen Rock und lief an ihr vorbei. Es war alles gesagt, doch als ich beinahe bei der Tür war, hielt sie mich zurück. Ihre Stimme klang eiskalt.

»Wenn du jetzt da rausgehst und nicht allen sagst, dass dein Auftritt mit Grant Fitzgerald ein lächerlicher Fauxpas war, dann will ich dich nie wieder hier sehen. Dann bist du nicht mehr meine Tochter.«

Ich hielt inne. Es war ihr tatsächlich wichtiger, was die Leute dachten, als wie ich mein Leben verbringen wollte. Sie kannte mich gar nicht. Und falls sie je so was wie mütterliche Liebe für mich empfunden hatte, war diese scheinbar nicht groß genug, um meine Gefühle für Grant zu akzeptieren.

»Wenn du mich nicht willst, wie ich wirklich bin, und meine Entscheidungen nicht respektierst, dann hattest du nie eine Tochter, sondern nur eine Marionette.«

Tränen traten in meine Augen und ich verharrte immer noch mit dem Türknauf in der Hand. Doch meine Mutter sagte nichts. Sie schwieg und ich drehte den Knauf.

Ich ging zurück in die Welt der High Society, in der ich mir in diesem Moment so fremd vorkam, dass mir übel wurde. Mein Körper fühlte sich flattrig an und ich konnte mich nur mit Mühe davon abhalten, in Tränen auszubrechen.

Ich nahm zwei tiefe Atemzüge und beruhigte mich, so gut es ging. Ich hatte meiner Mutter die Stirn geboten. Ich hatte ihr gesagt, was ich immer hatte sagen wollen. Warum fühlte ich mich dann jetzt so mies?

Eine leise Stimme des Zweifels regte sich. War der Preis nicht doch zu hoch gewesen? Trotz allem liebte ich meine Eltern und ich wünschte mir wie jedes Kind, egal wie alt es war, auch geliebt zu werden.

Mir klangen Grants Worte in den Ohren.

Wenn man es ihnen nie recht machen kann, wozu es versuchen?

Ich hatte sie auch vorher schon verstanden, aber nun spürte ich ihre Bedeutung im ganzen Körper.

Kapitel 33

Mit wackeligen Schritten lief ich zwischen den Gästen umher, die keine Ahnung hatten, was sich gerade eben im Hinterzimmer des Anwesens der Familie Whitaker abgespielt hatte. Sie verbrachten eine glamouröse Nacht, die durch den Klatsch über Grant und mich sicherlich erheitert wurde. Ein mulmiges Ziehen breitete sich in meinem Bauch aus. Er war noch nicht wieder aufgetaucht. Hatte meine Mutter ihn rauswerfen lassen, ohne dass ich es mitbekommen hatte?

Ich schüttelte den Kopf. Nein, das traute ich ihr nicht zu. Sie würde nicht noch einen Skandal riskieren.

Es dauerte eine ganze Weile, den Raum ein zweites Mal abzugehen, doch ich kam wieder zum gleichen Ergebnis. Er war nicht da. Mein Blick streifte Cami und Eden, die mir sofort ansahen, dass etwas nicht stimmte. Aber ich gab ihnen wortlos zu verstehen, dass wir später darüber reden würden. Zwischen den Gästen entdeckte ich auch Rhett und drei Grüppchen weiter Elliot. Nur Grant blieb verschwunden.

Frustriert stand ich am Rand der Tanzfläche und rieb mir über die Stirn, als neben mir eine der Türen geöffnet wurde, die vom großen Saal abgingen. Die meisten führten in Salons, Lesezimmer, Arbeitszimmer. Eben die Räume, die eindeutig privat waren. Keiner der Gäste, der etwas von Manieren verstand, schnüffelte dort herum.

Ich machte einen Schritt darauf zu, um wer auch immer herauskommen würde, anzusprechen, doch ich stockte. Herbstrote Haare erschienen in der Türöffnung und ich musste ein zweites Mal hinsehen, um sicher zu sein, dass ich nicht eine Art emotionalen Schock hatte und nur fantasierte.

Aber auch nach einem weiteren Blick sah die junge Frau aus wie Aubrey. Sie trug eine schwarze Hose, eine weiße Bluse und eine schwarze Krawatte, genau wie die anderen Kellner, die die Gäste mit Champagner und Häppchen versorgten. Einige Strähnen hatten sich aus ihrem Zopf gelöst und ihre Wangen waren gerötet, als sie ihre Krawatte richtete. Ich hatte mich vorhin auf der Tanzfläche nicht geirrt, sondern sie tatsächlich gesehen.

Entschlossen setzte ich einen Schritt in ihre Richtung, bevor sie drohte in der Menge zu verschwinden, aber dann bemerkte ich aus dem Augenwinkel noch jemanden. Mindestens so zerzaust wie Aubrey trat Grant in den Saal. Laut fiel die schwere Tür hinter ihm zu, während er sich das Hemd ordentlich in die Hose steckte. Mit einer schnellen Bewegung fuhr er über seine zurückgegelten Haare, die längst nicht mehr so akkurat saßen wie vorhin noch. Er wirkte verschwitzt und aufgewühlt.

Innerhalb von Sekunden wusste ich, was passiert war.

Der Moment der Erkenntnis war still und nur durchbrochen von dem knisternden Geräusch, mit dem sich unzählige feine Risse in mein Herz fraßen. Als Grant mich bemerkte und meinen Namen sagte, dröhnte es in meinen Ohren. Er zerbrach meine Welt in tausend Splitter, die meine Haut aufrissen und sich tief in mein Herz bohrten.

Während ich mich für uns von meiner Familie losgesagt hatte, hatte er in einem Hinterzimmer mit Aubrey geschlafen.

Der Schock hinderte meinen Körper daran, das ganze Ausmaß zu fühlen, das diese Erkenntnis in mir verursachen würde. Mein Überlebensinstinkt sorgte dafür, dass mein Herz trotz seiner Wunden weiterschlug. Dabei tat jeder einzelne Schlag mehr weh, als wenn es stehen geblieben wäre.

Grants Blick traf auf meinen und seine Gesichtszüge entglitten ihm. Er sagte wieder meinen Namen, doch seine Stimme drang nicht bis zu mir vor. Er machte einen Schritt auf mich zu und versuchte meine Hand zu nehmen.

Ich musste hier raus.

Fast blind drängte ich mich zwischen den Gästen durch, schob Leute beiseite und wich Händen aus, die nach mir griffen. Erst als mir die kalte Herbstluft entgegenschlug, stoppte ich. Schwindelig tastete ich nach dem Geländer der Treppe vor unserem Haus und stützte mich ab. Regen prasselte auf die Stufen herunter.

»Es ist nicht, wie es vielleicht aussieht«, hörte ich Grants Stimme durch die kalte Nachtluft hallen, gefolgt von einem dumpfen Aufprall, als die Tür zufiel. Alle Geräusche des Balls, das Lachen und die Musik, verklang.

»Meine Mutter hat mich aus ihrem Leben gestrichen«, sagte ich, ohne auf seine Worte einzugehen. »Als ich darauf bestanden habe, dass ich dich auf keinen Fall verleugnen oder verlassen werde, hat sie gesagt, dass ich nicht länger ihre Tochter bin.«

Galle kam mir hoch und ich klammerte mich mit beiden Händen an das kalte Metall unter meinen Fingern.

»Das tut mir leid, Darling.« In seiner Stimme schwang echtes Bedauern mit, das sich auch in meiner Brust festgesetzt hatte.

»Ja, mir auch.«

»Aber jetzt bist du frei. Deine Mutter wird sich nicht länger in dein Leben einmischen.«

Ich drehte mich um und spürte, wie sich eine Träne aus meinem Augenwinkel löste. »Mir tut leid, dass ich das alles für dich riskiert habe.«

Unsere Blicke verkeilten sich ineinander. Wie Magnete hingen sie aneinander fest, unwiderruflich angezogen voneinander. Es tat mir beinahe körperlich weh, mich von Grant loszureißen.

»Das mit Aubrey war nicht, was du denkst«, fing er wieder an und fuhr sich durch die Haare. Seine Frisur war nun endgültig zerstört. So wie mein Ruf. Und mein Herz.

»Ach nein? Was war es dann, hm?« Ich lachte bitter auf. »Ich kann eins und eins zusammenzählen, weißt du? Wie oft hast du mit ihr geschlafen? Nur heute? Oder schon letzte Woche?«

Grants Miene wurde ernst und das Mitleid wich aus seinem Blick. »Gott, schon wieder dieses Thema? Ich habe dir gesagt, dass ich nicht mit ihr geschlafen habe. Das habe ich nie. Weder heute noch vor einer Woche.« Er atmete aus und fuhr sanfter fort. »Bitte glaub mir, Darling. Ich würde dir nie so wehtun.«

Er machte einen Schritt auf mich zu, doch ich zuckte vor ihm zurück. Ich konnte den Gedanken nicht ertragen, dass er mich mit den gleichen Händen berührte, die gerade noch auf ihrer Haut gelegen hatten.

»Wieso fühlt es sich dann genauso an? Ich hab dir vertraut.«

»Du bist aufgewühlt wegen deiner Mutter und diesem ganzen Tam Tam.« Er deutete auf das Haus, bevor er mich wieder ansah. »Du ziehst die falschen Schlüsse aus dem, was du gesehen hast.«

Ich schluchzte, als ich daran dachte, wie sie aus diesem Zimmer gekommen waren. Der Gedanke, dass er mit einer anderen zusammen gewesen war, zerriss mich beinahe. So viele Menschen hatten mich vor ihm gewarnt, aber ich hatte mich von ihm einwickeln lassen.

»Du kommst mit Aubrey aus dem Lesezimmer und ihr beide müsst euch wieder richtig anziehen. Was kann man daran falsch verstehen? Ich hätte nie gedacht, dass du mir das antust.«

»Ich?« Jetzt war Grant der, der höhnisch lachte. »Du bist diejenige, die mir unterstellt sie zu betrügen. Wie oft muss ich dir denn noch sagen, dass ich kein Aufreißer bin? Das ist nur Show!«

»Du willst mir erzählen, dass du mit keiner der Frauen geschlafen hast, mit denen du ausgegangen bist?«

Grant starrte mich mit offenem Mund an, sagte aber nichts, und bestätigte meinen Verdacht nur noch drängender. Wie hatte ich nur so dumm sein können anzunehmen, dass Grant Fitzgerald, der schon in der Schule diesen Ruf gehabt hatte, in Wirklichkeit ganz anders war? Jetzt war ich nur eine von diesen Frauen, die glaubten, dass es bei ihr anders sein würde. Dass sie die Eine wäre, für die der Bad Boy sich änderte. Und die Erkenntnis, dass ich eben nicht die Eine war, schmerzte mehr, als ich für möglich gehalten hätte.

»Wieso vertraust du mir nicht?«, fragte Grant mit leisem Bedauern in der Stimme. »Ich habe dir nicht einen Grund dazu gegeben.«

»Ach nein? Du hast mir versprochen, dass wir nicht erwischt werden! Und jetzt habe ich eine Vorstrafe in meiner Akte.«

Grant ballte hilflos die Fäuste. »Du wirst mir das für immer vorhalten, oder? Egal wie oft ich mich dafür entschuldige. Ich hab einen Fehler gemacht, verdammt noch mal! Einen einzigen.«

»Du rühmst dich damit, dass dieses ganze Verhalten nur dein Schutzschild gegen unsere verdorbene Gesellschaft ist, aber letztlich tust du trotzdem all diese Dinge, für die die Menschen dich verurteilen. Gestern noch hätte ich geschworen, dass du mir das nie antun würdest, und jetzt habe ich keine Ahnung mehr, was ich glauben soll.«

Dabei wollte ich nichts lieber, als ihm zu vertrauen. Als zu vergessen, was ich gesehen hatte, und seine Lüge zu schlucken, nur damit ich ihn nicht auch noch verlor.

»Wow«, machte Grant resigniert und schüttelte den Kopf. Die Spannung, die in ihm gewesen war, verflog. »Du tust es schon wieder. Du gibst mir keine Gelegenheit, mich überhaupt zu erklären. Selbst wenn ich es dir jetzt sagen würde, würde es nichts mehr ändern, oder? Du verurteilst mich, ohne die ganze Geschichte zu kennen. Und das, obwohl das genau das ist, wovor du selbst am meisten Angst hast.«

Er betrachtete mich, als hätte er keine Ahnung, wer ich war, und gleichzeitig sah er jetzt das Übelste von mir.

»Es geht hier nicht um mich«, versuchte ich zu verstecken, dass er recht hatte. Ein Teil von mir fürchtete sich davor, was die Menschen über mich denken würden, wenn sie wüssten, wer ich wirklich war. Dass ich eine unsichere, egoistische High Society-Göre war, die sich sogar eine Vorstrafe eingehandelt hatte.

»Es geht aber um uns, verdammt noch mal!« Grants Stimme schallte laut durch die Nacht und ich zuckte unwillkürlich zusammen. Tränen liefen über meine Wangen, die eisige Spuren auf meiner Haut zurückließen. Ich fröstelte aber vor allem wegen der Kälte zwischen uns.

»Du hältst mich immer noch für den Bösewicht, den alle in mir sehen wollen. Dabei versuche ich dich zu schützen!«

»Indem du mir heute Abend beweist, dass du nicht treu sein kannst?«

»Ich habe nicht mit ihr geschlafen! Wie kannst du mir das nur immer noch unterstellen?« Die Worte platzten fast aus ihm heraus.

»Ich kann das hier nicht mehr.« Ich wollte nicht hören, was er zu sagen hatte. Es waren ja doch immer nur die gleichen Ausflüchte. Den Schmerz konnte ich nicht ertragen. Er zerfraß mich von innen, bis nichts mehr von mir blieb.

»Sloan, du musst mir vertrauen. Es sieht nicht so aus, aber ich habe das alles nur für dich getan. Wir bekommen das gemeinsam hin.« Seine Augen glänzten feucht und der Schmerz, ihn so zu sehen, vermischte sich mit dem, so von ihm hintergangen worden zu sein. »Ich liebe dich«, fuhr er leise fort. »Und du liebst mich auch.«

»Niemand könnte dich lieben«, schoss es aus meinem Mund. »Sogar deine eigene Mutter hat dich verlassen.«

Ich ballte die Hände zu Fäusten, weil ich nicht mehr zurücknehmen konnte, was ich gesagt hatte. Die Worte hatten sich selbstständig gemacht in der winzigen Sekunde, in der ich Grant hatte meinen Schmerz spüren lassen wollen. In der ich ihn so verletzen wollte, wie er mich verletzt hatte. Er sollte fühlen, wie es war, denjenigen, den man liebte, zu verlieren. Aber schon in dem Augenblick, in dem ich sie ausgesprochen hatte, hatte ein Teil von mir es bereut. Zutiefst bereut, dass ich ihm das angetan hatte.

Grant starrte mich fassungslos an, dann wurde seine Miene ausdruckslos. Der ganze Schmerz und die Wut verschwanden und aus seinen Augen wich die Wärme, die ich sonst immer in ihnen sah. Er schaute mich mit solcher Verachtung an, dass ich fast spüren konnte, wie seine Liebe für mich verflog. Falls sie je wirklich existiert hatte.

»Es ist mir egal, was du über mich denkst«, antwortete Grant ausdruckslos. »Ich habe mich in dir getäuscht. Ich hätte dir nie so viel über mich erzählen dürfen, nur damit du mich jetzt bloßstellen kannst. Du bist genau wie alle anderen hier. Du unterscheidest dich kein Stück von ihnen.«

Heißer Schmerz zuckte durch meine Brust und ich setzte an etwas zu sagen, doch er ließ mich nicht. Mit einem letzten Blick, der die Splitter meines Herzens noch tiefer in mich hineintrieb, drehte er sich herum und ging. Seine Schritte knirschten auf dem Kies, als er im Regen verschwand.

Zitternd taumelte ich die Treppenstufen herunter, ohne zu wissen, was ich damit bezwecken wollte. Ich schauderte, als kalte Tropfen meine Haut trafen. Verzweiflung schnürte sich um meine Brust und ich sank in mich zusammen. Die spitzen Steine stachen durch den Stoff in meine Knie, aber ich konnte nicht aufstehen. Mein Körper gab auf unter der Last dieses Abends, während der Regen auf mich heruntertropfte und meine Tränen unter sich begrub. Dass ich vor Kälte bibberte, spürte ich kaum. Nur dumpf und fremd hörte ich das leise Schluchzen, das sich immer wieder zwischen meine rasselnden Atemzüge mischte.

Allmählich drang eine Stimme in mein Bewusstsein. Sie sagte meinen Namen. Der Regen traf mich nicht länger, obwohl er jetzt noch lauter über mir platschte.

Wieder hörte ich meinen Namen und die männliche Stimme war mir so vertraut, dass ich zum ersten Mal aufsah, seit ich zusammengesunken war. Für einen winzigen Augenblick regte sich brennende Hoffnung. Dass Grant zurückgekommen war, um sich zu versöhnen, damit ich ihm sagen konnte, wie leid es mir tat, und er mir erklären konnte, dass alles mit Aubrey tatsächlich nicht so war, wie es ausgesehen hatte, und ich ihm dieses Mal glauben würde. Aber Grant war nicht gekommen, um mir eine romantische Liebeserklärung wie in einem dieser kitschigen Filme zu machen. Natürlich nicht.

Ich hatte schon an unserem ersten Abend gewusst, dass Grant es geschafft hatte, mich in Brand zu stecken. Und in diesem Moment, auf dem Boden der Tatsachen, hatte ich die Bestätigung, dass dieses Feuer lodern würde, bis ich ausgebrannt war.

Rhett legte mir sein Jackett um die Schultern. »Was ist passiert?«

Ich öffnete den Mund, aber es kamen keine Worte heraus. Ich wusste gar nicht, wo ich anfangen sollte. Stattdessen löste sich eine Träne nach der anderen aus meinen Augenwinkeln und Rhett zog mich an seine Brust. Er legte die Hände beruhigend um meine Schultern und ich weinte.

Es dauerte einen Moment, bis er mich hochzog. Ich fürchtete, meine Beine würden einfach ihren Dienst einstellen, aber sie funktionierten noch. Rhett führte mich zwei Schritte weiter zu unserem Wagen, in dem Andrew auf uns wartete. Zitternd hörte ich, wie er leise mit jemandem sprach, während ich einstieg. Halb blind vor Tränen sah ich mich um und entdeckte Cami und Eden, die beide einen Regenschirm über uns hielten. An ihren Gesichtern erkannte ich, dass sie mir aufmunternd und gleichzeitig besorgt zuredeten, aber ihre Worte drangen nicht zu mir durch. Hinter ihnen auf der Treppe des Anwesens hatten sich schaulustige Gäste versammelt und nur aus Gewohnheit dachte ich daran, wie sie sich jetzt über mich die Mäuler zerreißen würden.

Aber es war mir egal. Das Einzige, was für mich zählte, war Grant. Und dass er mich betrogen hatte.

Kapitel 34

Ich stand unter der heißen Dusche und konnte mich nicht wirklich daran erinnern, wie wir nach Hause oder in die Wohnung gekommen waren. Ich wusste nur, dass mein Bruder mir geholfen hatte den Reißverschluss meines Kleides zu öffnen und mich dann allein gelassen hatte.

Das warme Wasser lief über meine Haut und vertrieb nach und nach die Kälte aus meinem Körper. Was blieb, war das dumpfe Gefühl in meiner Brust, da wo eigentlich mein Herz sein sollte. Meine Augen brannten vom Weinen und ich war so erschöpft, dass ich beinahe unter der Dusche eingeschlafen wäre. Erst Rhetts Klopfen an der Badezimmertür brachte mich dazu, das Wasser auszustellen und mich abzutrocknen.

Ich schlüpfte in den Einhorn-Onesie und schluckte, als die Erinnerung an Grant und die Einhorn-Unterwäsche vor meinem inneren Auge aufleuchtete. Mit dem Handrücken wischte ich mir über die schon wieder feuchten Wangen und schob damit auch die Gedanken weg.

Als ich aus dem Bad in mein Zimmer trat, saß Rhett auf der Bettkante. Seine Miene war weder mitleidig noch missbilligend. Aber an der kaum sichtbaren Falte auf seiner Stirn spürte ich, dass es ihm nicht gefiel, mich so zu sehen. Beinahe hätte ich gelacht. Ich fand es selbst nicht besonders toll und ich war absolut nicht stolz auf alles, was heute passiert war. Immer wieder kämpfte der Schmerz über Grants Betrug gegen das Schuldgefühl, ihn im Gegenzug verletzt zu haben. Keins von beiden gewann.

»Verliebt sein ist scheiße«, sagte ich mit einer Selbstironie, die ich mir in dem Moment gar nicht zugetraut hätte. Aber realistisch betrachtet hatte ich keine Vergleichsmöglichkeiten für eine gute Prognose. Ich hatte mich noch nie so sehr auf jemanden eingelassen wie auf Grant – und war noch nie so verraten worden.

»Willst du mir erzählen, was passiert ist?«

Mein Bruder half mir ins Bett und dabei, die Decke über mir auszubreiten. Ich war ihm dankbar, dass er da war, trotzdem schüttelte ich den Kopf.

»Ich wüsste nicht, wo ich anfangen sollte.«

Rhett setzte sich wieder auf die Matratze, so kerzengerade aufgerichtet, dass es nicht bequem aussah. »Was hat unsere Mutter gesagt?«

Stirnrunzelnd schluckte ich. »Dass ich nicht mehr ihre Tochter bin, wenn ich Grant nicht verlasse. Ich schätze, du hast jetzt eigentlich keine Schwester mehr«, scherzte ich bitter, obwohl mir nicht zum Lachen zumute war.

»Du wirst immer meine Schwester sein. Egal wie viele Autos du klaust und in wen du dich verliebst.«

Dankbar griff ich nach seiner Hand und drückte sie kurz, bevor ich ihn wieder losließ. Schweigen breitete sich zwischen uns aus, aber mein Bruder machte keinen Versuch zu gehen. Und auch dafür war ich ihm dankbar. Ein Teil von mir wollte sich in den Schlaf weinen und ein anderer war froh, dass Rhett mich mit seiner Anwesenheit davon abhielt und mir eine Art Pause verschaffte.

»Denkst du, er hat mit diesen ganzen Frauen geschlafen?«, fragte ich mit belegter Stimme.

»Spielt das eine Rolle? Das war vorher.«

Ich nickte. Es ging bei dieser ganzen Sache eigentlich nicht darum, mit wem er früher zusammen gewesen war, sondern dass es jemanden währenddessen gegeben hatte.

Rhett atmete aus und betrachtete mich so eindringlich, dass ich schluckte.

»Was auch immer du denkst, dass er getan hat, ich bin sicher, es gibt eine gute Erklärung dafür.« Er versuchte sich an einem aufmunternden Lächeln. »Soll ich heute Nacht bei dir bleiben?«

Ich schüttelte den Kopf, obwohl ich nicken wollte. Aber ich war kein Kind mehr, das man bemuttern musste, weil es sich wehgetan hatte. Ich musste mich daran gewöhnen, die Dinge selbst in die Hand zu nehmen.

»Schon okay. Mir geht's gut«, wiegelte ich ab, aber Rhett schüttelte den Kopf.

»Nein, das tut es nicht. Und das ist in Ordnung. Wenn du mich brauchst, bin ich nicht weit weg.«

Damit stand er auf und verließ das Zimmer, nicht ohne noch einen letzten Blick zu mir zu werfen. Nachdem er die Tür geschlossen hatte, zog ich die Bettdecke enger um meinen Körper und starrte die Decke an. Für eine winzige Sekunde dachte ich daran, mein Handy zu checken. Sicher hatten Cami und Eden mir geschrieben, aber ich wollte nicht mit ihnen reden. Eigentlich wollte ich gerade mit niemandem ein Wort wechseln. Aber gegen ein paar aufmunternde Nachrichten hätte ich auch nichts.

Ich schaltete die kleine Lampe auf meinem Nachtschränkchen an, die das Zimmer in ein warmes Licht tauchte. Suchend sah ich mich nach meinem Smartphone um, das gleich daneben lag. Rhett musste es aus meinem Kleid geholt haben. Bei dem Gedanken bildete sich ein Kloß in meinem Hals und ich schwang die Beine vom Bett.

Mein Bruder hatte das, was von dem Kleid noch übrig war, im Ankleidezimmer aufgehängt. Es sah grauenhaft aus. Das Kleid war ruiniert. Der Regen, der Kies und der Dreck hatten es ganz schön mitgenommen und ich war mir sicher, dass es nicht mehr zu retten war. Vorsichtig strich ich mit den Fingerspitzen über die Steinchen, die im schwachen Licht trotzdem funkelten.

Ich konnte es in die Reinigung geben, damit der ganze Schmutz ausgewaschen wurde und mich dann um jedes Steinchen kümmern, es an seinen Platz setzen und befestigen. Ich wollte das Kleid noch nicht aufgeben, aber ich war zu ausgelaugt, um mir heute einen Plan zu überlegen, wie ich das wieder hinbekommen konnte.

Ich schlüpfte zurück unter die Decke und wagte jetzt doch einen Blick auf mein Telefon. Wie erwartet hatte ich einige Nachrichten von Cami und Eden, die ich ignorierte, und drei verpasste Anrufe: Zwei waren von Eden, einer von meinem Vater. Ich seufzte enttäuscht.

Keine Nachricht von Grant und auch kein verpasster Anruf. Er hatte sich nicht gemeldet.

Wie, als würde dadurch von Zauberhand eine Nachricht auftauchen, wenn ich nur die Nachrichten-App öffnete, tippte ich unseren Chat an. Da waren keine neuen Nachrichten. Aber unsere alten Gespräche zu sehen trieb mir die Tränen erneut in die Augen. Die vergangene Woche war der Himmel gewesen und jetzt steckte ich mitten in der Hölle.

Ich schloss den Chat und tippte dann die Galerie an, um mich noch ein bisschen selbst zu quälen. Ich starrte die Fotos aus dem Luna Park an. Nicht nur die aus der Fotobox, sondern alle, die wir an dem Tag gemacht hatten. Ein Teil von mir wollte immer noch nicht glauben, dass ich mich so in Grant getäuscht hatte und alles, was er mir über sich erzählt hatte, nur eine Masche gewesen war. Ich hatte wirklich gedacht ihn zu kennen und hinter seine Fassade sehen zu können. Er hatte mir das Gefühl gegeben, dass es richtig war, den eigenen Träumen zu folgen und auf die Gesellschaft zu scheißen. Stattdessen hatte er sich scheinbar dazu entschieden, auf meinen Gefühlen herumzutrampeln und mich zu hintergehen.

Eine Träne löste sich aus meinen Wimpern und tropfte nass auf mein Kopfkissen. Ihr folgten noch viele andere, bevor ich irgendwann in einen unruhigen Schlaf sank. Träume verfolgten mich, an die ich mich am nächsten Morgen nicht erinnern konnte, die aber ein mulmiges Gefühl in meinem Bauch zurückließen.

Als ich wieder wach wurde, hatte ich keine Ahnung, wie spät es war. Sogar die Sonne hatte scheinbar keine Lust zu scheinen und der Himmel über New York war von dicken, dunklen Wolken bedeckt. Mein Körper fühlte sich wie gerädert an und ich schlurfte stöhnend in die Küche.

Olga hatte schon Kaffee gekocht und ich goss mir eine große Tasse ein, bevor ich die Schränke nach etwas Essbarem durchwühlte. Mir war nicht nach dem reichhaltigen und sicher hochwertigen Frühstück, das sie für uns vorbereitet hatte. Und ich war verdammt froh, dass ich gerade weder ihr noch Rhett begegnete. Nachdem ich die meisten Schränke durchhatte, betrachtete ich meine Ausbeute: eine Packung Cookies, der Rest einer Tüte Marshmallows und ein Glas Erdnussbutter.

Ich klemmte mir alles unter den Arm und hörte auf dem Weg in mein

Zimmer das vertraute Summen des Laufbands. Rhett schien wach zu sein und Sport zu machen. Vielleicht sollte ich das auch tun. Laufen hatte mir schon oft geholfen mit meinen Gefühlen zurechtzukommen, aber eine leise Stimme in meinem Kopf widersprach mir heute.

Eine Stunde später hatte ich noch immer nicht mehr gemacht, als mich mit den Süßigkeiten vollzustopfen und mich selbst zu bemitleiden. Ich hatte nicht einmal auf mein Handy gesehen, auch wenn mich die Hoffnung, dass Grant sich gemeldet haben könnte, beinahe dazu gebracht hätte.

Ich strich gerade eine große Portion Erdnussbutter auf einen der Cookies, als es an meiner Zimmertür klopfte. Rhett öffnete die Tür nicht, bis ich ihn hereingebeten hatte. Vielleicht hatte er Angst, mich wieder in einem Morgenmantel zu überraschen.

»Wie geht es dir?«, fragte er zurückhaltend und sah mich mit einem mitleidigen Blick an.

»Dank dem Zeug hier besser«, gab ich zurück und stopfte mir den Keks in den Mund.

Mein Bruder musterte mich und das Bett und ein seltsamer Ausdruck erschien auf seinem Gesicht. Mit gerunzelter Stirn setzte ich mich auf.

»Was ist?«, nuschelte ich zwischen den Keksstückchen.

»Du hast noch nicht auf dein Handy geschaut«, stellte er fest und mulmige Unruhe packte mich. »Und vielleicht solltest du das auch nicht, bis es dir besser geht.«

Alarmiert suchte ich unter den Kissen nach meinem Smartphone. Ich musste letzte Nacht mit dem Gerät in der Hand eingeschlafen sein und es dauerte, bis ich es gefunden hatte.

»Sloan, du solltest das nicht machen«, versuchte mein Bruder mich zurückzuhalten, aber das steigerte nur meine Nervosität.

»Wieso? Was ist denn los?«, fragte ich und schaltete das Display ein.

Von dem Bildschirm leuchteten mir unzählige Benachrichtigungen entgegen und ich wurde im ersten Moment beinahe davon erschlagen. Verpasste Anrufe, ungelesene Chatnachrichten und einige Nachrichten von Instagram. Das ungute Gefühl in meinem Bauch verstärkte sich noch, als ich die Anrufliste öffnete. Da waren Anrufe von Cami und Eden und auch von Grant.

Als ich seinen Namen las, hüpfte mein Herz schmerzhaft gegen meine Brust. Dann bemerkte ich, dass auch meine Eltern versucht hatten mich zu erreichen. Beide.

Das drängende Gefühl, dass etwas Schreckliches passiert war, steigerte sich noch, als ich die Textchats öffnete. Leute, die mir sonst nie schrieben, ploppten mit ungelesenen Nachrichten auf. Instinktiv tippte ich zuerst auf den Chat mit Cami und Eden.

Cami: Hast du es schon gelesen?

Eden: O mein Gott! Das tut mir so leid. Geht es dir gut?

Eden: Ich fasse es nicht, dass er das gemacht hat.

Cami: Vielleicht hat er das ja gar nicht.

Eden: Wer sollte es sonst gewesen sein? Er war der Einzige, der das Foto hatte.

Cami: Das Angebot, ihn zu verfluchen, steht immer noch.

Mein Herz stürzte tief in meinen Bauch. Fassungslos öffnete ich den Mund und las die Worte ein zweites und drittes Mal. In meinem Kopf setzte sich eine düstere Vermutung aus den einzelnen Puzzleteilen zusammen. Mit trockenem Hals wechselte ich auf den Browser, ohne die anderen Nachrichten zu lesen, und gab in das Suchfeld meinen Namen ein. Dann stellte ich die Zeitangabe auf die letzten vierundzwanzig Stunden.

Ich überflog die Einträge und mit jeder Überschrift, die ich las, blubberte die Übelkeit stärker in meinem Bauch.

Noch ein It-Girl im Knast.
Whitaker bei Sex in gestohlenem Auto aufgegriffen.
Luxus-Influencerin macht schlechte Figur in Orange.

Ich sah mir selbst wie in einem Film dabei zu, wie ich eine der Schlagzeilen anklickte. Gleich darauf leuchtete mir groß und schmutzig mein Gesicht entgegen. Hinter mir war die gestreifte Größentabelle des Polizeireviers und ich hielt eine Nummer in der Hand. Genau daneben war das Foto von mir in dem orangefarbenen Overall beim Müllsammeln platziert. Ich ließ das Telefon sinken.

Mein gesamter Körper fühlte sich dumpf an und mein Gehirn hatte Schwierigkeiten, richtig zu funktionieren. Es ergab alles keinen Sinn für mich, obwohl ich genau wusste, was passiert war. Das, was ich seit Wochen gefürchtet hatte, weshalb ich einige schlaflose Nächte und bittere Tränen vergossen hatte, war nun eingetreten.

Grant hatte die Verbrecherfotos von mir veröffentlicht und die Geschichte an die Presse verkauft.

Kapitel 35

»Und du bist sicher, dass er es war?«, fragte Cami mich mit einem mitleidigen Blick.

Ich zuckte unentschlossen mit den Schultern. Den gesamten Vormittag hatte ich damit verbracht, mich vor der Welt zu verstecken. Irgendwann waren Eden und Cami mit einer riesigen Ladung Junkfood, einer Liste richtig mieser Filme und einem Trost-Einhornplüschtier bei mir aufgetaucht. Wir lagen kreuz und quer auf dem Sofa im Wohnzimmer und im Hintergrund lief irgendeiner von ihren Filmen, den sich aber keine von uns ansah. Es war mehr ein Hintergrundgeräusch.

»Es wäre eine logische Erklärung«, murmelte ich und rieb mir über die Stirn. Wir hatten die Situation bereits in allen Details erörtert und kamen immer wieder zu dem gleichen Schluss.

»Grant hatte die Verbrecherfotos und hat auch das Bild von dir im Overall geschossen. Und er war nach eurem Streit so wütend, dass er sich an dir rächen wollte?« Cami löffelte in der Cookie-Dough-Eiscreme herum und betrachtete das alles ziemlich nüchtern. »Die Fotos an die Presse zu geben war die einfachste Rache.«

Ich schlang die Arme enger um das Einhorn. »Er muss noch eine weitere Kopie gehabt haben. Mich die Bilder löschen zu lassen, als ich bei ihm war, war sicher auch nur Teil der Show.«

Bitterkeit breitete sich in meinem Mund aus, die ich mit einem Marshmallow bekämpfte.

»Was willst du jetzt machen?«, fragte Eden und hielt mir eine Tüte mit Chips hin, die ich ablehnte.

Stattdessen zog ich mein Handy hervor, das ich vorsorglich lautlos geschaltet hatte. Zwischenzeitlich hatte ich es ganz ausgestellt, um der Wucht des Shitstorms zu entgehen, der sich mit aller Macht über mir entlud.

»Ich sitze es aus«, sagte ich, aber es klang mehr wie eine Frage.

Wieder scrollte ich durch die Kommentare auf Instagram. Unter den neusten Posts von mir tummelten sich Beleidigungen und Spott. Die Nachrichtenportale hatten mich freundlicherweise in ihren Bildern zu dem Bericht verlinkt und das Verbrecherfoto von mir war längst überall. Es war in der Presse, auf Social Media und im Internet. Und das Internet vergaß nie. Selbst wenn ich es immer wieder entfernen ließ, würde das ewig dauern. Und es gab sicher weitere Kopien davon. Diese Sache war nicht mehr aufzuhalten und schon gar nicht rückgängig zu machen.

»Du solltest dir das nicht ansehen«, flüsterte Eden leise und ich nickte. Gehorchend legte ich das Smartphone wieder weg, auch wenn ein kleiner Teil von mir das Gefühl hatte, sich selbst damit geißeln zu müssen, die gemeinen Dinge über mich zu lesen.

»Vielleicht solltest du eine Stellungnahme schreiben«, warf Cami ein. Sie hatte das Eis weggestellt und die Beine über die Sofalehne gehangen. Ihr Kopf lag auf einem großen Kissen neben mir. »Das machen die meisten Politiker so. Mit den richtigen Worten kriegen wir das wieder in den Griff.«

»Und was soll ich schreiben?« Lustlos steckte ich mir einen Cookie in den Mund, obwohl mir immer noch übel war. Mittlerweile sicher nicht nur von dem, was seit gestern passiert war, sondern von dem Mix aus verschiedenen Süßigkeiten und Snacks.

»Du gibst Grant die Schuld«, schlug sie sachlich vor. Als ich stöhnte, setzte sie sich auf und musterte mich. »Okay, ja. Ich hab dir geraten dich auf ihn einzulassen und offensichtlich hatte Eden recht mit ihrer Skepsis. Aber das spielt gerade keine Rolle. Wenn du deinen Account retten willst, fährst du die Opferschiene. Nur so kommst du da halbwegs glimpflich raus. Hm?«

»Ich werde nicht Grant ans Messer liefern, um mich selbst zu retten«, antwortete ich mit mehr Überzeugung, als ich vermutet hatte. Noch während Cami gesprochen hatte, war mir klar gewesen, dass ich das nicht tun würde. Ich würde mich nicht auf eine öffentliche Schlammschlacht einlassen. Das würde alles nur schlimmer machen.

Mein Herz zog sich krampfhaft zusammen. Wenn ich doch nur wüsste, was ich glauben sollte. Der dumme Teil von mir wollte, dass der Grant, in den ich mich verliebt hatte, der Richtige war. Ich wollte nicht glauben, dass das alles nur eine Masche gewesen war.

Aber mein rationaler Teil führte mir immer wieder die Dinge vor Augen, die Grant getan hatte. Er erinnerte mich daran, dass Grant schon immer für seine ausschweifenden Partys, seine Frauengeschichten und sein Fehlverhalten bekannt gewesen war. Grant hatte die Fotos vom Revier gehabt. Grant hatte sich mit Aubrey getroffen. Grant war mit ihr aus diesem Zimmer gekommen. Es war die einzig logische Erklärung, dass er das Bild veröffentlicht hatte, um sich an mir zu rächen, weil ich ihn verletzt hatte.

Anstatt mich für eine von beiden Versionen zu entscheiden, beschloss ich nichts zu tun. Ich würde mich einfach totstellen und wenn der schlimmste Sturm vorübergezogen war, meine Wunden lecken. Zumindest heute wollte ich mich nicht um diese Katastrophe kümmern.

Den restlichen Nachmittag verbrachte das goldene Trio, das mir heute nicht besonders schillernd vorkam, damit, faul auf dem Sofa zu liegen, Filme zu schauen und so zu tun, als gäbe es die Außenwelt nicht mehr. Keine von uns checkte ihr Telefon oder erwähnte, dass morgen wieder der Alltag begann. Ich wollte jetzt nicht daran denken, wieder zur Uni zu müssen. Zwischenzeitlich kam Rhett zu uns, der den Tag hauptsächlich in seinem Arbeitszimmer verbracht hatte, und setzte sich mit auf das Sofa. Er bat Olga uns irgendetwas Vernünftiges zu kochen, und verlor kein Wort über Grant. Erst als die Gegensprechanlage klingelte, schreckten wir aus unserem dumpfen Nichtstun hoch.

Rhett nahm den Anruf an und warf mir einen Blick zu. Ich konnte zwar nicht verstehen, worum es ging, aber ich ahnte es.

»Ist es Mom?«, fragte ich, ohne aufzustehen, doch mein Bruder schüttelte den Kopf.

»Es ist Grant und er ist schon im Fahrstuhl.«

Ich versteifte mich und spürte, wie auch Cami und Eden sich unruhig bewegten.

»Ich will nicht mit ihm reden.« In meiner Stimme schwang ein panischer Unterton mit.

Rhett nickte. »Ich kümmere mich darum.«

Er ging durch den offenen Durchgang in den Flur und bei uns wurde es still. Ich lauschte angespannt auf das Pingen und zuckte zusammen, als ich es tatsächlich hörte.

Leise Stimmen drangen zu uns vor, doch dank des Fernsehers konnte ich nichts verstehen. Bis Grant mit rauer Stimme meinen Namen rief.

»Sloan! Es tut mir leid!«

Eine Gänsehaut rauschte über meinen Körper und ich wusste plötzlich nicht mehr, wo ich hinsehen sollte. Ich presste die Lippen fest aufeinander, um mich davon abzuhalten, etwas zu sagen.

»Ich bringe das wieder in Ordnung.«

Alles in mir zog sich zusammen. Ich war zerrissen zwischen dem unerträglichen Drang, mich in seine Arme zu werfen, und der Wut in meinem Bauch, die ihm gern etwas an den Kopf geworfen hätte. Und dieses Mal hätte ich mich nicht nur mit Worten begnügt.

Ich bewegte mich nicht und traute mich kaum überhaupt zu atmen. Erst als Grant weg war und mein Bruder wieder zu uns ins Wohnzimmer kam, holte ich tief Luft.

»Ist er weg?«, fragte ich, obwohl mir noch so viele andere Fragen auf der Zunge brannten.

Rhett nickte. »Er wollte nicht gehen, ohne mit dir gesprochen zu haben. Er will nur eine Chance, dir das alles zu erklären.«

»Ich will das nicht hören. Nicht jetzt«, gab ich entschlossen zurück, aber mein Bruder ließ nicht locker.

»Sloan, du solltest wirklich –«

»Nein«, unterbrach ich ihn. »Ich will nicht.«

Rhett nickte und setzte sich wieder zu uns auf die Couch, aber ich war zu unruhig, um weiterhin diesen blöden Film zu schauen. Die Nähe der anderen drei Menschen auf meiner Liste hatte mir den Tag über gutgetan. Aber jetzt musste ich allein sein.

»Ich kann das gerade nicht.« Entschlossen befreite ich mich von Chipstüten, Kekspackungen und Decken, dann klemmte ich mir das Einhorn unter den Arm und griff mein Handy. »Danke, dass ihr da wart. Aber ich kann gerade nicht mehr.«

Eden sah mich verständnisvoll an. »Du kannst uns jederzeit anrufen.«

»Und wir holen dich morgen ab. Du gehst nicht allein zur Uni«, fügte Cami an und ich nickte. Ich hatte keine Kraft, ihr zu widersprechen.

In meinem Zimmer warf ich mich auf mein Bett und ließ den Tränen freien Lauf. Ich schluchzte so lange, bis ich mich ein wenig besser fühlte. So viel wie in den vergangenen vierundzwanzig Stunden hatte ich ganz sicher noch nie geweint.

Unschlüssig nahm ich mein Telefon in die Hand. Es blinkte immer noch eine neue Nachricht auf der Mailbox von meiner Mutter. Am liebsten würde ich sie nicht abhören, aber ich entschied mich es wie mit einem Pflaster zu machen, das man schnell abriss, damit es nicht so weh tat.

Ihre Stimme drang kratzig durch den Lautsprecher an mein Ohr. Beinahe klang sie, als hätte sie geweint. Aber meine Mutter weinte nicht.

»Sloan, du hast mich sehr enttäuscht. Was mich betrifft, bist du kein Mitglied unserer Familie mehr. Du kommst zu keinem Ball mehr und auch nicht zu Thanksgiving oder Weihnachten. Du hast den Ruf unserer Familie in den Dreck gezogen, weil du dir unbedingt den einzigen Mann aussuchen musstest, der uns schaden würde. Und dann auch noch Sex in einem Auto? Schäm dich, Sloan. Schäm dich.«

Ich ließ das Telefon sinken. Eigentlich hatte ich erwartet, dass ich wieder weinen würde, aber es kamen keine Tränen mehr. Vielleicht hatte ich sie mittlerweile alle aufgebraucht. Zurück blieb nur das dumpfe, ermattete Gefühl in meinem Bauch. Irgendwie war mein Versuch, aus der Gesellschaft auszubrechen, unglaublich schiefgegangen.

Ist der Ruf erst ruiniert … hallte das Sprichwort durch meinen Kopf.

So, wie ich mich gerade fühlte, konnte ich mir nicht vorstellen, dass ich je den Punkt erreichen konnte, an dem es mir egal sein würde. Scham brannte auf meinen Wangen und ich stand auf. Wie von selbst schlenderte ich in mein Ankleidezimmer und strich durch die vielen Designerklamotten.

Morgen, wenn ich wieder zur Uni ging, würde es nicht besser werden. Ich hatte mit dem Gedanken gespielt zu schwänzen. Aber es wurde nicht einfacher, wenn ich es länger hinauszögerte. Auf keinen Fall wollte ich mein Studium abbrechen, wenn ich nicht durch den Dekan dazu gezwungen wurde. Und wenn ich schon damit rechnen musste, morgen die Blicke aller abzubekommen, wollte ich wenigstens gut aussehen.

Kapitel 36

Am nächsten Morgen holten Eden und Cami mich ab. Ich hatte zwar noch versucht es ihnen auszureden, aber sie hatten nicht lockergelassen. Und es fiel mir deutlich leichter, mit ihnen gemeinsam am Campus anzukommen.

Wir hatten uns von Andrew fahren lassen, der jetzt vor dem Gelände parkte. Cami drückte meine Hand und Eden warf mir einen aufmunternden Blick zu.

»Wir sind bei dir, okay? So schlimm wird es schon nicht werden«, versuchte meine Kindergartenfreundin mich aufzumuntern. Trotzdem steckte ein Kloß in meinem Hals fest, egal wie oft ich schluckte.

Als wir aus dem Wagen stiegen und die Treppe zur Uni hochgingen, blieb aus, was auch immer ich erwartet hatte. Zuerst dachte ich, dass die Sache doch nicht so groß war, wie ich die ganze Zeit befürchtet hatte. Wer interessierte sich schon für mich?

Leider bemerkte ich mit jedem weiteren Schritt neugierige Blicke auf mir. Mehr als einer meiner Kommilitonen beobachtete mich und dabei blieb es nicht. Das Getuschel begann erst nur leise, aber schnell wurde es so laut, dass ich es kaum ignorieren konnte.

Scham brannte auf meinen Wangen und ich wollte am liebsten auf dem Absatz kehrtmachen und verschwinden. Dann studierte ich eben nicht länger an der Columbia. Ich konnte mich in meinem Loft verkriechen. Oder ich fing an bei Rhett in der Bar zu arbeiten. Das waren doch tolle Aussichten, oder?

Aber ich wäre nicht Sloan Whitaker, wenn ich einfach aufgeben würde. Anstatt allen den Gefallen zu tun und mich zu verstecken, reckte ich das Kinn. Ich würde jetzt nicht zusammenbrechen.

Den ganzen Tag über verfolgten mich die Blicke, das Gerede, und manche

Leute hatten sogar die Frechheit, Fotos von mir zu machen. Auf mein Handy sah ich absichtlich kaum. Weitere Hassnachrichten, Anrufe oder Beschuldigungen konnte ich nicht ertragen. Schon mittags war ich völlig ausgelaugt und froh, dass durch die Kälte die meisten Studenten sich ins Café zurückzogen. Und da passten deutlich weniger Menschen gleichzeitig rein als auf dem Platz vor der Uni. Also musste ich hier nur eine kleinere Anzahl schaulustiger Blicke ertragen.

Das war auch der einzige Grund, warum ich mich von Eden und Cami hatte überreden lassen mitzukommen. Wir saßen an unserem Stammplatz und hatten gerade die Getränke bekommen, als ich wieder jemanden meinen Namen sagen hörte. Wütend sah ich mich um und entdeckte eine Gruppe Studenten, die ich alle schon einmal gesehen hatte. Und dass sie erschrocken wegsahen, verriet sie.

Aufgebracht drehte ich mich zu ihnen herum. »Wie wär's? Wollt ihr vielleicht ein Foto mit mir machen? Oder soll ich euch irgendwelche Fragen beantworten? Traut euch ruhig, anstatt hinter meinem Rücken über mich zu reden.«

Im Café wurde es spürbar stiller, wohingegen es an dem Tisch der anderen hektisch wurde. Sie stammelten eine Entschuldigung vor sich hin und verstrickten sich in kaum verstehbaren Halbsätzen. Nach einem weiteren bösen Blick drehte ich mich wieder zu Cami und Eden.

»Was?«, fauchte ich sie an und Camila hob abwehrend die Hände.

»Nichts. Ich werde ganz sicher nicht die Nächste sein, die deinen Zorn abbekommt.«

»Und der ist nicht gerechtfertigt?«

»Doch, das ist er«, beruhigte Eden mich. »Am besten du ignorierst sie alle. So wird es ja nicht besser.«

Ich nickte und starrte auf meinen Blueberry-Muffin, der mich an Grant erinnerte.

»Emilia hat ihr goldenes Ticket erhalten und hört gar nicht mehr auf von ihrem Debüt zu reden«, erzählte Cami, um mehr als offensichtlich das Thema zu wechseln.

»Hat sie schon ein Kleid?« Eden nahm einen Schluck von ihrer heißen Schokolade. »Sie muss bald anfangen sich eins zu suchen.«

Cami warf einen Blick zu mir, bevor sie antwortete. »Ich hatte eigentlich gehofft, dass Sloan ihr eins entwerfen könnte.«

Ich sah auf. »Ich soll was?«

»Einen Entwurf machen«, wiederholte Cami. »Dein Kleid für den Ball war so unglaublich schön und meine Schwester würde sich bestimmt freuen. Und das ist keine Mitleidsanfrage«, schob sie nach und ich musste gefühlt zum ersten Mal heute lächeln. Ein ungewohntes Erfolgsgefühl regte sich zaghaft in meinem Bauch und ich nickte.

»Okay, ich schaue, was ich tun kann.«

»*¡Eres la mejor!*« Cami klatschte in die Hände und strahlte über das ganze Gesicht. »Sie wird sich mega freuen, glaub mir.«

Ihre Freude vertrieb die dunklen Wolken ein wenig, die in meinem Kopf zu schweben schienen. Aber die Erleichterung hielt nur kurz an, bis Eden Thanksgiving erwähnte. Ohne es zu wollen, klinkte ich mich mental aus dem Gespräch aus. Ich hatte im Gegensatz zu meinen Freundinnen keine Ahnung, wie ich die Feiertage dieses Jahr verbringen würde. Bei meiner Familie war ich ja nicht mehr erwünscht.

Ich ließ den Blick über die anderen Gäste im Café wandern und begegnete mehr als einem Paar Augen, das sich auf mich gerichtet hatte. Sie beobachteten mich, als erwarteten sie, dass ich wie eine irre Verbrecherin eine Show für sie hinlegte. Je länger ich hier mit meinen Freundinnen saß, umso spürbarer wurde er. Dieser Druck, es sowieso falsch zu machen. Er war so groß, dass ich dem am liebsten nachgegeben hätte.

Wieder hörte ich weiter hinten im Raum meinen Namen und sprang beinahe von meinem Stuhl auf, bereit loszubrüllen und ihnen allen das zu geben, was sie von mir erwarteten. Ich öffnete den Mund, als ich Aubrey in Nähe der Tür stehen sah. Sie lehnte mit verschränkten Armen an der Theke und beobachtete mich mit einem selbstzufriedenen Grinsen, das Hitze in mir explodieren ließ. Unsere Blicke trafen sich und wenn meiner hätten töten können, hätte er es jetzt auf jeden Fall geschafft.

Ihr Lächeln verschwand und schneller, als mir recht war, nahm sie ihre Tasche vom Hocker hinter ihr und lief durch die Tür. Ohne auf die verwirrten Fragen von Eden und Cami zu reagieren, schnappte ich mir geistesgegenwärtig meine Jacke, dann folgte ich Aubrey nach draußen.

»Hey!«, rief ich ihr hinterher. »Bleib stehen!«

Ich beschleunigte meine Schritte und holte sie ein, bevor sie um die nächste Ecke verschwinden konnte.

Überrascht zuckte sie vor mir zurück, aber als sie sich gefangen hatte, reckte sie das Kinn. Das schüchterne Mädchen vom Anfang des Semesters schien verschwunden zu sein. Hätte ich es nicht besser gewusst, hätte ich behauptet, dass ich eine andere Person vor mir hatte.

»Was willst du von mir?«, fragte sie fordernd.

Im ersten Moment wusste ich keine Antwort auf ihre Frage. Es war alles so schnell gegangen, dass ich mir keinen Plan zurechtgelegt hatte und nicht einmal selbst genau wusste, was mich dazu getrieben hatte, ihr nachzulaufen.

»Was hattest du auf dem Halloweenball verloren?«, entschied ich mich für die erste Frage, die mir in den Sinn kam.

Sie steckte abwehrend die Hände in die Taschen ihres Mantels. »Ich habe gearbeitet. Ich wusste nicht, dass ich das nicht darf.«

»Du kannst überall anders arbeiten als bei meinen Eltern.«

Sie zuckte mit den Schultern und setzte ein Lächeln auf, das so perfekt in die High Society passte, dass es mich völlig aus dem Konzept brachte.

»Das war die einzige freie Stelle. Außerdem ist es doch das Megaevent. Da kann nicht einmal die Children's Care Gala mithalten.«

Ihre Worte hallten in meinem Kopf nach und lösten eine Flut von Bildern aus, die auf mich einprasselten. Wie Grant seine Hand auf ihrem Rücken gehabt hatte. Und vor allem meine Angst davor, ihn zu verlieren. Und jetzt war genau das passiert. Mir schnürte sich die Brust zusammen, so sehr schmerzte der Gedanke.

»Kann ich jetzt gehen?«, fragte sie mit einem genervten Seitenblick. »Ich hab wirklich keine Zeit mehr für deine Unsicherheiten.«

Ich schnappte nach Luft, aber es kamen keine Worte aus meinem Mund.

Die Art Tirade, die mir noch vor ein paar Monaten so leichtgefallen wäre und die sie dann sprachlos gemacht hätte, blieb mir im Hals stecken.

»Ähm«, stammelte ich, als meine Verwirrung überwog.

Ich hatte nicht damit gerechnet, dass Aubrey sich in ein paar Monaten so verändert hatte. Damals war sie beinahe in Tränen ausgebrochen, weil ich versehentlich ihr Kleid zerrissen hatte, aber heute war sie die, die mich niedermachte. Und je länger ich sie betrachtete, umso mehr hatte ich das Gefühl, etwas zu übersehen. Als wenn die Lösung für alles, das gerade keinen Sinn ergab, genau vor meiner Nase war.

»Ich geh dann jetzt«, sagte sie und wurde kurz von ein paar Studenten abgelenkt, die an uns vorbeiliefen. Sie warfen mir geringschätzige Blicke zu und tuschelten einander etwas Gemeines über mich zu. Aubreys Gesichtsausdruck erhellte sich merklich. Ihr war anzusehen, wie sehr es sie freute. Dieses zufriedene und gleichzeitig stolze Funkeln in ihren Augen schob die einzelnen Teile dieses Puzzles mit einem Ruck zu einem Bild zusammen.

Aubrey trug einen grünen Mantel aus der vorletzten Saison. Genau wie den, den ich hier im Café gesehen hatte, als ich Eden und Cami von Grant und den Fotos erzählt hatte. Das musste etwas bedeuten. Außerdem war Aubrey zu den seltsamsten Gelegenheiten in meiner Nähe gewesen. Hier im Café, an Grants Seite auf der Gala und sogar auf dem Halloweenball meiner Eltern. Jetzt ergab alles einen verqueren Sinn in meinem Kopf. Das oder ich wurde verrückt.

»Du hast was damit zu tun«, presste ich fassungslos hervor. »Du hast die Fotos veröffentlicht.«

Beinahe ertappt sah sie sich um und das reichte, um meine Vermutung zu bestätigen. Ich lachte böse auf.

»Gott, ich bin so blind. Dabei war es so offensichtlich! Du bist mir ständig gefolgt, du jobbst auf dem Ball meiner Eltern und du belauschst uns, wo du kannst.«

Obwohl Aubrey sich Mühe gab, ihre Gefühle vor mir zu verbergen, wirkte sie schuldig. »Ich weiß nicht, was du meinst«, stammelte sie.

»Und dann wirfst du dich allen Ernstes an Grant ran, um mir eins auszuwischen? Hast du mit ihm geschlafen?« Meine Stimme klang gepresst und ich machte mich wahrscheinlich völlig lächerlich. Aber das war mittlerweile auch egal.

»Was?«, gab sie sich unwissend, doch ich würde nicht lockerlassen.

»Hast du verdammt noch mal mit Grant geschlafen?!«

»Ich hätte es gekonnt, wenn ich gewollt hätte.« Sie funkelte mich wütend an und ich wollte ihr nur zu gern glauben, dass sie es zwar gekonnt, es aber nicht getan hatte.

»Also hast du keinen Sex mit ihm gehabt?«, fragte ich wieder, als ob ich es nur aus ihrem Mund hören müsste. Auf eine verquere Weise würde es dann Sinn ergeben. Denn was hätte Aubrey davon zu verneinen, wenn ein Ja mir deutlich mehr wehtun würde?

»Nein, habe ich nicht! So ein Mädchen bin ich nicht.« Sie runzelte verärgert die Stirn und trat von einem Fuß auf den anderen, während eine seltsame Erleichterung meinen Körper flutete. Eine unsichtbare Last fiel von meinen Schultern.

»Was wolltest du dann von ihm? Habt ihr die Fotos gemeinsam der Presse zugespielt?«

»Das habe ich ganz allein geschafft«, platzte sie heraus. Vor Schreck weiteten sich ihre Augen und mein Mund klappte zeitgleich herunter. Wut vermischte sich immer stärker mit der Erkenntnis, dass ich alles falsch verstanden hatte. Ich war so blind gewesen.

»Wozu das alles? Weil ich eins von deinen dämlichen Kleidern zerrissen habe?«

»Du hast keine Ahnung, wie sich das anfühlt, wenn zerstört wird, woran du monatelang gearbeitet hast!« Sie spuckte mir die Worte entgegen und ihre Stimme zitterte. »Ich bin nicht so reich wie du! Ich muss mir den Stoff für meine Designs bitter zusammensparen. Wenn ich Glück habe, finde ich Stoffreste in den Mülleimern der großen Fabriken. Und du trampelst einfach so auf meiner Arbeit herum, nur weil du dich noch nie für irgendetwas anderes interessiert hast als dein Geld. Nur deshalb halten dich alle für mehr wert als die anderen Menschen. Aber das ist jetzt vorbei.«

Plötzlich sah sie wieder aus wie die Aubrey, deren Kleid ich kaputt gemacht hatte. Tränen glänzten in ihren Augen und ihre Nase war gerötet. Sie verschränkte die Arme vor dem Bauch und presste die Lippen fest aufeinander. Dass sie bereute mir das erzählt zu haben, war offensichtlich.

Anstatt sie anzuschreien, was ich wirklich gern tun würde, sammelte ich mich. Ich hatte sie vor allen bloßgestellt und jetzt hatte sie aus Rache das Gleiche mit mir gemacht. Ich konnte mir nicht einreden, dass mich daran keine Schuld traf. Nicht länger so tun, als wären immer nur die anderen verantwortlich.

Ich nahm einen tiefen Atemzug. »Dass ich dein Kleid zerstört habe, tut mir leid. Und dass ich vor allen so auf dir herumgetrampelt bin«, gab ich zu. »Ich hab mich mies verhalten, okay? Aber das gibt dir nicht das Recht, diese Fotos von mir an die Presse zu geben.«

»Jetzt weißt du wenigstens, wie es sich anfühlt. Nicht besonders toll, oder? Du wirst deinen Account verlieren, deinen Ruf und deinen Freund.«

Der flüchtige Moment des Mitgefühls für sie verflog und machte wieder der hilflosen Wut Platz, die ich seit gestern mit mir herumtrug. Ich trat einen Schritt näher an sie heran und über Aubreys Gesicht zuckte Angst. Doch sie wich nicht zurück, sie erstarrte.

»Bitte fass mich nicht an«, flüsterte sie leise und meine Wut verrauchte. Aubrey zitterte am ganzen Körper.

»Ich bin nicht so ein Mädchen«, wiederholte ich ihre Worte und brachte Abstand zwischen uns. Doch Aubrey rührte sich nicht und ich konnte kaum fassen, dass sie diejenige gewesen war, die mich der Presse ausgeliefert hatte. Mich und damit auch Grant.

Schweigend drehte ich mich herum und ließ sie stehen. Ich musste einsehen, dass ich alles falsch gemacht hatte, was ich hätte falsch machen können.

Ich hatte Aubrey gedemütigt. Ich hatte Grant einen Lügner genannt und ihm nicht zugehört. Ihm nicht geglaubt, dass er mir nichts vorspielte, obwohl ein Teil von mir den echten Grant so gut kannte. So verdammt gut, dass ich mich in ihn verliebt hatte. Aber ich hatte alles zerstört, weil ich dem Gerede und den Vorurteilen der High Society geglaubt hatte. Ich hatte Mist gebaut. Verflucht großen Mist.

Kapitel 37

Als ich nach Hause kam, wartete Rhett auf mich. Kaum war ich zur Tür herein und hatte meine Jacke abgehängt, trat er in den Flur.

»Wir müssen reden.«

»Willst du mit mir Schluss machen, Bruderherz? Es liegt an mir und nicht an dir?« Ich seufzte. »Ich bin wirklich erledigt. Kann das nicht warten?«

Den ganzen Heimweg lang hatte ich mir den Kopf zerbrochen. Ich hatte kurz bei Cami angerufen, um ihr zu sagen, dass ich nicht zurückkommen würde, und auch gleich von diesem seltsamen Streit mit Aubrey erzählt. Mein Kopf würde platzen, wenn ich weiter über diese ganze Misere nachdenken musste. Ich konnte wirklich auf ein ernstes Gespräch mit meinem Bruder verzichten. Aber Rhett sah das anders.

»Nein.« Er wartete meine Antwort gar nicht ab, sondern ging in die Küche. Schlurfend folgte ich ihm und jammerte innerlich der heißen Badewanne nach, die ich dringend gebrauchen konnte.

Rhett lehnte an der hohen Theke und schob mir wortlos eine Zeitung hin.

»Ich muss heute wirklich nicht noch einen Artikel lesen, in dem ich zerrissen werden.«

»Lies ihn.« Er machte keine Anstalten, sich zu bewegen oder aufzugeben, und wir lieferten uns ein erbittertes Blickduell, das ich letztlich verlor. Naserümpfend zog ich die Zeitung zu mir und stutzte. Über dem Artikel, den Rhett aufgeschlagen hatte, prangte kein Bild von mir, sondern eins von Grant. Es war keins von den schicken von ihm im Anzug, sondern ein Foto, das mir einen heißen Schauer durch meinen Körper jagte. Sein Verbrecherfoto war in der Zeitung abgedruckt.

Hektisch überflog ich den Artikel. Es schien sich um ein Interview zu handeln, bei dem Grant klarstellte, wie es zu unserer Verhaftung gekommen war.

Er erzählte, dass es seine Idee gewesen war, den Wagen zu nehmen. Und er berichtete sogar von dem Spiel mit den Autos, ohne Elliots Namen zu erwähnen. Was er immer wieder unterstrich, war, dass ich mit der Sache eigentlich überhaupt nichts zu tun hatte, sondern er mich verführt hätte.

Fassungslos starrte ich das Papier an. Grant nahm die Schuld auf sich.

Tränen sammelten sich in meinen Augen, als mir das gesamte Ausmaß klar wurde. Was würde sein Vater sagen, wenn er das mitbekam? Würden jetzt noch weitere Strafen auf ihn warten? Was war mit seinem Jura-Studium? Und wieso um Himmels willen machte er das für mich?

»Grant ist kein schlechter Mensch«, wiederholte mein Bruder und seine Mundwinkel zuckten zu einem halben Lächeln.

»Das weiß ich auch. Er ist kein schlechter Mensch und das war er nie.« Meine Stimme klang belegt und ich hielt die Tränen nur mit Mühe zurück.

Ich hatte alles zwischen uns versaut. Weil ich den Gerüchten geglaubt hatte und mich von meinen Ängsten hatte leiten lassen.

»Er hat die Fotos nicht veröffentlicht«, fuhr mein Bruder fort und ich nickte.

»Das ist mir heute auch klar geworden. Es war Aubrey.« Frustriert rieb ich mir über die Stirn. »Weißt du, was ich trotzdem nicht verstehe? Wieso er mit ihr auf dieser Gala war. Und dann auch noch in dem Lesezimmer auf dem Ball. Du hast das nicht gesehen, aber er musste sich die Frisur und Klamotten richten und das alles. Und sie sah nicht besser aus. Es war so eindeutig, was in diesem Zimmer passiert ist. Dachte ich.«

»Du irrst dich.«

Rhett musterte mich und mich beschlich das Gefühl, dass er etwas vor mir zurückhielt.

»Sag schon, was auch immer es ist. Schlimmer werden kann es nicht mehr.«

Ich wischte mir eine Träne aus den Wimpern und verrieb die Mascaraspur auf meinem Finger. Dann sammelte ich mich wieder. Heute würde sicher eine weitere verheulte Nacht auf mich warten, da musste ich nicht schon am Nachmittag damit anfangen.

Mein Bruder nippte an seinem Energydrink, der vor ihm auf der Theke stand. »Grant hat mir erzählt, was passiert ist. Auch deshalb wollte ich mit dir sprechen. Auf dem Ball hat er Aubrey Geld angeboten, wenn sie dafür die Bilder nicht veröffentlicht.«

Ich wollte etwas erwidern, aber er ließ sich nicht von mir unterbrechen.

»Als er erfahren hat, dass sie ihm die Bilder von dir gestohlen hat, hat er versucht sie aufzuhalten. Es gab einen heftigen Streit auf dem Ball. Das Ende davon hast du miterlebt. Die Details muss er dir erzählen.«

Ich sank auf einen der Stühle am großen Küchentisch und vergrub das Gesicht in den Händen. Eigentlich müsste es in mir toben. Die Schuldgefühle sollten sich durch meinen Bauch fressen, gepaart mit dem Schmerz meines gebrochenen Herzens, aber ich fühlte nichts. Es war zu viel für mich.

Rhett räusperte sich. »Und er hat deine Kaution und den Anwalt bezahlt.«

Ich stöhnte auf. »Nein, hat er nicht. Bitte sag mir, dass das nur ein blöder Scherz von dir ist.«

»Ist es nicht.« Rhett zog den Stuhl neben mir zur Seite und setzte sich. »Du hast mich gebeten es unter allen Umständen geheim zu halten. Ich konnte kein Geld von einem unserer Konten nehmen. Unsere Eltern können sie einsehen und hätten es bemerkt. Fitzgerald hat Mr Baldwin bezahlt.«

»O Gott! Also schulde ich ihm auch noch Geld?«

Vor Scham und Schuldgefühlen rollten jetzt doch verzweifelte Tränen über meine Wangen.

»Was mache ich denn jetzt?« Ich rieb mir über die Stirn, die bestimmt schon ganz rot war, und traute mich kaum meinen Bruder anzusehen. Dann spürte ich sanft seine Hand auf meinem Unterarm.

»Ich mische mich selten in deine Angelegenheiten ein, aber darf ich dir einen Rat geben?«

Ich sah auf und er sprach weiter.

»Es ist toll, für das einzustehen, was man wirklich will, und damit etwas zu riskieren. Aber das ist nur der Anfang. Man muss letztlich auch zu den Konsequenzen stehen und Verantwortung für das eigene Handeln übernehmen.«

Mir schnürte sich der Hals zu und ich hatte Schwierigkeiten zu schlucken.

Rhett traf einen wunden Punkt. Er stach mitten in den Teil von mir, der sich nach wie vor drückte. Ich hatte die ganze Zeit gewusst, dass die Aktion mit dem Porsche und der Festnahme genauso meine Schuld gewesen war. Und ich musste auch einsehen, dass meine überhebliche Art Aubrey genug verletzt hatte, um sich an mir zu rächen. Und nicht zuletzt hatte ich mich sogar davor gedrückt, für meine Beziehung mit Grant die Verantwortung zu übernehmen. Weil es leichter war, anderen die Schuld zu geben und sich selbst als Opfer zu sehen.

Aber ich musste damit aufhören. Wenn es noch irgendeine Chance gab, diesen Trümmerhaufen, der mein Leben war, wieder aufzuräumen, dann nur, wenn ich es selbst machte.

Es kullerten weitere Tränen meine Wangen herab und ich begann zu schluchzen.

»Es tut mir leid, Sloan.« Rhett legte wieder die Hand auf meinen Arm, aber ich schüttelte den Kopf.

»Nein, du ja hast recht«, gab ich zu. »Mit allem. Und Grant hatte recht.«

Ich lachte unter Tränen auf, weil es mir so lächerlich vorkam, dass ich es nicht früher eingesehen hatte. »Aber ich weiß jetzt, was ich zu tun habe.«

Ich sprang vom Stuhl auf und tastete meine Hose ab, doch ich fand mein Telefon nicht. Mit schnellen Schritten lief ich zu meiner Jacke und durchsuchte die Taschen, erst in meiner Handtasche streiften meine Finger die bekannte Struktur meiner Handyhülle und ich stöhnte erleichtert auf. Der Drang, sofort mit Grant zu sprechen, war so übermächtig, dass ich mich kaum beruhigen konnte.

Ich wischte über das Display und ignorierte die vielen Nachrichten und Instagram-Benachrichtigungen, fand seine Nummer und drückte auf das Hörersymbol.

Es klingelte ewig lange, ohne dass er abnahm. Ich wurde auf die Mailbox weitergeleitet und setzte an etwas zu sagen, dann legte ich auf. Ich wollte dieses Gespräch nicht über eine Mailbox führen.

Noch einmal wählte ich seine Nummer, wieder klingelte es. Dieses Mal landete ich deutlich schneller auf dem Anrufbeantworter und ein Schwall eisiges Wasser leerte sich gefühlt über meinem Kopf. Es tropfte kalt über meinen Rücken und ließ mich frösteln.

Hatte ich so großen Mist gebaut, dass er noch nicht einmal mit mir reden wollte? Jetzt war er es, der nicht zuhörte und mir keine Chance gab, mich zu erklären.

Zitternd wählte ich ein drittes Mal seine Nummer, wieder landete ich auf der Mailbox.

Meine eigene Medizin schmeckte bitter und das bremste meinen Tatendrang. Unschlüssig drehte ich das Telefon zwischen den Fingern, während ich auf mein Bett sank. Ich könnte ihm eine Nachricht schreiben. Oder die Sache mit der Entschuldigung gleich ganz sein lassen, aber dann bestand eine ziemlich große Chance, dass ich das alles nicht wieder geraderücken konnte. Und wenn ich daran dachte, wie ich mich nach unserem Streit gefühlt hatte, dann hatte sich das sehr viel schlimmer angefühlt als die Veröffentlichung der Verbrecherfotos. Ich hatte die ganze Zeit vor der falschen Sache Angst gehabt.

Anstatt mir Sorgen zu machen, was die Leute wohl denken oder sagen könnten, hätte ich mich lieber darum kümmern sollen, was Grant dachte und wollte und fühlte. Gott, ich war so dumm gewesen. Aber damit war Schluss. Ich konnte nicht zulassen, dass alles zwischen uns endete.

Ich lief in den Flur und warf mir meine Jacke über, dann hängte ich die Tasche um.

»Willst du zu ihm?« Rhett schnürte sich gerade die teuren Lederschuhe zu und griff ebenfalls seinen Mantel von der Garderobe. »Ich kann dich mitnehmen.«

Wir verließen gemeinsam das Appartement und den ganzen Weg bis zu Grants Wohnhaus schwiegen wir. Mir war nicht nach Reden. Erst als Andrew den Wagen anhielt, räusperte Rhett sich.

»Tust du mir einen Gefallen?«, fragte er.

Ich hatte den Türgriff in der Hand, hielt aber inne und nickte.

»Sag ihm nicht, dass ich dir von den Anwaltskosten und seinem Bestechungsversuch bei Aubrey erzählt habe.«

»Hättest du das nicht getan, hätte ich wohl noch länger gebraucht, um zu merken, wie blöd ich mich verhalten habe.«

Rhett hob einen Mundwinkel. »Das streite ich nicht ab. Aber ich habe mit Grant ausgemacht es niemandem zu erzählen. Und du weißt, wie ich mit Versprechen umgehe.«

»Du hast es für mich gebrochen?« Mein Herz wurde schwer bei dem Gedanken, dass er meinetwegen scheinbar eine ganze Menge Geheimnisse mit sich herumtrug.

»Es tut mir leid, dass du die Verurteilung vor unseren Eltern geheim halten musstest. Das war ...«, ich stockte kurz, »ziemlich egoistisch von mir. Ich hätte dich da nicht so mit reinziehen dürfen. Ich ... Es tut mir leid.«

Ich stammelte mehr, als dass ich eine gute Entschuldigung hinbekam, und hoffte inständig, dass ich das bei Grant besser machen würde. Mein Bruder verstand mich trotzdem. Er beugte sich zu mir und nahm mich kurz, aber herzlich in seine Arme.

»Du schaffst das«, sprach er mir Mut zu, als hätte er meine Gedanken gelesen.

Ich nickte und stieg aus dem Wagen, dann sah ich an dem großen Gebäude hoch. In meiner Kehle breitete sich ein Kloß aus, den ich mit Nachdruck herunterschluckte. Ich konnte das. Alles würde gut werden. Oder?

Dieses Mal machte ich nicht den Fehler, wie eine Irre zum Fahrstuhl zu hechten, sondern trat gezielt zur Rezeption. Zu meinem Glück – oder Pech – saß wieder Kingston hinter der Theke. Er musterte mich mit fast argwöhnischem Blick, dabei war ich in der Woche nach meinem nächtlichen Auftritt öfter hier gewesen.

»Hallo, Kingston«, begrüßte ich ihn. »Ich möchte zu Grant. Ist er da?«

Er schüttelte den Kopf und dabei löste sich eine seiner schwarzen Dreads, die er nach hinten gebunden hatte. Dann warf er einen Blick zu seinem Sicherheitsmann neben dem Fahrstuhl.

»Ist er wirklich nicht da oder will er mich nur nicht sehen?« Ich kniff die Augen zusammen und Kingston schüttelte wieder den Kopf.

»Er ist nicht da, Miss Whitaker.«

»Okay, dann gehe ich am besten, ohne eine Szene zu machen, oder?«

Er zupfte seine Uniform zurecht und überlegte deutlich zu lange für meinen Geschmack.

»Oder vielleicht mache ich doch eine Szene, wie wäre das? Sie haben bestimmt schon mitbekommen, dass ich eine Verbrecherin bin, oder?«

Es rutschte mir raus und an meinem Tonfall war hörbar, dass ich es nicht wirklich ernst meinte. Trotzdem war es mir plötzlich selbst unangenehm, es anzusprechen. Auch wenn ich mich daran gewöhnen musste.

»Ich könnte ja zumindest mal bei ihm anrufen.« Er lächelte nachsichtig und ich hatte keine Ahnung, was ihn dazu gebracht hatte. Entweder, dass er Angst hatte, ich könnte tatsächlich eine Szene machen, oder das Mitleid mit mir wegen dieser Sache.

Kingston nahm den Hörer in die Hand und es dauerte eine Ewigkeit, bis er sprach.

»Mr Fitzgerald, bitte entschuldigen Sie die Störung. Ich weiß, dass Sie mir für diesen Fall eine Arbeitsanweisung gegeben haben, aber Miss Whitaker steht hier unten und ist sehr hartnäckig.«

Er warf mir einen versöhnlichen Blick zu, dem ich ihm nicht abkaufte, und kam mir fehl am Platz vor.

»Hm, hm. Ja, verstanden, Mr Fitzgerald. Ich richte es ihr aus. Vielen Dank und einen schönen Abend noch.«

Kingston legte auf und holte tief Luft, bevor er mich ansah.

»Mr Fitzgerald ist leider sehr beschäftigt und kann Sie nicht empfangen.«

»Das hat er gerade eben gesagt?«

Kingston holte wieder Luft. »Glauben Sie mir, Miss Whitaker, das ist die nettere Antwort.«

Grant wollte mich wirklich nicht sehen.

Der Kloß in meinem Hals schwoll auf Tennisballgröße an und ich bekam keine Luft. Kingstons mitleidiger Blick machte es schlimmer. Tränen sammelten sich in meinen Augen und ich atmete ein paar Mal schnell ein, um zu verhindern, dass ich hier und jetzt anfing zu weinen.

»Miss Whitaker, bitte machen Sie –«, fing Kingston an und ich unterbrach ihn.

»Keine Szene. Ja, ich verstehe schon.« Meine Stimme klang so matt, wie ich mich fühlte. Mit einem halbherzigen Dank verließ ich die Lobby wieder. Vor dem Wohngebäude hätte ich mich am liebsten auf die Treppe gesetzt und mir diesen ganzen Mist von der Seele geheult. Aber das letzte bisschen Würde, das ich noch hatte, hielt mich davon ab. Der Regen nieselte jetzt eisig auf mich nieder. Wie passend.

Ich hatte nicht einmal mehr die Energie, wütend auf das Wetter zu sein oder mir ein Taxi zu rufen. Irgendwie erschien es mir die gerechte Strafe des Universums, während ich langsam durch New Yorks Straßen lief und mit jeder weiteren Minute nasser wurde. Als ich nach einem ordentlichen Fußmarsch bei mir zu Hause ankam, war ich bis auf die Knochen durchnässt.

Ich war auf dem Weg die paar Treppenstufen vor dem Gebäude hoch, als mir jemand etwas vor die Nase streckte. Ein Regenschirm schob sich in mein Sichtfeld und mit ihm eine Frau, die ich auf Mitte vierzig schätzte. Sie hielt einen Rekorder in der Hand und knapp hinter ihr entdeckte ich einen Fotografen, der sich Mühe gab, so viel von meinem desolaten Zustand wie möglich abzulichten.

»Miss Whitaker, was sagen Sie zur Stellungnahme von Mr Fitzgerald. Sind Sie das Opfer? Hat er Sie zum Sex gedrängt?«

Ich blieb stehen, obwohl ich die Reporterin eigentlich hatte ignorieren wollen. Aber diese Aussage konnte ich nicht unkommentiert lassen.

»Nein, das hat er nicht. Ich bin eine erwachsene Frau und treffe meine eigenen Entscheidungen. Grant Fitzgerald ist ein ehrenvoller Mann. Er hat mich nie zu etwas gedrängt oder überredet. Weder zum Sex noch zu sonst irgendwas.«

Sie schob einige Fragen nach, die ich aber ignorierte. Morgen würde das, was ich eben gesagt hatte, in der Zeitung landen. Jeder würde lesen können, was ich in dieses Mikrofon gesprochen hatte. Und es war gut so. Niemals würde ich zulassen, dass man Grants Aussagen in dem Interview als sexuellen

Übergriff auf mich auslegte. Und ich hoffte, dass die Öffentlichkeit einer Zeitung, von welcher sie auch war, glauben würde.

Beinahe war ich schon durch die Tür, da kam mir eine Idee. Mit einem Lächeln drehte ich mich zu ihr. Wieder klickte der Auslöser der Kamera hektisch.

»Wenn sie mehr darüber wissen wollen, was passiert ist, dann schauen Sie doch morgen um zwei Uhr nachmittags auf meinem Instagram-Kanal vorbei. Ich mache einen Live-Stream. Das können Sie auch gern in ihren Artikel schreiben.«

Sie nickte eifrig und während ich endgültig durch die Tür ging, hoffte ich inständig damit keinen Fehler zu machen.

Kapitel 38

Ich saß an meinem Schreibtisch und versuchte mich zu sammeln und dem Drang, ins Badezimmer zu laufen und Make-up aufzulegen, zu widerstehen. Gleich würde ich auf Instagram live gehen. Und ich hatte mir die ganze Nacht zwischen den Phasen, in denen ich geheult hatte, Worte zurechtgelegt. Entsprechend kaputt und fertig sah ich aus. Wenn meine Mutter mich so sehen könnte, würde sie sich in Grund und Boden schämen. Und auf eine verquere Art machte es mir das leichter, so vor das Internet und damit die ganze Welt zu treten.

Ich steckte mein Smartphone in die Spannvorrichtung meiner Halterung und stellte es auf den Schreibtisch. Kritisch drehte ich an dem Kugelkopf, bis es richtig ausgerichtet war. Aber egal wie ich es neigte, ich sah mies aus. Trotzdem startete ich Instagram. Nur flüchtig bemerkte ich die vielen fehlenden Abonnenten und neuen Kommentare. Ich wischte nach rechts und die Story erstellen-Seite öffnete sich. Mein Finger schwebte schon über dem Live-Button, aber ich zögerte.

Wenn ich das hier tat, gab es kein Zurück. Aber es war das Richtige und meine einzige Chance, Grant zurückzugewinnen.

»Du ziehst das durch?« Mein Bruder stand im Türrahmen und ich war mir nicht sicher, ob er seelische Unterstützung war oder dafür sorgen wollte, dass ich es tatsächlich machte.

Ich nickte. Mein gerötetes Gesicht mit den Augenringen des Todes sah mir von der Frontkamera entgegen und ich wischte mir über die Haut. Was natürlich nichts brachte. Ein letztes Mal putzte ich mir die Nase und gönnte mir eine Minute, um mich zu sammeln. Die Uhr am Smartphone sprang auf zwei Uhr um und mein Herz stolperte in meiner Brust. Angetrieben von dem Adrenalinstoß klickte ich Live an, bevor mich der Mut wieder verlassen konnte.

Das Video begann zu übertragen und ich hörte Rhetts Smartphone piepen. Er zog es aus der Tasche und kurz darauf wurde er als Teilnehmer im Stream angezeigt.

»Du schaffst das«, sagte er leise und ich nickte.

Es dauerte nicht lange, bis mehrere hundert, bald tausende User online waren. Der Artikel, der heute in einem Boulevardblatt erschienen war, hatte gewirkt. Ich hoffte nur, dass einer der vielen Zuschauer Grant war.

»Hi Leute«, begann ich und fühlte mich dabei so unsicher wie noch nie vor der Kamera. Flüchtig sah ich die Kommentare am unteren Bildschirmrand durchlaufen. *Amy_Carter* schrieb, wie fertig ich doch aussehen würde, und *MelX23* meinte, dass ich mir ganz schön Zeit gelassen hätte, mich zu melden. Es tauchten sogar ein paar wüste Beleidigungen auf, die ich versuchte zu ignorieren.

»Die meisten von euch haben mitbekommen, was in den letzten Tagen über mich im Internet stand. Und was soll ich sagen? Es ist wahr. Das Foto ist weder gefälscht noch irgendwie manipuliert. Ich wurde festgenommen und ich wurde verurteilt. Und ich habe meine berechtigte Strafe dafür abgeleistet.«

Ich widerstand dem Drang, mir über die Stirn zu reiben, und sah weiterhin in die Kamera. Nur fand ich dieses Mal keine Worte. Was mir sonst so leicht fiel, war jetzt umso schwerer.

»Grant Fitzgerald hat ein Interview gegeben, in dem er die Schuld für das alles auf sich nimmt. Aber das ist nicht die ganze Wahrheit. Ich habe das gewollt. Es war genauso meine Entscheidung, den Wagen zu stehlen, wie seine.«

Jetzt tauchten immer mehr Kommentare auf, die nach dem Warum fragten, gepaart mit »reiche Göre«-Sprüchen. Ich lachte bitter und ein wenig abgedreht auf.

»Ihr habt total recht! Ich bin reich und egoistisch und verwöhnt. Und wäre ich das nicht, wäre die Strafe vielleicht noch höher ausgefallen. Deshalb tue ich auch nicht so, als müsste irgendjemand Mitleid mit mir haben. Aber ich will wenigstens erklären, wie es dazu gekommen ist.

Wenn man Mitglied in der High Society ist, zählt nur, was die Leute über einen denken. Und obwohl ich es versucht habe – und ich habe es wirklich versucht –, hab ich es nie geschafft, so zu sein, wie man es von mir erwartet hat. Wie ich sein musste, damit die Menschen das Richtige über mich und meine Familie denken. Aber ich habe mir trotzdem jeden Tag Mühe gegeben. Ich bin zu jeder noch so öden Veranstaltung gegangen und habe ein freundliches Lächeln aufgesetzt. Ich habe mich verbogen, bis es wehtat. Nicht einmal hier auf dem Account hab ich die Outfits gezeigt, die ich euch gerne gezeigt hätte.«

Ich atmete ein und versuchte meine Gedanken zu sammeln. Seit ich angefangen hatte zu reden, sprudelten die Worte aus mir heraus.

»Überall sind an mich Erwartungen gerichtet. Wie wahrscheinlich an jeden von euch, oder? Ihr kennt das doch bestimmt. Das Bild, was alle von mir zu sehen bekommen, ist nicht die Person, die ich wirklich bin, nein, nicht einmal, wie ich sein wollen würde. Ich war so eingeengt. Mehr, als ich einsehen wollte. Natürlich kann man dann nicht einfach ein Auto stehlen«, räumte ich ein und warf einen flüchtigen Blick auf die durchmischten Kommentare. »Ich will das gar nicht kleinreden. Wisst ihr, ich kapiere es ja manchmal selbst nicht, was mich dazu gebracht hat. Aber es gibt eine Person, die das versteht. Und das ist Grant Fitzgerald.«

Ich lächelte bei dem Gedanken daran, wie er seit dem ersten Moment durch meine Fassade bis in mein Herz geschaut hatte.

»Er hat von Anfang an verstanden, wie es mir ging, und hat genauso gewusst, was ich brauchte. Ihr könnt euch gar nicht vorstellen, wie falsch alle mit ihrer Meinung über ihn liegen. Und sogar ich bin auf die ganzen Vorurteile reingefallen, obwohl ich es hätte besser wissen müssen. Nein, das Schlimmste ist, ich wusste es besser. Aber so scheiße es auch ist, sich dieser ganzen Scharade der verlogenen High Society zu beugen, es ist so verdammt viel leichter.«

Ein bitteres Schnauben drang aus meiner Kehle und ich vergrub kurz mein Gesicht in den Händen, um nicht sofort in Tränen auszubrechen. Ich schluckte schwer und drängte die Gefühle zurück, dann sah ich wieder in die Kamera. Am oberen Bildschirmrand wurden mittlerweile vierhunderttausend Zuschauer angezeigt.

»Es ist nur nicht echt. Und ich will mich nicht mehr verstecken, sondern sein, wer ich bin. Ja, ich habe ein Auto genommen und es stimmt, dass es ein Spiel ist, das die reichen, gelangweilten Gören spielen. Das könnt ihr gern verurteilen. Und ja, ich hätte mit Grant in diesem Wagen geschlafen, wenn wir nicht aufgegriffen worden wären. Aber wisst ihr was? Das ist mir alles so was von scheißegal!

Das Einzige, was mir nicht egal ist, ist Grant. Und ich hab so lange gebraucht, um das zu verstehen. Ich hab mich dumm und kindisch verhalten und ihm misstraut, obwohl es dazu keinen Grund gab. Weil ich mich selbst hab blenden lassen von den Vorurteilen, die man gegen ihn hat. Aber er ist der rücksichtsvollste, aufrichtigste und zärtlichste Mensch, den ich kenne. Er hat mich ermutigt meine Träume wahrzumachen, meine Designentwürfe tatsächlich umzusetzen und mich davon frei zu machen, was die Leute denken. Wenn man mich nicht so mag, wie ich bin, dann eben nicht. Ich will mich wenigstens selbst mögen.«

Wieder rang ich um Fassung, aber ich konnte eine Träne nicht davon abhalten, über meine Wange zu rollen.

»Ich habe es vermasselt. Obwohl alles, was er getan hat, mir helfen sollte, habe ich ihm nicht geglaubt.

Grant, wenn du das hier siehst, bitte verzeih mir. Ich hab richtig Mist gebaut. So viel Mist. Und ich weiß, ich hab dich gar nicht verdient, aber bitte verzeih mir. Weil du mir nicht egal bist. Du bist nicht meine Nummer vier, du bist meine Nummer eins. Du warst es immer.«

Zitternd wischte ich mir eine Träne von den Wimpern und schob dann hektisch nach. »Also nicht, dass ich was mit vier Kerlen hätte. Was genau genommen vollkommen okay ist. Jeder soll lieben, wie und wen er oder sie will.«

Ich fuhr mir verzweifelt durch die Haare und hatte das Gefühl, mich mit meiner Ansprache nur im Kreis zu drehen. Hilfesuchend sah ich zu Rhett, der aufmunternd nickte.

»Grant Fitzgerald, ich liebe dich. Weil du der bist, der du bist. Weil du mich kennst wie niemand sonst. Und wenn nur die geringste, winzigste Chance besteht, dass du mich zurücknehmen würdest, komm in zwei Stunden zu dem Ort, an dem ich mich in dich verliebt habe. Wo wir nur zwei ganz normale Menschen waren, die sich ineinander verliebt haben. Ich warte dort auf dich.«

Ich entließ einen Schwall Luft aus meinen Lungen und sah mir die Kommentare an. Immer wieder waren Herzchen an der Seite des Streams aufgetaucht und was die User schrieben, war längst nicht mehr nur verächtlich oder vorwurfsvoll. Meine romantische Rede hatte einige wohl ziemlich beeindruckt. Sie feuerten mich mit *You Go Girl!* und anderen Rufen an.

Mit einem letzten Winken bedankte ich mich bei meinen Zuschauern und schloss den Live-Stream, dann speicherte ich ihn in meinem Profil. Während die App den Stream verarbeitete, brach sich ein Schluchzen aus meiner Kehle, das sich in ein Lachen verwandelte. Adrenalin jagte durch meinen Körper.

»Gott, das war vollkommen verrückt! Was, wenn Poppy das sieht? Oder Henry? Oder der englische Botschafter? O Gott, oder unsere Mutter!«

Ruckartig sah ich zu meinem Bruder. Er stand immer noch im Türrahmen und betrachtete sein Telefon, dann hielt er es mir hin.

»Mom weiß es längst. Aber das zählt nicht, oder?«

Auch aus der Ferne erkannte ich ihr Anzeigebild auf seinem Display. Stöhnend legte ich den Kopf mit einem dumpfen Aufprall auf der Tischplatte meines Schreibtischs ab. Ich fühlte mich, wie ich mir vorstellte, dass man sich nach einem Bungeejump fühlte: voller Adrenalin und fassungslos, dass man es echt getan hatte. Und ein wenig durch den Wind.

»Du hast das gut gemacht. Aber du solltest dich beeilen, wenn du pünktlich an eurem Treffpunkt ankommen willst.«

Ich nickte und nahm wieder mein Smartphone in die Hand. Der Stream war gespeichert und ich postete noch einige vorbereitete Beiträge. Ich hatte das Foto von mir vor dem Thunderbolt herausgesucht und gepostet. Außerdem hatte ich das Bild aus der Wohnung der Hendersons und aus Elliots Porsche veröffentlicht. Unter jedes Bild hatte ich die Zeit für das Treffen geschrieben und den Ort umschrieben. Am liebsten hätte ich die Fotos von Grant und mir aus der Fotobox genommen, aber nachdem ich selbst schmerzlich erlebt hatte, wie es sich anfühlte, wenn Bilder ungefragt im Netz landeten, hatte ich mich dagegen entschieden.

Mit einem letzten Blick zu meinem Bruder, der für seine Verhältnisse aufmunternd lächelte, zog ich meinen Mantel über und machte mich auf den Weg zum wichtigsten Date meines Lebens.

Kapitel 39

Die Fahrt zum Luna Park kam mir unendlich lang vor. Immer wieder checkte ich mein Smartphone, das gar nicht mehr still stand. Es trudelten hunderte Nachrichten ein, die ich wegwischte, ohne sie zu lesen. Sogar ein paar Anrufe musste ich ablehnen. Sie kamen von unbekannten Nummern und ich war sicher, dass es Nachrichtensender, Klatschblätter oder Internetportale waren, die es irgendwie geschafft hatten, an meine Nummer zu kommen. Es bestand aber auch eine gewisse Chance, dass sich dahinter meine Mutter tarnte. Ihre Anrufe ignorierte ich entschlossen.

Nur die eine Nachricht, auf die ich hoffte, kam nicht. Irgendein Hinweis, dass Grant meinen Livestream gesehen hatte oder ihm zumindest die Beiträge aufgefallen waren. Aber er meldete sich nicht und meine Hoffnung, dass diese Aktion nicht völlig daneben war, wurde immer geringer.

Sie war an ihrem Tiefpunkt angekommen, als ich eine halbe Stunde in der Kälte vor dem Thunderbolt gewartet hatte. Zwei Uhr war längst durch, aber Grant war nicht aufgetaucht. Er hatte keine Nachricht geschrieben, nicht angerufen, war nicht gekommen. Trotzdem blieb ich. Zu gehen würde sich endgültig anfühlen und das wollte ich nicht. Ich vermied jeden Gedanken daran, dass Grant sich entschlossen hatte mir keine zweite Chance zu geben.

Mir schlotterten schon die Knie, als ich doch überlegte aufzugeben. Grant hatte sich entschieden und das musste ich akzeptieren, auch wenn sich mir bei dem Gedanken der Magen umdrehte. Erschöpft sank ich auf eine Bank und holte mein Smartphone aus der Tasche. Noch einmal checkte ich jede Nachricht, jede App und meine Anrufliste. Vielleicht hatte ich etwas übersehen? Oder mein Hinweis, wo wir uns treffen sollten, war zu subtil gewesen?

Ich schüttelte den Kopf bei dem Gedanken. Grant hätte gewusst, welcher der Tag gewesen war, an dem ich angefangen hatte mich in ihn zu verlieben. Er hatte immer so viel besser gewusst, was in mir vorging, als ich selbst. Aber das war vorbei. Endgültig. Ich hatte mit meinem Stolz, meiner Feigheit, meinen –

»Hallo, Darling«, durchbrach eine vertraute Stimme meine Gedanken. Sie brachte mein geschundenes Herz wieder zum Schlagen.

Hitze rauschte durch meinen Körper und ich sah auf. Beinahe erwartete ich, dass da niemand vor mir stand, aber ich irrte mich.

Grant war gekommen.

Er trug einen schicken Anzug unter seinem Mantel und seine Hände steckten in Lederhandschuhen. Seine Haare waren akkurat zurückgekämmt und er war glatt rasiert. Aber das alles war mir egal. Was zählte, war der Ausdruck in seinen warmen braunen Augen. Er gab mir Hoffnung.

»Du bist …«, stammelte ich und stand auf, »spät dran.«

Grant schmunzelte und trat näher zu mir. »Ich weiß, Darling. Aber ich habe eine Erklärung dafür, falls du sie hören willst?«

Ich schluckte. »Ich werde mir alles anhören, was du zu sagen hast.«

»Es gab Zeiten, da war das anders.« Seine Stimme berührte mich sanft und warm. Es klang kein Vorwurf darin mit, obwohl er jedes Recht hätte, mir Vorhaltungen zu machen.

»Früher war ich nicht ich selbst. Von nun an höre ich dir zu. Wenn du denn noch mit mir reden willst.«

Eine Träne löste sich aus meinem Augenwinkel und rann über meine Wange, wo Grant sie auffing. Ich hatte gar nicht gemerkt, wann wir uns so nah gekommen waren, dass unsere Jacken übereinander streiften. Seine Wärme war das rettende Ufer, das mich vor dem Ertrinken bewahren könnte, und wirkte zum Greifen nah. Am liebsten würde ich ihn an mich ziehen und küssen. Bei diesem Kuss die ganze Welt vergessen. Aber wir konnten über das, was geschehen war, nicht einfach hinweggehen, oder?

»Würdest du mir denn glauben?« Grants Blick verdunkelte sich und ich sah, dass so viel mehr hinter dieser Frage steckte. Die Verletzungen, die ich ihm zugefügt hatte und die jetzt uns beiden wehtaten.

»Alles. Ich würde dir alles glauben«, versicherte ich ihm ein bisschen zu inbrünstig und er schmunzelte, bevor er die Hand ganz auf meine Wange legte.

»Auch, wenn ich dir erzähle, dass ich bei meinem Vater in einem Meeting steckte, dann deine Posts gesehen habe und auf dem Weg hierher mein Akku den Geist aufgegeben hat? Nicht zu vergessen der Stau, bis ich raus war aus der Stadt.«

Ich schmiegte mich gegen seine Handfläche und schloss für einen Moment die Augen. »Selbst wenn du mir erzählst, dass dich Aliens entführt und sie dich nicht rechtzeitig wieder in New York abgesetzt haben, glaube ich dir.«

Mühsam schluckte ich den Kloß in meinem Hals und das Schluchzen in meiner Brust herunter. »Es tut mir so leid, was ich zu dir gesagt habe.«

»Ich habe die Fotos nicht veröffentlicht.« Grant musterte mich mit einer Ernsthaftigkeit, als würde er gerade einen Eid schwören. »Und ich habe nicht mit Aubrey geschlafen.«

Unter Tränen nickte ich. »Ich weiß! Gott, ich weiß das. Ich hab mich da in etwas verrannt und … Ich weiß auch nicht.« Ich schniefte. »Und du bist mit Aubrey aus diesem Zimmer gekommen und ich … Ich war so dumm.«

Grant unterbrach meinen Schwall und zog mich in seine Arme. Sein markanter Duft umfing mich und ich atmete ihn tief ein. Er gab mir ein Gefühl von Heimat. Das hier war der Ort, an den ich gehörte. In Grants Arme, an seine Seite. Zu ihm. Egal was andere sagten.

Als ich mich wieder im Griff hatte und nicht mehr ständig schluchzte, hob ich den Kopf. Die Arme immer noch umeinander geschlungen standen wir vor dem Thunderbolt. Da, wo Grant mich gesehen hatte, wie ich wirklich war.

»Ich weiß, dass Aubrey die Bilder veröffentlicht hat und dass du versucht hast sie davon abzuhalten. Und ich weiß von den Anwaltskosten. Meine Quelle kann ich aber leider nicht nennen«, fügte ich mit einem entschuldigenden Schulterzucken an. »Und ich habe dein Interview gelesen. Wieso hast du das nur getan? Was ist mit deinem Studium und deiner Karriere?«

Grant schnaubte leise. »So leicht lässt mein Vater mich nicht entkommen. Ich bin sicher, er räumt gerade auf und sorgt mit allen Spitzfindigkeiten des Gesetzes dafür, dass ich Anwalt werde.«

Beinahe fassungslos schüttelte ich den Kopf. »Warum hast du deine ganze Zukunft für mich aufs Spiel gesetzt, nachdem ich mich so dämlich verhalten habe?«

»Weil es das Richtige war. Du hast auf dem Ball deiner Eltern das Gleiche für mich getan. Und heute bei deinem Livestream schon wieder.« Grant schmunzelte. »Wenn du nicht aufpasst, sieht es für die gesamte Upperclass so aus, als hättest du dich in mich verliebt. Und schlimmer noch, als wolltest du eine Beziehung mit mir führen. Das Mädchen aus dem guten Haus und der üble Bad Boy, der ihren Ruf ruiniert.«

»Wenn ich eins aus dieser ganzen Katastrophe gelernt habe, dann, dass es mir vollkommen egal ist, was die High Society von mir denkt. Sollen sie doch reden. Ich lasse mich nicht so leicht vertreiben. Ab sofort werde ich tun, was ich für richtig halte. Ich studiere, gründe mein eigenes Modelabel und sitze mit einem Einhorn-Onesie und Popcornkrümeln auf dem Sofa. Vollkommen egal, solange es das ist, was ich will.«

Grant legte seinen Kopf an meine Stirn und da, wo unsere Nasen sich berührten, kribbelte meine Haut. Das Gefühl lief durch meinen ganzen Körper, bis in meine Zehenspitzen. Unsere Lippen waren nur einen Hauch voneinander entfernt.

»Für mich sieht es auch so aus, als wolltest du mit mir zusammen sein, Darling.«

»Willst du das denn noch?«

»Ich finde, du hast deine Argumente gut vorgebracht, und, na ja, Menschen machen Fehler. Es kann ja nicht jeder so gut aussehend, charmant und absolut makellos sein wie ich.« Ein süffisantes Lächeln umspielte seine Mundwinkel und ich ging gar nicht erst auf seinen Kommentar ein. Stattdessen schlang ich meine Arme um seinen Nacken, zog ihn zu mir und küsste ihn. Grant lächelte zwischen unseren Mündern und ließ sich in den Kuss fallen. Unsere Zungen tanzten miteinander und unsere Herzen gaben den Takt vor.

Es war ein atemberaubender Kuss aus Vertrautheit, Leidenschaft und Liebe. Er festigte in mir das Wissen, meinen eigenen Weg gehen zu können.

Und Grant wäre an meiner Seite. Gemeinsam würden wir erreichen, was wir uns wünschten. Das Wichtigste war, dass nichts und niemand uns mehr auseinanderbringen würde. Nicht der Druck der Gesellschaft, keine Vorurteile und erst recht keine Angst davor, man selbst zu sein.

»Wow«, hauchte Grant nach einer Ewigkeit zwischen unseren Mündern. »Ich kann förmlich schmecken, wie sehr du mich liebst.«

Ich schmunzelte. »Haha. Bild dir bloß nichts ein, Fitzgerald.«

Grant legte den Kopf in den Nacken und lachte auf. Ein Geräusch, das bis tief in mein Herz vordrang und es überquellen ließ. Dann warf er mir einen verruchten Blick zu, der meinen Körper zum Kribbeln brachte.

»Ich käme nicht im Traum darauf, Darling.«

ENDE von Band 1

Danksagung

Am Anfang war da die Idee zu Grant und Sloan – nun halte ich ihre Geschichte in Händen. Ich danke allen von Herzen, die das ermöglicht haben.

Zuerst möchte ich Oliver danken, der viele Abende allein verbracht hat, während ich mit meinen Figuren unterwegs war. Danke, dass du mich immer so sehr unterstützt hast.

Ein großes Dankeschön geht an Jana. Danke, dass du mich ermutigt und so oft meine Nerven beruhigt hast.

Und ein großer Dank gilt meinen großartigen Testleserinnen Rebekka und Nicole. Ihr habt mich mit euren Kommentaren zum Lachen gebracht und die Geschichte poliert. Ich bin auch unheimlich glücklich, dass ich so viele wunderbare, kreative Menschen in meinen Schreibgruppen kennenlernen durfte. Insbesondere danke ich Amelia, Ayleen, Julia, Katrin und Lila. Ein besonderer Dank geht auch an Ayesha und Ilka. Danke, dass ihr mir geholfen habt Camis Spanisch lebendig zu machen.

Ein großer Dank gilt dem Impress / Carlsen Verlag. Danke, dass ihr der Geschichte so eine großartige Chance gegeben habt. Vielen Dank Larissa und Jessica. Ihr habt das Potential in der Geschichte gesehen und mich begleitet. Die Arbeit am Buch mit meiner Lektorin Rebecca war kreativ und bereichernd. Danke, dass du die Geschichte mit mir zum Glänzen gebracht hast.

Liebe Leserin, lieber Leser, vielen Dank, dass du dieses Buch gelesen hast, denn ohne dich wären da nur Worte auf Papier. Du erweckst die Geschichte von Grant und Sloan zum Leben.

DIE MACHT DER GEFÜHLE
TAUCH EIN IN ROMANTISCH-FANTASTISCHE GESCHICHTEN.
IMPRESS
#IMPRESSBOOKS
ALLES VON IMPRESS HIER:
IMPRESSBOOKS.DE

Impress

Die Macht der Gefühle

Wir produzieren nachhaltig
- Klimaneutrales Produkt
- Papiere aus nachhaltigen und kontrollierten Quellen
- Hergestellt in Europa

MIX
Papier aus verantwortungsvollen Quellen
FSC® C083411
FSC www.fsc.org

Impress
Ein Imprint der Carlsen Verlag GmbH
Juni 2022

Lektorat: Rebecca Steltner
Coverbild und -gestaltung: www.bookcoverstore.com
ISBN 978-3-551-30505-3
www.impressbooks.de